CB050709

O MANUAL DO MAGO FRUGAL
PARA SOBREVIVÊNCIA NA INGLATERRA MEDIEVAL

POR CECIL G. BAGSWORTH III

Cecil G. Bagsworth III

O MANUAL DO MAGO FRUGAL
PARA SOBREVIVÊNCIA NA INGLATERRA MEDIEVAL

BRANDON SANDERSON

ILUSTRADO POR STEVE ARGYLE

TRADUÇÃO DE PEDRO RIBEIRO

TRAMA

Título original: *The Frugal Wizard's Handbook for Surviving Medieval England*
Copyright © 2023 da Dragonsteel, LLC
Arte e ilustrações de Steve Argyle © Dragonsteel, LLC
conforme a edição original

Direitos de edição da obra em língua portuguesa no Brasil adquiridos pela Trama, selo da Editora Nova Fronteira Participações S.A. Todos os direitos reservados. Nenhuma parte desta obra pode ser apropriada e estocada em sistema de banco de dados ou processo similar, em qualquer forma ou meio, seja eletrônico, de fotocópia, gravação etc., sem a permissão do detentor do copirraite.

Editora Nova Fronteira Participações S.A.
Av. Rio Branco, 115 – Salas 1201 a 1205 – Centro – 20040-004
Rio de Janeiro — RJ — Brasil
Tel.: (21) 3882-8200

Dados Internacionais de Catalogação na Publicação (CIP)

S216 m Sanderson, Brandon
O manual do mago frugal para sobrevivência na Inglaterra medieval / Brandon Sanderson; traduzido por Pedro Ribeiro. — Rio de Janeiro: Trama, 2024.
416 p. ; 15,5 x 23 cm.

Título original: *The Frugal Wizard's Handbook for Surviving Medieval England*
ISBN: 978-65-81339-01-2

1. Literatura americana I. Ribeiro, Pedro. II. Título
CDD: 810
CDU: 82 1.1 11(73)

André Felipe de Moraes Queiroz – Bibliotecário – CRB-4/2242

Visite nossa loja virtual em:

www.editoratrama.com.br
 / editoratrama

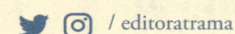

Para Matt Bushman

Nosso maravilhoso skop da família, sempre com uma canção pronta, mas nunca se vangloriando. Então, farei isso por ele.

ILUSTRAÇÕES
BY STEVE ARGYLE © DRAGONSTEEL ENTERTAINMENT, LLC

Um estêncil em forma de pessoa   16
Sua própria dimensão   33
Você é um mago   89
Água, fogo, estranheza   116
Nossos pacotes fantásticos   157
Como ser um mago   247
Experiências Melhores que a Vida Real™   309
Desafio   370
Quase tão ruim quanto arcos   378
O fardo do mago   393
O sacrifício encharcado de Johnny   404

SUMÁRIO

Agradecimentos   9

Parte 1: A sala branca   15

Parte 2: Como ser um mago sem sequer tentar   101

Parte 3: Bagsworth estraga tudo (de novo)   245

Parte 4: Sem reembolso   339

Epílogo   403

Pós-escrito   409

Agradecimentos

Nem toda a feitiçaria envolvida nesse volume é minha. De fato, um monte de gente ajudou a tornar este livro realidade. Gostaria, contudo, de destacar três pessoas. A primeira é o incrível Steve Argyle — um grande amigo e um artista brilhante. Eu basicamente entreguei este livro a Steve e disse, "Isso é seu para você brincar. Faça o que quiser para deixá-lo fabuloso." E cara, mesmo que eu tivesse altas expectativas, a arte dele me deixou sem palavras. Se você está ouvindo o *audiobook*, sugiro que dê um pulo no meu website para ver a arte de Steve, porque ela é incrível.

A segunda menção especial é para o dr. Michael Livingston. Provavelmente mais conhecido pelos meus leitores pelo seu trabalho de pesquisa sobre Robert Jordan e a sua série *A Roda do Tempo* (deem uma olhada no seu livro *Origins of The Wheel of Time* [*Origens de A Roda do Tempo*, em tradução livre] para uma visão aprofundada da história por trás da história), ele também escreveu algumas histórias de fantasia por conta própria, que recomendo que vocês leiam! Ele é um medievalista e professor de história e fez uma leitura aprofundada para ajudar a corrigir alguns equívocos neste livro. Como se isso não fosse o suficiente, ele reescreveu todas as minhas tentativas de poesia anglo-saxônica para que fossem mais precisas, e seus poemas são muito superiores. Estou em débito com ele pelo tempo que gastou nesse projeto.

A terceira é, naturalmente, minha maravilhosa esposa — a primeira leitora de todos esses livros "projetos secretos" e a pessoa para quem os escrevi. É por causa do seu encorajamento e da empolgação dela que esses livros chegaram até vocês!

Muitas das pessoas restantes que trabalharam nesse projeto são membros da minha empresa, Dragonsteel. No Departamento de Arte, temos Stewart como o diretor de arte para o projeto, Rachael Lynn Buchanan e Jennifer Neal auxiliando em seu departamento, e Bill Wearne como nosso confiável especialista em projetos editoriais para ajudar a juntar tudo. Esses livros exigiram um bocado de trabalho extra de arte e impressão, então agradeço a todos eles pelo seu auxílio.

O editorial é chefiado pelo nosso Peter Ahlstrom, e Kristy S. Gilbert foi editora-chefe para esse projeto. Também forneceram serviços editoriais valiosos Karen Ahlstrom e Betsey Ahlstrom. Kristy Kugler fez o copidesque.

O Departamento de Operações é chefiado por Matt Hatch. Sua equipe inclui Emma Tan-Stoker, Jane Horne, Kathleen Dorsey Sanderson, Makena Saluone, Hazel Cummings, e Becky Wilson.

O Departamento de Publicidade e Marketing é chefiado por Adam Horne, e sua equipe inclui Jeremy Palmer, Taylor D. Hatch, e Octavia Escamilla. Seu trabalho com o Kickstarter é um dos principais motivos de tudo ter dado tão certo. Acredito que essa é a primeira aparição de Taylor e Octavia em agradecimentos! Bom trabalho, vocês duas.

Realização e Eventos é chefiado por Kara Stewart. É o seu pessoal que está encarregado de enviar centenas de milhares de cópias de livros para todos vocês, e eles trabalharam muito mais nesse ano para mandar tudo. Muito obrigado a todos eles pelo seu trabalho duro!

AGRADECIMENTOS

Essa equipe inclui Christi Jacobsen, Lex Willhite, Kellyn Neumann, Mem Grange, Michael Bateman, Joy Allen, Katy Ives, Richard Rubert, Brett Moore, Ally Reep, Sean VanBuskirk, Isabel Chrisman, Owen Knowlton, Alex Lyon, Jacob Chrisman, Matt Hampton, Camilla Cutler, e Quinton Martin.

Agradecimentos aos nossos amigos no Kickstarter, Margot Atwell e Oriana Leckert; nossos amigos no BackerKit, Anna Gallagher, Palmer Johnson, e Antonio Rosales; e nossos sempre atentos amigos no *Inventor's Guide*, Matt Alexander e Mike Kannely.

Os leitores alfa para esse livro (que leram uma cópia impressa!) incluem Brad Neumann, Kellyn Neumann, Lex Willhite, Jennifer Neal, Christi Jacobsen, Ally Reep, e Tyson Meyer.

Os leitores beta foram Drew McCaffrey, Brian T. Hill, João Menezes Morais, Richard Fife, Joy Allen, Glen Vogelaar, Megan Kanne, Bob Kluttz, Paige Vest, Jayden King, Deana Covel Whitney, Chana Oshira Block, Christina Goodman, Heather Clinger, Zaya Clinger, e Chris Cottingham.

Os leitores gama incluíram Brian T. Hill, Joshua Harkey, Tim Challener, Ross Newberry, Rob West, Jessica Ashcraft, Chris McGrath, Evgeni "Argent" Kirilov, Glen Vogelaar, Frankie Jerome, Shannon Nelson, Ted Herman, Drew McCaffrey, Kalyani Poluri, Bob Kluttz, Christina Goodman, Rosemary Williams, Jayden King, Ian McNatt, Anthony, Lyndsey Luther, e Kendra Alexander.

Brandon Sanderson

O MANUAL DO MAGO FRUGAL
PARA SOBREVIVÊNCIA NA INGLATERRA MEDIEVAL

PARTE UM

A SALA BRANCA

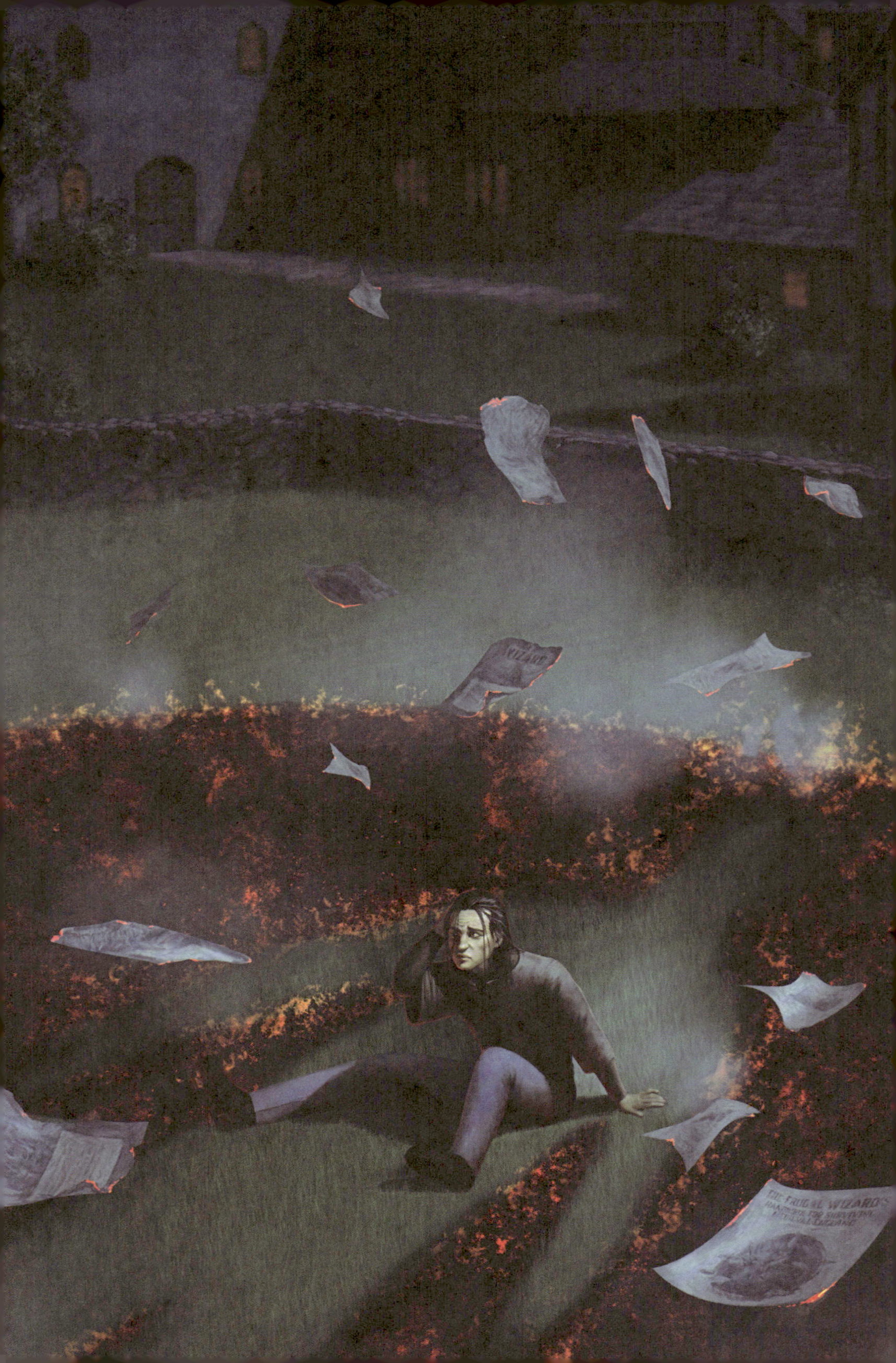
WIZARD
THE FRUGAL WIZARD'S

%%%%%iquei alerta, de punhos erguidos, uma explosão elétrica de
adrenalina me percorrendo. Girei, com um movimento rápido, procurando alguém para socar, o suor correndo pelos lados do meu rosto.

Eu estava em um campo.

Um campo ensolarado, com uma floresta próxima.

Mas que diabos?

Mas que *benditos* diabos?

Com coração parecendo um riff de baixo, tentei entender as coisas ao meu redor. Algo soou atrás de mim e tornei a girar, as mãos em guarda novamente.

Era só um pássaro. Aquilo ali era só um campo. Arado e sulcado, com linhas ondulantes na terra. Havia uma seção queimada ao meu redor, marcada por hastes de trigo e cinzas ardentes. Procurei pistas na minha memória e encontrei-a vazia, como uma sala branca pronta para a pintura.

Vazio. Eu estava vazio. Exceto por... não gostar muito de nadar?

No momento, aquilo era tudo que conseguia lembrar sobre mim mesmo. Sem nome. Sem histórico. Só um medo latente de grandes corpos de água.

Levei a mão à cabeça e olhei ao redor, tentando entender aquele meu vazio. As plantas crescendo fora da área queimada tinham alguns centímetros de altura. Minha incapacidade de distinguir sua variedade indicavam que eu provavelmente não era um fazendeiro.

As estranhas marcas de queimadura formavam um círculo, talvez com três metros de diâmetro, comigo no centro. Ao olhar com mais atenção, notei que as plantas sob meus pés *não estavam* queimadas. Olhei atrás de mim, e descobri uma porção não queimada com uma distinta forma humana. Minha forma. Um estêncil em forma de pessoa.

Talvez eu fosse à prova de fogo? Talvez eu tivesse aprimoramentos com essa função. Eu parecia ser homem, de altura média e porte musculoso. Estava calçando um par de robustas botas com cadarços, uma camisa longa, uma túnica marrom sobre ela, e um manto vibrante sobre a túnica. Então provavelmente eu não passaria frio tão cedo. Sob a túnica...

Uma calça jeans?

Com túnica e manto? Que estranho.

Oh, *diabos*. Será que eu era um *cosplayer*? E por que eu era capaz de me lembrar daquela palavra, mas não do meu próprio nome?

Certo, então eu saíra para um campo a fim de tirar fotos para a feira da Renascença local ou algo assim. Eu havia trazido fogos de artifício para deixar a foto mais incrível, e acidentalmente explodi a mim mesmo. Aquilo parecia suficientemente plausível.

Então, onde estava minha câmera? Meu telefone? Minhas chaves do carro?

CAPÍTULO UM

Meus bolsos estavam vazios, a não ser por uma caneta esferográfica. Afastei-me do eu-stêncil, meus pés esmagando os restos torrados do que havia sido plantas. O ar cheirava a fumaça e enxofre.

Vasculhei rapidamente a área, mas não encontrei nada digno de nota. Terra, vegetação. Nenhuma pilha de pertences; estava começando a duvidar da minha teoria da sessão de fotos. Talvez eu fosse só um cara esquisito que gostava de vestir roupas antigas para... explodir em campos?

Bem normal, sabe?

À distância, pude ver uma estrada de terra conduzindo a um grupo de edifícios de madeira antiquados com tetos de palha e poucas janelas, com uma estrutura mais alta atrás deles. Estavam parcialmente obscurecidos por uma colina, então eu não podia dizer muito mais sobre eles. Sacudi a cabeça e soltei um longo suspiro. Eu tinha que...

Espere. O que era aquilo no chão?

Andei apressado e peguei um pedaço de papel flutuante entre duas hastes de planta maiores. Como eu havia deixado aquilo passar? A borda estava queimada, e só tinha algumas linhas de texto nele.

O Manual do Mago Frugal para Sobrevivência na Inglaterra Medieval
Quarta Edição
Por Cecil G. Bagsworth III

Li as palavras três vezes, depois olhei de relance para os edifícios antiquados novamente. Eu não era um *cosplayer*. Eu estava visitando algum tipo de *parque temático*. Isso era mais ou menos nerd?

Agora que sabia o que procurar, identifiquei outra folha solta de papel perto da floresta. Talvez houvesse um mapa nela — ou pelo menos listar onde poderia encontrar um posto de primeiros socorros. Eu obviamente havia batido com a cabeça ou algo assim.

Essa página estava mais queimada do que a outra. Dois pedaços de texto eram legíveis: um na frente, outro no verso.

> pode ser traumático, mas não se preocupe! Como parte do seu pacote, um local apropriado será escolhido para você se recuperar na sua chegada. Além disso, é sugerido que você use a prática página de anotações no fim do manual para registrar informações pertinentes sobre sua vida.
>
> O processo de transferência pode deixar a mente confusa — alguns fatos sobre a vida do indivíduo podem perder os detalhes. Não se preocupe com a desorientação inicial. É um efeito colateral comum, e tudo que precisa fazer é

Que lugar perfeitamente horrível para cortar o texto. Eu virei a página.

> parece que as ofertas de pacotes mais caros, vendidos pelas chamadas companhias premium, podem ser úteis para ajudar você a se recuperar. Servos, uma mansão de luxo e uma equipe médica para se recuperar. Embora possamos atender tais pedidos, não se preocupe caso estejam fora do seu orçamento! O Mago Frugal™ não precisa ser tão extravagante. Mas de fato, tais serviços podem tornar as coisas fáceis demais! (Ver o estudo feito por Bagsworth *et al.*, página 87.)
>
> Sim, o Mago Frugal™ é capaz e confiante por conta própria, e não precisa ser paparicado. Leia mais para aprender todas as dicas e segredos de que vai precisar para

CAPÍTULO UM

Tudo bem, então eu havia comprado algum tipo de pacote de viagem. Um que era... muito desgastante para o corpo, por algum motivo? Um pensamento tremeluziu na borda da minha consciência.

Eu havia escolhido isso. Eu *queria* estar aqui.

Por um momento, senti que estava perto de responder as perguntas mais importantes. Então, o momento se foi; eu estava de volta, olhando para a sala branca dentro do meu cérebro.

De qualquer modo, eu não havia chegado a um "local apropriado" para me recuperar. Havia acordado no meio de um campo pegando fogo. A avaliação quase se escreveu sozinha. *Uma experiência ideal, caso você seja um bovino piromaníaco. Uma estrela.*

Espere.

Vozes à distância.

Meu corpo se moveu antes que eu registrasse os sons. Em segundos, eu havia me esgueirado para a floresta e colocado minhas costas contra um tronco de árvore. Eu estendi minha mão para o lado procurando...

Diabos. Eu estava procurando uma *arma*? Eu não usava nada do gênero, e também foi incômodo o modo como rapidamente — e silenciosamente — busquei me esconder.

Isso não significava *necessariamente* algo sinistro. Talvez eu fosse um campeão em pique-esconde. Pique-esconde com paintball?

Eu estava pensando em encontrar ajuda, então deveria estar feliz em ser notado. Mas algum instinto me manteve escondido atrás da árvore, com a respiração lenta e deliberada. Seja lá quem eu fosse, eu tinha experiência com esse tipo de coisa.

Eu estava perto o bastante para ouvir quando as pessoas chegaram.

— O que é isso, Ealstan? — disse uma tímida voz masculina em um perfeito inglês moderno, embora com um sotaque vagamente europeu. — *Landswight*?

— Isso não é ato de um *wight*, não é coisa de espectro — disse uma voz masculina mais forte.

— Chamas de Logna, talvez? — especulou uma voz feminina. — Veja só a silhueta daquela figura. E tem todos esses encantamentos espalhados por aí...

— Parece que alguém foi queimado vivo — disse a primeira voz. — Aquele estrondo de trovão em um dia claro e ensolarado... talvez fogo do céu o tenha consumido.

A voz mais profunda grunhiu. Eu resisti ao impulso de espiar. Não ainda, sussurraram meus instintos.

— Chame todos — ordenou a voz firme eventualmente. — Vamos preparar alguns sacrifícios esta noite. Hild... aquela *skop*. Ela já foi embora?

— Hoje mais cedo, eu acho — respondeu a mulher.

— Mande um garoto correr atrás dela e implorar para que ela volte. Podemos precisar de uma amarração. Ou pior, de um banimento.

— Ela vai gostar disso — comentou a mulher.

Outro grunhido. As plantas farfalharam conforme as pessoas recuavam. Finalmente espiei ao redor da árvore e vi as três pessoas caminhando para os edifícios ao longe. Dois homens e uma mulher com roupas arcaicas. Túnicas e calças largas e folgadas nos homens — eles não deveriam usar aquelas calças coladas? Eu poderia jurar que havia visto isso em um museu. Suas roupas eram tingidas em tons terrosos desbotados, embora o homem mais alto usasse um manto laranja — uma cor tão vibrante, que tive dificuldade em acreditar que era autêntica do período.

A mulher usava um vestido marrom sem mangas sobre um vestido branco ligeiramente mais comprido com mangas longas. A não ser pelo manto colorido, eles pareciam camponeses clássicos — pelo

CAPÍTULO UM

menos, mais do que eu, com minha calça jeans. Outro indício de que aquilo era um parque temático?

Contudo, os trabalhadores em um parque temático não deveriam falar com afetações antigas? "Vós", "tu", "milordes" e coisa e tal. Mas será que eles continuavam atuando quando não havia ninguém por perto?

Eu precisava de mais informações. Notei outra pessoa correndo até eles, carregando alguma coisa. Pedaços de papel queimado. A maioria das páginas do meu livro devia ter sido levada pelo vento rumo à vila, e alguém as coletara.

Tudo bem. Missão aceita.

Eu *precisava* daquelas páginas.

11

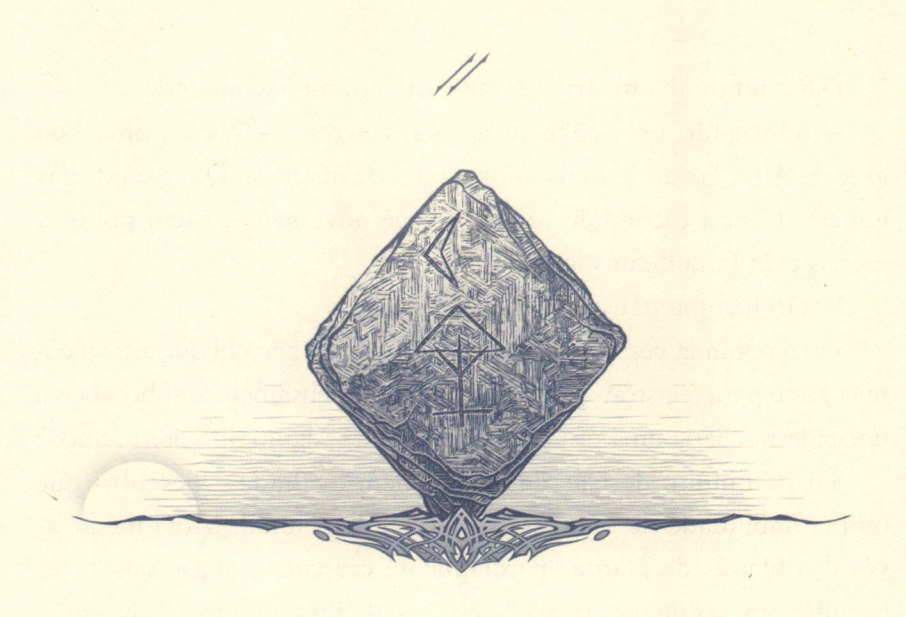

Parte de mim queria ir até eles pisando duro, exigir respostas. Desempenhar o papel de um cliente furioso, fazer com que saíssem dos personagens.

Contudo… Havia alguma coisa naquilo tudo…

Uma parte de mim estava convencida de que eles *não eram* atores. Que — de algum modo insano — tudo aquilo era autêntico, e que eu devia continuar escondido.

Droga. Isso parecia ridículo, não parecia?

Ainda assim, meu instinto dizia que eu era uma pessoa que confiava em seus instintos. Então fiquei onde estava, assistindo secretamente das sombras enquanto a luz solar ia desaparecendo. Esperei um pouco demais, porque eventualmente, o local ficou escuro.

Escuro que nem porão de filme de terror. As nuvens chegaram, obscurecendo as estrelas — e aparentemente não havia lua naquela noite. Além disso, não vi uma única luz na vila. Eu esperara por tochas ou fogueiras.

Dei um tapinha na árvore onde estivera me escondendo.

— Obrigado pela cobertura — sussurrei. — Você é uma boa árvore. Alta, grossa e, mais importante, de madeira. Quatro estrelas e meia. Ficaria escondido atrás de você novamente. Meio ponto a menos pela falta de uns lanchinhos.

Então fiz uma pausa.

Era a segunda vez que eu fazia algo similar, e percebi que estava comichando para registrar a experiência e meus pensamentos sobre ela em um caderno. Seria uma pista de quem eu era? Algum tipo de… crítico?

Saí de fininho de trás da árvore bem avaliada e descobri que minha habilidade de ser sorrateiro era excepcional. Movi-me através das fileiras de plantas parcialmente crescidas, quase sem fazer barulho, apesar da escuridão. Sensacional. Talvez eu fosse um *ninja*.

Além do campo, encontrei a estrada, que era de terra batida. Fui em direção à vila, feliz de que as nuvens houvessem afinado o bastante para deixar passar um pouco de luz das estrelas. Ela fez com que a vila saísse do escuro de "porão de filme de terror" para o escuro de "filme de terror na floresta". Uma melhoria, talvez?

Eu não estava acostumado com uma escuridão tão primordial. As sombras eram mais profundas do que já havia visto, como que fortalecidas pelo conhecimento de que não era possível controlá-las tocando um interruptor.

Cheguei à vila e passei por entre os lares silenciosos. Não podia haver mais do que vinte edifícios ali. Todos com paredes de madeira e tetos triangulares de palha (duas estrelas; o Wi-Fi devia ser horrível).

Ouvi um rio em algum lugar não muito distante, e havia um grande calombo de escuridão mais à frente. Encontrei o rio — largo, mas raso — no outro lado da vila. Ali, me ajoelhei e peguei um pouco de água com a mão para beber. Meus nanitas neutralizariam quaisquer bactérias antes que me causassem muitos problemas.

CAPÍTULO DOIS

Eu gelei, as mãos a meio caminho da minha boca.

Nanitas... médicos?

Sim, máquinas minúsculas dentro do meu corpo que executavam funções de saúde básicas. Eles detinham toxinas, impediam doenças e decompunham o que eu comia para fornecer nutrição e calorias ideais. Em um aperto, eles podiam fornecer funções de cura de feridas emergenciais. Na última vez que levara um tiro, fiquei de pé uma hora depois — mas meus nanitas haviam ficado fora de combate por uns dois dias.

Caramba! Uma peça do quebra-cabeça. Será que eu tinha outros aprimoramentos? Eu não podia me lembrar, mas sabia que precisava de mais comida do que uma pessoa comum. Especificamente, eu precisava de comida de altas calorias, ou... carbono? Tecnicamente, qualquer coisa orgânica serviria. Mas algumas fontes eram melhores do que outras.

Olhei de volta para a cidade. Uma criança havia começado a chorar, e os lamentos solitários me deixaram arrepiado.

Controlando meus nervos, me esgueirei pelo rio até alcançar uma ponte de madeira e atravessá-la. O grande calombo sombreado acabou sendo uma fortificação feita de troncos em pé, enfiados no chão com as pontas afiadas voltadas para o céu, com uma altura de cerca de dois metros e meio.

A muralha parecia forte o bastante, embora houvesse esperado algo mais alto e feito de pedra. Como um castelo. Uma paliçada de madeira me deixou um pouco desapontado. Contudo, contive minha avaliação. Talvez fosse historicamente acurada.

Devia ser ali que eu encontraria as pessoas mais importantes da vila — como o homem com voz profunda e autoritária.

Fiz o reconhecimento de todo o exterior da fortificação — ela só era grande o bastante para abarcar uns poucos edifícios — mas o portão estava fechado e havia um grande fosso escavado ao redor dela. Também havia uma plataforma de madeira elevada em um canto, fora da parede. Um posto de guarda. Eu nunca entraria sem chamar atenção se eu tentasse saltar o fosso e escalar a cerca.

Assim, usei toda minha experiência de vida — cerca de metade de um dia, até então — para criar um plano. Escondi-me atrás de uma árvore próxima com vista para os portões, e esperei que eles abrissem.

(Relatório da árvore: Três estrelas. Rede de raízes desconfortável. Não é para escondidos inexperientes. Ver minhas outras avaliações de árvores na área para mais opções.)

Eu estava pensando em diminuir outro meio ponto da árvore quando ouvi algo se aproximando rapidamente ao longo da estrada. Por um breve instante, meu coração deu um salto. Um carro?

Não. Pisadas de cascos. Dois cavalos com cavaleiros emergiram do escuro, iluminados pelas estrelas, viajando muito mais rápido do que eu considerava seguro durante a noite. Os cavaleiros pararam junto ao portão e chamaram aqueles que estavam no interior. Eu estava longe demais para ouvir a troca, mas o portão duplo se abriu desajeitadamente pouco depois.

Eu não pude ver muito dos dois cavaleiros encapuzados enquanto eles trotavam através dos portões. Umas poucas luzes no interior iluminavam duas estruturas maiores — uma feita de pedra, a outra com a mesma combinação de madeira e palha da vila.

Aparentemente, havia algo estranho em relação aos visitantes, pois a maioria das pessoas no interior — incluindo os guardas — se reuniu ao redor deles, fazendo com que ninguém vigiasse os portões.

Aproveitei minha oportunidade, me esgueirando para frente pela escuridão. Minha habilidade furtiva fez com que eu chegasse aos portões sem ser visto. Meu instinto de ficar junto às sombras, não

CAPÍTULO DOIS

exibir uma silhueta e como me mover sem fazer barulho deixaram-me preocupado com como eu poderia ter adquirido aquelas habilidades. Isso, e o fato que eu repetidamente queria pousar a mão em uma arma inexistente. Essas não pareciam ser o tipo de habilidades que pertenceriam a um cidadão respeitador da lei que passava seus dias avaliando árvores.

Agachei-me ao lado de alguns barris, avaliando o que eu podia ver. No centro do pátio havia uma grande pedra negra com um topo irregular, mais alta do que larga. Como uma versão pequena do Monumento de Washington com o topo quebrado. Do outro lado do pátio havia uma pequena mesa; ali, os dois cavaleiros desmontaram e entregaram suas montarias a um cavalariço.

Um garoto correu em direção ao edifício de pedra. Parecia uma construção de muito melhor qualidade do que as outras. Talvez fosse a mansão do lorde? E talvez a de madeira fosse um salão de reuniões?

Curiosamente, uma série de pratos com velas acesas nos lados estavam dispostos diante do edifício de pedra. Tigelas de frutas, alguns pires cheios de creme, e...

E uma única folha de papel com marcas de combustão.

O garoto voltou e gesticulou para que os dois cavaleiros o seguissem. Os três entraram no edifício de madeira que eu imaginava que era o salão de reuniões, embora houvesse escutado a palavra "refeição" enquanto eles entravam. Talvez eu devesse ter me interessado por aqueles homens, mas minha atenção voltou-se completamente para aquela folha de papel. Seria do meu livro? Por que deixá-la na frente do edifício daquele jeito?

Isso tudo era tão bizarro. Será que eu fazia parte de algum ridículo experimento social? Algum tipo de *reality show*?

Obriguei-me a esperar por alguns minutos tensos até que, como eu havia esperado, o homem do manto laranja deixou a mansão, acompanhado por dois homens carregando longos machados de uma só mão e escudos de madeira redondos. Até onde eu podia ver, não estavam usando armaduras. Eles eram vagamente parecidos com vikings.

— Oswald — gritou um deles para a torre de guarda de madeira. — Feche o portão.

Enquanto o lorde e seus dois homens entravam na mansão, um soldado mais jovem desceu apressadamente da torre. Ele sorriu para os outros e se inclinou um pouco demais para o lorde, então passou e fechou os portões.

Era hora de me mexer. Como dizia o ditado, *carpa diem*. Aproveite o peixe. Eu saí e atravessei o pátio antes de ter tempo para pensar. Meu corpo parecia saber que, embora eu não pudesse perder a oportunidade, eu não devia sair correndo; isso faria barulho demais. Sentindo-me exposto, andei rapidamente pela grande pedra negra, então pelas tigelas e velas, onde agarrei o papel.

Em segundos, havia me escondido ao lado do salão de reuniões. Meu coração trovejava. Respirei profunda e silenciosamente algumas vezes para me acalmar, depois olhei para meu papel.

Certo. Escuridão, filme de terror, coisa e tal. Bem, havia uma janela um pouco mais adiante. Ela estava fechada, mas vazava um pouco de luz. Arrastei-me até lá, então segurei o papel perto da junção.

A folha estava cheia de palavras impressas, que combinavam com as outras páginas que eu havia encontrado. Mas essa mal estava queimada. Ela dizia:

Sua Própria Dimensão

As complexidades da viagem dimensional não tem importância, e recomendamos que não se preocupe com elas. Nós, da Mago

CAPÍTULO DOIS

Frugal Inc.®, fizemos o trabalho duro para você. Tudo que precisa é escolher o pacote que deseja, e entregaremos uma imaculada dimensão Terra-lite™ para você.

Eu parei de ler, as palavras se misturando enquanto meus olhos saíam de foco. Outra peça minúscula do quebra-cabeça se encaixando.

Aquilo não era um parque temático, um estranho experimento social, ou um jogo.

Era outra dimensão.

E eu era o *dono* dela.

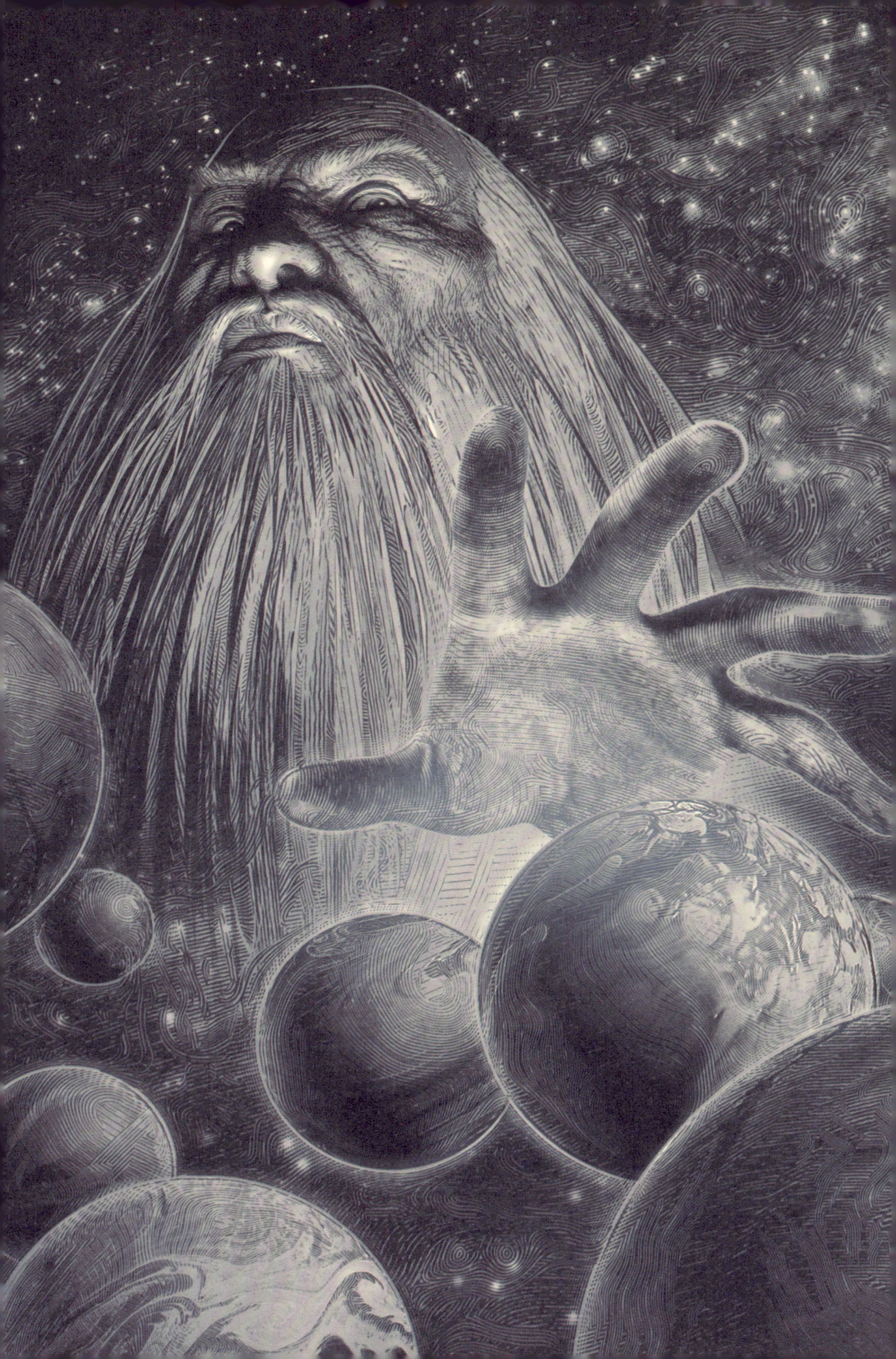

SUA PRÓPRIA DIMENSÃO

As complexidades da viagem dimensional não tem importância, e recomendamos que não se preocupe com elas. Nós, da Mago Frugal Inc.®, fizemos o trabalho duro para você. Tudo que precisa é escolher o pacote que deseja, e entregaremos uma imaculada dimensão Terra-lite™ para você.

Dito isso, um pouco de história nunca fez mal a ninguém. A menos que você acabe apunhalado por um cavaleiro! (Isso é só um pouco de humor interdimensional. Nossas dimensões são perfeitamente seguras.¹)

---

¹ | Aviso legal: Essa declaração é feita apenas com propósito de entretenimento. O viajante interdimensional assume toda e qualquer responsabilidade por todos os assassinatos, mutilações, desmembramentos, ferimentos e empalações que possam acontecer com eles nas suas respectivas dimensões. Caso haja algum desacordo, você concorda com arbitramento, a ser adjudicado na dimensão de nossa escolha.

Embora a viagem interdimensional tenha sido descoberta em 2084, apenas recentemente a tecnologia deixou de ser confidencial e regulada. Isso permite não só o turismo dimensional recreativo, como também oportunidades únicas! Como um Mago Interdimensional™, você faz parte de uma ousada e nova elite de exploradores. Como os antigos pioneiros que correram para reivindicar terra no Oeste norte-americano, você pode reivindicar uma dimensão exclusiva!

Mago Frugal Inc.® obteve uma banda do 305° espectro de dimensões de derivação medieval de categoria dois. Essa é apenas uma maneira sofisticada de dizer que nossas dimensões são similares umas às outras, e a duas categorias de distância da própria terra. As coisas serão familiares, mas não familiares *demais!* Queremos que elas continuem empolgantes, afinal de contas.

Passamos todo nosso tempo analisando as dimensões, selecionando apenas as mais favoráveis para a habitação de magos. Aja agora, antes que todas as dimensões boas sejam reivindicadas[2]!

---

[2] | Aviso legal: Essa declaração é feita apenas para propósito de entretenimento. Dimensões são tecnicamente infinitas, e não podem "se esgotar".

S im, eu era o dono.

Eu era o dono da Inglaterra. Era o dono daquele planeta. Era o dono daquele *universo inteiro*. No papel, pelo menos.

Eu não tinha certeza quanto aos detalhes — minha memória ainda estava funcionando em um nível decididamente zero-de-cinco-estrelas. Mas eu sabia que pessoas podiam *comprar* dimensões. Bem, tecnicamente, você comprava acesso exclusivo — gerenciado por um código quântico indecifrável que só você podia destrancar — e o direito legal de fazer o que quisesse naquela dimensão. Quero dizer, em alguns desses lugares, as leis da *física* (como compreendidas na nossa dimensão) não eram aplicáveis; então, porque a constituição geral da ONU seria?

Qualquer que fosse o raciocínio, aquele lugar era meu *playground* do tamanho de um planeta.

Mas… o que isso dizia sobre mim? Turista? Aficionado de história? Pretenso imperador do mundo? Quais teriam sido minhas motivações para ir até aquele lugar? E por que eu havia acordado em um campo, em vez de em algum forte previamente preparado para mim ou algum... sei lá... lugar científico?

Bem, eu definitivamente não era um acadêmico. Mas sabia que algo dera errado.

Enquanto eu considerava as implicações, vozes dentro do salão me lembravam de que era melhor prestar atenção nos meus arredores. Eu estava desarmado e confuso. Se eu chegasse de repente, explicasse que tecnicamente era o dono de tudo aquilo, e pedisse a eles que gentilmente me obedecessem... Suspeito que pulariam sobre mim de repente, explicariam que a espada que haviam enfiado na minha barriga não se importava com minha reivindicação, e pediriam que eu gentilmente evitasse sangrar no tapete.

Será que eu poderia impressioná-los com meu fantástico conhecimento futurista? Eu tinha algum? Puxei pela memória, mas aparentemente meu conhecimento futurista se reduzia a um punhado de citações de filmes. Eu também sabia que computadores existiriam algum dia. Eles tinham algo a ver com circuitos. E, hã, processadores.

Eu possuía nanitas, mas acho que seria difícil exibi-los de uma maneira impressionante tipo "vejam só, eu sou um deus". Meu "superpoder" mais consistente era a capacidade de tossirem um bocado na minha cara sem que eu ficasse doente. Eu podia curar de uma ferida maior, mas enquanto os nanitas se reconstruíam, eu estaria exposto caso alguém decidisse que eu devia replicar a façanha. Nada disso parecia ser um bom mecanismo para apaziguar camponeses.

Talvez eu pudesse ser mordido por uma cobra ou algo assim, e não morrer? Onde é que eu podia arrumar uma cobra?

Eu precisava encontrar o resto do livro. Talvez ele incluísse algum tipo de linha de atendimento.

CAPÍTULO TRÊS

Fui cuidadosamente até a parte de trás do edifício, me aproximando de uma janela fechada mais perto das vozes.

—... eu certamente não quis ofender o conde — uma voz profunda estava dizendo. Eu a reconheci — Senhor Manto-Laranja, o lorde local. — Mas isso é muito incomum. Nós temos uma *skop* na vila. Talvez ela possa...

Outra voz disse algo, mais baixo, mas de modo ameaçador.

— Agora? — disse Manto-laranja. — Vocês querem visitar o lugar... agora?

Passos se seguiram, e eles deixaram o edifício. Que ótimo. Havia perdido a conversa inteira.

Escondi-me junto do edifício, esperando pegar algo relevante enquanto eles partiam.

— Se esse homem que estão procurando está por perto — disse o lorde, — vamos encontrá-lo. Mas devo preveni-los... parecia muito que ele foi fulminado pelo ato de um deus.

Os visitantes não responderam. Juntos, eles saíram pelos portões da frente recém-abertos, e o lorde — visivelmente irritado — seguiu a passos largos, sacudindo sua cabeça.

Espere aí.

Eles estavam me procurando?

Eles estavam *me procurando*.

Senti uma onda de alívio. Algo havia dado errado durante a transferência para esta dimensão, de modo que as pessoas que cuidavam disso obviamente haviam enviado socorristas. Eu *não era o único* que podia entrar nessa dimensão. Talvez eu houvesse deixado com eles a chave e a permissão para virem ajudar.

Levantei a mão, preparando-me para chamá-los, quando ouvi um som.

Procurei minha arma inexistente mais uma vez enquanto girava, e vi duas pessoas agachadas ao meu lado. Eles haviam se esgueirado pelas sombras atrás do salão. A pessoa atrás — uma mulher de vinte e poucos anos — apontou para mim com uma expressão de pânico.

Imediatamente assumi uma postura de luta. Mãos diante de mim, pés prontos para ação. Hum.

O homem mais jovem diante da mulher portava uma faca, que ele imediatamente lançou — e que eu bloqueei, por instinto, com meu antebraço.

E... aquilo não doeu.

Por que diabos não doeu?

O jovem me acertou com força com uma lâmina, e eu havia *aguentado* como um verdadeiro campeão, sem um arranhão sequer. Eu *tinha* outros aprimoramentos! Placas de metal sob minha pele? Eu era um lutador! Eu podia...

Ouvi gritos na minha memória.

Lampejos de luz. De um tempo anterior.

Eu senti dor, uma vergonha profunda. Ela me sufocou, uma vinha sombria se apertando ao redor dos meus pulmões.

Levei uma mão à minha cabeça, tentando banir esses fantasmas da minha memória enquanto simultaneamente me agarrava a eles como algo *real* sobre quem eu era. O que havia de *errado* comigo?

O homem atacou novamente. Senti um pânico profundo e quase incontrolável, e fui mais lento para bloquear.

Eu havia caído... Eu havia...

A lâmina do homem se conectou com meu punho exposto, e os olhos dele se arregalaram quando sua faca não me cortou. Ele recuou um passo. Eu cambaleei, perturbado pelos fragmentos de memórias.

Luzes fortes. Vozes zangadas. Eu...

CAPÍTULO TRÊS

Eu pisquei e olhei para o lado. A mulher havia encontrado uma tábua de madeira em algum lugar. Ela a brandiu, e não reagi dessa vez. Eu estava nervoso demais. Mas teoricamente, minhas placas me protegeriam de...

A tábua acertou meu rosto, e senti um lampejo de agonia antes dos meus nanitas cortarem meus receptores de dor. Vi estrelas por um momento, mas pelo menos estava inconsciente quando atingi o chão, então as memórias terríveis pararam de me atormentar.

PERGUNTAS FREQUENTES

Eu Viajei no Tempo?

R: Não, não viajou. Isso pode parecer contra intuitivo, já que provavelmente está vivendo no seu próprio castelo nesse momento, comandando legiões de camponeses enquanto participa de uma Experiência Melhor do que a Vida Real™, como inventar a eletricidade, escrever as peças de Shakespeare, ou tentar conquistar a França no menor tempo possível.

Embora o ambiente à sua volta possa *parecer* medieval, sua Dimensão de Mago Pessoal™ já viu aproximadamente o mesmo número de séculos que a nossa. Contudo, nossas dimensões especialmente cultivadas se moveram mais lentamente através do seu desenvolvimento social e tecnológico. Portanto, você *tem* uma experiência semiprecisa da Inglaterra medieval, mas você *não* viajou no tempo.

PERGUNTAS FREQUENTES

Ainda está confuso? Pense no Nebraska. Nebraska é um estado no centro dos Estados Unidos da América. Devido à sua insignificância geral — e sua distância dos centros populacionais mais famosos — ele está alguns anos atrasado em relação às costas em termos de moda, música e distribuição de *card games*.

Você pode achar que viajou no tempo ao visitar Nebraska, mas experimentos científicos cuidadosos usando relógios sincronizados provaram que não há ocorrência de dilatação do tempo. (Ver Luddow, Sing, e Coffman, "Nebraska é só desse jeito mesmo" em *Jornal de Estudos Relativísticos*, Volume 57, Junho de 2072.)

Assim como Nebraska está alguns anos atrás de todo mundo, sua Dimensão de Mago Pessoal™ está atrás da nossa dimensão cerca de meio milênio. Você comprou, essencialmente, seu próprio e exclusivo Super-Nebraska™.

Quando acordei, a mulher jovem e o rapaz estavam de pé no teto.

Ou… espere, eu estava de cabeça para baixo. É, isso fazia mais sentido.

Minha cabeça estava pulsando levemente na base do meu crânio — sem meus nanitas, estaria latejando intensamente devido aquele contato tábua-com-rosto — e minhas mãos e pés estavam muito bem amarradas. Eu estava amarrado à parede? Sim, eles me penduraram de uma viga no teto, então amarraram minhas mãos atrás de mim. Perguntei-me onde haviam enrolado a corda.

Era uma técnica de interrogatório inovadora, então dei a ela um ponto por originalidade, mas… uma cadeira não seria mais eficiente? Ela era tradicional por um motivo (três estrelas; assista mais filmes de espionagem e entre em contato novamente).

Assim que abri os olhos, a mulher deu um passo à frente. Ela tinha cabelo louro em cachos fechados que mal chegavam à base do pescoço e usava um vestido negro sem mangas sobre um vestido branco que era mais longo nas mangas e barra da saia. Tinha alguns belos bordados bordô no pescoço, mas os cordões brancos envolvendo sua cintura tinham um ar esfiapado, que davam a impressão de algo feito à mão.

Ela estreitou os olhos.

Muito bem, então. Como eu podia sair dessa? A vergonha e medo que eu sentira antes haviam desaparecido totalmente, substituídas por embaraço. Eu obviamente tinha aprimoramentos físicos, mas havia ficado ali parado e deixado uma mulher me acertar uma tábua no rosto. Que falta de profissionalismo.

— Você cometeu um erro terrível — disse eu a ela.

Ela não respondeu, em vez disso inclinou a cabeça de lado.

— Sou um ser muito perigoso — declarei. — Você me irritou.

O rapaz se escondia atrás dela, me espiando. Ele não parecia digno de nota — um sujeito mais baixo com cachos louros parecidos e um físico esguio. Olhando com mais atenção, ele parecia mais jovem do que eu imaginara. Talvez apenas quinze ou dezesseis anos.

— Sefawynn — sibilou ele, — eu não acho que a inversão esteja funcionando. Ele ainda tem poderes!

— Ele já devorou você, Wyrm? — indagou a mulher.

— Não.

— Então a inversão está funcionando — concluiu ela.

— Não está funcionando — repliquei. — Estou reunindo meus poderes enquanto falamos. Solte-me agora, ou trarei fogo e destruição sobre sua casa.

A mulher estreitou os olhos ainda mais, então levantou as duas mãos, dedos para cima e polegares para fora, apontando um para o outro. Então ela falou.

CAPÍTULO QUATRO

— Eu vivo a luz derradeira   de amores há muito perdidos.
Cuidadora eu sou   e conheço minha família.

Quando ela acabou, os dois chegaram mais perto, como que para averiguar o efeito sobre mim.

— Poesia? — comentei eu. — Foi bem boa.

O rapaz apertou o braço da mulher.

— Tente uma bravata mais forte.

Ela assentiu, e fez o mesmo sinal com as mãos antes de falar novamente.

— Eu bani a fera   do Túmulo do Bastião.
Sou cantora de canções   e eu canto mais forte.

Eu franzi a testa, e os dois recuaram.

— Ele nem se encolheu — sussurrou o jovem. — Isso é ruim, não é, Sefawynn?

— Eu não sei — disse ela, cruzando os braços. — Eu nunca bani um *aelv* antes. — Ela bateu o dedo indicador contra o braço. — Traga o pequeno pai, mas faça isso discretamente, para que os visitantes não o escutem.

O rapaz concordou, então fez uma pausa.

— Eu vou ficar bem — disse a mulher, sem olhar para ele. — A inversão o deixou indefeso.

— Mas ele disse...

— Mais uma vez, Wyrm — disse ela —, você foi devorado?

Ele olhou para si mesmo, como se precisasse conferir.

— Se os poderes do *aelv* não estivessem amarrados — ela explicou —, não estaríamos aqui de pé. Ou seríamos controlados por ele, ou seríamos poças de suco de gente, esmagados no chão. Vá chamar o Pequeno Pai. Vou ficar bem.

O rapaz sacudiu a cabeça, então saiu apressadamente. Revisei novamente minha avaliação da sua idade para baixo. Talvez ele fosse grande para sua idade.

— Poderia pelo menos me colocar direito? — pedi eu para a mulher. — Estou ficando tonto.

Ela ficou me estudando, e não respondeu.

— Então... — disse eu. — Você fica me chamando de um... *eelev*? Eu não sei direito o que é isso. Talvez pudesse me explicar?

Nenhuma resposta.

— Aquele sujeito mais novo é seu irmão? — perguntei eu. — E você é a filha do lorde? — Ele tinham que ser, afinal, tanto ela quanto o garoto estavam mais bem vestidos do que os outros na vila. Mas por que ela chamava o lorde de "pequeno" pai?

É, ela não ia dizer nada.

— Você viu a arma do rapaz quicar do meu braço — disse eu. — Estou avisando. Eu sou uma pessoa poderosa, e estou ficando irritado.

Os olhos dela pareciam de aço, seu rosto completamente sem expressão. Zero estrelas. Teria preferido conversar com um cadáver; este não faria carranca para mim o tempo todo, e provavelmente prestaria mais atenção também.

Voltei minha atenção para meus aprimoramentos. Obviamente eu havia aprimorado meus antebraços. Esses eram chamados de... placas. É isso. Eu tinha uma rede de microfilamentos sob minha pele, formada por nanitas estruturais e reforços ósseos. Basicamente, seria necessário um laser de potência industrial ou de nível militar para penetrar minha carne — contanto que meus nanitas continuassem a funcionar. Outra pessoa aprimorada poderia me socar até que eu

CAPÍTULO QUATRO

desmaiasse, se tivesse tempo o bastante, mas eu seria invulnerável a um bando de camponeses medievais.

Enquanto pensava nisso, instintivamente chamei um *display* de sobreposição visual. Ele listava meus aprimoramentos e suas condições. Caramba! Eu tinha placas da ponta dos meus dedos até meus ombros e pelas minhas costas. Outro grupo cobria minhas pernas, das minhas coxas até meus pés. Os dois conjuntos também funcionavam com redistribuição de força e me davam algumas vantagens em termos de força, principalmente na minha habilidade de agarrar.

Aqueles eram aprimoramentos extremamente caros. Não era incomum começar a colocar placas em algumas partes do corpo, então passar para outras. A maior parte das pessoas começava com a cabeça e peito. Isso fazia mais sentido.

Contudo, minha concussão curada pelos nanitas indicava que eu não havia feito isso. Eu franzi o cenho para o menu. Eu *tinha* placas cranianas e torácicas — mas elas estavam listadas como *não funcionais*. Mas que diabos?

Tive a vaga impressão de que eu não havia pago pelos aprimoramentos, que eu trabalhava para viver e não tinha esse tipo de dinheiro. Então talvez... quem quer que houvesse comprado meus aprimoramentos não havia acabado de instalar minhas placas na cabeça e no peito? Mas por que as placas do meus braços, pernas e costas estavam funcionando?

Minha memória não forneceu respostas, então tentei me soltar. Infelizmente, eram bons nós, e minha força aprimorada não ajudaria se eu não pudesse alcançar as cordas. Nenhum dos músculos do meu peito pareciam aprimorados, já que algumas flexões exploradoras não fizeram com que eu me soltasse nem nada. Provavelmente pareci idiota, contudo.

Eventualmente, a porta se abriu, e as lâmpadas de óleo na mesa tremularam enquanto duas figuras entravam. Uma delas era o rapaz de antes — Wyrm, ela dissera? O outro era Manto-Laranja. Musculoso, com quase dois metros de altura, esse sujeito era muito mais alto que a mulher. Sua barba tinha alguns fios grisalhos, assim como seu cabelo, e aparentava ter quarenta e poucos anos. Mas cara, ele parecia capaz de lutar boxe com um pedregulho e vencer.

As pessoas do passado não deviam ser muito mais baixas do que as modernas ou algo assim?

— Serei franca, Pequeno Pai — disse a mulher jovem. Como era mesmo o nome dela? — Não tenho ideia do que fazer com esse aqui.

— O que ele é? — quis saber o lorde, seus olhos se estreitando enquanto ele estudava minha calça jeans agora totalmente visível, já que a barra da minha túnica tinha caído até o nó perto da minha cintura.

— Não é um *landswight* — disse ela — já que podemos vê-lo totalmente. Mas olhe só. Ele é glabro como qualquer mulher, com cabelos curtos, mãos femininas...

— Ei! — protestei.

—... e não é particularmente musculoso...

— Sou considerado bastante atlético entre meu povo.

—... além da pele pálida e traços delicados no rosto — concluiu ela. — Observe também os dentes perfeitos e a unhas imaculadas. Eu conheço as tradições, Pequeno Pai. Esse homem corresponde perfeitamente às descrições de um *aelv*.

— Não é um deus, então — disse o lorde, relaxando.

— Ele é perigoso o suficiente — replicou a mulher. — Talvez ainda mais. Um deus desejaria algo natural de nós. Um *aelv*...

— Ele pegou uma das oferendas, Pequeno Pai — disse o jovem. — O encantamento. Ele não pareceu se importar com a comida ou bebida.

— Palavra escrita — disse o lorde, se aproximando de mim. — Você trouxe isso para nosso reino, *aelv*, ou a sua chegada o atraiu? O que podemos fazer para apaziguá-lo e bani-lo?

CAPÍTULO QUATRO

— Solte-me — disse eu na minha voz mais intimidadora — e peça desculpas pelo tratamento que recebi.

O lorde sorriu. Eu estava preparado para ver uma boca cheia de dentes sujos e podres. Também errei nessa especulação, já que ele parecia ter todos os dentes — e muito embora eles não fossem de um branco imaculado, também não estavam apodrecendo. Não eram exatamente direitos, mas para um sujeito vivendo em um período antes dos dentistas, seu sorriso não era tão ruim assim. (Duas estrelas e meia. Não ia quebrar a câmera.)

— Soltar você? — disse o lorde. — Acha que nunca ouvimos uma balada antes, *aelv*?

— Valia a pena tentar — repliquei. — Muito bem. Vou precisar de uma amora que nunca viu o sol, duas pedras polidas por um sapo, e uma folha de beladona. Como retribuição, deixarei sua vila pitoresca com uma bênção e retornarei ao meu povo.

O lorde olhou para a mulher, que deu de ombros.

— Eu... verei o que pode ser feito — o lorde me respondeu.

— Ou — disse eu, — você poderia dizer aos dois homens que estão me procurando que estou aqui? Então, poderia me entregar a eles...?

— Há! — disse o lorde. — Você é muito astuto! Mas como não tem cabelos vermelhos, nem os traços de um estrangeiro, não acredito que eles queiram você.

Espere aí.

Os homens *não estavam* procurando por mim?

O lorde voltou-se para a mulher.

— Preciso dar atenção aos mensageiros do conde antes que eles estranhem minha ausência — disse o homem a ela. — Tem algo *estranho* neles, e nesse dia inteiro. Você vai ficar aqui, ou virá comigo?

— Vou ficar — disse ela. — Leve meu irmão; mande-o me chamar se alguma outra coisa incomum acontecer.

Manto-Laranja assentiu para ela e foi embora, seguido pelo rapaz. Achei a interação dele com a mulher curiosa. Ela não estava se curvando ou sendo obsequiosa tanto quanto eu poderia ter imaginado. Mal se ouviu um milorde.

Eu realmente devia jogar fora tudo que achava que sabia sobre o passado.

A mulher ainda estava me fitando. Que ótimo. Ia ser mais uma "conversa" com uma parede?

— Olha — disse eu —, nós podemos...

— Vamos deixar as mentiras de lado, estranho — ela me interrompeu. — Eu sei o que você realmente é.

— V̶ocê… sabe? — disse eu.

— Essa é uma boa vila — começou ela, — com um *thegn* forte e diligente. Contudo, eles não têm muita coisa. Por que nas terras você escolheu dar seu golpe *aqui*?

— Golpe?

— Óleo com um estêncil para criar uma figura queimada — continuou ela, — o que, admito, foi engenhoso. Páginas de texto espalhadas não são nada de novo, embora tenha me chocado que você fosse descarado o bastante para remover uma de uma oferenda. Mas as exigências que fez ao *thegn*? Ridículas.

Ah… ela achava que eu era um vigarista, que tinha vindo depenar os habitantes locais. Era uma boa descrição para um turista dimensional.

— Na próxima vez — acrescentou ela, — mostre medo durante as minhas bravatas. Acho incrível que você tenha se preparado tanto no seu golpe, mas tenha pesquisado tão pouco. Você parece exatamente com um *aelv*, chegou mesmo a raspar sua *barba*, mas não consegue representar um pouco? Como pode ser tão incompetente, mas tão capaz ao mesmo tempo?

Entre na dança, disseram meus instintos. *Você pode cuidar disso.*

— A batida na cabeça — disse eu para ela. — Precisava me acertar com tanta força? Quando acordei, mal conseguia me lembrar do meu desjejum, quanto mais do meu plano.

Ela grunhiu, os braços ainda cruzados, cachos dourados balançando enquanto ela sacudia a cabeça para mim.

— Você não pode estar sozinho. Aqueles mensageiros têm o seu sotaque.

— É — disse eu. — Eles teriam dito ao seu pai como se livrar da minha assombração. Então eu apareceria de noite para dar um susto nele, para encorajá-lo.

— Por que você acha que Ealstan é meu pai? — quis saber ela.

— Você o chamou de...

— Pequeno Pai? *Thegn*? O lorde das terras locais? — Ela franziu o cenho ainda mais. — Você fala palavras, mas não as entende. Meu irmão e eu estamos apenas passando por essa área. Nos chamaram de volta porque eles precisavam de um *skop*.

— Ah — disse eu. — Hum... batida na cabeça...

Ela suspirou.

— Por que Stenford? Wellbury fica só um pouco mais além pela estrada, e eles têm muito mais recursos.

— Eles me conhecem lá — menti. — Olhe só, não precisamos de muito. Só um pouco para seguirmos em frente. Queríamos que seu lorde ficasse com medo porque havia visto um *eelev*, então que nos pagasse para partir. — Dei de ombros de cabeça para baixo. — Meus amigos não vão ficar felizes que eu tenha sido pego, falando nisso.

Ela esfregou a testa com o polegar e indicador, de olhos fechados.

CAPÍTULO CINCO

— Por que eles descreveram você errado?

— Eu devia colocar um disfarce — menti de novo. — Para parecer mais exótico. Veja bem, temos uma saída fácil. Você lança uma bravata ou duas contra mim na frente do lorde. Agirei como você me mandar. Então pode me entregar para meus amigos, e não exigiremos nada. Todo mundo vai embora satisfeito.

— Hum — cismou ela.

— O que foi?

— Não é um pedido absurdo.

— Eu prometo, só queria uma refeição quentinha — disse eu. — Estamos atrás de ganhos maiores em outro lugar, e estávamos ficando sem mantimentos.

Ela assentiu, como se esperasse algo similar.

E raios. Eu... Eu estava montando uma imagem bem desagradável de quem eu tinha sido. Sorrateiro. Aprimoramentos de combate. Com prática para enganar os outros...

Mas se eu era um ladrão, por que meu estômago se revoltava imediatamente contra a ideia? Por que meus instintos reagiam com tanta força? Certamente se aquilo fosse o que eu fosse, pareceria certo reconhecer isso.

Em vez disso, uma parte de mim estava *gritando*. *Não*, ela dizia. *Esse não é você.*

— Olhe só — disse eu para ela. — Qual é mesmo seu nome?

— Sefawynn — ela respondeu.

— Certo. Sefawynn, você obviamente não é o tipo de pessoa que quer ver um sujeito ser enforcado porque está com fome. Vamos fazer isso da maneira fácil. Vou até deixar você saber como fiz o truque com o braço, se você quiser.

— Eu conheço seu tipo — replicou ela. — Bem demais. Eu sei que você vai pegar o que conseguir; que se voltaria contra mim em um instante. Mas *não* tente fazer isso, tudo bem? Eu compreendo você melhor do que pensa.

— Claro, tudo bem — concordei. — Depois disso, ficarei longe dessa vila e de qualquer pessoa nela. Você tem minha palavra.

— Seja o que for que ela vale.

Dei de ombros novamente.

— É isso, ou você tenta convencer o Pequeno Pai de que sou um mentiroso. Então farei minha melhor imitação de *eelef* assustador, e veremos quem vence. Mas nesse caso, alguém *também* terá que perder.

— *Aelv* — disse ela. — *Ae-lv*. Pelo menos fale direito.

— *Aylev* — tentei eu.

— Melhor. — Ela caminhou até mim, removendo uma faca do seu bolso. Ei, ela tinha um bolso no vestido. Era engraçado achar alguém vivendo na Idade Média que tinha um desses, quando Jen sempre reclamava que os vestidos *dela* não tinham nenhum.

Espere aí. Quem era Jen?

Sefawynn estava tensa enquanto soltava minhas mãos com a faca, preparada para uma luta. Eu lentamente coloquei minhas mãos para frente, então esfreguei meus pulsos de uma maneira não ameaçadora.

— Obrigado — disse, por fim.

— Se prepare — avisou ela, então desamarrou a corda prendendo meus pés.

Usei as mãos para fazer isso, então me encolhi e rolei até ficar de pé, chutando as cordas pra me libertar. *Viu só*, eu pensei. *Atlético*. Eu não corri até a porta. Minha melhor aposta para ficar livre ainda era fazer com que ela me entregasse aos mensageiros.

Só que eles não me descreveram. Mas ela disse que nossos sotaques eram similares? Diabos, eu *realmente* precisava de mais informações.

CAPÍTULO CINCO

— Será que — perguntei, — você teria o resto dos meus "encantamentos" guardados em algum lugar? Eles são meio difíceis de conseguir.

— Você não deveria brincar com a palavra escrita — repreendeu-me ela. — Vai chamar a atenção dos deuses.

— Vou arriscar.

Ela sacudiu a cabeça diante da minha aparente tolice.

— Para ser honesta, eu não sabia ao certo o que fazer com eles. Queimá-los certamente atrairia a ira de Logna, mas o simples fato de possuí-los atrairia a ira de Woden. Então vou pegá-los para você. E então você deve levar o *wyrd* para longe com você e seus amigos *aers*.

Aquilo fora um monte de palavras incompreensíveis, mas eu assenti em agradecimento. Aquelas folhas eram minha melhor opção para aprender sobre esse lugar. Eu era praticamente um bebê no meu conhecimento da Idade Média. Jen riria de mim por...

Ah.

Jen estava morta.

Era estranho sentir uma súbita sensação de perda e dor por uma pessoa cujo rosto eu não conseguia lembrar. Mas estava ali, um nó — não, um *grito* subitamente audível — dentro de mim.

A dor parecia fresca e pura, como um machucado antes de ficar roxo. Eu havia perdido Jen. De algum modo, eu a *perdera*.

Cambaleei, colocando uma mão no pilar de madeira próximo. Coloquei a outra na minha cabeça. Jen. Caramba... esse havia sido o sonho *dela*. Esse lugar, era isso que havia restado dela.

Não é incrível? A voz dela adentrou minha mente. *Gerações e mais gerações — milhares e milhares de anos — de pessoas viveram, mas são todas iguais a nós. Teleporte alguém do Antigo Egito para a era moderna, e não vai conseguir distingui-lo do resto de nós. As mesmas paixões. A mesma astúcia. Mesmos preconceitos, ainda que sobre coisas diferentes.*

Você vai ver. Algum dia, quando pudermos pagar, você vai ver...

Eu não me lembrava de muito mais naquele momento. Só algumas palavras, uma voz. E a dor. Pessoal demais para fazer piadas. Real demais para pertencer a mim.

Sefawynn se aproximou, olhando para mim de um jeito desconfiado. É, isso parecia um clássico truque de fingir fraqueza, e ela provavelmente estava preocupada que eu tentasse pegar a faca. Em vez disso, forcei um sorriso pálido.

— Desculpe — disse eu. — Ficar pendurado de cabeça para baixo *não* ajudou essa dor de cabeça. Você precisava bater com tanta força?

Ela revirou os olhos.

— Você revirou os olhos para mim? — indaguei.

— Ah, veja — disse ela, fazendo de novo. — Teias de aranha perto do teto.

— Você teve sorte em me pegar de surpresa — disse a ela. — Posso ser muito perigoso em uma luta.

— Cuidado — repreendeu-me ela. — As aranhas no telhado procuram pontos vazios e sem uso para tecer suas teias. Continue falando, e elas vão investigar a caverna espaçosa entre suas orelhas, *aelv*. — Ela me lançou um olhar inexpressivo.

Cruzei os braços.

— Qual é o plano?

— Vou falar para o lorde que usei seu nome antigo para amarrá-lo. Se ele perguntar, diga-lhe que a *craeft* forçou-o a me obedecer, e que estou banindo você.

— *Crayft* — repeti. — Entendido.

— *Craeft* — corrigiu-me ela.

— *Crayft*.

— Seu sotaque... — disse ela, sacudindo a cabeça. — Você é *waelish*, não é?

CAPÍTULO SEIS

— Galês? — disse eu, decifrando aquela palavra. — Hã, sim. Total. E esse lugar é...

— Weswara — disse ela. — Lar dos weswarianos? Você não pode achar que vou acreditar que não saiba disso.

Weswara? É verdade que meu conhecimento da história da Inglaterra não era essa coisa toda, mas... eu não deveria ter ouvido falar desse lugar?

— Então venha — chamou ela. — É melhor falarmos com Lorde Ealstan antes que seus amigos acabem dizendo algo que estrague nosso plano.

Eu a segui enquanto ela pegava uma lâmpada — uma daquelas antigas que pareciam uma molheira — e apagava as outras com um sopro. Estávamos dentro de uma câmara lateral do salão de reuniões, bem perto de onde eu havia sido derrubado.

Nós entramos no pátio principal, que estava vazio por enquanto — embora as velas ainda iluminassem as tigelas de amoras e leite diante da mansão do lorde. Tive que especular que essa era uma superstição popular. Uma maneira de apaziguar aqueles "*landswights*" que eu ouvira mencionarem.

— Então — comentei eu — você é uma poeta. Que interpreta bravatas e baladas? Uma... *skop*? É esse o termo?

— Não precisa fingir que está tão impressionado — disse ela, os olhos adiante enquanto caminhávamos até a frente da mansão, onde o guarda da torre mais jovem agora estava junto da porta com um machado e um escudo.

— Hã, ei — disse ele para ela. — Hum... Eu vou só ver... se você pode entrar?

Ela concordou. Olhei sobre meu ombro, super desconfiado. Bateu com uma tábua na minha cara uma vez, a culpa é sua. Bateu com uma tábua na minha cara duas vezes, e...

Espere.

As velas ainda estavam lá, assim como os pratos. Mas seu conteúdo *sumira*.

Sefawynn notou minha surpresa, porque ela girou, com a mão indo para o bolso.

— O que houve? — ela sibilou.

— As amoras e o leite — disse eu, apontando. — Eles sumiram.

— Não me surpreende — respondeu ela, relaxando. — Os *wights* têm ficado perto de você. Se for bonzinho, tentarei fazer um banimento para você. Acho que um deles pode estar irritado com a página que você roubou.

— Ela era minha!

— Não era, não, não depois que foi oferecida a eles — ela replicou. — Avisei você sobre as inscrições...

Vasculhei o pátio. Embora parecesse vazio, aquelas sombras poderiam esconder muita coisa. Como eu havia provado ao ser, hã, pego.

Deve ser algum tipo de truque, pensei.

Não tive muito tempo para pensar sobre isso, já que o simpático guarda voltou. Ele ansiosamente manteve a porta aberta para nós, e até se curvou quando Sefawynn entrou. Poetas eram tratados com respeito aqui, aparentemente. A Senhorita Bushman, minha professora de inglês no ginásio, teria se orgulhado.

Mais lembranças! Sorrindo, eu segui Sefawynn até uma pequena entrada. Um par de lâmpadas de óleo pendia de correntes do teto e nós passamos sobre um tapete laranja e vermelho vivo no chão. Sefawynn caminhava com sua mão protegendo a chama de sua lâmpada.

Ela se virou e me conduziu até uma grande sala aberta com uma fogueira no centro e um caldeirão acima dela. Ela tinha um teto alto — as construções ali não pareciam ter segundos andares — e as paredes estavam decoradas com escudos e lanças.

CAPÍTULO SEIS

Perto do fogo, Lorde Ealstan e uma mulher alta — deduzi que fosse sua esposa — falavam com os dois mensageiros. Eles estavam diante dele, mas podia vê-los de perfil.

Foi a primeira vez que vi o rosto deles. Eu parei. Eu os *conhecia*. Aquele à esquerda — o bruto alto cujo queixo e testa tentavam se sobressair um ao outro — era Ulric Stromfin.

Um homem que absolutamente, cem por cento, *sem dúvida alguma,* me queria morto.

PERGUNTAS FREQUENTES

Por que Algumas Coisas sobre Minha Dimensão Contradizem os Registros Históricos?

R: Nenhuma dimensão alternativa corresponde exatamente à nossa. Cada uma delas representa algum nível de desvio em relação ao que aconteceu na nossa dimensão.

Dito isso, algumas desviam mais do que as outras. As dimensões mais parecidas com a nossa (dimensões categoria um) são reservadas para estudo histórico pelo governo. (Sim, existem algumas dimensões de "parque temático" separadas para passeios com guias. Nelas, você pode ver como as coisas eram de verdade na Idade Média. Mas por que você desejaria visitar um lugar assim quando pode — por não muito dinheiro a mais — possuir uma dimensão inteira?)

Na Mago Frugal Inc.®, escolhemos especificamente uma faixa de dimensões que oferece uma experiência Terra-lite™.

PERGUNTAS FREQUENTES

Nossas dimensões são próximas o bastante da história real para oferecer algumas experiências emocionantes muito aguardadas — como justas, cavaleiros, castelos e a Inquisição Espanhola[1]! Contudo, há novidades o bastante para que você não as considere tediosas como um livro de história.

Embora seja improvável que indivíduos históricos da nossa história existam na sua dimensão, você encontrará novos monarcas. Pode ser que você não seja capaz de conhecer Ricardo II, mas poderá fazer de Tom II seu vassalo! Poderá visitar reinos com novos nomes e fronteiras. Verá batalhas que nunca aconteceram na Terra! Os costumes locais nas nossas dimensões frequentemente se desviam de maneiras fascinantes em relação aos registros históricos da Terra[2].

O Mago Frugal™ não só é um homem ou mulher de negócios astuto(a), ele, ela ou eles também são um explorador, empolgado pela ideia de dimensões que fornecem um desafio!

---

[1] Perídos de tempo específicos na Idade Média não são garantidos para aqueles que adquirem dimensões Mago Curinga™. Nossa faixa vai do equivalente ao início dos anos 600 DC até cerca de 1350. Além disso, Algumas dimensões Terra-lite™ têm significativos desvios culturais na Grã-Bretanha — como aquelas onde os romanos dominaram a ilha inteira, ou aquelas aonde eles nunca chegaram. Se deseja um período de tempo ou experiência específicos, certifique-se de comprar uma Dimensão com Garantia Plena™.

[2] Damas! E cavalheiros que gostam desse tipo de coisa! E todos os outros que não são mencionados em declarações como essa! Investiguem nossas exclusivas dimensões de Legítimo Matriarcado Celta™ para uma experiência onde as mulheres vestem as calças! (Aviso legal: Ninguém costuma vestir calças nessas dimensões.) Lições de pintura facial incluídas!

Ulric Stromfin. Atual chefe da filial de Seattle do cartel Fabian Aprimoramentos.

Aprimoramentos eram caros. A maioria das pessoas não tinha nenhum, exceto por nanitas básicos, que eram administrados universalmente no nascimento nos bebês cujos pais concordavam com isso. Para receber qualquer outra coisa, era preciso um bocado de grana. O cartel era ótimo em descobrir pessoas desesperadas e prendê-las em contratos *extremamente* ilegais. O tipo que nunca era escrito, mas que fazia com que fosse morto se você o quebrasse. Quer entrar para a liga de artes marciais de aprimoramentos irrestritos, ter uma oportunidade de alcançar o estrelato? O cartel financiaria sua jornada. Precisa de nanitas avançados para sua esposa, que está morrendo de uma doença rara? O cartel podia ajudar. E então, havia os aprimoramentos ilegais. Coisas como aprimoramentos de furtividade ou de armas. Em troca, você ficava com dívidas enormes, do tipo "passe o resto da sua vida pagando".

Havia legiões inteiras de ladrões que eram obrigados a compartilhar seus ganhos com o cartel.

A quantidade de coisas que eu sabia sobre o assunto só de ver o rosto de um homem praticamente confirmava o que eu era. Um gângster, ou na melhor das hipóteses um ladrão. Talvez eu fosse de um cartel rival. Eu não podia pensar em qualquer outro motivo para saber tanto sobre como eles funcionavam — e ter tanta certeza de que Ulric me queria morto.

Assim, me movi por instinto, agarrando Sefawynn pelo braço e colocando minha mão sobre a sua boca, depois a arrastando de volta para a entrada. O movimento apagou sua lâmpada e derramou óleo no chão.

Eu a empurrei contra a parede ao lado da porta e esperei, tenso. Eu teria sido visto? Quando nenhum grito nos seguiu, olhei para Sefawynn, vendo seus olhos arregalados e... Uau, veja só isso. Ela havia colocado a ponta da sua faca contra minha garganta. A garota era boa com uma arma.

Dizia muito sobre Ulric que, mesmo com aquela faca beijando minha pele, eu estava *muito* mais preocupado com ele do que com ela.

— Aquele homem não é quem eu pensei que fosse, e não posso deixar que ele me veja — sussurrei. — Foi por isso que agarrei você. Agora eu vou soltá-la, mas *por favor,* não chame a atenção dele.

Tirei a mão da sua boca cuidadosamente. Ela me olhou, mas não moveu a faca. Respirei lentamente e captei o aroma de ervas — menta, sálvia, talvez alecrim. As pessoas da idade Média não deviam feder? Eu pensei que elas tomassem banho, tipo, uma vez por quinzena ou algo assim.

Finalmente, ela removeu a faca, estreitando os olhos.

— Pensei que eles fossem seus amigos — sussurrou ela.

— Eu não havia visto os rostos deles antes — expliquei. — Esses *não são* meus amigos.

CAPÍTULO SETE

— Quem são eles?

— O mais alto é Ulric — respondi. — Ele é um ladrão, mas não como eu. Ele é o chefe de um cartel. Hã, o líder de um grupo de ladrões?

— Como um chefe de bandidos?

— Isso. Ou talvez ainda mais importante. Preste atenção, aquele homem é *perigoso*. Ele não é um ladrão do tipo que "finge que é um *aelef*"; é um ladrão do tipo "deixem que eles encontrem os cadáveres; eu não me importo".

— Precisamos contar para o *thegn* — disse ela.

— Não, precisamos nos *esconder*.

— Meu irmão está lá.

Ele estava? Ulric havia me distraído. E... qual era o nome do outro? O homem mais baixo e esguio junto dele — com um rosto que parecia uma pá e um conjunto de aprimoramentos de pugilista. Aquele era...

Quinn. Quinn Jericho. O executor e braço direito de Ulric. Eu não me lembrava de nenhum dos dois com barbas, mas com elas, eles pareciam com todos os outros homens que eu vira ali.

Por que eles estavam ali? E procurando alguém que não era eu?

— Seu irmão vai ficar bem — disse em voz baixa. — Mas *nós* não vamos se esses homens me virem. Esconda-me até eles irem embora.

Eu estava começando a achar que forçara demais a confiança dela, mas ela moveu a cabeça para a direita. Nos esgueiramos em uma pequena sala próxima — um arsenal. Pelo menos, havia um monte de machados e espadas ali, em uma prateleira. A única iluminação vinha das lâmpadas da entrada — e elas haviam escurecido, já que Sefawynn fechara a porta, deixando apenas uma abertura fina.

Havíamos nos mexido bem na hora, pois nem dois minutos se passaram antes que Ulric e Quinn entrassem no corredor, seguidos pelo *thegn* e sua esposa — depois por três servos, incluindo o irmão de Sefawynn. A *skop* e eu nos encolhemos junto da porta, assistindo pela fenda.

— Mandaremos notícias — disse Lorde Ealstan, — se esse homem com cabelo vermelho for visto.

— Ou se outras coisas estranhas acontecerem — disse Ulric. — Não quero ouvir em segunda mão sobre outra silhueta flamejante no seu campo, *thegn*.

— Lembre-se da sua posição — retrucou Ealstan. — Enviarei notícias para o conde. Você não precisa ser informado pessoalmente de nada.

Ulric fez uma pausa junto à porta, que se moveu enquanto o jovem guarda do lado de fora — que aparentemente ouvira a conversa — a abria para ele.

Vá embora, pensei eu sobre Ulric. *Você veio aqui fingindo ser um mensageiro. Você não pode ficar zangado se alguém tratá-lo como um.*

— Não gosto do seu tom, *Thegn* — disse Ulric em vez disso, baixando o capuz do seu manto enquanto se virava. — Eu... tenho a confiança do conde. Partilho da sua autoridade.

— Alwin pode confiar em você, estranho — replicou Ealstan. — E se ele o faz, que bom para você. Mas *você* não tem autoridade aqui. Vá e diga a ele o que viu, e leve consigo minhas palavras de promessa. Se os *landswights* estão perturbados, como sua mensagem avisou, descobriremos a causa.

— De fato, de fato — disse Ulric, inspecionando a entrada. — Novos tempos estão chegando, *Thegn*. Novas... maneiras de fazer as coisas. Isso não o deixa empolgado?

Diabos. Eu conhecia aquele tom de voz de Ulric. Eu já o ouvira dizer aquelas exatas palavras.

Estendi minha mão até uma das espadas.

CAPÍTULO SETE

— Novos tempos? — disse a esposa de Ealstan. — Eles vêm quer desejemos ou não. E nós os suportaremos, como suportamos as mudanças das estações. Que trazem amigos e inimigos, homens e espíritos.

— E se essas mudanças de estações trouxerem a mim? — disse Ulric. — Alguém que não é nem uma coisa, nem outra?

— Nem amigo nem inimigo?

— Nem homem — disse ele — nem espírito. — Ele meteu a mão no seu manto e pegou uma Torrington 11940, uma pistola de nível militar com ejetores de força e, provavelmente, munição anti-nanitas. Uma arma como aquela podia derrubar alguém com os aprimoramentos mais resistentes.

O guarda sorridente na porta não teve nenhuma chance.

Desviei o olhar quando o tiro soou. Aquele tipo de poder de fogo podia atravessar uma polegada de aço — podia transformar crânios em confete. O *bang* foi extremamente alto. Ulric preferia não usar supressores, ainda que eles viessem como padrão, e não causassem nenhum detrimento para o poder de fogo de uma arma.

Um leve som de agitação nos meus ouvidos indicavam que meus nanitas estavam se movendo para me proteger de outros sons perigosos. Quando olhei de volta, um par de pés calçando botas foi tudo que pude ver do guerreiro morto. Havia fumaça no ar. Isso não era comum, tampouco. Ulric queria que essa arma deixasse uma impressão — e percebi o por quê quando olhei para os habitantes locais. Lorde Ealstan havia se colocado diante da esposa, mas seus olhos estavam arregalados, o queixo caído. Os guardas atrás dele pareciam perplexos, as armas caindo dos seus dedos.

— Eu mato qualquer um que escolher — disse Ulric. — Novos tempos, como eu disse. Precisa de mais provas, *thegn*?

— Não — respondeu Ealstan.

Ulric apontou a arma para um dos guardas atrás de Ealstan.

— Não, *lorde* — disse Ealstan.

— Excelente — disse Ulric. — Vai ser ótimo trabalhar com você. Acredito que seu povo tem uma tradição. *Bearn-gisel*? Falei direito?

— Sim — murmurou Ealstan.

— Excelente — falou Ulric, acenando com a cabeça para Quinn. Ele empurrou o lorde e a esposa e agarrou...

O irmão de Sefawynn?

Ah, diabos. Eles devem ter notado as roupas boas do garoto, ouviram-no chamar Ealstan de "Pequeno Pai" e somaram dois mais dois, resultando em cinco, assim como eu. Eu não sabia o que "*bearn-gisel*" significava — mas a julgar pela maneira como Sefawynn havia sacado sua faca, não era nada de bom.

Quinn empurrou o garoto na direção de Ulric.

Ele tomou um refém, compreendi. *Para manter o lorde local na linha.* Isso era cruel.

Sefawynn agarrou a porta, pronta para sair furiosamente. Agarrei o braço dela, e ela girou na minha direção. Seu olhar dizia para eu *ousar* detê-la.

Eu ousei, sentindo um pânico quase debilitante. Quando eles atirassem nela, provavelmente revistariam a sala para ver se havia mais alguém escondido ali dentro.

Sacudi minha cabeça para ela desesperadamente. *Não,* movi os lábios. *NÃO.*

— Ande na linha, *thegn* — recomendou Ulric —, e poderá visitar seu filho em Wellbury. O inspetor mostrou ser cordial com minhas visitas. Tenho certeza de que seu menino será cuidado com... atenção especial.

CAPÍTULO SETE

Sefawynn fez força contra minha pegada, e por um momento, pensei em sair subitamente da sala e enfrentar Ulric eu mesmo. Se ele se surpreendesse em me ver e eu pudesse tirar aquela arma dele...

Mas minhas placas só estavam com metade da sua funcionalidade. Eu estaria arriscando minha vida por nada. Espremi o ombro de Sefawynn, implorando silenciosamente. Por favor, não.

Ulric e Quinn saíram, levando o menino junto enquanto pediam pelos seus cavalos.

Sefawynn caiu de joelhos e começou a tremer. Chorando. Ninguém se moveu — não até que cascos na noite anunciassem que os dois "mensageiros" estavam indo embora. De volta para a escuridão que os gerara.

Quem rompeu o transe foi a esposa de Ealstan. A mulher alta se ajoelhou ao lado do corpo, meneando a cabeça.

— Traga Hairud — ela ordenou. — Vou falar com ela, então com a mãe de Oswald, e contar a ambas sobre o heroísmo dele. E sobre sua passagem. Vou preparar uma urna para seu enterro e colocá-lo no nosso túmulo. Ele morreu nos defendendo.

— Sim, Rowena — disse um guarda antes de sair correndo.

Soltei um longo suspiro de alívio. Havia sido por um triz. Ainda assim, eu estava vivo. (Cinco estrelas. Esconderijo suficiente, apesar da falta de árvores.)

Lorde Ealstan *socou* a parede, fazendo a estrutura inteira tremer.

— O que *foi* aquilo? O que ele *fez*? Alguém traga a *skop*! Ela precisa saber que seu irmão foi... — Sua voz morreu e ele olhou para nossa porta, talvez ouvindo o gemido de Sefawynn quando ele mencionou o menino.

Abri a porta e levantei minhas mãos, passando ao redor de Sefawynn. Ealstan murmurou uma praga e caiu de joelho, curvando a cabeça. Sua esposa e o guarda o imitaram imediatamente.

— Honrado espirito — disse Ealstan. — Aprisioná-lo trouxe esse mal sobre nós. Por favor, não leve mais ninguém da minha gente. Encontrarei os objetos da sua demanda, e mais. Por favor. Tenha *misericórdia.*

— Eu... — O que eu podia dizer? Olhei para fora da porta, então desviei rapidamente o olhar. O pobre guarda parecia ter sido atingido por um canhão. Ulric não era... um homem sutil.

A visão me deixou enjoado, o que... era um bom sinal, certo? Isso significava que eu não era tão horrível quanto alguém como Ulric.

Não, você não é, pensei. *Mas você é um covarde. E egoísta. Esse é seu primeiro pensamento ao ver um corpo morto? Felicidade por considerá-lo nauseante?*

— Ele não é um espírito, nem lorde — disse Sefawynn, passando por mim com um empurrão. — Tampouco é um *aelv*. — Ela parecia péssima, tinha os olhos vermelhos e apertava sua adaga como se fosse estrangulá-la. — Se ele fosse alguma dessas coisas, teria sido capaz de ajudar. Lorde Ealstan, devo incomodá-lo e pedir seu cavalo mais rápido.

— *Skop* — respondeu ele, ainda ajoelhado, curvando a cabeça. — Eu... eu não deveria tê-lo deixado levar seu irmão. Você não ouvirá bravatas dessa casa. Sinto muito.

— O senhor não é tolo, pequeno pai — ela replicou. — Não poderia combater o que quer que fosse aquilo. O único que poderia tê-lo detido era... era eu. Mas eu não falei. Um cavalo. Agora, por favor.

— O que você vai fazer? — eu perguntei.

— Vou segui-los até que parem — disse ela, ainda segurando a faca com dedos brancos pelo esforço —, então confrontarei o

CAPÍTULO OITO

monstro para amarrá-lo ou bani-lo. Se ele for um *aelv* ou espírito, posso ter sucesso. Se for um deus...

— Ele não é um deus — eu retruquei. — Ulric é uma pessoa comum, embora certa vez *eu* tenha pensado que ele podia ser metade macaco ou algo assim. Mas se você for atrás dele, vai acabar morta...

Parei de falar enquanto ela me fuzilava com olhos avermelhados. É, tudo bem. Eu não precisava que me dissessem o que ela pensava de mim naquele momento. Péssimo agradecimento por ter salvado a vida dela, mas eu entendi. Não era assim que você se sentia quando acabara de ver seu irmão ser sequestrado.

— Farei com que um cavalo seja preparado — declarou Ealstan, levantando-se, e acenando para que seu guarda e sua esposa fizessem o mesmo. — Mas aproveite o tempo para pensar e planejar, *skop*. A criatura está levando seu irmão para Wellbury, então vai encontrá-lo na casa de Wealdsig. Contanto que o rapaz contenha sua língua, ele deve ficar em segurança.

— Por favor — disse Rowena. — Pelo menos nos deixe preparar suprimentos. E mandar guardas para acompanhá-la.

— Não posso ser vista me aproximando — replicou Sefawynn. — Talvez um guarda para me ajudar seja permissível, e seria bom ter suprimentos. Vou me retirar para o *wēoh* do fundador para meditar, se eu puder. Vou precisar de bravatas. Bravatas poderosas.

— Naturalmente — disse Ealstan, acenando para que um segundo guarda a escoltasse. O guarda pegou uma lanterna e guiou-a pela escuridão.

Rowena cuidou do corpo, trabalhando com uma familiaridade prática com a morte enquanto ela colocava um escudo sobre a parte superior do corpo, que havia sido detonada. Então ela reuniu algumas servas, apenas mulheres, para ajudá-la a cuidar do corpo.

Todo mundo — incluindo o lorde — ficava a uma distância segura de mim.

Sefawynn estava praticamente morta. Ela seguiria Ulric e recitaria poesia para ele. A única dúvida seria quanto tempo ele passaria gargalhando antes de atirar nela. Aquilo não era minha culpa, contudo. Quero dizer, pousar aqui *havia* atraído a atenção de Ulric, então *aquilo* era culpa minha. Mas eu nem mesmo me lembrava de iniciar essa jornada. Talvez eu tivesse sido forçado a vir para essa dimensão ou algo assim.

As justificativas soavam vazias. Depois de me esconder no arsenal, depois de sentir aquele pânico, eu sabia exatamente o que eu era.

— Ei — disse eu, enquanto uma serva seguia apressada carregando um pedaço de Oswald envolto em pano. — Eu tinha alguns, hum, encantamentos comigo quando cheguei aqui. Alguma ideia de onde eles podem estar?

Ela apontou um dedo nervoso para a sala com a fogueira. E escapuliu antes que eu pudesse perguntar qualquer outra coisa, então fui até lá. Era notável quão pouco a sala cheirava à fumaça. No fundo de, encontrei uma despensa com várias carnes e frutas em cestas.

As páginas do meu livro estavam jogadas em um canto, queimadas, rasgadas e desorganizadas. Algumas das páginas estavam amassadas e dobradas.

— Não podiam ter pelo menos empilhado as folhas direitinho? — resmunguei, procurando até achar uma lâmpada apagada. Eu a acendi com uma vareta da fogueira, então agarrei um banquinho e foi até a despensa.

Por mais que meus instintos dissessem que eu devia sair dali, estava curioso demais. Aquela pilha de papéis caótica podia conter os segredos de quem eu era — e certamente me diriam algo sobre *quando* eu estava.

CAPÍTULO OITO

Sentei-me e pisquei três vezes para ativar meu protocolo de controle de nanitas. Felizmente, eu me lembrava de como fazer isso. A sobreposição visual me avisou de que a vigília básica havia sido mantida por mais de quarenta e oito horas e que eu precisaria dormir daqui a aproximadamente mais um dia. Aparentemente, ser nocauteado não contava. Eu não estava preocupado demais — era possível passar cinco ou seis dias sem um comando de desativação, que eu tinha de qualquer modo.

Estendi a mão para a folha de papéis no chão, então imediatamente me levantei de um salto. Os papéis agora estavam empilhados de um modo organizado.

Olhei ao redor, mas tanto a despensa quanto o salão estavam vazios, exceto por mim mesmo.

Talvez... talvez eu precisasse dormir mais do que o alerta havia indicado. Havia sido um dia muito, *muito* longo. Com o coração batendo forte, me obriguei a me sentar.

Quando olhei de volta para a pilha de papel dessa vez, as poucas páginas que haviam sido dobradas antes agora estavam *des*dobradas e pousadas no topo da pilha.

— Ah, *qual é*! — perdi a paciência.

Agarrei a pilha e pousei-a no meu colo. Se alguém estava tentando me assustar, não ia conseguir.

Agora que eu tinha as páginas, contudo, estava intimidado por elas. Ainda assim, me obriguei a continuar. Usando os números das páginas, agrupei-as em pilhas de dez — e quem quer que tivesse tentando me pregar peças me deixou em paz.

Eu queria deixar tudo em ordem antes de tentar entender o texto. Mas enquanto trabalhava, encontrei uma página que se destacava. Era uma série de perguntas impressas do final do livro, a julgar pela página trezentos e tanto. Linhas depois das perguntas indicavam que o proprietário devia escrever as respostas.

Para ajudar com a transferência, compreendi. *Para sacudir a memória quando você chegasse.*

No topo da página havia uma pergunta simples e clara: *Qual é o seu nome?*

Abaixo dela, escrito a mão em tinta azul, estava o nome John West.

Oh, *diabos*. Aquele era *meu nome*.

E abaixo dela: *Qual era sua profissão antes de se tornar um Mago Interdimensional*™?

Aquela parte da página estava queimada, mas eu pude identificar uma palavra completamente inesperada.

Policial.

Isso despertou um conjunto vago de memórias. A academia. Vestir um uniforme. Caramba. Eu não era um ladrão.

Eu era um detetive especialista no Departamento de Polícia de Seattle: Divisão Anti-Cartel e Aprimoramentos Ilegais.

PERGUNTAS FREQUENTES

O Que Posso Esperar da Minha Dimensão?

R: Mago Frugal Inc.® vende apenas as dimensões da mais alta qualidade. Todos os nossos pacotes padrão — incluindo nosso nível Mago Curinga™ — vem com três garantias.

Antes de continuarmos, temos que explicar como as dimensões são investigadas em primeiro lugar. (Mais informações na página 85.)

O aparato para escolher dimensões específicas é, infelizmente, impreciso. Imagine que o espectro total das dimensões disponíveis seja como o espectro eletromagnético da luz visível. Tecnicamente, existem cores infinitas — já que cada mudança minúscula ao longo do espectro das cores é distintiva.

Nossa tecnologia pode determinar uma banda de dimensões que compartilham atributos similares — imagine isso como as cores "azuis" no espectro.

PERGUNTAS FREQUENTES

Ser mais específico no círculo de cores pode obter uma faixa de cores "azul-escuro". Do mesmo modo, estreitar mais ainda a banda dimensional encontraria um grupo de dimensões onde seu tempo atual é muito parecido com nossa história medieval.

Digamos que você reduza seu exame especificamente para Azul Nº 000099 no espectro de cores. Isso está relacionado com abanda específica de dimensões que compramos. (O 305º espectro da categoria dois, dimensões de derivação medieval.)

Nesse ponto, contudo — assim como nossos olhos podem ter dificuldades em distinguir entre diferentes tons de Azul Nº 000099 — nossa tecnologia não consegue isolar diferentes locais individuais dentro do 305º espectro da categoria dois, dimensões de derivação medieval. Basicamente, nós escolhemos aleatoriamente uma das infinitas dimensões dentro dessa banda, a investigamos, e registramos seus atributos — então a oferecemos para venda de acordo com sua adequação.

Devido às variáveis envolvidas, para garantir sua satisfação, fornecemos três garantias básicas. Se a sua dimensão não possuir pelo menos essas três propriedades, pode devolvê-la para um reembolso completo ou dimensão substituta. (Nota: Pacotes premium podem ser comprados com garantias adicionais. Ver página 192!)

GARANTIA UM:

Sua dimensão terá uma ilha da Grã-Bretanha povoada por uma sociedade de humanos capazes de trabalhar com o aço, mas que ainda não descobriram a pólvora. Eles terão uma sociedade e cultura funcionais basicamente equivalente ao pe-

PERGUNTAS FREQUENTES

ríodo histórico Clássico Tardio, Medieval Antigo ou Medieval Tardio (pré-pólvora) da Terra[1].

GARANTIA DOIS:

As pessoas na Grã-Bretanha falaram uma linguagem que é inteligível para anglófonos modernos. Escolhemos nossa banda dimensional especialmente por esse motivo!

Há um bocado de jargões científicos e históricos sem graça teorizando sobre o que realmente aconteceu para permitir essa façanha linguística. Versão curta: achamos que uma grande migração de refugiados normandos chegaram à Grã-Bretanha em algum momento do passado distante, influenciando profundamente a linguística local. O resultado final é impressionante! Sim, você *será* capaz de entendê-los[2,3]!

---

1 | Um número limitado de dimensões do fim da Idade Média da era da pólvora estão disponíveis em pacotes premium. Ver a página 189. Urrá, piratas!

2 | Garantias de uso de sotaques britânicos e/ou palavras "de sonoridade medieval" estão disponíveis para nossos pacotes premium. Observe que mesmo no melhor dos casos, algum jargão ou termos inesperados pode existir. Isso é um recurso, não um defeito! Acrescenta originalidade à sua Dimensão de Mago Pessoal™.

3 | Dimensões com variações inteligíveis de inglês antigo, latim, gaélico, inglês médio e vários idiomas celtas, germânicos e britânicos estão disponíveis por um preço reduzido. Ocasionalmente também temos dimensões disponíveis onde os habitantes da Grã-Bretanha falam idiomas inteligíveis para falantes modernos de italiano, espanhol, francês ou outras línguas românicas. Veja a lista atual no nosso website. Aviso: Elas costumam se esgotar rapidamente.

PERGUNTAS FREQUENTES

GARANTIA TRÊS:

Nem o povo das Ilhas Britânicas nem da Europa continental estarão atualmente sofrendo uma pandemia global. Essa garantia tem validade por cinco anos a partir da compra do seu pacote. Nota: Recomendamos fortemente que Magos Interdimensionais™ mantenham seus nanitas atualizados nas semanas antes da partida. Isso não só protegerá você das doenças locais, como garantirá que não leve nada nocivo para seu reino[4,5].

---

4 | Aviso legal: Nossa Garantia Anti-Praga™ é nula para todos os clientes que se recusarem a usar nanitas pessoais. Entre na sua dimensão por sua conta e risco. Talvez levando um caixão sob medida.

5 | Você é uma alma generosa ou um entusiasta de medicina que quer comprar uma dimensão que *ESTÁ* passando por uma massiva pandemia global? Já desejou curar a Peste bubônica sozinho? Veja nossa seção de Pacotes Fantásticos para mais informações! Ver página 191. As dimensões pandêmicas estão com um preço extremamente reduzido, dependendo da severidade da pandemia. Aviso: Essas dimensões tendem a ter tempos de vida limitados.

Eu era um policial.

 Isso explicava *tanta coisa*. Eu sabia como me esgueirar porque era um investigador de linha de frente das atividades do submundo. Eu sabia sobre táticas de cartel porque os estudara, me infiltrara neles, planejara como derrubá-los. Eu tinha aprimoramentos fornecidos pelo departamento. Ulric me queria morto porque sabia quem eu era. E eu vim para essa dimensão porque o cartel estava aqui.

 Eu ainda não me lembrava de muitos detalhes sobre minha vida, mas a sensação de alívio avassalador depois de descobrir essa informação foi toda a prova de que precisava. Eu tinha esperança, lá no fundo, de que não era um criminoso. Aquilo parecia *certo*. Aquilo era *eu*.

 Meu nome era John West, e droga, eu era um *herói*.

 Então, o que eu fiz em relação a isso?

Bem, algo *devia* ter dado errado com minha investigação. Eu estava despreparado demais para pensar o contrário. Vestia uma roupa que era só parcialmente de época; não tive um lugar seguro para esperar enquanto me recuperava — e se eu houvesse mesmo dado mais que uma olhadela no livro antes de partir, saberia que isso era uma boa ideia. Diabos, eu nem tinha uma arma.

Então era razoável pensar que eu fora apressado, surpreendido, ou que de algum modo não havia esperado acabar aqui tão cedo. Até agora, meu desempenho havia sido *obviamente* uma estrela. Poderia ser pior, mas apenas como o resultado de total incompetência.

Para aliviar minha ignorância, tentei ler um pouco do livro. Ele tinha mais de trezentas páginas, e eu havia recuperado pelo menos metade. Honestamente, os primeiros capítulos não foram muito úteis. Era mais uma brochura de marketing do que um manual de verdade — mas talvez as informações certas aparecessem mais tarde. Quero dizer, quem faria uma proposta de vendas de trezentas páginas?

Enfiei as páginas debaixo do meu braço por enquanto, e avaliei minha situação. Eu não estava em condições de continuar com minha missão. Mas isso já me impedira? Até onde eu sabia, nunca. Além disso, o que mais eu ia fazer? Me esconder? Ulric havia capturado um jovem inocente. Diabos, ele havia capturado uma *dimensão inteira*.

Eu precisava descobrir uma maneira de voltar à minha própria dimensão para que pudesse obter reforços. Eu não tinha ideia de *como* sair, mas estava disposto a apostar que Ulric e seus comparsas sabiam. Segui-lo discretamente e coletar informações era a melhor opção.

Hoje, eu havia sido um covarde. Talvez houvesse sido a escolha certa taticamente, mas com certeza a *sensação* parecia errada. Então, agora eu ia fazer o que parecia certo.

Fui procurar Sefawynn. No pátio, encontrei Lorde Ealstan preparando dois cavalos com selas e suprimentos perto de uma grande

CAPÍTULO NOVE

pedra de obsidiana. O portal estava aberto. Através dele, pude ver uma luz piscando a uma distância próxima.

— Sefawynn? — perguntei a Ealstan, indicando a luz.

— Sim — ele confirmou.

Senti-me mais seguro na escuridão do que no pátio, mas dessa vez não deixei que esses instintos me enganassem a ponto de pensar que era um criminoso. A luz oscilante provou ser uma lanterna colocada em um banco no centro de um pequeno círculo de grama, cercado por algumas pedras triangulares em um padrão regular. Elas tinham talvez um metro e meio de altura, não como pedras grandes tipo Stonehenge, e as pontas tinham um declive para a direita. Sefawynn estava sentada no banco, de olhos fechados, o rosto voltado para o céu.

Ela estava rezando? Decidi não interrompê-la. Em vez disso, me inclinei contra uma das pedras e chamei novamente meus protocolos de nanitas. Três menus depois — controlando a busca com piscadas ou toques dos meus dedos contra minha perna — encontrei os controles de aprimoramentos específicos. Agora eu podia ler detalhes sobre o que eu tinha.

Placas de antebraço com reforço e um pacote corpo-a-corpo, dizia um item. Um segundo item era mais interessante. *Placas protetoras de órgãos vitais.* Cliquei ansiosamente, entrando no submenu.

O *status* simplesmente dizia Offline. Isso não fazia sentido. O sistema devia estar com defeito. Infelizmente, alguns golpes experimentais no meu peito com um galho provaram que a listagem estava correta. Que maravilha. Talvez a explosão houvesse bugado a proteção. Abri outro menu e selecionei, Tornar Online.

O *display* dizia: Senha necessária.

Isso era ridículo. Por que eu precisaria de uma *senha* para ativar meus aprimoramentos? Deixei meus dedos — batendo na minha perna — inserirem algumas senhas que vieram à minha cabeça, mas nenhuma delas funcionou.

Eu cliquei em solução de problemas, mas isso tentou abrir uma página na web. Perfeito. Não havia um manual offline ou documentação, o que achei compreensível. Haveria poucos lugares na superfície da Terra sem Wi-Fi onipresente nos dias de hoje. A pessoa que projetara o sistema não contara com a possibilidade do proprietário ser teleportado para uma Inglaterra antiga.

Eu também não tinha nenhum arquivo local armazenado nos nanitas ou um disco rígido de wetware. Pelo menos eu me lembrava do motivo para isso. Dados locais no próprio corpo não eram seguros o bastante. O protocolo do departamento teria insistido em manter tudo remoto.

Ainda assim, o fato de eu não ter baixado nenhum banco de dados útil era mais uma prova de que partira para essa missão descuidadamente. Voltei para o menu principal e apertei em uma função de comando secreta.

Eu nem sei direito como fiz isso, mas ele abriu uma nova aba. Aprimoramentos de furtividade.

Oh, uau.

Agora sim!

Eu imediatamente liguei a visão noturna, clareando consideravelmente a área ao meu redor. Não chegava ao nível da luz diurna, mas era colorizada.

Junto com a visão noturna — e um zoom visual de 3x — eu tinha alguns outros pequenos aprimoramentos. Um *upgrade* de sensibilidade e estabilidade para meus dedos. Isso serviria para abrir fechaduras e outros trabalhos delicados. Um par de *upgrades* de vigilância para que eu pudesse hackear sistemas sem fio — provavelmente não seria extremamente útil na Idade Média, mas quem sabe?

CAPÍTULO NOVE

Eu podia aumentar minha audição — essa era boa. Também tinha um *mod* cutâneo que fornecia camuflagem simples — basicamente, eu podia transformar a pele nas regiões com placas no meu corpo em verde-escuro ou algumas outras cores.

Da última vez, eu havia feito um *mod* vocal. Oooh... agora, *isso* poderia ser divertido. Com ele, eu deveria ser capaz de imitar as vozes de outras pessoas, acrescentando alguns efeitos interessantes, e absolutamente *arrasar* no karaokê — que eu teria que inventar, junto com a eletricidade e, bem, a música pop. Mas era bom saber que eu tinha essa opção. (Quatro estrelas para os superpoderes escondidos. Meu dia — e noite — agora estava muito mais brilhante.)

Revisei meus controles de aprimoramento de furtividade para que não precisasse acessar o menu para ativá-los — para ser honesto, eu não sabia ao certo se *conseguiria* voltar a esse menu — então saí.

Sefawynn estava olhando para mim.

— Você parece feliz — comentou ela.

— Eu meditei muito — respondi. — Sefawynn, quero ajudá-la a resgatar seu irmão.

Ela me avaliou antes de falar qualquer coisa.

— Eu não sei se quero a ajuda de alguém em quem não posso confiar. Você nem me disse seu nome.

— Eu compreendo — respondi. — Você tem razão em não confiar em mim. Não fui completamente honesto com você.

— É mesmo? — disse ela, então deliberadamente revirou os olhos. — Oh, veja, estrelas. Que lindo.

— Estou falando sério dessa vez, Sefawynn — insisti. — Você acha que sou um charlatão, um vigarista. Mas não sou. É importante que compreenda. — Fiz uma pausa para maior efeito. — Eu sou um *mago*.

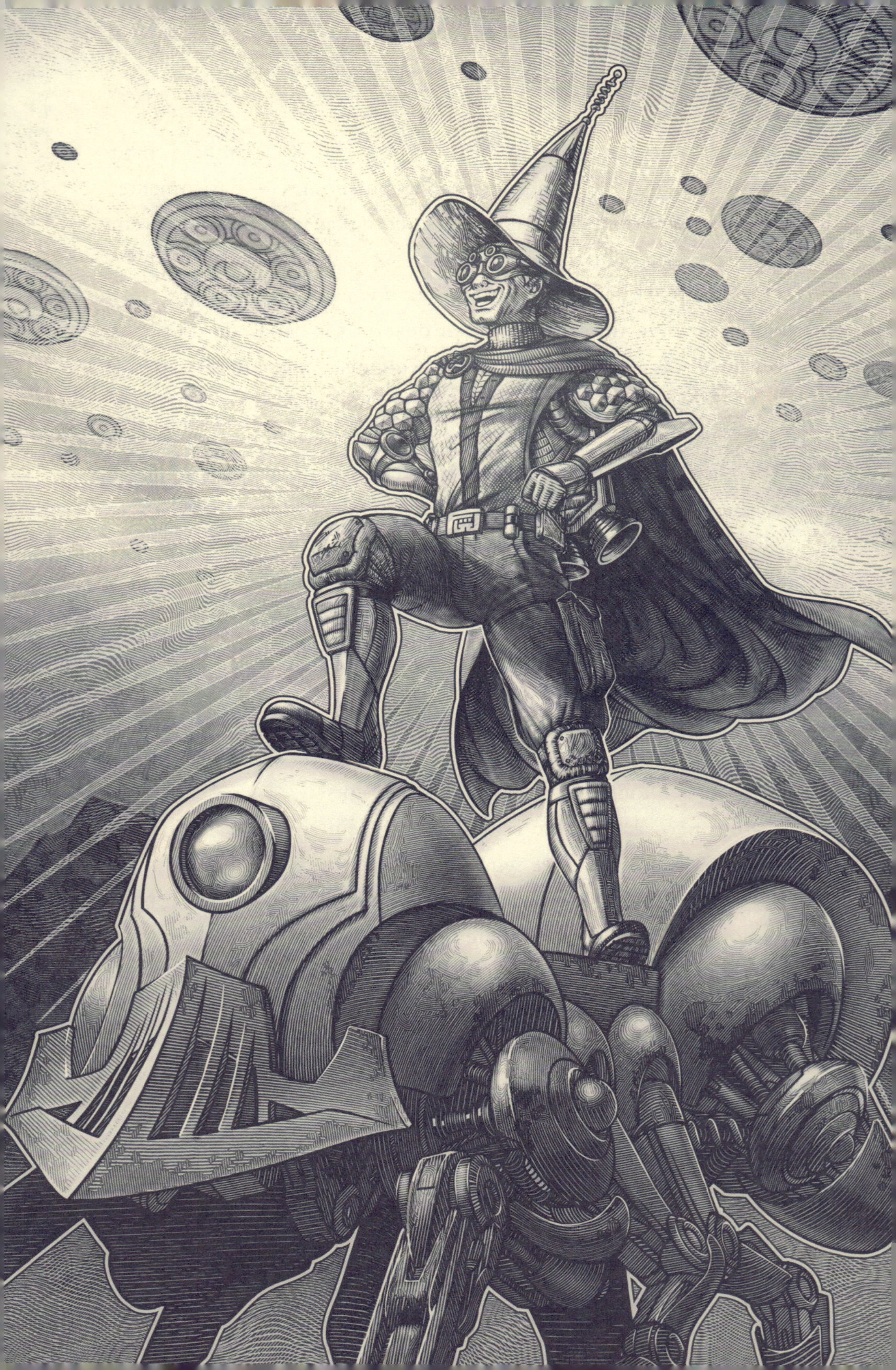

VOCÊ É UM MAGO

Segue um excerto de *Minhas vidas: Uma autobiografia de Cecil G. Bagsworth III, o primeiro Mago Interdimensional™*. (Editora Mago Frugal™, 2102, $39,99. Edições autografadas disponíveis para membros do clube de inscrição Fãs Frugais™.)

Fiz minha primeira viagem à Idade Média em 2085, como parte das expedições iniciais do governo para dimensões alternativas. Minha especialização nesse campo, e meus feitos na Guerra da Micronização, os levaram a me procurar especificamente. Entrei de cabeça nesse empreendimento, como sempre foi minha natureza.

Depois de vencer meu primeiro torneio de justas, conquistar a confiança do rei, e usar uma bateria primitiva para demonstrar uma luz elétrica para o abade, percebi algo importante.

Eu era um mago.

Muitas sociedades têm tradições curiosamente similares sobre aqueles que são às vezes chamados de "homens sábios" ou "curandeiras". Seja o *de kloka* sueco, o *dyn hysbys* galês, ou os reis magos bíblicos, o folclore europeu e do Oriente Médio tem um fascínio pelo erudito-curandeiro-filósofo.

A palavra "mago" vem da mesma raiz que "sabedoria". Embora a cultura popular moderna tenha cooptado o termo para evocar a imagem de barbas longas, chapéus pontudos e ocasionalmente um garoto com uma cicatriz e uma varinha, nos tempos antigos não era tanto a magia que identificava esses indivíduos: era o *conhecimento*. Sim, esse conhecimento costuma ser associado ao arcano e ao invisível nas histórias — mas o que é a magia, senão uma ciência que ainda não foi descoberta?

Na vida que vive agora, você pode achar que não é bem-sucedido, que está preso na mesmice. Pode lamentar o pouco que conseguiu fazer. Mas no escopo da história da humanidade, você é um *deus*. O conhecimento que possui devido a uma simples educação de ensino médio é vasto em comparação ao conhecimento abrangente de algumas das maiores mentes da história. Você carrega maravilhas tecnológicas que poderiam literalmente derrubar reinos no seu bolso, ou talvez embutidas no próprio corpo.

Você já desejou causar um impacto real na vida? Mudar o mundo — não do jeito pedante de "plantar uma árvore", mas em um sentido literal, como "iniciar a Renascença"? Governar reinos? Salvar milhões de vidas? Alterar o curso da história? Ou simplesmente ser renomado pelo seu incrível conhecimento?

Quanto mais estudo história, mais percebo que as grandes realizações não têm tanto a ver com aptidão quanto com *a hora certa*. Assim como a natureza abomina o vácuo, a história *vai* preencher papéis importantes com as pessoas disponíveis.

Consideramos os irmãos Wright como os primeiros a voar — mas na verdade, uma dúzia de outros estavam na sua cola. Alguém o teria feito se eles não o fizessem.

Sua aula de física pode ter ensinado que Einstein inventou $E=mc^2$ — mas se fizer uma investigação superficial, descobrirá que a ideia da equivalência massa–energia baseia-se no trabalho simultâneo de dúzias de cientistas. Einstein era simplesmente o melhor em fazer notações sucintas.

Em suma, os Beatles não inventaram o rock moderno; o rock moderno inventou os Beatles.

Sua vida não é ordinária. Você está apenas vivendo no tempo errado. Encontre sua Dimensão Perfeita™. Abrace o seu destino — seja ele trazer a luz prometeica ou exercer domínio implacável — e viaje pelas dimensões.

Torne-se um mago.

— Um o quê? — disse Sefawynn, inclinando a cabeça para o lado.

— Eu sou um mago — repeti. — Você sabe. Alguém que faz magia?

— Eu não conheço essas palavras.

Certo. O que o livro havia dito?

— Eu sou um sábio. Um erudito-filósofo… hã… crítico de horticultura. Você tem uma palavra para isso, certo?

— Um *runian*? — perguntou ela. — Alguém que escreve?

— Claro, isso e mais — respondi. — Uma pessoa que conhece coisas. Coisas estranhas, coisas perigosas. Como Merlin.

— Você quer dizer… Myrddin?

— Isso! Ele mesmo!

— Deuses — disse ela. — Você é *waelish*.

— Ok, veja, eu posso provar. — Levantei os braços, então ordenei que eles ficassem vermelhos — Como sangue. Isso seria apropriadamente dramático.

Só que… Diabos. Como era mesmo aquele comando de atalho?

— Veja — comentou Sefawynn. — Uma estrela cadente. E uma constelação que parece um urso. Fascinante.

— Espere um segundinho — pedi.

Ela me ignorou — agarrando sua lanterna e pisando duro pelo escuro. Apressei-me em acompanhá-la enquanto tentava me lembrar de como ativar o menu oculto.

— Eu posso ver no escuro — disse a ela. — Você não acha *isso* impressionante? Eu posso… — Eu grunhi, colidindo com um arbusto. Falar, olhar menus e tentar provar como eu era místico ao mesmo tempo *não* estava indo muito bem.

Me soltei do arbusto e vi que ela estava de pé com a lanterna levantada, me olhando.

— Vê no escuro, hein?

— Eu precisava de algumas amoras — expliquei. — Coisas de mago.

— Claro. — Ela se virou e continuou a pisar duro rumo à mansão do lorde.

Alguns segundos depois encontrei o menu oculto e levantei meus antebraços — que agora eram de um carmesim vivo.

— Há! — exclamei.

— Tintura de raiz de garança — disse ela, mal olhando para meus braços. — Vi isso ser feito uma dúzia de vezes. O que vem depois? Transformar seu bastão em uma cobra com prestidigitação? Usar uma faca falsa para fingir que sua pele é de ferro? Oh, espere. Você já tentou essa.

— Era a faca do seu irmão — observei.

CAPÍTULO DEZ

— Ainda estou tentando descobrir como você as trocou — ela disse, sem diminuir o passo.

— Olhe só — falei, andando rápido atrás dela, — pode *ficar parada* por um momento? Não vê como é frustrante tentar falar com você?

— Me desculpe! — retrucou asperamente, voltando-se para mim. — Sinto muito que você ache que não acredito em você quando *já admitiu que era um charlatão*! Sinto muito por não acreditar na sua *terceira* vigarice da noite! Sinto muito que isso seja tão wergadeiramente difícil para você! Você deve estar tendo um dia wergadeiramente péssimo! *Que horrível para você!*

Eu parei, sentindo sua ira quase como uma força física. Ela respirou bruscamente várias vezes, os olhos bem abertos, antes de se virar e continuar sua marcha.

— Sinto muito sobre seu irmão — disse eu em voz alta. — Eu quero ajudar você, Sefawynn.

Ela parou novamente, mas não se virou.

— Wyrm e eu somos pobres. Não há nada de valor para você.

— Eu não preciso de pagamento — respondi. — Mas conheço os homens que fizeram isso. Você viu o que eles podem fazer. Eu entendo as armas deles. Posso ajudá-la a combatê-las. E pretendo ir atrás deles de qualquer modo, então poderíamos ir juntos.

Ela me olhou de volta, me julgando e medindo.

— Além disso — acrescentei, — sou muito bom com uma mentira de vez em quando. Isso pode ser útil para você.

— Bom? — Ela gesticulou na direção das minhas mãos. — Você chama isso de ser bom?

— Ei, você acreditou que eu fosse um *aeluf* de início, não acreditou? Eu sou novo nas suas terras, mas acho que saí muito bem, no final de contas. Você não sabe tanto sobre mim quanto pensa.

— Estalei meus dedos e fiz com que meus braços voltassem à sua cor de pele normal.

Isso, finalmente, fez com que ela parasse. Ela veio na minha direção, levantando a lanterna.

— É *aelv*. E isso foi impressionante — ela admitiu.

— Bem, eu...

— Não me diga como você fez — pediu ela. — Eu vou descobrir. — Ela me estudou novamente, então acenou com a lanterna. — Venha, então.

Com um sorriso, me apressei para acompanhá-la. Eu poderia ter achado meu caminho até essa outra cidade por conta própria — mas não tenho dúvidas de que seria muito, *muito* mais fácil de rastrear Ulric com uma mulher local servindo como guia. Além disso, poderia ter o benefício adicional de ajudar a manter Sefawynn viva.

Eu havia deixado o irmão dela ser capturado. Agora que eu sabia quem eu era de verdade, eu *ia* compensar isso. De preferência de uma maneira que terminasse com Ulric trancado em uma cela na cadeia para aprimoramentos elevados no departamento de polícia de Seattle.

— Você tem um nome? — perguntou ela.

— Runian está bom — disse eu. Era melhor não espalhar meu nome verdadeiro — caso Ulric houvesse deixado capangas procurando gente da nossa dimensão, um nome como John West seria um *pouquinho* óbvio.

— Você entende que isso é como chamar um ferreiro de "Ferreiro"?

— Conheci várias pessoas com esse nome — disse eu. — Funciona para mim. — Apalpei meu rosto. — Eu deveria deixar uma barba crescer, para chamar menos atenção?

Ela me olhou de soslaio.

— Não vai funcionar? — perguntei.

CAPÍTULO DEZ

— Vai ser preciso mais do que uma barba rala para torná-lo menos estranho. — Ela olhou para minhas mãos.

— Eu *não* tenho mãos femininas — disse eu para ela.

— Você diz isso como se fosse um insulto — retrucou ela. — Alguns de nós acham que mulheres são mais do que apenas homens que não cresceram o suficiente.

Droga.

— Eu respeito mulheres — insisti. — Eu regularmente uso um laço rosa em outubro para estimular a conscientização sobre câncer de mama.

Por que diabos eu havia me lembrado *disso*? Era ainda menos útil do que a coisa da natação.

— Você é uma pessoa excepcionalmente estranha — falou ela enquanto alcançávamos a muralha de madeira ao redor do forte de Ealstan. — Sugiro que mantenha o rosto imberbe. Você vai se destacar de qualquer maneira, mas assim parece que isso é intencional. Etéreo. As pessoas vão pensar duas vezes antes de molestá-lo. Talvez. De qualquer modo, provavelmente vão olhar para você tempo o bastante para que eu escape.

Muito bem, então, eu deixaria meus nanitas com suas instruções atuais de rosto bem barbeado. Dentro do pátio, Ealstan já havia preparado três cavalos. Um deles parecia ser um animal de carga menor. Talvez fosse uma mula? Eu sabia tanto sobre cavalos quanto atualmente sabia sobre mim mesmo.

— Pequeno Pai — disse ela. — Esse aqui insistiu em se juntar à minha jornada. — Ela me indicou com um movimento da cabeça.

— É verdade? — perguntou ele, olhando para mim.

— Estou me divertindo gloriosamente nessa visita! — disse eu para ele. — Vocês, mortais, e suas palhaçadas! Eu ia apreciar *tanto* vocês procurarem os badulaques que exigi! Tão engraçado! Mas, ai de mim, aquele monstro que matou seu soldado roubou uma arma do trovão do meu povo. Fui incumbido pelo meu pai, príncipe dos *aelefs*, de recuperá-la e punir o mortal pela sua tolice. Lamentavelmente, devo abandonar nosso jogo e cuidar deste dever familiar.

Olhei para Sefawynn, esperando que ela revirasse os olhos novamente. Em vez disso, ela deu de ombros como quem diz, *É, vai servir*. Talvez até um *Nada mal. Três estrelas pelo esforço*. Ou estaria forçando a barra?

Estalei meus dedos e deixei as mãos vermelhas novamente.

— Para vingança — expliquei enquanto os olhos de Ealstan se arregalavam. — Essa é a mensagem que meu pai enviou. Vocês não precisam mais temer meus encantos e truques.

Atrás de Ealstan, Sefawynn sacudiu a mão diante dela. *Talvez esteja exagerando*, o gesto parecia dizer. Mas o que ela sabia? Impressionei o Pequeno Pai de verdade, particularmente depois que estalei os dedos e deixei minhas mãos normais novamente, então fiz para ele um gesto de silêncio e pisquei.

Com um grito, ele fez com que outro cavalo fosse selado e trazido. Uma grande criatura branca com olhos desconfiados. Diabos. Eu ia ter mesmo que montá-la, não ia? Eu duvidava que ela tivesse suspensão de fábrica ou alto-falantes Bluetooth.

— Onde está nosso soldado, Pequeno Pai? — indagou Sefawynn.

— Você merece nosso melhor — replicou ele, então acenou para a esposa — que saiu da mansão carregando um escudo e um machado. Ele a beijou, então amarrou as armas na sua sela.

— O senhor? — espantou-se Sefawynn. — Pequeno Pai, não posso deixar que...

— Quando o garoto foi levado, estava junto da minha lareira — disse ele. — E os estranhos cavalgam para o conde. É meu dever

CAPÍTULO DEZ

como *thegn*, e como seu anfitrião, lidar com aqueles homens. Quero acompanhá-la, *skop*, e merecer minhas bravatas novamente.

Ela curvou a cabeça.

— Como desejar, então.

Hum. Bem, eu poderia continuar praticando meu papel de elfo. Guardei as páginas do meu livro em uma dobra da sela que parecia feita para carregar coisas. Enquanto eu trabalhava, notei Sefawynn caminhando até a grande pedra no centro do pátio. Ela pousou a mão nela, então traçou o que pareciam ser entalhaduras na superfície.

Aquilo eram... runas? Eram, sim. Do tipo que você via em games de fantasia. Reconheci algumas delas. Hã. Elas estavam... brilhando suavemente?

Não, devia ser um truque da luz. Eu indiquei o objeto.

— O que é isso?

Ealstan fez uma careta.

— Precisa zombar de nós, *aelv*?

— Eu... Bem, essa é a minha natureza.

— Nossa pedra rúnica tem uma história orgulhosa — disse Ealstan. — Ela amarra e pacifica nossos *wights*, mesmo agora. Zombe de mim, se quiser, mas não dela. Por favor.

Tudo bem, então. Sefawynn voltou, sinalizando positivamente para Ealstan. Ele, por sua vez, apontou para o horizonte distante — onde a aurora estava surgindo. — Deixarei que conduza essa jornada, *skop*, mas sugiro que partamos agora, enquanto a primeira luz abençoa nosso caminho.

Os dois montaram habilmente seus cavalos. Fiquei de pé do lado do meu. Então... pé na... coisa de pé... então fazer força? O cavalo me fitava enquanto eu tentava descobrir.

— Não olhe para mim assim — resmunguei. — Veículos não deviam ficar encarando.

— *Aelv* — chamou o *thegn*. — Algum problema?

— Eu cavalguei na Caçada Selvagem — respondi, — e já cruzei o céu em um arco-íris sólido. Mas as duas coisas envolveram cavalos *aelef*, que cavalgam como o vento. Essa besta não parece me... respeitar.

— Você precisa conquistar o respeito! — asseverou o *thegn*. — Use uma mão forte. O animal deve saber que você o está conduzindo!

— É, ok — disse eu, então consegui, não sem esforço, montar na sela. — Talvez hoje, eu me satisfaça em fazer com que você não ria de mim, humano.

— Ela vai seguir onde eu for, honrado *aelv* — disse o lorde, abafando uma risada. Meu ar de mistério foi para o brejo. — Segure as rédeas, mas não puxe com força a menos que deseje que ela pare, e não puxe bruscamente a menos que queira ver arco-íris novamente.

— Certo... — respondi.

Ealstan olhou para a *skop* e ela assentiu, nos conduzindo para fora enquanto a luz começava a brilhar.

Bem, *eu* achava que havia me saído razoavelmente bem no meu primeiro dia na Idade Média. Havia feito amigos. (Bem, companheiros.) Havia descoberto quem eu era. (Meu nome, pelo menos.) Até mesmo havia descoberto por que estava ali. (Deter os caras com queixos de tamanho industrial.)

Decidi melhorar minha avaliação. Duas estrelas e meia: nada mal para um cara sem barba. Essa era uma grande melhoria em relação a como as coisas estavam indo de início.

Com sorte, o próximo passo seria me lembrar de por que diabos eu estava aqui sem reforços, armas ou equipamento apropriado.

FIM DA PARTE UM

PARTE DOIS

COMO SER UM MAGO SEM SEQUER TENTAR

Ler enquanto andava a cavalo não era tão fácil quanto eu teria preferido, particularmente quando se travava de um livro de folhas soltas. Mas depois de parar três vezes para pegar páginas que eu havia deixado cair, consegui pegar o jeito da coisa. Lorde Ealstan ficava olhando para mim de soslaio — acho que imaginava que eu estava deixando cair as páginas como algum tipo de truque. Ele parecia estar perdendo parte do medo que tinha de mim e substituindo-o com perplexidade divertida.

Bem, eu me preocuparia em impressioná-lo depois. Por enquanto, meti a cara nas páginas, procurando respostas para uma pergunta que parecia bem importante. Onde diabos eu estava?

Este lugar não parecia nada com a Inglaterra medieval que eu havia visto em filmes. Onde estavam os cavaleiros de armadura completa? As donzelas acenando lenços e usando chapéus pontudos? Os bobos da corte? E… tortas de carne? Acho que eu não sabia muito sobre esse período de tempo.

Algumas perguntas cuidadosas me informaram que Ealstan nunca havia visto uma fortaleza feita inteiramente de pedra, e achava minhas descrições de castelos fantasiosas.

— Isso soa tão vazio — disse ele, nossos cavalos trotando ao longo da estrada de terra batida. — O que você faria com todo esse espaço? Mal poderia ver sua família. Mas parece bastante resistente.

— Eu ouvi falar de algo assim — comentou Sefawynn da nossa frente. — em histórias das terras do Urso Negro...

Aquele nome fez Ealstan se calar. Ou talvez fosse o cansaço. Os dois não haviam dormido nada na noite anterior, e não possuíam nanitas para mantê-los energizados.

— Devíamos nos mover mais rápido — disse Sefawynn da frente.

— Vamos ferir os cavalos se forçarmos demais, *skop* — replicou Ealstan. — Vamos manter um ritmo constante. Esses dois homens devem ter parado para dormir ao longo do caminho. Como não o fizemos, devemos alcançar Wellbury primeiro. Podemos descobrir o que *realmente* está acontecendo com o *reeve* e preparar uma armadilha para os raptores quando eles chegarem.

Era um plano razoável. Como lidar com alguém que possuía poderes místicos? Consiga reforços, e faça uma emboscada com o elemento da surpresa. Infelizmente, eles não iriam parar para dormir.

— Eu... não acho que possamos chegar antes dele em Wellbury, Ealstan — disse eu. — Ulric e Quinn não vão precisar dormir. E, dependendo do tempo que eles tiveram para se preparar, seus cavalos podem... hã... não ser mortais, apesar da sua aparência.

Se *eu* estivesse planejando ir para Idade Média sem chamar muita atenção, teria trazido comigo alguns cavalos aprimorados. Diabos, eu provavelmente teria trazido uma hovermoto ou duas, só por precaução.

— Não precisam dormir? — estranhou Ealstan. — Você disse que eles eram homens comuns.

CAPÍTULO ONZE

— Que roubaram alguns dos poderes dos *aelefs* — respondi. — Suspeito que Ulric esteja com o Amuleto do Vigor, que pode conceder a um mortal uma constituição um pouco parecida com um *aelef*.

— Então, você não precisa dormir? — perguntou Ealstan.

— Eu entro em transe cerca de uma vez por semana — disse eu. — Para contemplar a beleza da minha terra natal e ser renovado por ela. Parece muito com dormir para um mortal, já que sua raça não pode distinguir entre algo luminoso, como uma renovação, e algo mundano, como simplesmente ficar inconsciente.

Ealstan ficou matutando sobre isso, mas Sefawynn deixou o cavalo dela ficar ao lado do meu, trocando de lugar com Ealstan.

— Raiz de chicória — sussurrou ela para mim.

— Perdão? — perguntei.

— Uma vez ajudei uma mulher cujas crianças não conseguiam dormir — disse ela, dando uma olhada para garantir que Ealstan não podia ouvi-la. — Embora ela culpasse os *wights*, as crianças estavam mastigando raiz de chicória. Ela mantém uma pessoa acordada. É isso que você está fazendo.

— Um verdadeiro artista nunca revela seus segredos — disse eu. — Já descobriu a coisa dos braços?

— Estou trabalhando nisso — respondeu ela, então ficou mais séria. — Por que disse que os cavalos deles não são mortais?

— Há certas coisas com que você pode alimentar seus cavalos para que eles corram por muito tempo sem precisar descansar — disse eu. — É um segredo dos *runians*.

Ela me estudou com os olhos apertados, tentando descobrir se eu estava mentindo.

— Não estou tentando enganar você, Sefawynn — disse a ela. — É o mais perto da verdade que posso explicar. Por favor, confie em mim.

Ela sacudiu a cabeça, mas voltou seus olhos para frente — e droga, ela subitamente pareceu exausta. Ombros caídos, olhos vermelhos. Mas continuava em frente, sem dizer nada.

— Vamos encontrá-lo — prometi. — Eu *vou* trazer Wyrm de volta para você.

Ela olhou para mim de novo, mas dessa vez assentiu lentamente... diabos, de algum modo eu deixara o assunto de lado. Eu não estava tentando descobrir que período do tempo era aquele?

Jen teria sabido instantaneamente. Enquanto eu folheava pelas páginas, eu sentia falta dela. Ela havia ido naquela viagem para a Europa e morrido. Se fora em um instante. Como tinta molhada em uma tela deixada na chuva. A família dela nunca havia gostado de mim. Eu soube da morte dela por uma *mensagem de texto*. Não houve nem um funeral.

Ela sempre desejara viajar para uma dessas dimensões, e agora eu estava aqui. Em parte por causa dela...

As informações estavam voltando para mim gota a gota. Por exemplo, estava começando a recordar um bocado sobre minha infância, crescendo em Tacoma. Uma grande parte da minha vida começou a se encaixar nos meus vinte e poucos anos: a academia de polícia. Ainda havia muitos espaços em branco, contudo. Por que eu havia entrado para a academia relativamente tarde? O que eu estivera fazendo nos anos desde então?

Eu estava nessa dimensão para deter Ulric, não estava? Como reconciliar isso com o que eu me lembrava de Jen? Parte de mim sentia que eu viera até aqui para realizar o sonho dela, já que ela não poderia. O que era isso? Uma operação policial, ou uma maneira de prestar homenagem a um ente querido morto? Seriam as duas coisas, de algum modo?

De qualquer maneira, eventualmente descobri um pedaço de informação útil no livro.

CAPÍTULO ONZE

Se optou por uma dimensão Mago Curinga™, você pode se sentir um pouco perdido de início! Literalmente qualquer coisa pode ocorrer em dimensões alternativas, mas certas características são muito, muito mais prováveis. (Outras são tão ridiculamente implausíveis que elas — apesar de serem tecnicamente possíveis — são estatisticamente impossíveis. Ver Perguntas Frequentes: Posso Ter uma Dimensão Cheia de Bananas Falantes?)

É totalmente possível que você acabe em uma dimensão que não está alinhada com o registro histórico, embora tentemos separar essas e vendê-las como experiências exclusivas. Antes de entrar em pânico, use essas linhas divisórias fáceis para determinar em que era pode estar. (Lembre-se, embora tratemos a Bretanha medieval como um único período de tempo, a Idade Média foi bastante variada! Ela incluiu muitas culturas distintas, revoluções tecnológicas, e eras.)

Você está vendo castelos, cavaleiros e estandartes? Parabéns! Você encontrou uma dimensão da Alta Idade Média. Vá participar de uma justa.

Eu não estaria lendo isso se houvesse visto castelos ou cavaleiros. Sacudi minha cabeça e continuei olhando.

As pessoas na sua dimensão falam sobre César, têm soldados que se vestem de vermelho, e gostam muito de construir fortes? Você pode estar no Período Romano! Eles viveram na Bretanha por algum tempo — e em muitas dimensões, eles conquistaram a ilha inteira! Em algumas dimensões, a Bretanha torna-se o centro do Império Romano depois da queda de Roma para os invasores. Vá para a página 184 para mais informações.

Eles realmente acham que eu não notaria se as pessoas ao meu redor fossem romanas? Quão idiota os autores imaginavam que eu era? Muito embora... levando em conta os problemas que eu havia enfrentado até agora, decidi não seguir essa linha de raciocínio.

> As pessoas na sua dimensão usam tinta facial azul quando vão para a guerra? Elas usam pouco ou nenhum metal nas suas vidas cotidianas? Elas realmente gostam de arte com padrões em formas de nós, ou arrastam pedras enormes por aí sem motivo aparente? Você pode estar em uma dimensão dominada pelos celtas! Esses são a população nativa da Grã-Bretanha, e na maioria das dimensões, não são tão tecnologicamente avançados quanto a população em uma dimensão romana ou da Alta Idade Média. Vá para a página 184 para mais informações!

Isso parecia ser uma possibilidade. Eles pareciam gostar de pedras — pelo menos, as empilharam no seu bosque religioso — e eles certamente não pareciam tecnologicamente avançados. Mas suas espadas me pareciam ser feitas de ferro. Continuei lendo.

> O povo da sua dimensão parece com vikings? Eles têm uma noção decente de combate, usando armaduras e escudos, mas sem coisas avançadas como armaduras completas? Eles adoram deuses que parecem com os deuses nórdicos, só que com nomes idiotas? Você pode estar em uma dimensão anglo-saxônica!

— Ei, Sefawynn — disse eu. — Quais eram mesmo os nomes dos deuses que vocês veneram?

Ela olhou para mim de soslaio.

CAPÍTULO ONZE

— Como você pode saber tanto, mas tão pouco ao mesmo tempo?

— Faça-me essa bondade — pedi.

— Vivemos sob o olho de Woden — ela disse, — a quem pertence essa terra. Aquele que reivindica todos os mundos e organizou todos os mundos. Nós somos, em sua sabedoria, abençoados pela sua mão.

— Abençoados? — disse Ealstan. — Você quer dizer amaldiçoados.

— Não blasfeme — retrucou ela bruscamente. — Woden exige sacrifício. Se persistirmos tempo o bastante, ele verá nossa tenacidade, e retornará a estação de novo em nosso favor.

Curioso.

— E existem outros deuses? — indaguei.

— Logna — continuou Ealstan, — mãe dos monstros, ladra de palavras. Tiw, o guerreiro e Thunor, o filho de Woden. Friag, esposa de Woden e mãe de Thunor, foi a primeira a criar a escrita, e morreu na guerra contra o Urso Negro. Então Woden nos proibiu de escrever.

Esses nomes *pareciam* familiares. Woden era, talvez, Odin? E Thunor era... Thor? Caramba. O livro havia incluído algo útil!

— De onde vieram seus ancestrais? — perguntei.

— Nós fugimos através dos mares — contou Sefawynn, — escapando da fúria dos Homens da Horda. Nós reivindicamos essa terra, rechaçando os traiçoeiros *waelish*, que inicialmente nos ofereceram terras para depois tentarem nos roubar. Novamente, como você poderia não saber...

Eu mal estava ouvindo, já que havia voltado à leitura.

> "Anglo-saxões" é um termo geral usado para se referir a uma variedade de tribos germânicas (com raízes culturais adicionais escandinavas) que se instalou na Grã-Bretanha no século cinco na Terra. Vá para a página 186 para mais informações!

Procurei ansiosamente, e...

Estava faltando a página 186. Mas é claro que estava. A única coisa era um parágrafo de conclusão na página 188.

> povo guerreiro que, apesar disso, teve um profundo e importante impacto sobre a sociedade britânica. De fato, o nome Inglaterra veio da tribo conhecida como os anglos!
>
> Na nossa experiência, os verdadeiros anglos (Aengli na linguagem deles) ou saxões (ou Seaxe) não aparecem em muitas dimensões. De fato, durante o período histórico efetivo, eles suavam seus nomes específicos de tribos — como os Gewisse ou os Mierce — em vez do nome anglo-saxões.
>
> Não se preocupe se esses nomes não forem familiares na sua dimensão. Isso é comum! De fato, vai encontrar tribos com sua própria herança, costumes e crenças! Caso não tenha certeza, preste atenção em histórias de um povo semelhante a vikings que aterrou e expulsou os bretões locais. (Os anglo-saxões chamavam os estrangeiros de "waelisc" no seu idioma. Essa é a origem do nome modernos dos galeses, Welsh, em sua língua.)

Fiquei feliz de finalmente ter uma resposta sobre *alguma coisa*. Uma olhada rápida na página anterior explicou que depois dos anglo-saxões vinha a Era Normanda. Nessas dimensões, aparentemente houve uma infusão de linguagem normanda na Bretanha no passado, mas os locais ainda tendiam a seguir a nossa história — com uma segunda invasão normanda mais tarde.

Sobre a Era Normanda, pelo menos, eu sabia alguma coisa. Foi quando os franceses — ou um povo anterior parecido com os franceses — chegaram de barco e conquistaram a Bretanha em algo

CAPÍTULO ONZE

como 1066 D.C.. A julgar por isso, eu estava mais ou menos entre 500 e 1066 D.C..

Então, nada de castelos ou, hã, catapultas? O que eu *sabia* parecia vir de eras depois dessa. Isso me deixava sem tantos conceitos prévios para errar, certo?

Cara. Jen teria adorado isso.

Passei as horas seguintes pensando em alguma maneira de me exibir para meus companheiros. Além do truque com a mão, a única coisa óbvia que eu podia fazer com meus aprimoramentos era mudar minha voz — embora meus instintos dissessem que eu devia manter aquele poder escondido. Não era o tipo de vantagem que você revela em um truque de festinha.

Certamente existia alguma outra maneira de impressionar um par de caipiras anglo-saxões incultos? Eu tinha uma educação moderna, a vantagem do conhecimento prévio, e uma compreensão do método científico. Diabos, eu podia ler e escrever, o que parecia raro nesse lugar. Eu *era* um mago.

Contudo, quando peguei minha caneta e escrevi o nome de Sefawynn, ela empalideceu e sibilou para mim.

— Não tente a ira de Woden! Encantamentos nos destruirão. Você pode ter enganado Ealstan, mas não vá tão longe a ponto de enganar a si mesmo!

Então, é. Não é muito útil aqui. Certamente havia alguma outra coisa que eu pudesse fazer. Eu era um homem moderno! Pólvora, eletricidade, antibióticos!

E eu sabia como *fazer* pólvora, eletricidade ou antibióticos? Essa última não envolvia... mofo? E pólvora não incluía xixi de morcego ou algo assim? Droga. Isso não era minha amnésia induzida por viagem dimensional. Eu nunca *tive* que gerar eletricidade, e as coisas que aprendi sobre penicilina haviam fugido da minha mente.

Percebi que uma educação moderna — por melhor que fosse — dependia de duas coisas. Primeiro, especialização. A tecnologia moderna era complicada demais para ser uma atividade individual. Segundo, material de referência. O verdadeiro propósito da escola era nos ensinar como aprender. Eu tinha poucas dúvidas de que conseguiria criar pólvora se tivesse acesso a um simples artigo da Wikipédia. Eu compreendia o processo de experimentação, mas não havia memorizado o somatório do conhecimento humano. Por que deveria, quando uma busca rápida na internet o traria até mim?

Tudo isso funcionava muito bem, até que você ficasse preso no passado. Definitivamente uma falha no sistema. (Internet moderna: três estrelas e meia. Recepção ruim na Idade Média. Por favor, consertem isso, devs.)

Enquanto cavalgava, percebi que estava desenhando nas margens da página sobre anglo-saxões. Agora que eu havia me acostumado com a sela, mal precisava segurar as rédeas. O animal se virava sozinho e seguia os outros. Isso me deixava tempo para tentar pensar em algumas coisas que eu *poderia* criar por conta própria.

— Ei, Ealstan — disse eu, ainda desenhando, — já ouviu falar em uma muralha de escudos?

— Quando guerreiros trabalham juntos? — disse ele. — Usando lança e escudo para formar uma linha contra o inimigo? É uma tática de guerra comum, *aelv*. Por que está perguntando?

— Só estou tentando descobrir algumas coisas — respondi. — E moinhos d'água? Vocês têm moinhos d'água?

— Para moer grãos? — disse ele, parecendo achar graça. — Sim. Temos um em Stenford. Você não viu?

— Estava ocupado tentando encontrar mortais para fazer travessuras — disse eu. — Aliás, quando for para casa, *não* olhe debaixo da sua cama. — Vejamos, as ferramentas simples, talvez? Eles tinham

CAPÍTULO ONZE

a roda, e alavancas pareciam óbvias. — E roldanas? Vocês têm roldanas para levantar coisas?

— Mas é claro que temos — ele deu uma gargalhada. — Como, em nome de Logna, acha que construímos a muralha do forte?

Droga. Eu realmente *não* sabia nada útil para eles, sabia? Por que eu não podia ter sido enviado para o tempo dos homens das cavernas? Eu poderia ter impressionado *eles* com minha habilidade de fazer fogo com duas varetas.

...Eu podia fazer isso, não podia? Você... esfregava uma contra a outra? Muito rápido? Ou algo assim?

Droga. Eu provavelmente teria sido devorado por um vombate de dentes de sabre ou algo assim. Era melhor ficar agradecido com o fato de que...

Sefawynn subitamente arquejou.

— O que, pelo santo nome de Tiw, é *isso*? — Ela estava cavalgando ao meu lado, e apontou para minhas mãos.

— A escrita? — disse eu. — Sim, eu sei. Encantamentos e...

— Não! — exclamou ela. — O que você fez ao lado deles?

Olhei para o rápido esboço que fizera do rosto dela. Nem era tão bom assim, só um simples desenho de linha...

Com uma compreensão moderna de perspectiva. Hachuras para fazer o sombreado. Um conhecimento básico de artista da musculatura subjacente e do modo como as sombras caíam.

Caramba! Talvez a minha educação não tivesse sido *completamente* inútil.

PERGUNTAS FREQUENTES

Posso Ter uma Dimensão Cheia de Bananas Falantes?

R: Não.

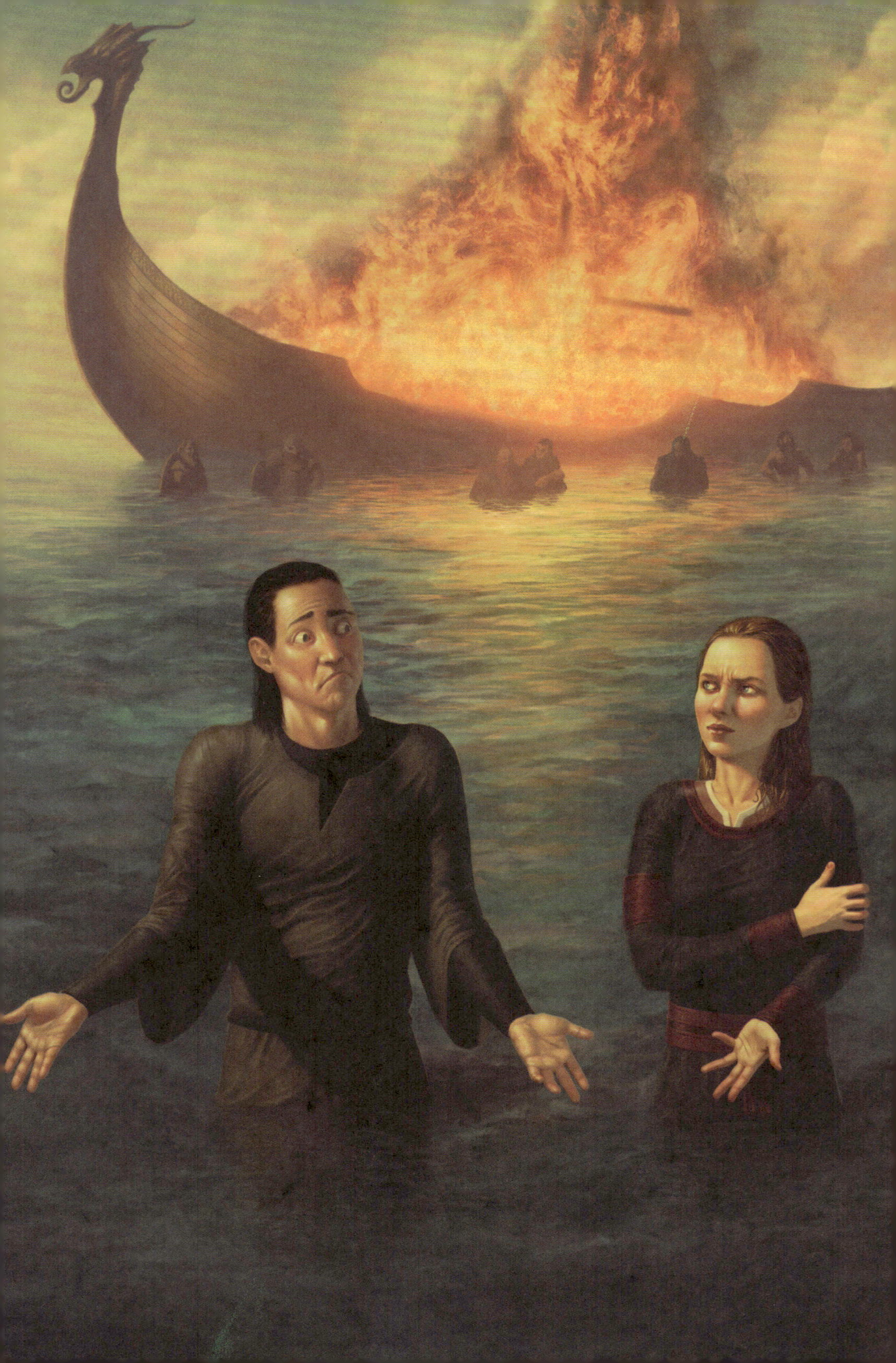

S efawynn chamou Ealstan, que deu a volta para se unir a nós. Ele pegou o desenho e o inspecionou, então olhou para Sefawynn, depois de volta para a página.

— Deuses — sussurrou ele. — A semelhança é incrível!

Nem ficou tão bom assim. Caneta esferográfica na margem de um manual não era meu meio preferido. Mas eles estavam *maravilhados*.

Como havíamos cavalgado por várias horas, eles decidiram fazer uma pausa. Desmontamos e nos instalamos em uma pequena depressão ao lado da estrada. Sefawynn tirou da bolsa um pouco de carne curada e pão para uma refeição. Ealstan, enquanto isso, respeitosamente perguntou se podia me ver desenhar.

Achei uma seção maior de papel em branco no final de um capítulo, então fiz um rápido desenho dele. Enquanto o fazia, fiquei pensando sobre qual — ou se tinha havido alguma — arte essas pessoas haviam visto em suas vidas. Talvez um pouco de cerâmica com pinturas. Talvez algum arabesco ou decoração com nós em pedras ou ornamentos metálicos. Os desenhos podiam ser incrivelmente detalhados e intricados, mas mesmo os artistas mais talentosos dos tempos antigos haviam trabalhado em um estilo parecido com desenhos de palitinhos. Foi só na Renascença que realmente começaram a aparecer estudos de anatomia e perspectiva levando a pinturas e desenhos realistas.

Enquanto eu desenhava, Ealstan ficou olhando sobre meu ombro. Até mesmo Sefawynn se aproximou para assistir. Enquanto o esboço ia ficando pronto, Ealstan levava a mão à boca, seus olhos ficando enormes.

— Sou *eu* — murmurou ele. — *Aelv*, sua habilidade não é desse mundo...

Eu sorri, ativando meus aprimoramentos de firmeza manual para me dar uma vantagem. Ainda assim, o que eu havia criado não era lá muito impressionante pelos padrões modernos. Perguntei-me o que Ealstan pensaria se soubesse que havia abandonado a escola de arte? Eu...

Eu havia abandonado a escola de arte! *Isso* foi o que fiz no final da adolescência e início dos meus vinte anos! O buraco na minha memória entre o secundário e entrar na academia de polícia diminuiu. Eu havia tentado ser um *artista*.

Eu desisti depois de três anos, quando determinei que minha arte nunca se igualaria à dos outros estudantes. Eu havia sido um impostor. Era tolice pensar que podia criar algo de valor duradouro.

Mas eu havia... usado minha arte de algum modo... na academia?

— *Aelv* — disse Lorde Ealstan, — essa imagem não lhe dá poder sobre minha alma, dá?

Era tentador dizer...

Não, seja bonzinho.

— Não, Ealstan — respondi, terminando o desenho — minha caneta estava ficando sem tinta. — É só um desenho; não tem nada de místico nisso. De fato, entre os artistas da minha raça, isso nem é tão bom.

CAPÍTULO DOZE

— Os outros artistas devem trabalhar com habilidade divina, então — comentou Ealstan. — Nunca em minha vida vi algo parecido com o que você fez aqui. E tão rápido! — Ele sacudiu a cabeça.

Ali perto, Sefawynn havia pegado um pequeno prato de cerâmica da sua bolsa. Ela pousou-o no chão e colocou três amoras pequenas nele. Ao lado disso, deixou três tiras de couro.

— *Skop* — disse Ealstan. — Estamos muito além dos limites da vila, quanto mais do nosso lar. Essas são terras abertas, sem casas próximas.

— Eu sei — disse ela. — Isso é um teste. — Ela olhou para onde havíamos amarrado os cavalos, que estavam contentes em mastigar um pouco da grama ao lado da estrada. Ao julgar pelos tufos mastigados, esse era um ponto de repouso comum para viajantes. — Vou me lavar. Se vocês estiverem prontos para continuar antes que eu volte, gritem.

Enquanto ela partia, Ealstan assentiu, então desprendeu seu machado e pegou uma pedra de amolar para afiá-lo. Ficar sentado e relaxar não parecia interessar nenhum dos dois. O machado era menor do que eu pensei que seria, baseado em outros similares que vira em videogames. Ele tinha um cabo longo e reto, e uma cabeça fina, ainda que um tanto alongada.

Ealstan notou que eu estava olhando para ele enquanto se sentava em um tronco e começava a afiar sua arma, cada movimento fazendo um longo som metálico de fricção.

— Posso pedir-lhe informações, *aelv*? — perguntou-me ele. — Esses homens que estamos caçando... eles podem ser mortos por um machado normal?

— Tecnicamente, sim — disse eu. — Mas seria extremamente difícil. A pele deles resiste a golpes, e não pode ser perfurada ou cortada. A única maneira de derrotá-los é continuar batendo neles até que a... hum, *craeft* que os protege se desgaste. Quando seus sistemas sobrecarregarem, você pode matá-los.

Ele assentiu, meditando.

— Pontos fracos? E os olhos?

— Eles vão resistir quase tão bem — disse eu. — Realmente, Lorde Ealstan, *não deveria* tentar lutar com Ulric ou Quinn.

— Eles não usam arcos, usam? — indagou ele.

— Eles têm algo pior. Armas *aelev* que chamamos de pistolas.

— Mas não arcos?

— Não.

— Ótimo — disse ele. — Odeio arcos. Eles detêm você antes que possa entrar em um combate verdadeiro.

— Pistolas fazem o mesmo — disse eu. — Você viu o que aconteceu com seu soldado. Ulric pode fornecer cópias dessa arma aos seus capangas, e eles serão capazes de matar simplesmente apontando a extremidade para uma pessoa e ativando a arma. Há uma substância dentro da pistola como trovão aprisionado, quando você acrescenta fogo, ele explode e arremessa um pedaço de metal.

Ele balançou a cabeça afirmativamente, pensativo.

— Como uma funda, mas mais poderosa.

— Na verdade, sim — concordei, surpreso que ele houvesse feito a conexão.

— Então, teoricamente, eu poderia... — ele parou de falar, então inclinou a cabeça para mim. — Peço desculpas, *aelv*. Eu não deveria pensar em roubar uma arma de um *dweorgar*.

— Não, não é esse o problema — repliquei. — Se você *pudesse* pegar a pistola de Ulric e fazê-la funcionar, seria uma ideia fantástica. Não me ofenderia de jeito nenhum. O problema é que não iria funcionar.

Como eu poderia explicar armas modernas controladas por biometria? As armas usadas pela equipe de Ulric estariam codificadas para eles individualmente e não dispararíam para mais ninguém.

CAPÍTULO DOZE

— As pistolas conhecem seus donos — expliquei para Ealstan. — Elas não são inteligentes como uma pessoa, mas podem identificar a mão que as segura. Há um pedacinho de metal chamado de gatilho, que você puxa para ativar a pistola, mas ele só funciona para seu proprietário. Sinto muito.

— Eu compreendo, honrado *aelv* — disse ele, então passou sua pedra de amolar ao longo do machado em um movimento longo e cuidadoso. Eu podia imaginar aquele movimento sendo sinistro para outra pessoa, mas Ealstan fazia isso como se fosse um artesão. E ele intencionalmente havia apontado a lâmina para longe de mim.

Mastiguei um pouco de carne seca — não sei de que tipo — e um pequeno indicador de carbono no canto do meu olho acendeu. Meus nanitas queriam mais, naturalmente. Eu teria que encontrar um pouco de carvão ou algo assim. Talvez na fogueira da noite.

— Quão longe fica essa cidade, Wellbury? — perguntei.

— Bem longe — respondeu Ealstan. — Vai levar o resto do dia para chegar lá.

Eu pisquei.

— Um dia. Apenas *um dia* de distância?

— Sim — disse ele. — Além disso, a outro dia de distância, fica Maelport, o trono do conde. Ele é o governante dessas terras.

— Elas se estendem até onde?

— Mais alguns dias para o norte — disse Ealstan, apontando, — além de Stenford. E outro dia para o sul de Maelport. Dez vilas, cada uma com um *thegn* como eu. Dois *reeves*, como Wealdsig. Um conde.

— E o rei?

— Não temos um; isso é uma coisa dos *waelish*, e seu Urso Negro. Não deu certo para eles. "*Bretwalda*" é o termo apropriado aqui.

Cara, um condado era só do tamanho de uma caminhada de cinco dias? Isso seria menos que 160 quilômetros. Não era um reino lá muito grande, mas acho que as coisas funcionavam em uma escala diferente nessa época.

Ealstan continuou a passar sua pedra contra o machado com um movimento constante e meditativo.

— Se não se importa que eu o diga, Lorde Ealstan — comentei — você não é o que imaginei.

— O que quer dizer, honrado *aelv*? — perguntou ele.

— Esperava que alguém da sua posição fosse mais... exigente, imagino. Mais egoísta? Você é lorde de toda uma vila, mas veio nessa missão.

— Eu sou um *thegn*, honrado *aelv* — disse ele. Quando ele notou que eu não parecia registrar aquela palavra, continuei. — Sou um servo do conde e protetor dessa região. Sim, eu possuo terra, mas ser *thegn* de uma vila é uma honra além disso. Eu faço o que posso para merecê-la, embora ultimamente eu tenha me preocupado... — Ele sacudiu a cabeça.

— Se preocupa? — perguntei.

— É uma fragilidade dos mortais — explicou ele. — Homens da Horda fazem pressão contra nossas pedras rúnicas, e há o Urso Negro e suas feras sombrias e... — Ele respirou fundo. — E eu estou envelhecendo, *aelv*. Fui lento demais e fraco demais para proteger Oswald ou o irmão da *skop*. Esse... não foi meu único fracasso recente. Vai piorar à medida que eu envelhecer, e o conde mostrar menos e menos interesse pelas vilas das fronteiras.

— Velho? — perguntei, surpreso. — Perdão, Ealstan, mas... você não parece tão velho para mim. Talvez quarenta?

— Quarenta e dois — disse ele. — Não sou velho para muitos, talvez. Minha avó chegou há um século! E com a mente clara todo esse tempo. Mas ela não brandia um machado. Nem carregava a defesa de uma vila nas suas costas.

CAPÍTULO DOZE

Suponho que se você dependesse de força física não aprimorada para proteger aquilo que você ama... estar na casa dos quarenta *seria* um tempo difícil. A maioria dos atletas ainda se aposentava antes disso, independente dos avanços médicos.

— Você... precisa lutar frequentemente? — indaguei.

— Meu dever é com a terra e o lorde — ele respondeu. — Eu vou sempre que um deles precisa de mim. O conde às vezes exige meu machado, e ultimamente, ele fala em tentar se tornar *bretwalda*. Ele entra em conflitos com outros condes. Eu não o chamaria de tolo, mas seria melhor se sua atenção estivesse voltada para outro lugar. Nossas costas sofrem ataques. Mal passa uma semana sem que encontremos algum sinal dos Homens da Horda. E então, há as invasões do reino do Urso. Nossa vila foi atacada seis vezes diferentes durante meu tempo como *thegn*, e nós quase sucumbimos em cada uma delas.

Apesar da sua altura e braços imponentes, Ealstan subitamente pareceu muito pequeno. — O último ataque que sofremos foi há pouco mais de um ano — ele continuou em voz baixa. — Perdemos seis pessoas. Eu... perdi meus dois filhos. Eu poderia ter impedido duas dessas mortes, se eu fosse mais forte. Foi a primeira vez que entendi que o tempo estava começando a me levar. Deve ser maravilhoso ter armas que podem matar tão facilmente, para manter o perigo longe daqueles que você ama...

— Não é tão bom quanto você acha — repliquei. — Isso permite que pessoas muito perigosas matem com poucas repercussões. — Pensei mais um pouco. — Aquele homem que morreu, Oswald. Você o conhecia bem?

— Ele era o filho do meu irmão — explicou Ealstan.

— Um parentesco tão próximo!

Ele olhou direto para mim, com a testa franzida.

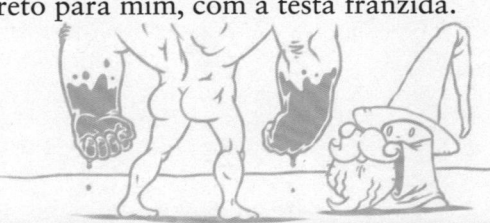

— *Aelv... todo mundo* na vila é um parente próximo. Minha família tem trabalhado nessas terras há gerações. Desde a passagem, centenas de anos atrás.

Ah.

Certo. Cidade pequena, sem muita mobilidade social, e a necessidade de plantar a cada estação para sobreviver. Esse homem não estava preocupado em perder sua força porque falharia com seu lorde. Ele estava preocupado em perdê-la porque poderia literalmente custar-lhe sua família.

— Você mencionou ataques — disse eu. — Existem... bandidos nessas terras também?

— Às vezes — disse ele. — Com mais frequência, Homens da Horda renegados, deixados pelos seus navios. Ou refugiados de outras partes da terra, que se tornaram desesperados. Esses, às vezes podemos abrigar.

— Prisão para o resto, eu suponho — disse eu.

— Não conheço essa palavra.

— Um lugar onde você coloca os culpados?

— Até julgá-los? Nós usamos um poço.

— E depois?

— Depois? — ele parecia genuinamente confuso. — Se culpados, eles seriam mortos. Se inocentes, seriam devolvidos ao seu lar.

— E crimes menores?

— Chicotadas ou algo assim — disse ele, franzindo a testa. — É diferente no seu reino?

— Muito diferente — disse eu. — Nós não ferimos os culpados, mas muitos deles são aprisionados por um período muito longo.

— Não quero desrespeitá-lo — ele observou, — mas parece que isso me feriria muito.

CAPÍTULO DOZE

— É... complicado — disse eu. Mas suponho que a vida dele era complicada também. Tentar manter sua força e habilidade, sabendo que a qualquer momento, invasores ou soldados podiam emergir da floresta e tentar matar todos vocês. Sabendo que cada homem do seu lado era um membro próximo da família. Alguns dos quais iriam morrer...

Droga.

Sefawynn voltou pouco tempo depois, seu cabelo louro molhado e colado à cabeça, e estava usando um vestido diferente. Ela pousou sua bolsa, e vi a manga do seu outro vestido aparecendo. Então, "se lavar", aparentemente queria dizer "tomar um banho". Havia um rio ali perto? Liguei minha audição aprimorada, e então captei claramente o som das águas... Mas não, eram ondas. Estávamos na costa.

Será que eu poderia pedir a eles que desenhassem um mapa daquela terra? Comecei a esboçar a Inglaterra para eles, mas a tinta acabou, e mal consegui traçar umas poucas linhas. Bem... eu não havia visto um mapa em uma das páginas do meu livro? Será que eles estariam dispostos a olhar se eu cobrisse os outros textos?

— Há! — disse Sefawynn, segurando os pedaços de couro, que agora estavam trançados em um padrão intricado.

Olhei para a tigela ao lado das tiras. As amoras haviam sumido. Ealstan não estava perto, e eu não as tocara, então Sefawynn devia tê-las surrupiado. Mas por quê? Qual era o sentido?

— O que isso significa? — indagou Ealstan. — Um *landswight* livre, longe de pedras rúnicas? Está amarrado a uma floresta próxima, talvez?

— Não está livre — disse ela, apontando para mim. — Ele se amarrou a ele. Um *cofold*, baseado na minha leitura dele.

Ealstan se inclinou para frente, a mão no seu machado. — Que *wyrd* é esse? Bom ou mau?

— Ainda não posso dizer — disse ela, me estudando. — Mas ele realizou a tarefa, o que indica um bom *wyrd*. Vou vigiá-lo.

Considerei tudo isso com perplexidade, as palavras deles soando alto nos meus ouvidos devido à audição aprimorada. Seria um ritual de observância religiosa para meu benefício, ou simplesmente o costume exclusivo deles?

Abri minha boca para falar, mas meus ouvidos aprimorados captaram algo distante.

— Vocês ouviram isso? — perguntei, me levantando e olhando para aquela direção.

— O quê? — quis saber Ealstan.

— Cornetas — disse eu, franzindo a testa. — Daquela direção.

— Que... tipo de cornetas? — indagou Ealstan.

— Longas e graves — disse eu. — Três notas distintas.

Ealstan olhou para Sefawynn.

— Por favor — ele pediu. — É um atraso, mas preciso pelo menos ver.

Ela estreitou os lábios, mas concordou secamente. Em segundos, fui forçado a subir no meu cavalo e deixamos a estrada, seguindo em direção à costa. Tentei obter uma explicação, mas o som dos cascos — e meu desejo de permanecer na sela — me interromperam.

Logo tive minha resposta. Estimulados por Ealstan, nós desmontamos e nos aproximamos do raso penhasco agachados — olhando para a água a cerca de doze metros abaixo. Ondas se chocavam contra as pedras. Navegando paralelamente à costa, e assustadoramente perto, havia três navios.

Até mesmo eu podia reconhecer dracares vikings. E baseado nas posturas dos meus companheiros — e a maneira como Ealstan praguejava em silêncio — aquela *não* era uma visão bem-vinda.

PERGUNTAS FREQUENTES

Tudo Bem, POR QUE Eu não Posso Ter uma Dimensão Cheia de Bananas Falantes?

R: Frequentemente recebemos pedidos como esse. "Gostaria de uma dimensão onde humanos podem voar!" ou "Por favor, encontrem para mim uma dimensão sem rãs; tenho horror a elas". Ou "gostaria de uma dimensão onde o céu é xadrez!"

Tais perguntas exibem uma incompreensão fundamental em relação às dimensões alternativas *e* probabilidade. A teoria dimensional corrente baseia-se na ideia de "pontos de ramificação". Cada dimensão *compartilhava* a história da nossa dimensão até algum ponto de ramificação, onde um único evento fez com que seus futuros variassem — alguns de maneiras minúsculas, outras de maneiras fundamentais.

A escala das diferenças entre uma dada dimensão e a nossa depende de dois fatores. Primeiro, quando aconteceu a ra-

PERGUNTAS FREQUENTES

mificação? Se foi há muito, muito tempo, então diferenças significativas são prováveis, embora não garantidas. (A evolução paralela acontece!) Em segundo lugar, o que causou o ponto de ramificação? Se foi o resultado de um evento enorme (como um asteroide atingindo a Terra de uma dimensão na década de 2020 quando errou a nossa), então as mudanças podem ser significativas, mesmo que o ponto de ramificação seja recente.

Dimensões próximas umas das outras no espectro dimensional tendem a ter atributos similares. Imagine a coisa toda como uma árvore. O tronco é nossa dimensão, e cada "ramo" é formado por uma variação. Então esses ramos criam ramificações menores de acordo com outras mudanças sutis, que tendem a compartilhas as qualidades do seu ramo original.

Na Mago Frugal Inc.®, compramos um ramo dessa árvore onde a Bretanha tende a ser habitada com pessoas da era pré-medieval falando idiomas que podemos entender. Mas a distribuição dimensional funciona em uma curva de sino. Vamos dizer que tenhamos catalogado mil dimensões e as classificado pelo grau de similaridade com a nossa. Então fizemos um gráfico com esses dados com o eixo x indicando similaridade à nossa própria dimensão, enquanto o eixo y indica o número de dimensões que encontramos com aquele nível de similaridade.

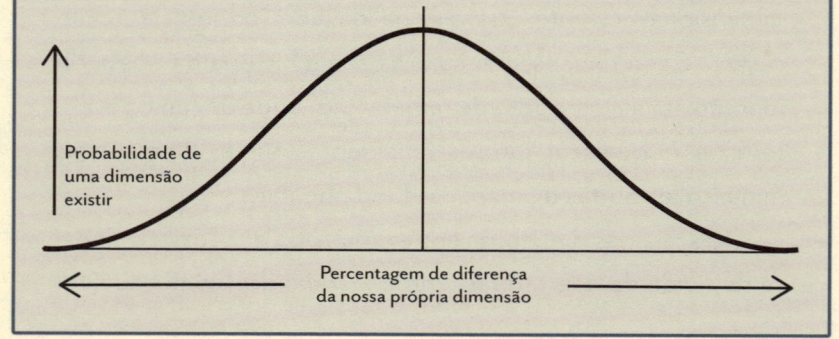

PERGUNTAS FREQUENTES

Como você pode ver, na parte mais à esquerda do gráfico, pode encontrar as dimensões mais similares à nossa. Essas são bastante raras na nossa banda de dimensões. (Observe que em algumas bandas dimensionais, o centro da curva pode ser movido para a esquerda ou direita.) No centro do gráfico, vocês verão o que chamamos de dimensões Terra-lite™. Essas são um tanto similares à nossa, mas com variações culturais interessantes. Estatisticamente, a maioria das dimensões na nossa banda vai cair nessa porção da curva do sino.

A parte importante é notar o lado direito do gráfico. Ele se estende até o infinito, portanto é *tecnicamente* possível encontrar dimensões que são *incrivelmente* diferentes da nossa, até mesmo na faixa que possuímos. Contudo, estatisticamente, poderíamos procurar durante milhares de anos e nunca encontrar uma dimensão com bananas falantes. Isso porque bananas sapientes simplesmente não são muito prováveis.

A triste verdade é que, muito embora *tecnicamente* as dimensões possam conter qualquer coisa, quanto mais incomum ou bizarra é uma coisa, mais improvável se torna que alguém *descubra* tal dimensão[1].

---

[1] Aviso legal: por favor, esteja ciente de que se sua dimensão possuir um "atributo extraordinário" (como definido pelo parágrafo 10.ii do seu contrato) que passou despercebido na nossa análise inicial, parabéns! Você receberá um honorário de descobridor de $100.000,00! (A ser pago depois da renúncia obrigatória e não negociável do feixe e dos códigos para aquela dimensão.) Por favor, leia seu contrato cuidadosamente, e dirija quaisquer perguntas sobre essa incrível oportunidade para nossa equipe jurídica.

PERGUNTAS FREQUENTES

Cientistas, até agora, encontraram umas poucas dimensões preciosas onde Neanderthals se tornaram a espécie humana dominante. Mas ninguém já encontrou uma onde qualquer espécie não humana (nem mesmo espécies derivadas de macacos diferentes, sinto muito, Charlton!) evoluíram para dominar a Terra. E elefantes sapientes são milhões e milhões de vezes mais prováveis do que bananas sapientes.

Nós encontramos, contudo, centenas de Terras estéreis destruídas por asteroides ou outras catástrofes. Porque ao contrário de bananas sapientes, fracasso cataclísmico é incrivelmente provável.

Mas não se preocupe! Mudanças culturais (como gregos que falam latim) são muito mais plausíveis, e nós as encontramos o tempo todo. Além disso, a Idade Média é tão diferente da experiência moderna que certamente você encontrará muitas coisas que causam deleite e surpresa.

É, aqueles eram definitivamente navios vikings. Aumentei o zoom de minhas amplificações oculares, focalizando o navio principal. A figura de proa dracônica e sinuosa na frente, cerca de uma dúzia de sujeitos remando de cada lado atrás. Eles pareciam um bocado com as pessoas que eu havia visto até então, exceto por uma figura dominante com uma camisa de cota de malha. Sem chifres no seu elmo.

Havia esperado que eles fossem desleixados, mas não eram. De fato, eram admiravelmente limpos, com cabelo mais longo — louros, na maioria — que pareciam escovados, com as barbas aparadas. Eles pareciam homens que apreciavam passar uns dias em um spa e comprar um bom condicionador.

Havia uma mulher de ar etéreo em cada navio também, seus cabelos longos se movendo ao vento. Quatro estrelas pelo fator intimidação. Como elas impediam que seus cachos se embaraçassem?

Eu olhei para Ealstan, que havia empalidecido.

— Essas pessoas são perigosas, imagino?

— Assassinos — sussurrou ele. — Invasores sem misericórdia. Eles dão gargalhadas enquanto matam, *aelv*. E riem ainda mais quando levam embora aqueles que você ama. Eles queimam vilas e deixam homens à morte, seus estômagos abertos e suas entranhas derramadas, assombrados pelo conhecimento de que suas famílias estão nas mãos de carniceiros.

— Vikings — disse eu.

— Eu não conheço esse termo — disse Ealstan. — Nós os chamamos de Homens da Horda.

— Você conhece a terra de onde eles vêm? — indaguei. — Dinamarca? Noruega? Suécia, talvez? — Eu ainda estava tentando descobrir o que era similar à minha dimensão e o que era diferente.

— Não — disse Ealstan. — eles vêm da Hordaland no leste, do outro lado do oceano.

— Eu conheço Norweg — disse Sefawynn. — Esse era antigamente um reino na região. E Dansic, outra terra próxima. Os Homens da Horda os escravizaram a todos. Todos excetos os gautas, que resistem bravamente, devido às suas pedras rúnicas. — Ela estreitou os olhos. — Só três navios. Talvez... talvez eles estejam vasculhando a costa, em vez de invadir?

— Homens da Horda *sempre* vêm invadir — replicou Ealstan. — Eles têm fome de pedras rúnicas, *skop*. Como um glutão que não consegue parar de comer. — Ele agarrou seu machado. — Eles estão indo para o norte...

Norte. Rumo a Stenford. A vila não podia estar muito longe rumo ao interior. Bem dentro da distância de invasão, eu diria, levando em conta o sofrimento visível no rosto de Ealstan.

— Vá até eles, Pequeno Pai — disse Sefawynn. — Se esses Homens da Horda atracarem...

CAPÍTULO TREZE

— Nossas pedras rúnicas ainda funcionam — disse Ealstan. — Na maior parte do tempo. A menos que eles tenham trazido *skops*.

— *Skops* como Sefawynn? — indaguei. — O que isso tem a ver?

— *Skops* dos Homens da Horda são poderosos — Ealstan explicou. — Suas bravatas intimidam os *landswights*, negando o poder das nossas pedras. Neahtun foi invadida e incendiada não faz três meses, e a pedra deles era mais forte do que a nossa.

— Há uma mulher em cada um desses barcos — disse eu apontando.

— Você pode ver isso? — indagou ele, impressionado.

— Posso — respondi. — Elas estão bem na frente.

Enquanto assistíamos, os navios se viraram para a terra mais ao norte, encontrando uma praia conveniente onde podiam desembarcar.

— Os homens estão armados? — perguntou Sefawynn.

— Sim — disse eu, ajustando minha visão. — Tem um sujeito em cada navio com cota de malha. Todos os outros estão segurando uma espada e escudo. As mulheres estão indo com eles.

Ealstan se levantou, como se fosse correr para seu cavalo. Mas ele olhou para Sefawynn, e fez uma pausa.

— Um homem maligno tem uma arma dos *aelv*s — disse Ealstan. — Eu... deveria ir até o conde. Ele precisa ser avisado, e ele me pediria para esquecer Stenford diante do perigo maior. Mas temo não ser forte o bastante. — Ele parecia estar prestes a chorar. — Não posso deixar Rowena e o povo sozinhos.

— Vá, Ealstan — disse Sefawynn. — É a escolha certa.

— Se você salvar seu irmão — pediu ele —, vai continuar a viagem e contar ao conde o que aconteceu? E pedir para enviar alguém... para enterrar nossos corpos?

— Espere — disse eu. — Ealstan, você age como se a luta já estivesse acabada!

Ele pareceu triste.

— Outrora, os navios do conde patrulhavam essas costas, os repeliam... Agora, Woden nos abandona, e minha vila não pode resistir sozinha contra três navios. São cerca de *setenta* Homens da Horda, *aelv*. Não há mais parentes o suficiente na região para pedir auxílio. Não depois dos ataques dos homens do Urso.

— Então... você vai lá para morrer? — disse eu, me levantando.

— O que mais eu *posso* fazer? — Então seus olhos se arregalaram, e ele se curvou com um joelho no chão diante de mim. — *Aelv*. Eu sei que você veio nos atormentar e pregar peças. Mas se morrermos nas mãos desses invasores, não haverá ninguém que você possa atormentar. Por favor. Pode fazer algo para deter esses invasores?

Eu parei, perplexo.

— Ele não pode ajudar você, Ealstan — Sefawynn contestou em voz baixa. — Eu gostaria... gostaria que minhas bravatas pudessem. Mas... — Ela desviou o olhar.

Ealstan assentiu, se levantou, e se virou para os cavalos. Eu fiquei ali, entorpecido e... apavorado. Aquilo não estava certo. Eu era um policial, não era?

Mas o que eu poderia fazer contra um exército inteiro de vikings sanguinolentos? Eu havia *dito* que era um mago, mas meu conhecimento era basicamente inútil. Eu tinha um monte de aprimoramentos de furtividade, mas repetindo: aquele era um *exército viking*.

E ainda assim, a maneira como os ombros de Ealstan estavam encolhidos, o tom da voz de Sefawynn quando ela disse que eu não podia ajudar, as memórias, intensas, mas vagas, de receber a notícia da morte de Jen em um lugar distante...

— Ealstan — chamei.

Ele parou, parecendo esperançoso.

— Eles falam nossa linguagem? — perguntei a ele.

CAPÍTULO TREZE

— Se não falarem, suas *skops* podem traduzir — disse ele. — Elas terão aprendido nossa língua, para serem compreendidas enquanto lançam bravatas em nossos *wights*.

— Ótimo — respondi. — Preciso de raiz de garança, uma pena e um bom lugar de onde possa observar esses vikings por alguns minutos...

Pouco tempo depois, sentei-me junto ao penhasco, desenhando retratos dos vikings distantes na costa. Eles haviam enviado alguns homens para pegar água do rio. Acho que queriam estar bem hidratados para sua investida assassina.

Desenhar com uma pena e raiz de garança não era a coisa mais fácil do mundo, e não ajudava que meus modelos estivessem em movimento. Mas eu lembrava vagamente do treinamento para desenhar sem uma ponta, e logo percebi que meus aprimoramentos óticos permitiam que eu tirasse fotos.

Eu ia ficar sem páginas semivazias nesse ritmo, mas *havia* funcionado. Enquanto eu desenhava, me concentrei nas minhas próprias emoções.

E meu terror crescente.

Não fazia sentido. Eu era um tira, um detetive que havia se infiltrado em cartéis. Obviamente, estivera em muitas situações perigosas. Então, porque precisava ativar meus estabilizadores digitais para impedir que meus dedos tremessem?

Enquanto eu pensava sobre isso, percebi que não me *lembrava* de estar em perigo. Eu poderia ter estado em uma centena de tiroteios, mas a experiência daqueles momentos estava perdida para mim no meu estado atual. É *claro* que eu estava nervoso. Eu era essencialmente um novo recruta.

A maneira como eu havia me defendido da faca de Wyrm com meu braço indicava que eu possuía instintos de combate arraigados.

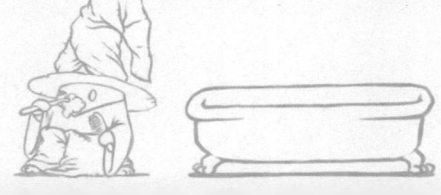

Se aquilo desse errado, meu corpo saberia o que fazer, mesmo que meu cérebro não soubesse.

Ealstan hesitava nervosamente ao meu lado, machado na mão, como um cachorrinho armado. Para seu crédito, ele não me apressou. Ele *confiava* em mim. Isso era igualmente gratificante e assustador.

— Os cavalos — disse eu para ele enquanto desenhava. — Você falou que eles conhecem o caminho de volta?

— De fato, honrado *aelv* — confirmou ele. — Se forem soltos, seguirão a estrada para Stenford.

— Talvez possamos enviar um aviso naquela direção — sugeri. — Caso isso não funcione, e todos nós acabemos como escravos.

— Eles não levam homens como escravos — ele contestou. — Eles iriam...

— Não preciso saber os detalhes, obrigado. Mas já que nenhum de nós quer cavalgar de volta, pode ser uma boa ideia mandar uma nota em um animal de carga.

— Uma... nota?

— Mensagem escrita — disse eu. — Eu poderia escrever para você, de modo que não precisasse...

Ele estava olhando para mim sem expressão. Certo. Quem leria a dita nota?

Pegadas no mato anunciaram o retorno de Sefawynn. Ela havia pegado um odre d'água das bolsas da sela. Ela olhou de soslaio para mim, ajoelhado entre os arbustos com minha pena improvisada, tigela de tinta vermelha e uma resma de papéis queimados. Mas ela não disse nada.

Peguei a última das folhas que eu havia encontrado com espaço no fundo. Então usei o zoom, tirei uma foto rápida do terceiro líder dos vikings, e comecei meu desenho final.

— Alguém entre vocês sabia como escrever no passado — eu comentei. — Havia letras naquela pedra na sua vila.

CAPÍTULO TREZE

— Sim, Logna roubou a escrita de Woden, e deu-a para nossos ancestrais — disse Ealstan. — Eles criaram as pedras rúnicas com ela — amarrando e aumentando o poder dos *wights* dentro dos limites das nossas vilas.

— Então, tipo, suas pedras rúnicas... — Como colocar aqui? — Essas pedras aprisionam fadas e obrigam-nas a obedecer vocês?

— Eu não conheço essa palavra, "fadas" — respondeu Ealstan. — Mas quando os *landswights* estão dentro dos limites de uma pedra rúnica, oferecemos paz a eles. Eles têm uma escolha; uma amarração não os *obriga*. Ela... os encoraja a se assentar, a escolher um lar para servir. A pedra os alimenta com a habilidade de proteger e defender. Mas se eles não forem bem tratados com oferendas, ainda podem se tornar um *bog*.

— Isso é ruim?

— Perdão, honrado *aelv* — disse ele. — Mas *wights* não costumam servir no seu reino? E um deles se amarrou a você como um indivíduo, algo que nunca havia visto antes. Certamente já sabe disso.

— Um deus conhece seu coração antes que você lhe dê oferendas e orações — disse eu. — Ainda assim, o mortal deve dizer as palavras e realizar as ações. Não me questione, Ealstan. Eu julgo seu conhecimento.

— Naturalmente, honrado *aelv* — disse ele. — Sim, *bogs* são ruins. Portadores destrutivos de um *wyrd* horrível. Nos tempos antigos, as pedras rúnicas os afastavam, quando se transformavam. Mas agora elas estão enfraquecendo, e Woden nos proíbe de restaurá-las. Nenhum de nós poderia fazê-lo, de qualquer modo. Então é bom que tenhamos os *skops* para realizar esse serviço para nós.

Ele indicou Sefawynn, que concordou.

— Por que Woden proibiria escrever agora? — perguntei. — O que ele ganha com isso?

Ealstan olhou para Sefawynn, que se sentou sobre uma pedra próxima e se inclinou para frente, com as mãos estendidas.

— Woden está nos testando — explicou ela. — Ele exige sacrifício. Lealdade. Penitência. Sabe, Friag, a grande heroína, esposa de Woden, caiu durante a batalha final contra o Urso Negro. De início, nossa guerra contra os w*aelish* havia sido de pouca importância para os deuses. Só mais uma pequena disputa entre mortais. Mas então, o rei *waelish*, o próprio Urso, voltou-se para escuridão no seu desespero. A terra tornou-se preta devido ao seu toque. Os *landswights* foram corrompidos, e os *barghests* vieram das sombras e do fogo quando ele chamou. Os deuses ficaram ao lado dos homens para resistir a ele. Infelizmente, o Urso Negro procurou o grande lobo, Fenris, anteriormente acorrentado por Tiw. Forçado a seguir os desmandos do Urso, Fenris trouxe com ele os implementos de *metodgodas*, o fim dos deuses. Não estando dispostos a arriscar o fim do mundo, os deuses recuaram. E ainda assim, quando os homens chamaram em meio à dor, à morte e ao desespero, Friag retornou à batalha.

Ela fez uma pausa, e olhei para cima.

— E então? — quis saber, surpreso pelo modo como havia ficado interessado na história. — O que aconteceu?

Sefawynn sorriu.

— Bravatas — sussurrou ela. — As melhores bravatas que homens já ouviram. Bravatas furiosas que fizeram recuar o próprio *Urso Negro*. Seu poder e confiança o *amarraram* à sua terra como se *ele* fosse um *wight*. Naquele dia, Friag salvou toda a humanidade, não só os da nossa terra, mas os *waelish*, os Homens da Horda, os distantes ériuians, e os homens das terras longínqua, embora eles não saibam disso. Mas Fenris, o lobo que iria consumir o mundo, permaneceu livre. Enfraquecida pelo seu conflito com o Urso, Friag

CAPÍTULO TREZE

foi consumida. Com seu último alento, ela amarrou o lobo na colina do Urso Negro, para dormir até a morte final dos deuses.

Sefawynn, se inclinou para frente, como se estivesse compartilhando um segredo.

— Esse deveria ser o destino de Tiw — disse. — Foi sua mão que o lobo havia tomado, e seu sangue que a fera havia provado. O sacrifício de Friag mudou tudo que seria, *wyrd* enlouquecido, e ao fazê-lo, criou *esperança* no mundo. Mas Woden não queria esperança, ele queria amor. As runas eram de Friag. Ela as criara, as ensinara aos deuses, e concedera-lhes sua sabedoria. Mas os homens não escreveriam mais. Woden proibiu a escrita como uma punição pela perda da deusa. Agora, os filhos de Woden punem qualquer mortal que profane a memória dela. Só Logna, sempre calculista e cheia de truques, ousa desobedecer. Os *skops* são a herança de Friag. Nós fazemos o que ela não pode mais fazer, dirigindo o *wyrd* e protegendo a terra dos *bogs*. E nós recordamos, porque as runas não podem mais fazer isso por nós.

— Alguns dizem que os *skops* servem a Logna — acrescentou Ealstan. — Bobagem — contestou ela. — Nós esperamos pelo perdão de Woden. Depois de um número suficiente de sacrifícios, ele virá. Eu prometo, Ealstan. Talvez... Quando os *skops* forem dignos novamente...

Admito que a história de Sefawynn não era nada mal. Se você não tivesse filmes para assistir, suponho que havia coisas piores do que ouvi-la junto da lareira à noite. (Quatro estrelas e meia. Poderia ser melhor com fantoches.)

Para o benefício de Ealstan, assenti e disse:

— Vocês, mortais, se lembram de muitas coisas, mas há outras que esqueceram. Curioso...

Ealstan olhou além das árvores rumo à praia, quebrando o encanto da história.

— Temos que nos apressar. Os batedores deles voltaram.

— Está quase pronto — disse eu.

— Então cuidarei dos cavalos — falou ele. — A sua sugestão de antes é boa, honrado *aelv*. Se nosso plano aqui der errado, posso mandar Black, o cavalo de carga, para casa com meu selo em uma correia, ensanguentado, com uma marca de machado nele. Rowena vai deduzir que eu o enviei como um aviso com meu último suspiro. Eles vão se preparar para a invasão. — Ele me saudou com um movimento da cabeça. — Você provou sua sabedoria novamente.

Ele marchou para longe, e raios me levem se não me senti fortalecido pelo seu cumprimento. Quero dizer, ele era um viking genérico com mais ousadia do que cérebro, mas eu gostava do sujeito. Ele parecia genuíno de uma maneira que acho que não havia visto com frequência na minha dimensão.

Sefawynn se levantou da sua pedra e veio olhar meus desenhos. Como antes, ela ficou impressionada. Se meus professores da escola de arte pudessem me ver agora — seriam forçados a reconhecer que eu era literalmente o melhor artista do mundo inteiro.

— Essa foi uma bela história — disse eu para ela.

— É uma história que contamos às crianças — falou ela. — E você não a conhecia. Você não é *waelish*, afinal de contas. Você é das terras distantes, não é?

— Mais distante do que você imagina.

— Esse é um plano perigoso, Runian — sussurrou ela. — Duvido que já tenha feito um embuste com riscos altos como esse.

— Eu não sou um embusteiro.

— Você não pode honestamente esperar que eu acredite que você é um príncipe *aelv* com armas feitas por *craeft* e poder sobre a própria natureza.

CAPÍTULO TREZE

Fitei-a nos olhos. E por algum motivo, não pude mentir. Eu não *queria* mentir.

— Sou um humano comum — disse eu, — com algumas poucas vantagens especiais.

— Então isso é um embuste. Você vai enganar esses Homens da Horda para fazê-los partir.

— Suponho que sim — confirmei. — Mas não estou mentindo para *você*, Sefawynn. Eu não lhe contei a verdade precisa, mas isso é porque você não conseguiria *entender*. Eu sou um mago, um *runian*. Essa é a melhor maneira de explicar.

Ela olhou para os desenhos enquanto eu concluía o último deles. Então ela finalmente disse:

— Como posso ajudar?

Fiz uma pausa.

— De verdade?

— Não fique tão surpreso — retrucou ela. — Ealstan tem razão. As invasões estão piorando, e os *thegn*s estão enfraquecendo. Se você vai tentar fazer isso, quero que tenha sucesso. Podemos salvar centenas de vidas.

— Há alguma maneira de você me ajudar a parecer um *aelev* autêntico? — perguntei.

— *Aelv* — disse ela.

— *Aelv* — repeti.

— Ótimo — replicou ela. — Você tem a aparência, e seu sotaque, embora soe engraçado às vezes, efetivamente ajuda. O truque da mão pintada pode ser o bastante. — Ela pensou por um momento. — Podemos imitar uma amarração inversa. Isso é quando um *faeigerman* domina uma *skop* pelo uso do seu verdadeiro nome. Está nas histórias, e eles vão saber sobre isso.

— Ótimo. Como faço isso?

— Mande em mim um bocado — explicou ela. — E me chame de *"thrael"*, uma palavra antiga para escravo. Posso fazer o resto.

Eu assenti, soprando gentilmente o último desenho para secá-lo. Ela me emprestou um dos seus pratos de cerâmica para oferendas para conter a tinta, e eu o devolvi para ela. — Fique com isso, se você puder ter algo para armazená-lo. Se sobrevivermos, posso ter que desenhar novamente. — Forcei-me a acalmar meus nervos diante do que viria em seguida. *Você é um herói. Mesmo que não se lembre disso.* — Se isso der errado...

— Eu sei — disse ela. — Ninguém vai sobrar para resgatar Wyrm. Então não deixe dar errado. Tudo bem?

— Tudo bem. — Assenti com firmeza. — É hora de fazer isso. Carpa diem.

—... Carpa o quê?

— Aproveite o peixe — disse eu. — Você sabe, como o velho ditado "carpe diem", só que é engraçado porque... Deixe para lá.

Aparentemente, a maneira tradicional de saudar os Homens da Horda era gritar e sair correndo. Então achei graça do seu espanto quando marchamos direto até eles. Parecia a maneira como uma alcateia poderia reagir a um trio de coelhinhos com excesso de confiança.

— Alakazam BIOS discografia Filadélfia à la disco — disse eu, parando direto na frente dos invasores, com as mãos nos quadris. — Nitrogênio! I.E. poliéster Garfunkle'n Garfield!

Não me julgue; pareceu ser uma linguagem perfeitamente mística e incognoscível para *eles*.

Sefawynn balançou a cabeça para cima e para baixo, se encolhendo.

— O grande *aelv* — "traduziu" ela para mim, — exige saber quais são suas intenções para as terras dele. — Então ela olhou para mim de relance, com um ar assustado.

Os Homens da Horda murmuraram entre si no seu próprio idioma, então enviaram alguém correndo rumo aos navios. Nós paramos bem na borda da praia arenosa, onde os guardas haviam estado.

Não demorou para que os três capitães dos navios chegassem, liderados pelo sujeito com camisa de cota de malha que eu havia visto na frente do barco principal. Suas calças eram de um vermelho profundo, e aquele cabelo — o homem poderia ter sido um modelo de propaganda de xampu.

Ele fitou Ealstan — que estava atrás de mim como um vassalo — então me olhou de alto a baixo. O líder não parecia intimidado, embora os outros Homens da Horda mantivessem sua distância e não nos atacassem — um bom sinal.

Sefawynn estava obviamente certa quanto à minha aparência. Meu rosto — bem barbeado muito além da capacidade de uma navalha normal — misturado com meu porte, minha maneira de andar e a falta de armas... tudo isso os confundia. Deixava-os preocupados. Eu não parecia com homem algum que eles já houvessem visto.

— Você é um álfr? — O homem indagou em um inglês com sotaque forte.

— *Californication?* — disse eu. — *Bromance, vlog, podcast?*

Sefawynn apressou-se em fazer outra mesura.

— Sim, meu senhor — disse ela. — Esse Homem da Horda é o líder deles, com uma posição adequada para dirigir-se diretamente ao senhor.

— Muito bem — disse eu, esperando que meu sotaque americano soasse tão exótico para os vikings quanto soara para os anglo-saxões. — Você. Líder dos Homens da Horda. O que você busca nessa terra?

— O que você acha? — respondeu o líder, sorrindo. Os dois outros capitães estavam à sua esquerda e direita, satisfeitos em deixar que ele tomasse a frente. Ele sinalizou com a cabeça para alguns

CAPÍTULO CATORZE

guardas, que se moveram para nos cercar — fazendo com que Ealstan murmurasse baixinho, a mão no seu machado embainhado.

Meu coração batia como um martelo no meu peito. O que eu estava fazendo? Isso era *loucura*.

Você vai ficar bem, disse eu a mim mesmo. *Pode cuidar de um bando de primitivos que mal saíram da Idade da Pedra.*

— Ainda não acabei com essa gente. Eles me divertem — disse eu ao líder. — Deem a volta e deixem essa terra.

— Você acha que fugirei de medo porque cortou sua barba? — retrucou o capitão. — Você não é um álfr. Eu *conheço* os *álfr*. Você é um homem fraco de uma terra fraca.

— Se é esse o caso — disse eu a ele, tentando manter a voz firme, — então não vai se importar se eu tomar sua alma.

— Gorm — ordenou o capitão, apontando, — pegue a *skop* e coloque-a junto com o prisioneiro. Dê aos homens um gosto do...

— Obrigado — disse em voz alta, tirando uma das imagens do bolso interno do meu manto. — Usarei bem a sua alma. Quais são os nomes dos seus pais?

— Não, meu senhor — disse Sefawynn, puxando minha manga. — Isso é cruel demais, mesmo para eles.

— Silêncio, *thrael*! — berrei com ela. — Ou farei Nintendo de você!

Ela se encolheu, gemendo. Droga, ela era boa. Parecia uma pessoa completamente diferente — sem traço algum da sua confiança anterior.

Uma das mulheres vikings se aproximou, olhando para meu desenho. Ela sibilou baixinho e recuou rapidamente. Ela falou no seu próprio idioma com o capitão.

— Cuidado, lorde — Sefawynn sussurrou, traduzindo para mim. — Ele tem um estranho *wyrd*, e acho que um *landswight* o segue. Por escolha própria.

O que fazia com que todos eles dissessem isso? Pelo menos o retrato teve o efeito desejado. Os vikings pararam onde estavam enquanto eu me virava, exibindo o retrato do capitão deles. Fiz uma rotação completa, então com um movimento do meu polegar, abri as folhas em leque — revelando mais dois retratos com imagens dos outros capitães.

Aquilo os deixou agitados. Um deles sacou sua espada e veio na minha direção. Esse homem tinha cabelos castanhos em tranças apertadas e delicadas. Ele gesticulou para mim com sua espada, discutindo com a mulher viking na linguagem deles.

— Ele quer destruir a imagem — sussurrou Sefawynn, ainda fingindo ser subserviente. — Ele acha que isso vai libertar sua alma, mas a mulher discorda. Ela é uma *skald*, a palavra deles para *skop*.

— Então, se a matarmos, eles partirão? — perguntei.

— Talvez. Depois de nos assassinarem como retribuição. Eu não gostaria de tentar.

Muito bem, então, seguindo com o plano.

— Vocês gostariam de tê-las de volta? — disse eu para os capitães, dando um passo à frente e segurando as imagens. Ofereci o retrato ao homem com as tranças castanhas. — Ataque-a — disse eu, — e matará sua alma.

A mulher viking traduziu para ele em voz baixa.

— Minha alma é só minha — replicou o líder.

— Então vocês não deveriam tê-las oferecido tão livremente!

— Não oferecemos nada! — gritou o capitão de cabelos dourados.

— Que, coincidentemente, é quanto valem essas almas — respondi despreocupadamente. Dei um passo para frente, gostando da maneira como eles me evitavam. — Vocês deveriam saber que nós, *aelv*s, sempre tiramos vantagem das nossas barganhas. E vocês alegaram nos conhecer.

CAPÍTULO CATORZE

O capitão olhou furioso para mim.

— Esse é nosso acordo — disse eu. — Se partirem e não voltarem, poderão ficar com elas. Se as protegeram bem poderão receber bênçãos, pois embora suas almas estejam aprisionadas por esses encantamentos, também estão protegidas por eles.

Foi sugestão de Sefawynn. Na sociedade deles, a oferta de um elfo devia ter vantagens e desvantagens. Os três capitães e a *skald* discutiram em voz baixa, enquanto o resto dos vikings continuava mantendo sua distância de nós, agitados e murmurando. Alguns deles cobriam seus rostos com panos, talvez para impedir que eu roubasse suas almas.

Mas eu só tivera tempo de desenhar esses três. Eu sentiria falta das páginas, mas eu havia lido aquelas todas; eram só mais bobagens de marketing.

— Você ouviu o que ele havia dito antes? — sussurrou Sefawynn. — Eles já haviam levado alguém.

Olhei de relance para os navios, atracados logo além da praia, e aprimorei minha visão. Havia um homem amarrado perto dos fundos do navio central, deitado como um saco de areia. Detestaria pensar no que poderia acontecer com o pobre sujeito.

Mas minha atenção estava sendo afastada dele enquanto a discussão entre os três capitães se tornava mais agressiva. Os dois capitães subordinados vieram até mim com passos pesados. Um de cada vez, balançaram a cabeça positivamente, então — olhando para mim como se eu fosse uma cobra — agarraram seus desenhos e recuaram.

Uma *skald* permaneceu com o capitão-chefe, que havia parado de sorrir. Ele ignorou seus companheiros que fugiam e os grandes grupos de homens com eles. Aqueles que eram leais ao líder permaneceram. Ele ficou ali, braços cruzados, olhos semicerrados.

Eu já havia visto aquela expressão no rosto de alguém antes — aquela postura de quem não estava convencido. Ele sabia que eu estava tentando enganá-los.

Meus nervos começaram a me afetar. O que eu estava fazendo? Encarando um grupo de invasores vikings? Tentei dizer a mim mesmo, de novo, que estava assustado porque não tinha minhas memórias.

Não estava funcionando. Cobri meu nervosismo me concentrando na parte seguinte do meu plano. Entreguei a imagem final para Sefawynn, então fiz sinal com a cabeça para que Ealstan recuasse. Ele o fez enquanto tentava ficar de olho em todos os Homens da Horda ao mesmo tempo.

Calma, disse a mim mesmo. Só precisava lidar com o capitão — e com a *skald* de cabelos dourados ao seu lado.

— Você duvida do meu poder — disse ao capitão.

— Estou pensando — replicou ele, — que de perto, nossas almas parecem muito com desenhos feitos de tintura de raiz de garança, não sangue, como aparentam. E já participei de invasões bem ao sul, onde homens fazem desenhos em pergaminhos para contar histórias. — Ele apertou os olhos diante da imagem que Sefawynn estava segurando. — *Parece* mesmo comigo... Alguém que pudesse fazer tais desenhos estranhos seria valioso. Muito valioso. Como um escravo...

Levantei minhas mãos, as mangas puxadas até os cotovelos, e fiz com que elas ficassem vermelhas — como se o sangue estivesse subindo dos cotovelos, cobrindo meus antebraços, mãos, então as pontas dos dedos. Fechei os punhos, então falei com ele.

Na sua própria voz.

— Não teste minha paciência — vociferei. — Quanto mais você negar minha graciosa oferta, mais forte se tornará minha posse sobre sua alma.

CAPÍTULO CATORZE

Ele recuou desajeitadamente, com olhos enormes. O queixo de Ealstan caiu. Até mesmo Sefawynn parecia impressionada. Depois da maneira como reagira ao meu truque dos braços vermelhos, era gratificante ver seu olhar de perplexidade.

Eu sorri, então acrescentei uma reverberação à modulação vocal.

— Sou Runian Von-Internet de Cascadia! Príncipe *Aelv* e guardião de almas! — Estendi minha mão para ele, e fiz com que as pontas dos dedos se tornassem brancas como osso — a cor se movendo ao longo da pele. — Eu reivindico você! E cada um dos seus soldados!

Isso causou agitação entre eles enquanto a *skald* traduzia. O capitão olhou para seus soldados — mesmo que ele não acreditasse, *eles* acreditavam. Ele não iria longe com sua invasão se todos seus homens fugissem.

— Está bem! — disse o capitão, agarrando um machado do soldado ao seu lado. Ele o apontou para mim. — Pare! Como desejar, álfr!

— Minhas exigências aumentaram — gritei, enquanto apontava. — Exijo uma oferenda pela sua insolência! O prisioneiro no seu barco. Você o entregará para mim!

— Não vou entregar nada! — retrucou o capitão. — Mas... tampouco lutarei contra você por ele. Venha tomá-lo, se quiser. Mas você deixará minha imagem no seu lugar.

Dito isso, o capitão deu as costas e foi pisando duro rumo ao seu navio. Ele foi seguido pela sua *skald* e alguns dos seus homens — muito embora vários deles permanecessem para trás, sem querer se meter comigo.

Dei uma olhada para Ealstan e Sefawynn. Ele estava sorrindo abertamente, mas ela olhava para o barco, e para o prisioneiro.

— Eles acham que você não vai fazer isso — sussurrou ela para mim. — Devido à aversão da sua raça à água. Ele está tentando recuperar sua dignidade escapando de uma das suas exigências, mas ele não ousa recusar diretamente depois do que você mostrou a ele. — Ela me olhou de soslaio. — Foi... uma exibição memorável.

Dei uma olhadela no navio viking. Aversão à água, hein? Isso era... desconfortavelmente próximo da verdade.

Ainda assim, eu era um herói, certo? Eu precisava fazer isso. Tinha que provar aos meus nervos incertos que não era um covarde.

Firmando o queixo, acenei para que os outros dois avançassem, marchando em meio aos vikings, que abriram caminho para mim e não me encaravam. Subi pela prancha do navio depois do capitão e parei no topo, impressionado.

Por um lado, o navio não era excepcional — uma canoa grande com lugares para que homens se sentarem e remar. Mas eu estava em uma verdadeira nau viking, sentindo a maresia e um leve cheiro de suor. Até esse ponto, minhas experiências nessa dimensão haviam sido principalmente correr para permanecer vivo.

Naquele momento, eu percebi. Estava em um lugar que estudiosos e historiadores teriam praticamente matado para visitar. Fiz uma pausa, não querendo que minha experiência fosse *totalmente* desperdiçada.

O capitão me examinou cuidadosamente. Esse era outro teste, não era? Fingi que estava oscilando, como se a água estivesse me afetado — mas então pulei para baixo e respirei fundo.

Olhei-o nos olhos.

— Você achou que um príncipe como eu seria detido por mera água? — Forcei uma gargalhada aprimorada com reverberação com um humor que eu não sentia. O capitão desviou o olhar e gesticulou para o prisioneiro.

Era um homem com pele marrom. De fato, com sua barba negra encaracolada e roupa branca semelhante a um robe, ele não me parecia nada britânico. Oriente médio, talvez? Eu estava chocado; havia imaginado que esse lugar era bastante homogêneo.

CAPÍTULO CATORZE

Eu hesitei, mas não podia parar agora. Se eu expressasse medo, esses vikings repararariam. Precisava persuadi-los de que eu era perigoso demais para que eles viajassem mais ao norte e atacasse Stenford. Além disso, eu tinha meus aprimoramentos.

Meu corpo *saberia* o que fazer, mesmo que meu coração estivesse oscilando. Caminhei até o prisioneiro, notando que o capitão ainda tinha seu machado na mão.

Ah, diabos do inferno. Ele *ia* me trair.

Uma parte de mim em pânico soube no momento em que ele se moveu. Girei, a ponto de vê-lo levantando o machado. Ealstan — seguindo atrás de mim — gritou e tentou detê-lo, mas um viking foi para cima dele, empurrando-o para o lado.

Encarei aquele machado.

E meu corpo, em vez de lutar, se encolheu de medo.

Ouvi gritos de pessoas vindos do fundo das minhas memórias.

Vozes furiosas. Lampejos. Como explosões.

Eu havia lutado em uma guerra?

Vergonha. Uma *vergonha* total, de apodrecer as entranhas, me dominou, e eu recuei, risos ecoando na minha mente enquanto erguia as mãos — mas não como um guerreiro faria. Mais como um estudante de arte apavorado faria. Minhas costas atingiram o mastro, e o machado do capitão deslocou-se habilmente, indo rumo à minha cabeça. Vi minha morte refletida naquele aço.

Até que a cabeça do machado caiu totalmente.

Ela se *separou* do cabo — errando por pouco minha bochecha — e voou para fora do navio. O cabo do machado errou meu rosto por uma margem igualmente estreita enquanto o capitão — subitamente desequilibrado — completava seu movimento.

Nós olhamos um para o outro, sem palavras, enquanto um distinto *plop* soava da água do mar.

Ele se recuperou primeiro, levando a mão para a espada. Eu não era um guerreiro. Eu não tinha instintos! Eu ia *acabar morto*!

— Como ousa? — consegui gaguejar. — Você não sabe quem eu sou?

— Eu sei e acredito, agora! — gritou ele de volta, sorridente. — Mas você pisou na água! Você não deveria ter admitido sua linhagem para mim, príncipe! Os dökkálfar pagarão bem pelo seu cadáver! Você está enfraquecido o bastante agora para ser morto por lâminas mortais!

Ah, não. Ele acreditava, até demais.

Três vikings haviam atacado Ealstan, que lutava com eles. A voz de Sefawynn soou sobre o caos.

— Mestre! — disse ela. — Fuja antes que eles o amarrem com bravatas!

O capitão olhou para sua *skald*, que abriu um largo sorriso para mim. Eu mal entendi o que estava acontecendo. A fala de Sefawynn... convencera-os a me capturar?

Siga com isso, pensei, desesperado. *Ganhe algum tempo para Ealstan.*

— Eles não ousariam! — gritei. — Meu pai ficaria *furioso* com o preço do resgate!

Isso foi o bastante. A mão do capitão hesitou no cabo da espada, e ele assentiu ansiosamente para sua *skald*. Ela foi até o lado do navio, perto de dois bancos de remo vazios. Mas agora ela se concentrou, então avançou, declamando em voz alta.

— Tecelã de palavras eu sou   sobre as ondas errantes,
  Filha do medo,   aquela que assombra os mortos!

Eu precisava desempenhar o papel, então me encolhi.

Ela deu outro passo à frente.

> — Alvo golpeado, força desbaratada,   treme sob o jugo.
> Como verme diante do lobo   seu valor de nada vale!

Fraquejei diante do mastro do navio.

> — Vem, visão vitoriosa   no verso desse voto!
> Eis minha luminosa bravata,   torre minha, filha da guerra!

Eu sibilei, então encarei seu olhar. Agi como se fosse obedecer, mas então — com dentes trincados — me levantei novamente. Estiquei o corpo, como se estivesse jogando fora um peso.

— Isso é o melhor que pode fazer, *skald*? — desdenhei.

Ela recuou um passo, levando a mão ao peito.

> — Submeta-se aos meus encantamentos...

Virei a mão diante de mim, como se estivesse afastando as palavras.

— Eu sou Runian Von-Internet de Cascadia! — gritei para ela. — Suas palavras não podem me amarrar, *mortal*.

Ela cambaleou até atrás do capitão e murmurou alguma coisa. Ele parecia intimidado agora — e sua expressão caiu mais ainda ao ouvir um gemido ao lado. Ealstan veio na nossa direção, com passos incertos — deixando um dos seus oponentes caído contra a amurada, botas raspando no chão de madeira enquanto ele se debatia em meio ao próprio sangue. Os outros dois haviam recuado cautelosamente.

A brutalidade me deixou enjoado. Ainda assim, tentei recuperar parte da minha confiança enquanto Ealstan e Sefawynn vinham apressadamente para minha esquerda, de modo que estávamos todos perto do prisioneiro — com o capitão e seus soldados reunidos na frente. Eles nem olharam para o moribundo.

— E agora, honrado *aelv*? — sussurrou Ealstan. — Você é deveras forte para resistir tais bravatas, mas... não deveríamos ter atravessado a água.

Eu não sabia o que fazer. Os vikings não pareciam ansiosos para nos atacar, mas estavam entre nós e liberdade.

Meu único instinto era escalar a amurada do barco e tentar nadar para longe. *Isso*, pensei. *Tente nadar mais rápido do que um bando de vikings de verdade. Vai dar muito certo.* Contudo, o que mais eu podia fazer? Eu t...

Um pensamento me ocorreu.

— Sefawynn — disse eu, — por favor, me diga que ainda tem aquela tinta.

— Sim — confirmou ela, catando o pequeno pote de argila para óleo, onde ela a armazenara. — Mas...

— Dê-me o pote — pedi. — Ealstan, agarre o prisioneiro então salte para o mar. Sefawynn, você vai atrás deles. Se isso não funcionar, vamos precisar fugir da melhor maneira possível.

Ealstan obedeceu imediatamente, graças a Deus. Sefawynn pegou meu braço, desviando minha atenção dos vikings. Ela estava com a tinta, mas a manteve afastada de mim.

— Não escreva — sibilou ela para mim. — Você vai atrair a ira de Woden.

— Você prefere morrer? — insisti.

— Sim!

Hã. Com sorte, os vikings seriam igualmente supersticiosos. Tomei a tinta dela e a empurrei gentilmente na direção de Ealstan, que havia levantado o cativo até que este ficasse de pé e cortado as cordas que prendiam suas mãos. Os dois estavam se preparando para pular do navio.

CAPÍTULO CATORZE

Sefawynn correu atrás deles. Voltei-me para os vikings, então quebrei o pote com a tinta no convés. Ajoelhei-me e comecei a borrá-la em uma forma — uma das runas que vira na pedra em Stenford. Aquela que parecia um F.

Fui capaz de acertar a forma, e, abençoadamente, ela funcionou. Os vikings se encolheram para longe da runa, como crianças que haviam encontrado um cão raivoso.

Levantei-me, satisfeito comigo mesmo.

— Você vai partir — ordenei — e você *não* voltará a essas terras.

Depois de dizer isso, um trovão soou com uma nota nítida e exigente do céu perfeitamente limpo, e a runa pegou fogo.

Quero dizer, a tinta *começou a pegar fogo*.

Fiquei perplexo. O que havia naquela tinta?

Oh, diabos. Havia algo *muito* errado em tudo isso. Olhei de novo para o cabo do machado do capitão, lembrando-me da maneira súbita como ele caíra aos pedaços. Recordando o estranho desaparecimento das oferendas nas tigelas. O…

Bem, *tudo*. Eu havia ignorado essas coisas, incapaz de aceitá-las, mas minha capacidade de desacreditar estava desmoronando.

— Nós iremos, álfr — disse o capitão. — Eu juro. — Sua expressão endureceu. — Não voltaremos até termos força o bastante para derrotá-lo. Os deuses ficarão ao nosso lado, depois do que você fez aqui.

Eu não tinha resposta para aquilo. Olhei apatetado para a runa ardente que enegrecia a madeira diante de mim. Dei um passo para trás dela, que persistia apesar da brisa.

Confuso, e bem apavorado, corri até a borda do navio. Com o auxílio dos meus aprimoramentos manuais, me puxei para cima e pulei para o oceano — torcendo que a água não fosse profunda demais.

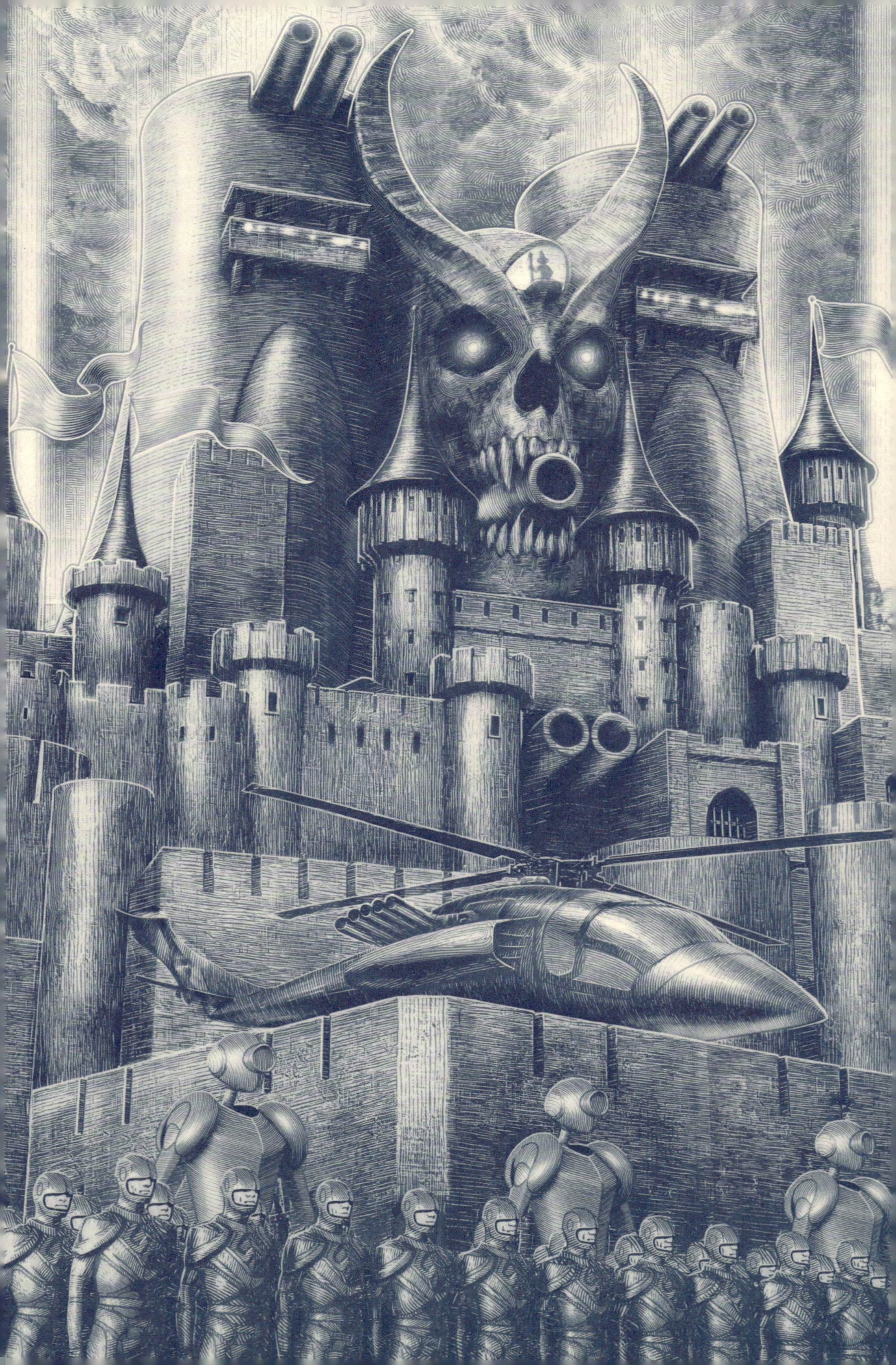

NOSSOS PACOTES FANTÁSTICOS

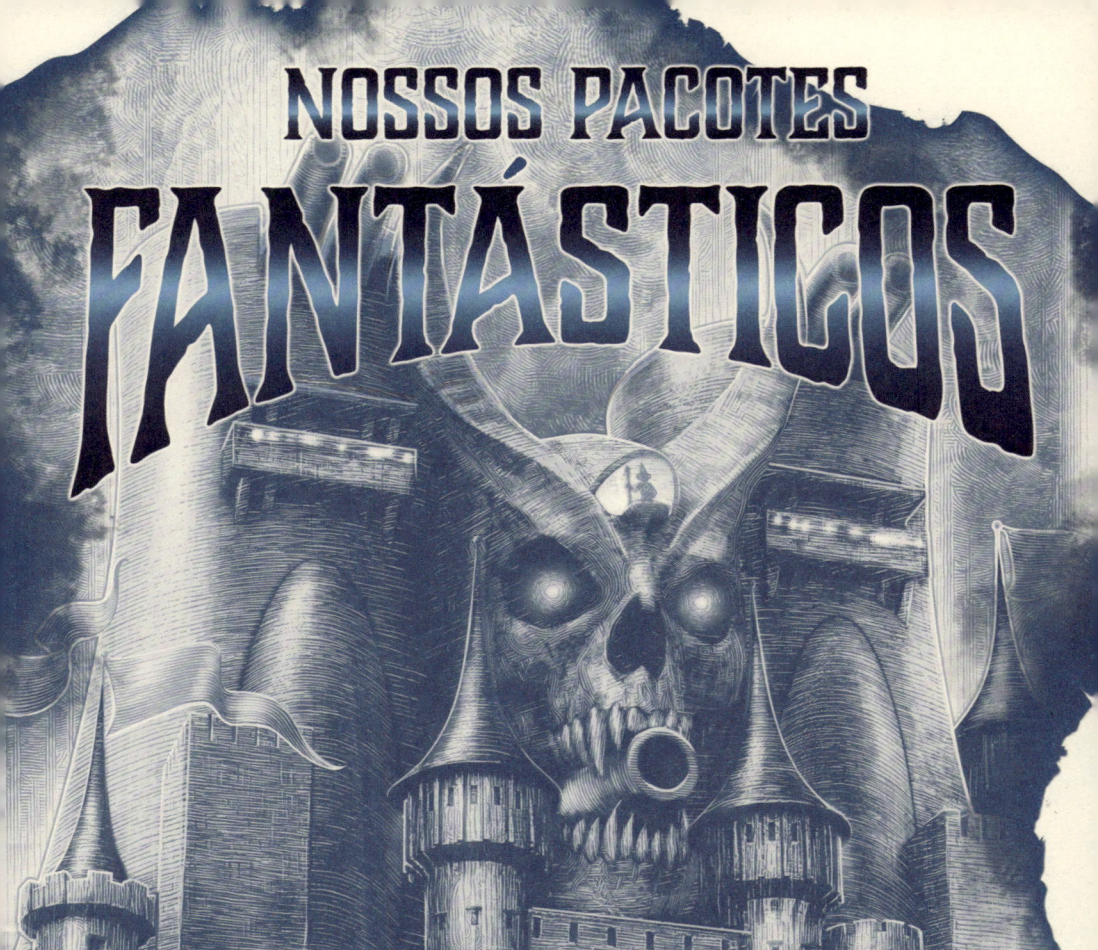

Aqui na Mago Frugal Inc.®, fornecemos uma experiência da mais alta qualidade a uma fração do preço cobrado pelas outras companhias de turismo dimensional.

Nós acreditamos que o Mago Interdimensional™ merece opções. Experiências preparadas e predeterminadas são adequadas para alguns, mas outros preferem uma experiência mais resistente, cheia de terras inexploradas e aventuras.

Sendo assim, oferecemos cinco pacotes. Cada um deles vem com nossa tripla garantia, exceto onde for especificado! Escolha a experiência que for melhor para você!

PACOTE UM: DIMENSÕES DE DESCONTO

Por um preço extremamente baixo, você pode comprar uma experiência dimensional que não satisfaz nosso estrito processo de filtragem. Esse pacote oferece uma dimensão sem uma das nossas três garantias.

DIMENSÕES PANDÊMICAS:

Essas dimensões satisfazem nossos outros dois critérios, mas estão vivenciando (ou postula-se que logo vivenciarão) uma terrível pandemia na escala da Peste Bubônica. Perfeitas para médicos que desejam salvar o mundo, pesquisadores estudando doenças infecciosas, ou outros com gostos interessantes. (Sem julgamentos!)

DIMENSÕES ININTELIGÍVEIS:

A população das Ilhas Britânicas nessas dimensões não falam uma língua inteligível para qualquer falante das linguagens da terra. Perfeitas para linguistas ou para aqueles que desejam um desafio extra! Visitem a seção rápida do nosso website para os recordes atuais da criação de dicionários completos nos vários grupos linguísticos.

DIMENSÕES DA IDADE DA PEDRA:

Essas dimensões não fornecem a experiência medieval tradicional prometida nos nossos materiais de marketing. Perfeitas para aqueles que *realmente* desejam se exibir para os habitantes locais! Esqueça fascinar os anciões com seu telefone; tente inventar a agricultura ou a roda! Nota: Os números populacionais nessas dimensões podem ser baixos, e frequentemente não existem assentamentos permanentes.

DIMENSÕES DE DESCONTO EXTRA:

Para o mago *extremamente* frugal, escolha uma dimensão que careça de duas, ou mesmo de todas as três garantias! Dimensões totalmente despovoadas, frequentemente incluindo várias formas de megafauna, também estão disponíveis para aqueles que desejam conquistar territórios verdadeiramente selvagens. Ou para aqueles que realmente gostam de rinocerontes peludos.

PACOTE DOIS: DIMENSÕES MAGO CURINGA™

Nosso pacote mais popular é o Mago Curinga™. Role os dados! Literalmente qualquer coisa pode aparecer na sua dimensão[1]!

Embora essas dimensões incluam nossas três garantias, nada mais é revelado previamente. Talvez os irlandeses tenham tomado o controle! Ou os celtas insulares podem predominar. Talvez a influência normanda seja especialmente forte. Seja lá o que descobrir, sua dimensão terá história, costumes e experiências próprias. Essa é a verdadeira diversão de ser um Mago Interdimensional™!

PACOTE TRÊS: PERÍODO DE TEMPO ESCOLHIDO

Está procurando uma experiência específica? Talvez seu coração queira aprender a participar de justas, ou deseje ajudar as legiões romanas no seu avanço para o norte pela Bretanha? Esse é o pacote para você!

Você escolhe um período de tempo específico — em relação ao nível tecnológico e costumes culturais esperados — e vamos fornecer uma dimensão que satisfaz nossa garantia tripla e encaixa nos critérios desejados. (Os períodos de tempos disponíveis são: Celta, Romano, Anglo-Saxão, Normando Antigo e Alta Idade Média.)

---

[1] Por favor, consulte: Perguntas Frequentes: Tudo Bem, POR QUE Não Posso Ter uma Dimensão Cheia de Bananas Falantes? — incluindo todas as importantes isenções de responsabilidade jurídica.

PACOTE QUATRO: EXPERIÊNCIA DE LUXO

Nesse pacote premium, você escolhe não apenas seu período de tempo desejado, como também um critério específico da lista abaixo. Aviso: você pode ter que esperar até que uma dimensão apropriada seja localizada! Por favor, visite nosso website para uma lista atualizada das dimensões de luxo disponíveis.

Opções de Luxo (escolha uma):

- Um indivíduo histórico específico do nosso mundo existe na dimensão[2]. Dispute uma queda de braço com o Rei Ricardo Coração de Leão! Faça uma batalha de rap com Chaucer!
- Uma mistura de período de tempo/cultural/tecnológica rara. (Por exemplo, romanos com pólvora, megafauna ainda viva, ou uma Bretanha com ocupações chinesas.)
- Um período de tempo específico altamente procurado. (A invasão normanda está prestes a começar, por exemplo.) Perfeito para apreciadores de jogos de guerra históricos! Veja a seção rápida na página 203 para mais ideias.
- Dimensões especializadas encontradas com mais frequência na nossa banda do que em outras, como descrito na página 113. (Inclui dimensões de Legítimo Matriarcado Celta™, dimensões com diversidade étnica extra elevada na Bretanha, e nossas dimensões de Último Bastião da Civilização™ onde Roma caiu e a Bretanha tornou-se o centro do Império Romano.)

---

[2] Figuras mitológicas, como Arthur e Robin Hood, não estão disponíveis. Você precisa escolher pessoas que estão documentas nos registros históricos.

PACOTE CINCO: PACOTE MAGO TOTAL™

Esse pacote supremo inclui todos os benefícios da Experiência de Luxo e qualquer número de *add-ons* de *bônus*! Estes podem incluir, mas não se limitando a:

- Uma pequena usina de energia nuclear e um castelo para instalá-la.
- Um complemento total de armas modernas capaz de equipar um bando de cem soldados[3].
- Um helicóptero moderno, totalmente automatizado com software de pilotagem e armas.
- Seu próprio grupo de aventuras! Essa opção inclui um contrato de um ano com um linguista especializado, um historiador, um guarda-costas e um guia dimensional para ajudá-lo a se estabelecer na sua nova dimensão.
- Um complemento totalmente treinado de servos locais, com a garantia de tratá-lo como um deus, e um castelo para abrigá-los.
- Pesquisas sobre doenças locais, uma tenda médica com equipamento para tratar feridas, e até 2.000 vacinas preparadas para distribuição aos seus fiéis seguidores. Também inclui acesso a uma equipe médica que pode ser chamada para emergências ou para triagem depois da batalha.
- Um cajado Mago Real™ com funções de armas, habilidades de projeção e uma série de aprimoramentos magnéticos para replicar poderes telecinéticos. Não saia fazendo magias sem um desses!™

---

3 | Isenção de Responsabilidade Jurídica: Armas controladas serão entregues na dimensão pela nossa equipe através de um portal temporário em águas internacionais. Isso é para evitar restrições locais sobre a venda de armas. Conforme a Lei das Armas Dimensionais, qualquer um portando armas controladas em uma dimensão deve sujeitar seu portal na dimensão à inspeção do governo. As armas supracitadas não podem ser trazidas de volta pelo portal para nossa dimensão. Tarifas extras são aplicáveis.

Para mais detalhes sobre os *add-ons* de bônus, veja a lista completa com mais de trinta opções incríveis no próximo capítulo! Por favor, lembre-se que essas opções podem ser acrescentadas a *qualquer* pacote! É nossa maneira de oferecer aos nossos magos o máximo de flexibilidade possível.

Consegui não me afogar, embora estivesse em apuros até Ealstan me puxar para fora. Fiquei tossindo na praia. Um alerta se abriu na minha visão.

Quase-afogamento detectado. Nanitas fornecendo oxigênio diretamente para o fluxo sanguíneo. Você tem cinco horas restantes antes de ficar sem ar. Gostaria de entrar em contato com serviços de emergência?

Eu selecionei *Não, estou bem.*

Gostaria de ativar o modo de primeiros socorros para ajudar outros?

— Como foi — quis saber Sefawynn, — que ele quase se afogou em apenas *um metro e meio* de água?

— Você sabe como eles são com a água — explicou Ealstan.

Sacudi a cabeça, desajeitado por um instante antes de limpar minha visão da mensagem e desabilitar futuras janelas de chamada de socorro. Eu apreciava o cuidado, mas no momento estava ocupado demais tossindo.

Os vikings, que ainda estavam arrumando suas coisas, me fitaram. Não sei se minha incapacidade de nadar melhorou ou piorou minha reputação, mas partimos em retirada bem rápido com o prisioneiro que havíamos salvado.

Cerca de quinze minutos depois, eu estava de pé — ainda ensopado — perto do ponto onde havíamos inicialmente observado os Homens da Horda, vendo seus navios recuarem pelo oceano azul. Eles haviam deixado seu navio principal para trás. De algum modo, *apesar* do fato de ele estar praticamente afundado, as chamas ainda ardiam.

Raios.

— Vocês têm minha *maior* gratidão — disse o cativo para Sefawynn e Ealstan atrás de mim. Ele tinha uma profunda voz de barítono, e falava com um sotaque que, pela primeira vez desde que chegara ali, me parecia familiar. Oriente Médio, com certeza.

Ealstan havia feito uma fogueira — uma normal — para nos aquecer. Eles sentaram ao lado dela, tratando o que havia acontecido como algo — se não normal — esperado.

— Você é das terras distantes, imagino — disse Sefawynn. — Conheci seu povo em Maelport. Comerciantes.

— Sim, mas não sou um comerciante, honrada *skop* — explicou ele. — Vim viver entre seu povo dez anos atrás e me comprometi a permanecer aqui toda minha vida. Meu nome é Yazad, e sou um súdito leal do conde.

Eu estava ouvindo apenas com metade da atenção enquanto fitava o navio que queimava de modo impossível.

CAPÍTULO QUINZE

Que coisa *do outro mundo* havia acabado de acontecer?

Você está mesmo em outro mundo, uma parte de mim pensou.

Certo, mas as regras supostamente deviam ser as mesmas. A gravidade ainda era gravidade; termodinâmica ainda era termodinâmica. Líquidos baseados em água *não* pegavam fogo subitamente. A menos que... teria Sefawynn trocado a tinta por alguma outra coisa?

Enquanto o fogo abaixo *finalmente* se apagava, a fumaça negra se dissipando, descobri que minha confiança estava abalada. Quero dizer, eu continuaria procurando respostas racionais. Mas pela primeira vez desde que havia pousado aqui, não estava inteiramente convencido de que as encontraria.

— Por que — indagou Ealstan, — você deixaria seu povo e viria viver aqui?

— O quê? — respondeu Yazad com uma gargalhada. — Aventura não é motivo suficiente?

— Eu nunca deixaria meu povo — declarou Ealstan. — Minhas terras são tudo que quero conhecer.

— Bem, é maravilhoso que sejamos todos diferentes, então! — disse Yazad. — A criação não é linda?

Voltei-me para meus companheiros. A coisa importante era que havíamos nos safado, e ainda colocamos os vikings para correr. Navegar. Tanto faz.

O problema era que eu estava menos certo do que nunca quanto a quem eu era. Eu havia *paralisado* em vez de lutar na hora da verdade. Eu me lembrava de tanta coisa — mas era tudo uma bagunça. Escola de arte. Academia de polícia. Trabalho de detetive. Essas memórias haviam voltado. Mas ainda havia buracos enormes no meu passado mais recente. O que eu havia feito *depois* da academia de polícia? Por que eu tinha esses aprimoramentos? Por que todas as peças do meu passado pareciam estar em conflito umas com as outras?

Quem era eu, de verdade?

Suspirei e caminhei para a pequena fogueira. Instalei-me no pequeno tronco que haviam deixado para mim, tentando banir um arrepio que não era inteiramente devido às roupas úmidas ou ao vento zombeteiro.

— Eu agradeci ao outros — disse-me Yazad. — Mas não você, não diretamente. Obrigado, *aelv*. Eu vi seu *wyrd* deter aquele machado. Nunca vi isso longe das proteções da cidade, e certamente não em mar aberto!

Eu balancei a cabeça positivamente para ele. Ele era um pouco mais gordo do que os outros que havia visto por ali, e tinha um sorriso pronto e genuíno. Ele havia removido um chapéu do bolso. Ele tinha abas longas descendo sobre as orelhas, pano sobre o topo, e uma faixa ao longo da testa. Parecia as coisas que havia visto na escola dominical.

— Também agradeço a você, honrado *aelv* — disse Ealstan para mim. — Meu povo está seguro por sua causa.

— Ele quebrou a aliança de Woden — disse Sefawynn. — ele escreveu *palavras estranhas*, Pequeno Pai.

— Ele é um *aelv* — disse Ealstan com uma risada. — A aliança de Woden não inclui tais criaturas!

— Você viu Thunor queimar o navio — lembrou Sefawynn.

— O *aelv* ainda vive, não vive? — replicou Ealstan. — Foi um aviso. Para os Homens da Horda e para nós, de que *nós* nunca devemos tentar tal ousadia.

— Sim — concordou Sefawynn, seu olhar me deixando desconfortável. — Sim, isso é verdade. De algum modo.

— A proibição da escrita *não* é universal — contou Yazad, trançando os dedos diante de si. — Embora eu nunca vá insultá-los escrevendo aqui, muitos na minha terra o fazem livremente.

— Terras diferentes — disse Sefawynn. — Deuses diferentes.

CAPÍTULO QUINZE

— *Um* deus diferente — corrigiu Yazad, inclinando-se e sorrindo enquanto se voltava para Ealstan. — Você perguntou por que vim até aqui, Pequeno Pai de Stenford? Eu vim *ensinar*. Sobre um deus acima dos deuses. Um deus que *ama* seu povo, em vez de puni-lo.

Ah. Isso, pelo menos, era familiar. Eu estava me perguntando sobre religião nesse lugar. A maior parte da Inglaterra eventualmente se converte ao cristianismo, afinal de contas.

— Um deus que ama? — estranhou Ealstan. — quem?

— Ahura Mazda — Yazad respondeu baixinho. — O único deus verdadeiro.

Espere aí. Quem?

— Zaratrusta — disse Sefawynn. — Já ouvi falar disso.

Yazad levantou o dedo.

— Zaratrusta é o líder espiritual que nos ensinou sobre o verdadeiro deus. Mas ele mesmo não era um deus. Esse é um erro comum.

— Espere — interrompi. — E o cristianismo? Você conhece? Apóstolos, Jerusalém, tudo isso?

— Ah — disse Yazad. — Está falando dos yeshuanitas? Eles são nossos primos, você poderia dizer! Muitos confundem os dois grupos. Estou surpreso que um *aelv* preste atenção suficiente nos mortais para saber o que andamos fazendo!

— Eu... presto atenção em algumas coisas — respondi. — Yeshua. Ele foi crucificado pelos romanos?

— Há! — disse Yazad. — Eles tentaram. Mas ele foi resgatado por Ahura Mazda. Nós fomos um povo por algum tempo, e juntos lutamos como uma coalização de todas as terras de Abraão! Mas isso foi muitos séculos atrás, antes dos hunas destruírem Roma por completo. Você conhece bem a história da nossa região para uma criatura encantada do norte!

— Acho os mortais interessantes — respondi.

— Excelente! — exclamou Yazad. — Estaria disposto a me ouvir ensinar?

Franzi a testa.

— Você... tentaria converter um *aelv*?

— Tentarei converter qualquer um! — disse Yazad. — Porque todos nós merecemos conhecer o amor de Ahura Mazda. — Então ele piscou para mim. — Mas um *aelv* seria uma realização memorável, na minha opinião.

— Você não está preocupado com Woden? — perguntei, olhando para os outros dois em busca de apoio. — Você não escreve nas terras dele, mas vai pregar contra ele?

— Woden não liga para adoração — disse Ealstan. — Contanto que seja obedecido. E temido. Contanto que estejamos sofrendo... — Ele se inclinou para frente, esfregando o queixo. — Como você foi capturado, Yazad? Eles estavam invadindo ao longo da costa? Outras vilas foram atacadas?

— Felizmente, não — replicou ele. — Minha captura foi minha própria culpa. Eu estava navegando, sabe!

— Sinto muito — disse Ealstan. — Eles mataram os outros pescadores, imagino? E o preservaram porque é um homem santo?

— Não havia outros — replicou Yazad. — E eu não estava pescando, só navegando. Ai de mim! Eles afundaram meu pobre barco.

— Você estava sozinho? — espantou-se Ealstan. — Essas águas são perigosas! Se não estava pescando, devia ter voltado para seu lar!

— Isso é verdade, isso é verdade — disse Yazad. — Exceto por uma coisa.

— Que seria? — indagou Ealstan.

— Eu adoro navegar! — disse Yazad. — Venho de uma terra ao nordeste da Pérsia, onde não temos águas como essas. Só colinas, alguns desertos, e umas poucas colinas desertas! Quando vi pela

CAPÍTULO QUINZE

primeira vez o oceano, pensei, "Eu preciso atravessar isso. Preciso experimentar as águas como Ahura Mazda as criou!" então eu aprendi. A velocidade que você é capaz de atingir, o borrifo da água do oceano, a sensação de voar! Ah, é divino.

A alegria na sua voz me lembrava da maneira como Jen falava sobre história e seus estudos. Lembrei-me de que quando nos conhecemos, percebi que nunca me sentira tão apaixonado em relação a qualquer coisa quanto ela se sentia em relação à história. Eu vivi minha vida inteira depois disso querendo saber como era amar tanto alguma coisa como ela amava.

Então eu havia tentado. Foi por isso que eu havia entrado na escola de arte? Para saber se eu amaria algo tanto quanto ela amava seus estudos?

— Estou confuso — disse Ealstan, olhando através do fogo.

— Confuso com o quê, Pequeno Pai de Stenford? — perguntou Yazad.

— Você disse que estava navegando porque queria ir *rápido* — disse Ealstan. — Mas para onde estava indo?

— Para nenhum lugar em particular — respondeu Yazad. — Eu aprecio o próprio ato de navegar.

Franzi a testa.

— Ealstan. Você nunca fez nada só porque gostava?

— Eu gosto de me sentar perto da minha lareira — disse ele em voz baixa. — Gosto de saber que a dispensa está cheia, e que meu povo não passará fome no inverno. Eu gosto... gostava... de olhar para meus meninos... — Ele fitou as chamas com mais intensidade.

Yazad se voltou para mim e suspirou.

— Isso não é tão incomum, honrado *aelv* — explicou ele. — A vida é dura aqui, esmagada entre o mar e as terras do Urso. Esse povo pensa que tudo que não os protege ou os alimenta, é uma frivolidade.

Eu tento explicar que há tanto para *amar* e *apreciar* no mundo que Ahura Mazda criou. Mas talvez essa alegria seja difícil de sentir quando você vive sob os olhos de deuses enlutados.

Ealstan e Sefawynn não responderam.

— Falando em frivolidade — disse Ealstan, olhando para o sol. — Deveríamos estar nos movendo. *Skop*, você aceitou esse atraso tempo o bastante. O jovem Wyrm ainda está em perigo.

— Nosso atraso salvou vidas — disse ela, embora você pudesse dizer que o atraso *havia* sido doloroso para ela.

— Eles não vão matá-lo — garanti a ela. — Não enquanto pensarem que ele é útil.

— O que foi? — quis saber Yazad. — Alguém está em perigo?

— Meu irmão — disse Sefawynn. — Levado durante a noite por estrangeiros com sotaques e maneirismos estranhos. — Ela olhou para mim de relance.

— Muitos estrangeiros nessa região ultimamente — comentou Yazad. — Ouvimos histórias sobre eles na reserva.

— A reserva? — disse Ealstan. Ele se levantou, então bocejou, embora obviamente estivesse tentando evitar.

Eu tinha o hábito de basicamente ignorar horários de sono — algo que não é incomum nos dias atuais, independente do que diz a minha mãe. Mas a fadiga de Ealstan também se manifestou em Sefawynn, que bocejou assim que ele o fez.

— A reserva é o nome da nossa moradia fora de Wellbury — disse Yazad. — Mas veja só, vocês estão cansados! Não podem viajar tão longe em tal estado. Venham, fiquem conosco essa noite! Está perto, não mais do que três horas, dependendo de quão para o norte esses Homens da Horda me trouxeram.

— Não podemos ir para Wellbury nesse estado — disse Ealstan para Sefawynn. — Os cavaleiros certamente chegaram antes de nós,

CAPÍTULO QUINZE

e a chance da surpresa foi perdida. Dormir em algum lugar seguro e planejar amanhã serviria melhor a nossa causa.

— Você é sábio, Pequeno Pai — disse ela, murchando um pouco. Droga, ela *parecia* cansada.

— Nós aceitamos sua oferta, Yazad — declarou Ealstan. — Vamos redistribuir o fardo do cavalo de carga para que você possa cavalgá-lo. — Felizmente, ele não havia mandado o cavalo de carga de volta para Stenford.

— Não precisa! — disse Yazad. — Vou caminhar! Minhas pernas estão um pouco enciumadas da atenção que dei ao mar.

Eu estava prestes a reclamar que essa caminhada nos deixaria mais lentos, mas então me lembrei de como nosso ritmo estava lento antes. Cavalos eram menos as criaturas trovejantes com batidas de casco ecoando e velocidade sem par dos filmes e mais como carrinhos de golfe que funcionavam com um tanque de grama e ocasionalmente mordiam você.

Enquanto nos levantávamos para voltarmos aos cavalos, descobrimos letras flamejantes queimando no chão.

Elas *não* estavam ali há alguns minutos.

Sefawynn e Ealstan imediatamente desviaram os olhos. Yazad foi até o meu lado, esfregando o queixo barbado. — Curioso, curioso. Algumas dessas letras me parecem familiares. Isso é grego?

— É inglês — respondi, atordoado. — Minha linguagem.

As letras de fogo diziam: *Bom trabalho. Você pode valer o esforço.*

Ah, diabos. Eu não poderia continuar negando, poderia?

— Apague isso — sibilou Sefawynn para mim.

— Mas as chamas — disse eu. — O que são elas?

— O fogo de Logna — murmurou Ealstan.

— Como aquele que queimou o navio? — indaguei.

Eles sacudiram suas cabeças e se apressaram em seguir adiante, com um ar de desconforto. Finalmente, fiz o que Sefawynn havia pedido, e apaguei as palavras ardentes com meu pé.

Logo estávamos de volta nas selas e seguindo nosso caminho. Verifiquei para ter certeza de que o resto das páginas do meu livro estava seguro na dobra da minha sela (elas estavam) e que nenhuma *delas* havia se incendiado (não haviam).

Só então juntei as peças. O livro que aparentemente havia explodido enquanto eu entrava nesse lugar — como mostrado pelas muitas porções queimadas. Aquilo estava... relacionado? Parecia ridículo que algum deus nórdico com algumas letras trocadas estava vigiando qualquer um que tentasse escrever, e distribuindo explosões de fogo. Mas então...

Pelo menos isso diminuiria as pichações, pensei, distraidamente tentando pegar meu caderno não-existente para registrar minha avaliação. Três estrelas. Paredes muito limpas — ignore os cadáveres fumegantes.

Os weswaranianos recusaram minhas outras tentativas de conversar, e não insisti muito. Eles estavam obviamente exaustos, e Yazad estava feliz em cantarolar consigo mesmo enquanto marchava ao nosso lado. Isso me deixou tempo para pensar, o que era perigoso naquele momento.

Porque eu estava muito perto de acreditar em um grupo de deuses nórdicos com as letras trocadas.

PERGUNTAS FREQUENTES

Como Posso Ter Certeza de que Minha Dimensão de Mago Pessoal ™ Não Será Corrompida por Outros Visitantes?

R: Para uma explicação mais profunda do processo de viagem dimensional, favor ver a Seção Quatro: A Parte Científica Chata. (Especificamente o Capítulo 4.17: Viagem Dimensional Resumida.) Mas se ainda assim você achar longo demais, aqui está a versão extra curta!

Como explicado em outro trecho, dimensões individuais são granulares demais para serem procuradas especificamente pelos nossos instrumentos. Nós escolhemos um grupo de dimensões geralmente similares, então abrimos aleatoriamente um portal para uma delas. Nós catalogamos o que encontramos, e se ela satisfizer nossos Padrões de Alta Qualidade e

PERGUNTAS FREQUENTES

Quantificavelmente Estritos de Excelência Dimensional™[1], ativamos um sinal dimensional e a acrescentamos à nossa lista de dimensões à venda.

Um sinal dimensional age como uma âncora para uma dimensão específica, atrelando-a à nossa dimensão. Sem ele, nossas chances de encontrar a mesma dimensão uma segunda vez seriam infinitesimamente pequenas. (Digamos, você teria mais chance de deixar cair um grão de areia em uma praia e então encontrar aquele mesmo grão dez anos depois.)

Ainda preocupado que outros viajantes dimensionais possam se meter na sua diversão? Não se preocupe! Seu sinal possui um código quântico pessoal de dígitos literalmente infinitos, indecifrável por qualquer ciência conhecida ou teorizada, e só é ativável por uma chave quântica física[2]. Para visitar sua dimensão, seu sinal precisa estar ativo *e* o visitante precisa ter uma chave física impressa com seu código.

Para privacidade extra, quando você chegar à nossa dimensão, pode imprimir um novo código na sua chave. E, se você for extra paranoico, pode *desabilitar* seu sinal!

---

1 | Essa frase é legalmente definida como um Termo de Marketing de acordo com a Lei da Verdade na Propaganda de 2045.

2 | Na maioria das nações, códigos legais nos impedem de conceder chaves dimensionais a qualquer um que seja procurado por um crime ou que tenha uma medida liminar contra eles impedindo viagem interdimensional devido a uma investigação ou possível julgamento pendentes. Tratados similares nos impedem de fornecer chaves dimensionais para tais pessoas, mesmo em águas internacionais. Eu sei. Isso também deixa a gente triste. Se precisa de algo para se alegrar, pode encontrar uma foto de filhotinhos de rinocerontes lanudos na página 214.

PERGUNTAS FREQUENTES

(Os perigos envolvidos são mínimos, já que você está automaticamente ancorado à nossa dimensão do seu lado. Está confuso? Imagine as dimensões como um rio com infinitas bifurcações. Escolher qual bifurcação seguir é difícil porque há muitas, mas só há *uma* maneira de subir o rio. Você também não pode pular de uma bifurcação para outra; você precisa voltar para nossa dimensão primeiro, então "navegue" por outro caminho.)

Em suma, mesmo se quiséssemos retomar sua dimensão, ou vendê-la para várias pessoas, não poderíamos! E a probabilidade de qualquer outro encontrar aleatoriamente sua dimensão é irrisoriamente pequena. Ela será realmente sua!

Só tome cuidado para proteger seu sinal e seu portal. Ambos vêm como padrão em todos nossos pacotes, e será instalado no local da sua escolha dentro da sua Dimensão de Mago Pessoal™. Ambos vêm com uma garantia vitalícia e uma bateria de fusão com um mínimo de cem anos de duração. Por favor, esteja ciente: se seu portal for danificado, você pode não ser capaz de voltar — muito embora, considerando as aventuras fantásticas que o esperam, porque desejaria isso[3]?

---

3 | Preocupado em ficar preso na sua dimensão sem uma maneira de voltar para casa? Por favor, invista na nossa opção *Check-In* Frugal. Com esse *add-on*, um representante da Mago Frugal Inc.® irá visitá-lo na sua dimensão em um cronograma estabelecido, só para o caso de algo acontecer com seu equipamento. Observe que esses serviços exigem que você nos dê uma cópia da sua chave. Também precisa manter seu código original e deixar seu sinal ligado. Ver a página 332 para mais detalhes. Sinais dimensionais de backup redundantes, incluindo sinais móveis menores, também podem ser comprados e instalados.

A "reserva" de Yazad acabou sendo uma choupana de tamanho modesto ao longo da borda de uma vasta floresta. Nós chegamos depois do pôr do sol, conduzindo os cavalos através de fileiras de árvores que eram ordenadas demais para ser naturais.

— Nosso pomar — explicou Yazad, caminhando ao meu lado. — Nós não possuímos essa terra, o uso delas nos foi concedido pelo Médio Pai de Wellbury.

Aquela era a vila próxima. Ealstan disse que era muito maior do que Stenford — mas considerando que Stenford tinha, tipo, cem pessoas, não era lá a melhor descrição possível.

O lorde local era um *reeve*, e muito embora Ealstan alegasse conhecê-lo, eu estava preocupado. Ulric havia indicado que esse sujeito, Wealdsig, o apoiava. Poderíamos ter dificuldade em convencê-lo a devolver Wyrm.

Ealstan fez uma pausa, olhando para além da casa de Yazad para as árvores aglomeradas.

— É um pouco perto da floresta, não acha? — indagou ele.

— Nós nunca sofremos nenhum mal vindo dela! — replicou Yazad, avançando lentamente. — O Urso Negro não parece inclinado a avançar nessa direção.

— Ainda assim — insistiu Ealstan.

Sefawynn conduziu o cavalo dela à nossa frente, sem dizer nada. Ela estava se movendo sem atenção, com uma postura encurvada. Eu não a ouvira dizer nada por mais de uma hora, e esperava que fosse apenas fadiga. Nunca vivi sem nanitas, então não *sabia*, mas ouvira falar que a falta de sono zumbificava as pessoas.

A reserva tinha o tamanho aproximado da mansão de Ealstan, então talvez "choupana" fosse a palavra errada. Mas era difícil evitar a associação, considerando as paredes de madeira ásperas e o telhado de palha. Yazad nos conduziu em silêncio, então abriu a porta, surpreendendo um homem idoso sentado junto dela no interior. Ele tinha uma longa barba com ainda alguns fios castanhos, mas era calvo, a não ser por uns poucos fios de cabelo arrepiados.

— Yazad? — perguntou ele em uma voz baixa e intensa. — Ah, louvado seja Ahura Mazda! — O homem idoso olhou de volta para as pessoas dormindo ao redor da lareira no centro de uma grande sala aberta, então saiu para se juntar a nós. Ele agarrou o braço de Yazad, com lágrimas nos olhos. — O que aconteceu?

— Tentei pregar para alguns Homens da Horda! — disse Yazad com um largo sorriso.

— Ah, Yazad — disse o velho. — Nós *avisamos* você!

— Vocês avisaram — admitiu Yazad, então acenou para nós três. — Mas pela graça de Ahura Mazda, fui salvo por essa *skop*, pelo Pequeno Pai de Stenford, e por aquele *aelv* com compleição doentia!

CAPÍTULO DEZESSEIS

Doentia?

O velho olhou para mim, pasmo.

— Um... *aelv*?

— Ele é inofensivo — disse Yazad, dando um tapa no meu ombro. — A menos que você esteja em um barco! Mas vamos, temos convidados exaustos. Desculpe, Pequeno Pai, mas não há bons colchões para vocês. Infelizmente, tudo que temos é palha no chão.

— Está tudo bem, Yazad — disse ele.

— Devo acordar os outros? — perguntou o velho.

— Não, não, Leof! — replicou Yazad. — Quando me encontrarem entre eles de manhã, fingirei que estive aqui todo esse tempo, e que estou irritado por terem me ignorado. Será muito divertido!

Leof abriu a porta para nós, então foi cuidar dos nossos cavalos. No caminho, ele apertou os olhos na direção de Sefawynn.

— *Skop*? — perguntou ele. — Você parece familiar.

Ela saiu do seu estupor.

— Costumo passar por aqui contando histórias — disse ela, entregando suas rédeas.

— Sim, sim — disse o velho. — Bem, não há necessidade de um banimento aqui. Nosso *wight* é bastante amigável! Raramente azeda o leite, e uma vez consertou meus sapatos sem oferenda. Escondeu um rato morto neles, contudo.

Tirei minhas páginas do livro fora da bolsa da sela, então entreguei meu cavalo também. Yazad nos levou para dentro da choupana, e gesticulou para que ficássemos em silêncio. Ele pegou palha de uma caixa no canto para fazer leitos para nós. Deixei que ele fizesse um para mim, embora não planejasse dormir.

Os ocupantes da sala mal se mexeram com a movimentação. Havia uma boa dúzia deles, apinhados ao longo do chão como uma gigantesca festa de pijama. Um par de famílias, a julgar pelas idades. Suponho que se você sempre dormisse em um quarto grande como todo mundo, estaria acostumado com alguém fazendo um pouco barulho.

Sefawynn e Ealstan deitaram nos seus leitos sem dizer uma palavra. Pouco tempo depois, ambos haviam adormecido, usando seus mantos como cobertores. Ajeitei-me no meu leito, que ficava perto do fogo, e decidi ler mais um pouco. Concentrei-me nas páginas de Perguntas Frequentes, considerando aquela uma boa maneira de adquirir informações rapidamente. Minha empolgação cresceu quando descobri uma seção que detalhava brevemente como a viagem interdimensional funcionava.

A explicação não me parecia lá muito familiar. Suspeitei que não soubesse muito sobre o processo antes de saltar para esse lugar. Talvez eu estivesse seguindo de perto os criminosos e partido sem qualquer outra escolha.

Infelizmente, as Perguntas Frequentes eram vagas de um jeito frustrante. Qual era a *aparência* de um portal dimensional? Elas se referiam a uma explicação mais detalhada, então folheei as páginas, procurando o Capítulo 4.17...

Que estava, naturalmente, faltando. Encontrei apenas uma única página identificável dessa seção, e a única parte do texto que consegui ler parecia ser uma piada sobre saguis.

Sentei-me de volta, irritado. Então vi algo estranho — uma pilha de cinco pedras bem ao meu lado, a maior delas do tamanho do meu polegar. Elas haviam sido arranjadas como uma pequena pirâmide.

Aquilo era inquietante. Movi o meu pé, derrubando as pedras — mas então me distraí enquanto Leof entrava na sala. Ele acordou um menino e mandou-o para tomar conta dos nossos cavalos e selas, então me olhou de soslaio, preocupado, antes de colocar mais lenha na fogueira.

Ele se retirou para seu banco e voltou a espiar através de uma fenda na porta, quando não estava dando olhadelas discretas na minha direção.

CAPÍTULO DEZESSEIS

Bem, eu queria que eles pensassem que eu era um elfo, então... ótimo? A fogueira ardeu um pouco mais quente com os novos pedaços de lenha — ou foi o que imaginei a partir do brilho mais forte. Meus nanitas regulavam minha temperatura de acordo com minhas especificações preferidas, então eu não reparava muito em mudanças de temperatura dentro dos limites normais. Mas a julgar pelos outros, o ar parecia gelado aqui de noite, mesmo na primavera.

Forcei-me a mergulhar de novo no livro. Era frustrante mas, depois de mais uma hora — de acordo com meu cronômetro interno — eu não aprendera basicamente nada. Como podia haver tantas páginas nesse troço, mas tão poucas informações de verdade? Li dezessete vezes sobre os fantásticos — e frugais —pacotes que podia comprar. Mas Deus me ajude se eu precisasse descobrir, digamos, qual era a versão anglo-saxã de um aperto de mão ou algo assim. (Uma estrela. Se você vomitasse um pouco de sopa de letrinhas, talvez criasse um texto mais útil.)

Puxei distraidamente um graveto meio queimado do fogo e mastiguei a parte de carvão para colocar algum carbono no meu sistema para restaurar meus nanitas. Ajustes nas papilas gustativas tornavam o sabor agradável — eu costumava escolher torrada amanteigada, embora a diferença das texturas fosse esquisita.

Isso fez com que eu recebesse outra olhada do idoso vigia, então levantei as páginas que estava lendo, o que fez com que ele desviasse o olhar, apavorado. Voltei a me ajeitar, sentindo uma satisfação injustificada. Por que eu estava provocando o velho, afinal?

Para evitar pensar sobre o que havia acontecido, compreendi. É por isso que você está lendo sobre possíveis *add-ons* de pacotes pelos últimos vinte minutos.

Eu não queria aceitar como aquele lugar era estranho. Runas queimavam quando você as escrevia. Deuses deixavam mensagens para mim no chão. Por que o maldito livro não falava algo sobre *isso*? Fiz uma pausa, então timidamente escrevi meu nome no chão com um pedaço de carvão — nada aconteceu. Talvez eu devesse tentar uma runa?

Idiota, pensei. *Você quer incendiar a choupana? Ou que um personagem de histórias em quadrinhos jogue um raio em você?*

Eu estava desconfortável com quão provável eu acreditava que aquilo seria no momento. Um tema que aparecia repetidamente no livro era como essas dimensões *deveriam* ter as mesmas leis da física que a minha. As culturas poderiam ter sido jogadas em um liquidificador interdimensional, a linguística podia ser convenientemente desconcertante, as estruturas sociais viradas de ponta-cabeça... Mas a física? Isso deveria ser igual. 9,8 m/s², 2+2=4, objeto em movimento. Mais importante, a entropia existia.

Pedras não deviam formar pilhas espontaneamente. Senti um arrepio, e evitei olhar. Mas finalmente, dei uma espiada.

As cinco pedrinhas estavam novamente empilhadas em uma perfeita pequena pirâmide. Praguejando baixinho, derrubei-as novamente — então aumentei a temperatura da minha pele dois graus. O arrepio continuou.

Fechei os olhos. Talvez *eu* estivesse sofrendo de efeitos negativos devido à falta de sono? Será que meus nanitas ou meu firmware estavam danificados? Eu estava tendo alucinações? Ou fazendo com que as coisas entrassem em combustão espontânea?

Quando abri os olhos novamente, as pedras estavam agora organizadas em uma pilha quase impossível, uma em cima da outra, sobre suas *bordas*. Perfeitamente equilibradas, como você às vezes via em posts na mídia social com pessoas fazendo yoga em uma montanha. Cinco estrelas pelo empilhamento espetacular. Sinistro, mas maneiro. Meu *wight* tinha estilo.

CAPÍTULO DEZESSEIS

Droga. Eu já estava aceitando, não estava?

Como não poderia? Ou era isso, ou acreditar que estava sofrendo de alucinações.

— Exibido — não pude deixar de murmurar, embora as pedras caíssem com uma série de pequenos estalos quando mudei de posição. Depois de alguma deliberação, instruí meus nanitas para que me deixassem dormir. Talvez isso reinicializasse meu sistema. Uma última tentativa desesperada para encontrar uma explicação racional para minhas experiências aqui.

Caí no sono enquanto via aquelas malditas pedras novamente na forma de pirâmide, como se estivessem zombando de mim.

Despertei às sete da manhã em ponto, e meus nanitas imediatamente eliminaram a sonolência da minha mente. Eu havia escolhido aquela hora para que pudesse me levantar antes de todo mundo. Mas eu não havia pensado nisso muito bem — a sala inteira já estava agitada com movimento. Sefawynn estava entretendo algumas crianças em um canto. Ela havia trocado de vestido, e parecia ter lavado seu cabelo. Ealstan não estava em lugar nenhum — embora as janelas estivessem escancaradas, e eu pudesse ouvir homens rindo e conversando ali perto.

Certo. Cultura agrária. Nascer do sol. Eles precisavam ordenhar as galinhas ou algo assim. Espreguicei-me, me sentando e tirando uma palha que havia grudado no meu pescoço. Uma campainha soou no meu ouvido e um texto apareceu na minha visão.

Parabéns! Você descansou por uma noite inteira. Sua meta de saúde é obter pelo menos seis horas de sono a cada três dias.

> Até agora, você realizou sua meta 1 vez durante esse ano. Continue assim!

Lembrava-me vagamente de estabelecer aquela meta de saúde depois de Jen reclamar dos meus hábitos de sono. Como as pessoas sobreviviam sem nanitas? Eu parecia me lembrar do meu avô subsistindo com café, mas não acho que isso existisse na Inglaterra medieval.

Algo parecia diferente agora que eu havia tirado uma soneca? Olhei para a pilha de pedras, que ainda formava uma pirâmide junto ao meu catre. Derrubei-as, então fiquei por perto para garantir que ninguém a montasse de novo sorrateiramente.

Continuei a catar o feno da minha roupa e finalmente registrei o que Sefawynn estava dizendo.

— E então — contava ela, se inclinando para frente e abrindo as mãos em leque, — Runian, príncipe dos *aelv*s, disse aos malvados Homens da Horda:

> "Vislumbro fraqueza   e fracassos seus na lida.
> Vergonha é a sombra que segue   as velas dos seus barcos.
> Fujam e lembrem-se   de Runian, o escritor!"

A bravata dele fez com que recuassem apavorados, e, não sendo um mortal ou um súdito de Woden, Runian usou seu dedo para *traçar uma runa* no convés do barco!

As crianças ofegaram, então olharam para mim. Fiz uma boa atuação, sacudindo meus dedos e fazendo com que mudassem rapidamente através de um arco-íris de cores em rápida sucessão.

CAPÍTULO DEZESSETE

— O que aconteceu em seguida? — perguntou um dos garotos mais velhos em voz baixa.

— O trovão assaltou o céu aberto — continuou Sefawynn, — e como Runian não podia ser tocado por Woden, a ira de Thunor atingiu o navio! As chamas nos separaram dos Homens da Horda e nos permitiram saltar no oceano. Onde ele, sendo um *aelv*, quase se afogou.

As outras três crianças ouviam atentamente, mas uma menina mais alta — talvez com onze ou doze anos — me estudava com atenção, em vez disso.

— *Eu* não acho que ele se pareça com um *aelv* — declarou ela. — *Eu* acho que ele parece com aquele sujeito doente que tentou roubar maçãs no verão passado. Ele nem mesmo tem uma barba.

— *Aelv*s não têm barbas — replicou Sefawynn.

— Mas eles não deviam ser belos? — indagou a garota.

Ui. Fui poupado de novos insultos quando Yazad chamou as crianças para trabalhar no pomar. Fiquei um pouco triste de ter perdido sua pegadinha, embora as pessoas *parecessem* felizes de tê-lo de novo. Cada uma das crianças lhe deu um abraço, chamando-o de tio, enquanto corriam para a porta.

Sorri para Sefawynn, mas ela havia se levantado e estava olhando pela janela. Parecia melancólica.

O irmão dela *foi sequestrado,* eu pensei. É claro que ela está melancólica.

— Você está acordado, meu amigo! — foi a saudação de Yazad. — Tenho notícias. Estranhos visitaram o *reeve* na noite passada e foram embora a cavalo de manhã cedo, deixando um dos seus para trás.

— Meu irmão — disse Sefawynn. — Ele *está* aqui.

— Tem mais — disse Yazad. — Um estranho diferente passou por aqui duas noites atrás. Alguém muito esquisito. Venha comigo.

— *Um* estranho? — disse Sefawynn, se aproximando.

— Sim — confirmou Yazad. — Venham, venham. — ele saiu pela porta em vez de responder nossas perguntas, sujeitinho frustrante.

Levantei-me, então notei a pilha de pedras montada novamente. Já era a esperança de que fosse uma alucinação causada por privação de sono. Chutei as pedras, irritado, e machuquei o dedão.

Que diabos? Inclinei-me para baixo, e vi que haviam sido coladas com uma gelatina espessa cor de âmbar.

— Seiva — disse Sefawynn. — Você andou antagonizando o *wight*, Runian?

— Não — disse eu.

Ela me olhou de soslaio.

— Eles gostam de fazer pilhas, certo? — disse eu. — Dei a ele pilhas para fazer.

— Para um *runian* — ela observou, — você não é muito esperto.

— Meus caminhos e raciocínios estão além daqueles dos mortais.

Ela tirou uma palha do meu cabelo, com a sobrancelha erguida. Então ela deu um pulo quando uma mulher mais velha entrou na cabana, carregando um balde d'água e uma escova. Sefawynn rapidamente desviou o olhar, se escondendo na minha sombra enquanto passava pela mulher e saía.

— O que foi isso? — perguntei a ela.

— O quê?

— Você se escondeu daquela mulher.

— Não me escondi — disse ela, de queixo levantado, mas sem me encarar. — Eu estava ajudando sua reputação como *aelv*.

Certo. Fomos até Yazad e o acompanhamos ao pomar. As fileiras bem ordenadas eram estranhamente encorajadoras. Elas pareciam familiares como poucas coisas daqui pareciam; até mesmo as pessoas de pé sobre bancos e cuidando das árvores pareciam normais para mim.

CAPÍTULO DEZESSETE

Então nós chegamos à borda e entramos na verdadeira floresta. Eu já vira muitas florestas antes. Essa não deveria causar uma sensação diferente, e não *parecia* diferente. Mas fiquei nervoso com suas profundezas sombrias e indomadas. Era uma natureza primordial que não existia no mundo de onde eu viera, há séculos. Sim, eu tinha visão noturna, mas de algum modo aquilo não era reconfortante. Para um lugar tão escuro, você precisava de *fogo*, luz viva.

Yazad nos indicou que continuássemos pelo caminho, dizendo que ele voltaria em um momento, então mancou para longe. Enquanto continuávamos, vi que Sefawynn estava me olhando novamente.

— Você tem medo da floresta — observou ela.

— Tenho receio dela.

— Talvez você não seja tão idiota quanto eu dei a entender — admitiu ela.

— Os outros falam do... Urso Negro? Quem é ele?

— Um rei *waelish* — disse ela, — de antes do tempo do meu avô.

— E ele ainda está vivo?

— Sim — ela respondeu baixinho. — Dizem que ele só pode ser morto pelo seu próprio filho, e até agora, ele não produziu filho algum.

Aceito que alguma coisa invisível estava empilhando pedras. Estaria pronto para ir fundo, e começar a aceitar tudo que ela dizia como verdade? Isso parecia um pouco demais. Três estrelas pela mitologia sinistra, contudo.

Nós logo encontramos Ealstan ajudando alguns homens a cavar para remover o toco de uma macieira caída. Depois de apenas um dia juntos, aquilo não me surpreendeu, independente da sua posição como lorde. Sefawynn e eu assistimos enquanto ele usava um machado de mão em algumas das raízes, enquanto outros homens puxavam com força para inclinar o toco para trás.

Quando nos viram, um dos homens mandou fazer uma pausa e uma garota lhes trouxe água em um balde.

— Honrado *aelv* — disse Ealstan, subindo para fora do buraco e inclinando sua cabeça para mim com reverência. — Saudações e boas-vindas.

Reprimi um suspiro. Honestamente, você salva uma vila de ser queimada e saqueada por vikings, e veja só o que acontece.

— Yazad nos contou que o *reeve* teve visitantes na noite passada. Um deles permaneceu enquanto eles viajavam nessa manhã — contei a ele.

— Isso é uma boa notícia — disse Ealstan. — Se implorarmos ao Médio Pai, acredito que ele soltará o irmão de Sefawynn. Mas e Ulric e Quinn? Eles estarão satisfeitos com poder sobre o *reeve*?

— Eles *definitivamente* vão querer mais — respondi. — Eles provavelmente deixaram Wyrm aqui porque não queriam ter trabalho com ele. Imagino que vão seguir até o conde pra tomar o verdadeiro poder.

— Meu caminho é rumo a Maelport para avisar o conde — declarou Ealstan. — Mas primeiro, temos que resgatar o rapaz.

Yazad logo apareceu com uma mulher mais velha, que trazia um cesto de gravetos. Ela se movia lentamente, provavelmente devido à idade avançada. Era baixa e de corpo atarracado, com longos cabelos brancos presos em um coque, atravessado por varetas de madeira. Seu rosto redondo e olhos alegres me lembravam de alguém...

Vovó Dobson, percebi com ternura. Nós frequentemente íamos pescar juntos. Outra peça da minha infância havia se encaixado, e não pude deixar de sorrir de orelha a orelha.

— Este — disse Yazad, gesticulando na minha direção, — é o...

— Eu já vi um *aelv* antes, Yazad — disse a mulher, cambaleando na minha direção. — Sim, esse é um belo espécime!

CAPÍTULO DEZESSETE

— Está familiarizada com minha raça, não é mesmo? — disse eu, com um sorriso.

— Sim, e você não vai me enganar! — replicou ela. — Ou o enganarei de volta na mesma hora. — Ela se aproximou bem. — Sou muito perigosa, quando resolvo ser. Está adequadamente intimidado, *aelv*?

— Sim, muito — disse eu.

— Ótimo, ótimo. — Ela selecionou um graveto da sua pilha. — Isso é para você.

— Hum... obrigado? — disse eu.

— Thokk é uma cuidadora de lareira itinerante — disse Yazad, gesticulando na direção da mulher. — Ela vende gravetos.

Olhei para a floresta, que obviamente estava cheia com todos os gravetos de que precisaria. Ainda assim, Yazad estava gesticulando para mim por trás dela, como que para dizer, "Não discuta" Então obedeci, agradecendo com um aceno de cabeça e enfiando meu graveto no bolso do manto.

— Thokk, conte ao *aelv* sobre o homem que você encontrou na estrada — pediu Yazad.

— Ele era um *aelv* também — disse a velha, com uma mão no quadril. — Tinha cabelos vermelhos, como um homem do norte. Não tinha barba, falava de um jeito estranho, e suas feições eram incomuns.

— Esse é o homem que os estranhos estavam procurando em Stenford — disse Ealstan — Antes que Ulric e Quinn levassem o irmão da *skop*, eles estavam perguntando por um homem sem barba de cabelos vermelhos.

Alguma coisa em relação a isso cutucou meu cérebro.

— Sigam-me — disse eu para os outros, andando de volta para a reserva. Havia uma memória ali em algum lugar, e eu estava desesperado para puxar aquele fio.

Quando os outros me alcançaram, eu já havia encontrado uma folha de papel com algum espaço no final, e estava experimentando alguns gravetos da fogueira que tinham pontas de carvão mais afiadas.

Thokk tirou um graveto do fundo da sua pilha.

— Aqui. Esse está bem torrado.

— Obrigado — disse eu, experimentando-o. Ele desenhava bem, como os lápis de carvão com que estava acostumado. — Poderia descrever esse homem para mim? Ele tinha um nariz largo ou estreito? Seu rosto era mais redondo, ou mais anguloso?

— Acho que o rosto seria redondo — disse ela. Embora todos os outros, até mesmo Ealstan e Sefawynn, ficassem a uma boa distância enquanto eu desenhava, a velha se inclinou mais para perto de uma maneira embaraçosa. — Não, não. Não *tão* redondo. — Ela me acertou na nuca com um graveto.

— Ai! — reclamei.

Thokk fez uma careta.

— Ops. Desculpe. Pensei que você fosse um pouco mais robusto. Sabe, porque *aelv*s podem pular sobre montanhas e se transformarem em aço e coisa e tal.

— Essas coisas não fazem parte das histórias, Vovó Thokk — disse Sefawynn.

— Poderia ter jurado que ouvi isso em algum lugar — disse ela, batendo no meu papel com um graveto. — Menos redondo, e uma linha de cabelo mais baixa.

— E o nariz? — perguntei.

— Estreito — respondeu ela. — Sim, assim mesmo.

Continuei perguntando, meu desenho acelerando até tornar-se um fervor. Eu já fizera isso muitas vezes. Depois de abandonar a escola de arte, quis fazer algo responsável com minha vida. Seguir

CAPÍTULO DEZESSETE

uma paixão que eu não possuía havia sido exaustivo. Então tentei algo rígido, algo que meus pais veriam como útil.

Eu havia entrado na academia de polícia devido… ao estímulo de um amigo. Meu histórico como artista viera a calhar, e eu havia sido treinado como artista forense.

Com o uso liberal do meu dedo para borrar erros, criei o rosto a partir da memória de Thokk. Enquanto o rosto ganhava forma, a sensação de familiaridade crescia. Eu conhecia alguém assim — um cara que gostava de pintar seu cabelo, que havia me encorajado…

— Há! — disse a velha. — Sim, é ele. Viram? Eu disse que vocês, *aelv*s, conseguiam invocar pessoas em superfícies planas. Eles estão todos quietos, *aelv*, porque não querem admitir quão frequentemente estou certa.

Eu fitei o desenho tosco em carvão, me lembrando de um rosto risonho. Noites no bar juntos. Pedindo ajuda para meus estudos. Então… eventualmente… trabalhando juntos? Dois policiais. Amigos desde antes da academia e…

Seu nome era Ryan Chu.

Ele era o meu parceiro.

PERGUNTAS FREQUENTES

Posso Transferir Coisas Entre Dimensões?

R: Você pode trazer o que quiser para sua Dimensão de Mago Pessoal™! Contanto que seja algo que você possui legalmente, é claro[1].

Contudo, você não pode trazer nada de volta. (Recomendamos que guarde suas roupas originais para visitas ao lar.)

Como explicado na Seção Quatro: A Parte Científica Chata, ramificações dimensionais têm menos "substância" (página 285). Eles não são exatamente tão reais quanto a nossa dimensão.

---

1 | Mago Frugal Inc.® obedece todos os tratados, leis e jurisdições dimensionais. Nós somos o único provedor comercial de viagens dimensionais que nunca foi condenado por uma grave violação do código legal dimensional[3]!

PERGUNTAS FREQUENTES

Essencialmente, qualquer coisa (ou qualquer um) da sua dimensão desapareceria em trânsito para nossa realidade.

É por isso, naturalmente, que nunca fomos capazes de verificar a existência de uma dimensão acima da nossa no "rio" de viagem dimensional. Embora os portais indiquem que alguma coisa possa estar lá, nem mesmo elétrons ou fótons podem fazer a viagem.

Por enquanto, tal destino permanece teórico. De qualquer modo, se a física dimensional funciona do mesmo modo em todas as realidades, as chances de alguém rio acima de nós localizar nossa dimensão são minúsculas, basicamente inexistentes. Então não se preocupe com isso[2].

(Nota: Embora você *possa* usar seu portal para viajar mais além "rio abaixo" até dimensões que derivam da sua, recomendamos enfaticamente contra isso. Essas dimensões tendem a ser instáveis.)

---

2 | Ver Perguntas Frequentes: Pode Recomendar um Terapeuta para Me Ajudar a Lidar com o Horror Existencial Causado pela Compreensão de Que Minha Realidade Pode Ser Apenas uma Ramificação de Outra Dimensão com Mais Substância que a Nossa?

3 | No Canadá.

Ryan estava aqui.

Ele saberia que estava sendo caçado? Eu precisava encontrá-lo — tanto para avisá-lo, quanto para finalmente conseguir algumas malditas explicações.

— Onde você o viu? — perguntei a Thokk.

— Indo para Wellbury — disse ela. — Dois dias atrás.

— Você conhece esse homem, honrado *aelv*? — indagou.

— Sim — disse eu. — Ele é da minha raça. Um poderoso soldado entre nós. Deveríamos tentar nos juntar a ele.

Ealstan se aproximou para estudar o retrato.

— Wellbury já era nosso destino — observou Ealstan. — Talvez ele possa nos ajudar a libertar Wyrm, ou a deter Ulric e Quinn. Podemos perguntar ao médio pai sobre ele.

Concentrei-me no desenho, me agarrando às minhas memórias na academia com Ryan e… Jen? Não, ela não havia sido uma policial.

Mas frequentemente saíamos à noite, os três juntos. Amigos. Então Jen e começamos a ter alguma coisa.

— Perdão, Pequeno Pai — disse Sefawynn. — Mas eu estava esperando recuperar Wyrm *sem* falar com Wealdsig. O *reeve*... não é minha pessoa favorita.

— A devoção do Médio Pai a Woden pode ser desconfortável às vezes — admitiu Ealstan.

— Desconfortável? — comentou Yazad. — Perdão, mas não foi ele que certa vez se pregou a uma árvore?

Espere. O quê?

Ealstan olhou para mim, embaraçado.

— Woden precisava de um sacrifício antes da Batalha da Grande Força — explicou ele. — Cerca de quarenta anos atrás. Sacrificar-se diretamente para Woden é uma... maneira de inclinar a balança a seu favor.

— Woden esquece quem ele é e tem sede de uma devoção cada vez maior — comentou Thokk em voz baixa. — Como um bêbado pedindo mais vinho.

— Você não deveria dizer tais coisas, cuidadora de lareiras — disse Sefawynn.

— Eu direi o que quiser — respondeu Thokk de modo brusco. — É verdade.

Yazad deu um largo sorriso.

— Não me venha com essa cara — disse Thokk a ele. — Não vou me converter ao seu deus paz-e-amor com seus travesseiros e sorrisos. Ele não ia me querer, de qualquer modo.

— Ahura Mazda quer todo mundo, independente de quão inferior ou incapaz ele seja — replicou Yazad. — Eu sou prova disso!

— Podemos falar sobre ser pregado em uma árvore? — pedi. — Essa parte parece importante.

CAPÍTULO DEZOITO

— Wealdsig precisava de força para a batalha — contou Ealstan. — Ele pensou em sacrificar um dos seus guerreiros, mas achou que isso daria a *ele* a honra. Em uma das histórias antigas, o próprio Woden se pregou à árvore do mundo. Então, para aproveitar essa força, Wealdsig... o imitou. Sua mão direita não serve de muita coisa agora, mas as pessoas o respeitam.

— Tolos o respeitam — disse Yazad.

— Você não pode criticar o coração dele — protestou Ealstan. — Essa parte continua intacta.

— Ao contrário do seu cérebro... — acrescentou Thokk.

Que ótimo. Eu me sentei no chão ao lado da lareira. Ryan havia passado por essa região dois dias atrás — e ontem, Ulric e Quinn o seguiram. Eles haviam partido essa manhã, provavelmente indo na direção da sede do conde. Eles haviam dito a Ealstan que eles representavam o conde, e se eu conhecia Ulric, ele tornaria sua base impressionante e bem fortificada. Se ele tinha um portal por aí, o manteria lá — no centro do seu poder.

Talvez Ryan estivesse rastreando as atividades deles nessa dimensão? Talvez eu estivesse especulando demais. Eu mal sabia meu próprio nome; parecia um exagero tentar adivinhar quais eram as motivações de outras pessoas.

— Se você confia em Wealdsig — disse eu para Ealstan — parece que faz sentido falar com ele.

— Mas Ulric disse que Wealdsig estava trabalhando para ele — lembrou Sefawynn.

— Wealdsig não é do tipo que entrega sua devoção a estrangeiros — disse Ealstan. — Ele não é tão... confiável, para ser honesto. Ele vai fazer o que achar divertido no momento. Por enquanto, isso pode significar ouvir Ulric, mas também significar me ouvir quando eu conversar com ele.

Eu não sabia ao certo se gostava dessa ideia ou não.

— Nós *deveríamos* tentar ver o que Wealdsig sabe.

— Então está decidido — disse Ealstan. — Vamos cavalgar e nos anunciamos, depois defendemos nosso caso.

— Não — contestou Sefawynn rapidamente. — Nós devíamos entrar escondidos na cidade. Mesmo se formos falar com ele, deveríamos ter certeza de que não fomos vistos entrando, caso o inimigo tenha deixado alguém nos portões para vigiar. Eles podem reconhecer... um *aelv*.

Estreitei os olhos para ela. Havia algo de familiar no olhar dela, na sua postura.

Ela desviou o olhar, com os braços cruzados.

— Ah! — disse Yazad, juntando as mãos numa alegre batida. — Posso ajudar com isso! Costumo levar frutas do pomar e dos nossos celeiros para distribuir ao povo da cidade! Os guerreiros raramente ligam para aqueles que trago comigo. Vocês me acompanharão com sacos de frutos, e ninguém pensará em olhar para você. Essa é uma maneira de pagar pelo seu auxílio!

Achei que era uma boa ideia, e Ealstan obviamente também pensava isso, porque os dois foram ver quantos sacos de maçãs estavam prontos para transporte. Thokk cuidou da lareira, enquanto Leof ainda dormia no canto.

Olhei para meu desenho. Ryan ficaria irritado comigo se soubesse que eu estava aqui. O pensamento me confundiu. Nós éramos parceiros; não enfrentávamos problemas juntos?

Não... Eu pensei. Algo aconteceu entre nós...

Flexionei minha mão. Tinha algo a ver com esses aprimoramentos. Eles não eram equipamento policial padrão. Onde eu os *conseguira*? E por que havia ficado paralisado quando aquele Homem da Horda me atacou?

CAPÍTULO DEZOITO

Luzes ofuscantes. Gritos de raiva.

Comecei a divagar novamente. Sobre eu mesmo, meu coração, quem eu havia sido... e o que eu havia feito. Pela primeira vez, não tive certeza de que *queria* me lembrar. Eu sabia, lá no fundo, que havia me agarrado demais à memória de ser um policial. Isso não explicava tudo que eu podia fazer, nem meus instintos para mentir e me esconder.

Não. Eu era um herói. Eu *precisava* ser um herói. Eu sempre quis...

Ser como Ryan. Mas as coisas não haviam saído como eu queria, não é?

Diabos. Passei alguns minutos procurando nos meus submenus, e novamente não consegui habilitar as placas inativas. Eu estava perplexo. Por que eu as possuía, se não podia usá-las? Eu cutuquei e cavei, até que — estranhamente — uma nova mensagem apareceu.

Placas desabilitadas à força por comando externo, dizia. Você não vai consegui-las de volta, Johnny. Pare de tentar.

Ah, diabos. Alguém havia *feito* isso comigo. Intencionalmente. Saí dos meus menus, e tive uma distinta vontade de me *esconder*. Eu queria parar de escavar no meu passado, parar de procurar respostas além daquelas que flutuavam até a superfície. Eu não ia gostar do que encontraria.

A vergonha quase me dominou.

Eu conhecia bem aquela emoção. Mas por que eu a vira em *Sefawynn* alguns minutos atrás?

Tanto Sefawynn e Thokk haviam deixado a sala enquanto eu estava distraído. Então me levantei, esfreguei as mãos na roupa, e saí da choupana. Várias mulheres estavam trabalhando nas palhas do telhado, enquanto outras trabalhavam no pomar. Um sujeito estava substituindo as pedras no caminho. A vida não permitia muito tempo de lazer naquele lugar.

Notei várias tigelas de amoras na frente, com vários pedidos diante deles. Sapatos gastos, uma pilha de palha para tecer uma esteira, um pouco de leite? Eu não conseguia decidir se aquilo era uma oferenda, ou se queriam que fosse transformado em manteiga. Acho que até mesmo forças invisíveis misteriosas precisam trabalhar para viver.

Sentindo-me meio idiota, eu disse:

— Você quer experimentar uma dessas coisas enquanto procuro Sefawynn?

Nenhuma resposta, naturalmente.

Eventualmente encontrei Sefawynn sentada em um toco de árvore, olhando para a floresta escura. Caminhei até ela, com as mãos nos bolsos, o vento esvoaçando meu manto. Era um item de vestuário útil, aquele. Eu não precisava do calor, mas com certeza me sentia mais dramático com ele. (Quatro estrelas. Os garotos esquisitos podiam ter razão.)

— Oi — disse a ela.

Ela acenou com a cabeça.

— Leof achou que havia reconhecido você — continuei. — Agora você está preocupada que os guardas no portão da cidade possam reconhecê-la também. E você está agindo estranho desde que chegamos aqui. Como se estivesse... envergonhada com alguma coisa.

Ela suspirou, os cotovelos apoiados nos joelhos, descansando a cabeça nas mãos. Recostei-me contra uma árvore próxima.

— Nossas bravatas não fazem nada — sussurrou ela. — Todos os *skops* sabem disso. Eu acho que elas costumavam funcionar. Quero dizer, os *skalds* dos Homens da Horda fazem com que suas bravatas funcionem, então é possível que as nossas funcionem também, não é?

— Eu não sei — disse em voz baixa. — Eu não sei muito sobre isso.

CAPÍTULO DEZOITO

— Você me deixa perplexa, Runian — comentou ela, finalmente olhando para mim. — Entendi o truque da voz, conheci um *skop* certa vez que podia fazer com que objetos ao redor dele parecessem estar falando, muito embora ele não movesse seus lábios. É algo assim, não é? É assim que funciona essa trapaça?

— Eu não sou um trapaceiro — disse eu, com excesso de ênfase. Aquilo era uma ferida aberta. — Mas é uma habilidade similar.

— Não tenho direito de censurá-lo — respondeu Sefawynn. — Nós *skops* devíamos admitir que *não podemos* banir *wights*, ou amarrá-los, ou intimidá-los. Mas... ajuda que as pessoas acreditem que podemos. — Ela fez uma careta. — Essa é uma justificativa. Na verdade, se fôssemos honestos com todo mundo, eles nos expulsariam e morreríamos de forme. Então continuamos agindo como se soubéssemos o que estamos fazendo...

— E Wellbury?

— Passei por aqui alguns anos atrás — disse Sefawynn, — depois que o Urso levou meus pais. Ele estava avançando nessa direção, então o Médio Pai pediu amarramentos em um assentamento próximo. Proteções extras, porque as pedras rúnicas... bem, você sabe. Realizei minhas melhores bravatas, embora soubesse que elas não fariam nada. Wyrm e eu fomos pagos, depois seguimos em frente.

— E o tal assentamento? — perguntei.

Ela indicou a floresta.

— Costumava ficar bem aqui.

Eu segui o olhar dela até a densa floresta, além das árvores como colunas de pedra que deviam ter cem anos de idade. Não podia ter existido um assentamento *ali*.

Porém, o que eu sabia? Havia começado a falar com o ar e acreditar em fantasmas ou sei lá o quê. Então olhei mais de perto. Enquanto estudava a floresta, vi sombras que *poderiam* ter sido antigas muralhas de pedra, ou fundações.

— As pessoas começaram a perceber — continuou Sefawynn. — Quando faço o banimento de um *bog*, ele volta na noite seguinte. As proteções que prometo não se materializam. As pessoas morrem, e sua família se pergunta por que eles alimentaram aquela *skop*. Por que eles ouviram e acreditaram... Não há muitos lugares nesses dias onde eu não seria reconhecida, eu sempre me esqueço de onde estive.

Não admira que ela pensasse que eu era um trapaceiro; ela estava vivendo aquela mesma vida. Era a versão medieval de uma vidente. No meu tempo, essas pessoas eram na maior parte inofensivas. Mas aqui, onde parte disso era real? Talvez a comparação com videntes não fosse boa. Ela era mais como uma vigarista, vendendo aprimoramentos ruins que não protegiam você.

Isso não era da minha conta, de qualquer modo; eu tinha que lidar com chefes de gangues. Só gostaria que aquele tom na sua voz não fosse familiar de modo tão desconfortável. O olhar dela parecia oco, como um brinquedo de plástico barato. Do tipo que era pintado para parecer metal, mas você sabia a diferença no momento em que o pegava na mão.

— Estou tão cansada de mentir — sussurrou Sefawynn. — De estar sempre preocupada...

— De nunca permanecer tempo demais em um lugar — disse eu — porque tem medo que alguém descubra. De se preocupar que cada pessoa por quem passa é alguém de quem roubou. De nunca dormir, exceto quando precisa, porque até mesmo seus amigos são... o tipo de pessoa que não deixa que você durma tranquilo.

Ela olhou para mim. Por um momento, me preocupei de que sua exibição de vulnerabilidade fosse um fingimento para que eu admitisse alguma coisa. Então ela concordou com a cabeça.

CAPÍTULO DEZOITO

Tentei pensar em um discurso inspirador. Dizer a ela algo apropriadamente honorável, como o detetive honesto que outrora eu havia treinado para ser. *Mude sua vida, garota,* ou *arrume um trabalho honesto. Seja voluntária em um abrigo para gatinhos diabéticos.*

— A vida é horrível, às vezes — disse eu, em vez disso. — Então você lida com isso.

— Outros lidam com isso sem enganar os outros — replicou ela. — Ealstan o faz ajudando pessoas a sobreviver.

— E aqueles Homens da Horda fazem isso despedaçando as pessoas — retruquei. — Incendiando vilas. Nessa escala, você não está indo tão mal.

Ela se esticou, então se levantou, limpando o vestido.

— Obrigada — disse ela. — Por não julgar.

— Você acha que sou um trapaceiro também. Por que eu julgaria?

— Essa é a primeira coisa que você disse que me faz duvidar disso — observou ela. — Porque todo trapaceiro que conheci era um *aers* que julga todo mundo.

Aí estava de novo. Eles chamavam pessoas de orelhas, *ears*, como um insulto? (Duas estrelas. Melhor do que chamar alguém de nariz. Eu acho.)

— O Médio Pai pode me reconhecer — disse ela enquanto caminhávamos rumo à reserva. — Ou talvez não. Mas pode ser melhor se eu não estiver lá quando Ealstan conversar com ele.

— Tudo bem — disse eu. — Pode ser melhor se *eu* for abordá-lo.

— Você vai tentar convencer Wealdsig de que é um magro, não vai?

— *Mago* — corrigi. — E sim, vou. Deve funcionar bem. Meu livro diz isso. E eu impressionei aqueles Homens da Horda.

— Seus olhos deveriam ter queimado por ter lido toda aquela escrita — observou ela. — Tem um *wyrd* estranho em você.

— Bem todos os guardas que eu vi são meio estranhos, na verdade.

— *Wyrd* — ela corrigiu. — Destino ou sorte ou... Não é realmente nenhuma das duas coisas, mas... como é que você não sabe nada disso? De onde é você?

— Seattle. — olhei para ela. — Não temos muitos anglo-saxões lá. Mas o café é bom, e há ótimas livrarias. Estou dizendo a verdade, Sefawynn. Estou no seu país apenas há alguns dias.

— E ainda assim, você fala nossa linguagem.

— *Você* fala *minha* linguagem.

Ela revirou os olhos.

— Pare com isso — reclamei.

— Estava vendo a hora do dia.

— O sol está *literalmente* atrás de nós.

— O que dá para saber olhando para o céu.

— Há um bocado de sombras. Elas são longas o bastante para saber a hora.

Ela parou onde estava e estreitou os olhos na minha direção.

— O que foi? — perguntei.

— Estou vendo se as sombras são escuras o suficiente.

— Para quê?

— Para obscurecer seu rosto. Não, ainda consigo vê-lo. Não está *nem de longe* escuro o bastante para meu gosto.

Peguei um sorriso nos seus lábios. Uma honestidade tácita crescia entre nós. Ambos tínhamos pedaços desconfortáveis nos nossos passados. Eu não queria confrontar os meus, mas eles estavam ali, logo abaixo da superfície. Mas continuávamos seguindo em frente. Agora que havíamos admitido algumas coisas, a falta de poderes dela em particular, as coisas pareciam mais leves. Ela caminhava um pouco mais perto de mim.

Parei onde estava.

CAPÍTULO DEZOITO

— Espere aí — disse eu. — Isso foi um flerte? Nós estamos *flertando*?

Ela revirou os olhos de novo e continuou caminhando.

Boa, John, pensei. *Essa foi coisa de profissional.* Aparentemente, eu era péssimo com mulheres. Bom saber.

Corri para alcançá-la. As pessoas estavam reunidas ao redor da entrada. O que havia de errado?

Ah. Elas estavam olhando para uma pilha de cerca de *vinte* esteiras trançadas. E um monte de manteiga do tamanho de uma criança.

Os sapatos, contudo, haviam sido reduzidos aos seus componentes básicos. Até mesmo os *cadarços* haviam sido decompostos em pedaços de fibra. Era como se o *wight* estivesse dizendo, "fiz o que você pediu — mas para mostrar que não sou um capacho, arruinei os sapatos. Entendeu?"

Leof reverentemente pegou uma das esteiras.

— Que tipo de *wight* poderia fazer isso...?

Sefawynn olhou para mim, então me puxou para longe.

— O que foi? — sussurrei quando estávamos fora da escuta dos outros.

— Foi você que fez aquilo? — ela me interpelou.

— Eu não sei como trançar esteiras. Mal consigo fazer lámen.

— O *wight* deles é simpático — disse ela. — Mas é fraco. Conversei com as crianças essa manhã, ele só consegue realizar uma tarefa pequena de cada vez, e demora muitos dias. Você pediu ao seu *wight* para fazer isso?

— Olhe só, não é nada demais. Talvez o que está me seguindo tenha uma ética de trabalho melhor.

— Como você se ligou a um *wight* tão poderoso? — quis saber ela. — E não a um lugar, mas a uma *pessoa.* Você não faz sentido!

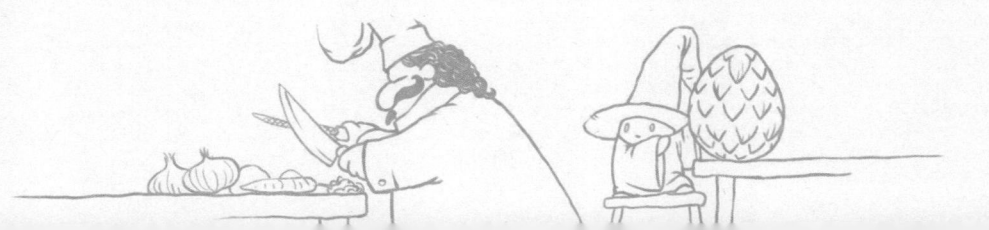

— Eu sei! — disse eu. — Tente ser eu! Zero estrelas! Pior do que refrigerante diet com uma colherada de açúcar!

Espere aí.

Como diabos eu sabia qual era o gosto *daquilo*?

Realmente *havia* coisas no meu passado que era melhor esquecer.

Sefawynn franziu a testa.

— O que é zero?

— É sério — disse eu — que essa é a parte da minha frase que confundiu você?

— É a parte confusa que eu quase entendi — replicou ela. Ela olhou de volta para a reserva. — Venha, vamos conversar com Yazad sobre os detalhes. Quero ver meu irmão.

Wellbury não era a fortaleza gigante que os outros haviam me feito crer. Era maior que Stenford, claro, e uma muralha de madeira a cercava totalmente. Mas as únicas estruturas que vi no caminho foram as duas torres junto do portão.

Eu estava começando a pensar que não veria castelo *nenhum*. Ainda assim, se eu fosse um Homem da Horda invasor, talvez aquela paliçada de troncos grossos me intimidasse. Certamente o fosso seria chato de atravessar, partindo do princípio que os arqueiros na muralha estariam enchendo você de flechas.

A cidade não era distante o bastante da costa para me deixar tranquilo, contudo. Ealstan havia me contado sobre invasões de dúzias, ou mesmo centenas, de navios dos Homens da Horda.

Tentei imaginar isso enquanto caminhava pela estrada, cercado pelos fiéis de Yazad, carregando uma cesta de maçãs presas às minhas costas. Uma centena de navios, enchendo esse caminho de homens corpulentos e suas barbas bem cortadas. Tentei imaginar o povo da reserva, que não tinha um único guerreiro entre eles, fugindo para salvar suas vidas.

Essas pobres pessoas; cercadas de um lado pela floresta, do outro pelo oceano. Seria um terreno de primeira para meu povo — mas aqui, os dois lados eram perigosos. Seus inimigos eram móveis, mas eles estavam fixos, presos aos seus lares, fazendas e famílias. Diante daquilo tudo, a muralha parecia frágil como palitos de dente; o fosso, quase uma poça.

Nós chegamos ao final da tarde, esperando que as sombras ajudassem a obscurecer nossas atividades. Yazad deixou no chão suas cestas de maçãs — carregadas com uma vara sobre suas costas — e conversou com os guardas no portão, tentando alegremente convertê-los, discorrendo sobre a grandeza de Ahura Mazda. Os guardas levaram a coisa na risada, mas aceitaram as maçãs que Yazad ofereceu.

Examinei-os cuidadosamente, mas se Ulric houvesse deixado alguém para pegar Ryan, estariam vigiando de algum lugar mais discreto.

Nenhum dos guardas olhou duas vezes para nós. A cidade estava movimentada, apesar da luz minguante. Os homens trancavam animais em vários estábulos grandes dentro das muralhas, enquanto outros visitavam o ferreiro, levavam lenha em carrinhos, ou voltavam para suas casas.

Uma vida de videogames havia me ensinado a procurar uma taverna ou estalagem, mas não identifiquei nenhuma. Tive a impressão de que se você estava ali, ou conhecia alguém, ou era de uma confiável profissão itinerante — como Sefawynn ou Thokk — as pessoas ficavam felizes em recebê-lo na sua casa em troca dos seus serviços.

Agrupamentos de casas de um só andar e tetos de palha, como passarinhos demais compartilhando um ninho, deixavam as ruas

CAPÍTULO DEZENOVE

estreitas. A única exceção ficava bem ao lado da muralha — onde escadas haviam sido colocadas para que os homens chegassem às alturas e vigiassem o caminho.

O fedor foi uma surpresa.

Eu havia esperado que as pessoas cheirassem mal, mas meus companheiros não pareciam piores do que meus amigos hippies que preferiam não usar desodorantes. Sefawynn geralmente cheirava bem.

Mas esse lugar... Odores de fazenda eram dominantes ali — mas só como contraparte aos cheiros humanos, que eram piores. Depois de alguns instantes, preferi respirar pela boca.

Podia me lembrar vagamente de estudar sobre os tempos antigos, me perguntando por que alguém gostaria de viver na roça em vez de em uma vila confortável. Cidades eram superiores, uma fonte de conveniência e cultura. Elas tinham coisas como padeiros, açougueiros e... hã... fazedores de castiçais?

Cultura parecia um termo excessivo ali, todavia. Não havia sinfonias sendo executadas, a menos que você contasse o som das moscas zumbindo contra as botas se erguendo da lama. Esse lugar devia estar cheio de doença, e os ruídos eram distrações incômodas. Podia até ter mais defesas, mas logo comecei a sentir falta da atmosfera pacífica da reserva.

Dito isso, fiquei surpreso com os vários tipos de pessoas que vi no local. Embora houvesse muito mais pessoas pálidas com os vestidos em duas camadas ou combinações de calças e túnicas que eu associava com o povo anglo-saxão nessa dimensão, havia algumas pessoas com pele marrom ou pele bem escura, e uma variedade de estilos de roupas — desde chapéus como o que Yazad usava, até roupas com padrões coloridos. Até identifiquei uma família asiática. Sempre havia pensado que as pessoas ficavam onde estavam na época medieval, já que não havia motores a vapor ou aviões.

Nós adentramos uma área menos povoada da cidade. Campos pequenos, ou jardins de vegetais, se estendiam entre as casas. Yazad nos conduziu até um armazém ocupado por sacos de grãos e gatos rondando. Um deles se esfregou contra minha perna, então me mordiscou quando tentei acariciá-lo. Gatos. Iguais em todas as dimensões.

— Muito bem, meus amigos — disse Yazad em voz baixa enquanto pousávamos nossas cestas de maçãs no chão. — Pela graça de Ahura Mazda, trouxemos vocês até a cidade. O *reeve* Wealdsig estará na sua mansão, preparando-se para suas bravatas e banquete noturno. Se possível, por favor, não causem problemas para minha gente com o que quer que façam aqui.

— Vamos deixar nossos robes com você — disse Sefawynn, retirando o seu — nós os usamos sobre nossas roupas. E não mencionaremos você, Yazad.

— Cuide-se, amigo — disse Ealstan, entregando seu próprio robe. — E se é verdade que seu deus se importa com os homens como você disse... quem sabe dê a ele uma oferenda em nosso favor.

— Ahura Mazda só aceita boas palavras, bons atos e bons pensamentos — disse Yazad. — Mas enviarei a ele orações pelo bem de vocês. Depois que resgatarem o rapaz e encontrarem os homens malignos que estão caçando, voltem para mim. Provarei a você como a vida pode ser muito melhor sem medo dos céus.

— Acho que eu deveria temê-los *mais*, se escutasse você — disse Ealstan. — Seu deus está longe, Yazad, e suas terras são distantes.

— Ele só está distante se seu coração estiver — disse Yazad, removendo a vara das cestas que ele havia carregado. — Seu cajado, Runian.

— Obrigado — respondi, pegando-o. Era de madeira de macieira, liso ao toque. Mencionei que queria um, e Yazad oferecera esse para mim, já que "lembrava o dos magos".

CAPÍTULO DEZENOVE

— Vamos voltar para casa — disse-nos Yazed. — Delm não nos conta nos portões, a menos que seja o número de maçãs que entreguei a ele!

Ele abraçou cada um de nós. Então, Ealstan sinalizou com a cabeça para Sefawynn e eu, e erguemos os capuzes dos nossos mantos. Juntos, nós três fomos até a porta lateral do armazém — seguidos por uma quarta figura menor.

— O que foi? — disse Thokk enquanto nos virávamos para ela.

— Talvez fosse melhor se ficasse com os outros, Vovó Thokk — sugeriu Ealstan.

— Sou dona de mim mesma — retrucou Thokk.

— Nossa missão é perigosa — lembrou Sefawynn.

— Eu sei — disse a velha senhora. — E vocês vão acabar mortos sem minha ajuda. Além disso, o pomar de maçãs é chato e vocês são interessantes. A decisão está tomada: estou com vocês.

Eu esperava que os outros a proibissem diretamente. Aquele não era um lugar para alguém que estava perto dos oitenta anos, mas Sefawynn e Ealstan se entreolharam e não disseram mais nada.

Eu também não disse nada. Thokk sabia como cuidar de si mesma melhor do que eu nesse mundo. Com sorte, eu conseguiria compensar meus defeitos com minhas vantagens específicas — estava na hora de provar que eu era um mago.

PERGUNTAS FREQUENTES

Por Que Todo Mundo na Bretanha Fala Inglês Moderno na Minha Dimensão Pré-Conquista Normanda? Isso Não Deveria Exigir um Incrível Alinhamento de Fatores Sociais e Linguísticos que Nunca em um Milhão de Anos Deveriam se Alinhar de Tal Maneira Conveniente?

R: Aparentemente, não.

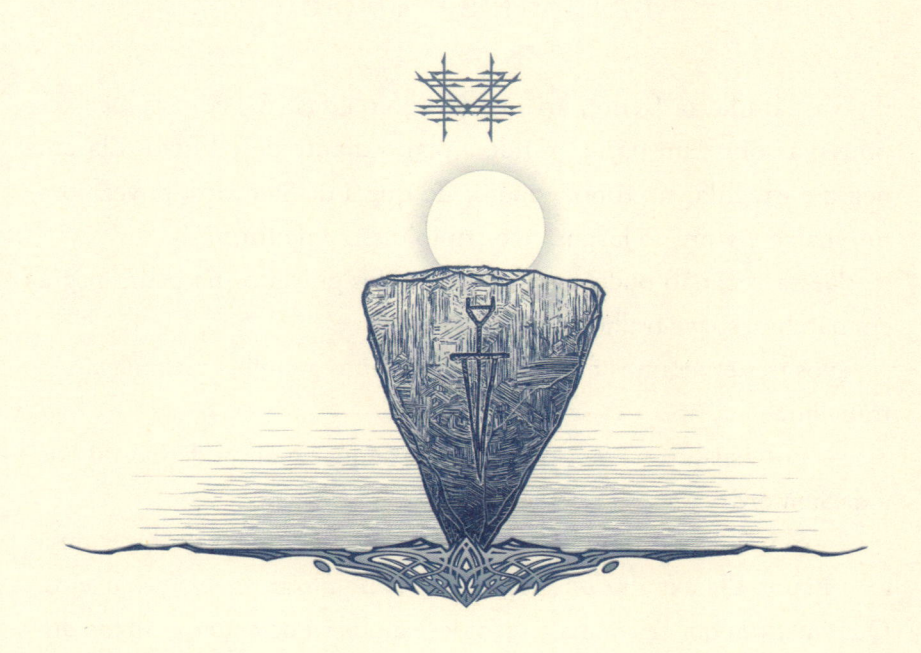

Fomos rumo à mansão. O ponto crucial do nosso plano novamente dependia de mim. Com sorte, eu me sairia melhor dessa vez. Eu não queria usar palavras flamejantes novamente; eu não confiava nelas.

Com a orientação de Ealstan, seguimos por um caminho menos percorrido. Talvez alguém pudesse ter notado que não éramos dali na luz plena do dia, mas de noite o porte de Ealstan impedia que alguém nos questionasse. Ele parecia ser um homem oficial em um negócio oficial.

Novamente, me chamou atenção o quão pequena era a cidade. Era um dos maiores assentamentos da região — ultrapassado apenas por Maelport, a sede do conde. Mas chegamos à mansão em menos de um minuto; todo o conjunto não era muito maior do que um campo de futebol.

A mansão era similar àquela em Stenford — mais longa do que alta, feita inteiramente de madeira, mas com janelas sem vidros abertas mostrando o brilho de uma lareira vindo de dentro. Uma mulher estava parada na frente, arrumando oferendas. A pedra rúnica repousava sobre um pátio grande e plano diante do edifício. Ela era negra e irregular no topo, e maior do que a de Stenford, talvez com um metro e vinte de largura e o triplo disso em altura.

Dessa vez, não pude negar. Os símbolos gravados na pedra negra emitiam um suave brilho azul.

Nós três esperamos nas sombras enquanto a mulher terminava seu trabalho.

— Ei — sussurrei. — A pedra rúnica daqui é mais poderosa do que a de Stenford?

— Sim — confirmou Sefawynn. — Foi criada para proteger uma área maior. Ela expulsa *bogs* e ajuda a tranquilizar *wights* benfazejos. Qualquer um que resida na região deve ajudar a defender a cidade durante um ataque.

— E meu *wight*? — disse eu. — Isso vai afetá-lo?

— Pode enfraquecê-lo — respondeu Sefawynn. — A pedra quer que ele se acomode e proteja a região, ou vá embora. Seu wight está resistindo às duas coisas, permanecendo amarrado a você. Seja lá o que foi que se conectou com você, *nicor*, *draca*, ou alguma variedade que ainda não definimos, é forte. Assustadoramente forte.

— Espere — disse eu. — Como você sabe? Como pode ver que eu tenho um wight?

— É uma coisa de *skops* — disse Thokk. — Como eles poderiam saber se um *wight* está amarrado ou banido se não pudessem ver os sinais?

Como, de fato? Olhei para Sefawynn, cujo rosto estava escondido pelas sombras do seu capuz.

— Então... — sussurrou Thokk. — Por que estamos mesmo nos esgueirando?

— Novamente, anciã — disse Ealstan. — Isso é perigoso. Talvez você devesse...

CAPÍTULO VINTE

— Por que eu devia me importar se é perigoso? — disse Thokk. — Você sabe quão velha eu sou? Provavelmente só tenho alguns meses de vida. Não há muito que arriscar aqui! Então, o que vamos fazer?

— Runian vai persuadir o *reeve* para que nos diga o que ele sabe sobre o irmão de Sefawynn — contou Ealstan. — Quando soubermos a localização dele, Sefawynn e eu vamos libertá-lo, enquanto Runian distrai o *reeve*.

Foi o meio-termo a que chegamos. Decidi conversar com ele e descobrir mais sobre os planos de Ulric e Quinn enquanto os outros dois saíam para o resgate.

— Então, vamos simplesmente entrar? — indagou Thokk.

— Não — disse Sefawynn. — Runian deseja, nas suas palavras, "fazer uma entrada".

Se o livro era confiável, eu precisava impressionar o *reeve* desde o início. Eu duvidava que esse fosse o procedimento policial padrão de fazer as coisas, mas cada vez mais, eu não era do tipo que se importava.

— Nós devíamos nos mover — disse Ealstan. A mulher que estivera preparando as oferendas havia entrado na mansão. Ali haveria homens da família — soldados — no interior, mas essa não era uma gente que parecia se preocupar com assassinos. Seus olhos estavam voltados para fora, rumo ao oceano e à floresta. Os fundos do edifício provavelmente não seriam vigiados.

Fomos apressadamente pelo caminho de terra ao lado do edifício, onde encontramos um beco entre ele e a muralha da cidade. Não havia ninguém no beco, e era perfeito para nossos propósitos. Uma janela aberta à frente pintava a área sua luz laranja-rosada.

— Espere comigo no canto, anciã — disse Ealstan a Thokk. — Por obséquio.

— Sem chance — respondeu ela. — Isso vai ser divertido.

Ela seguiu Sefawynn e eu enquanto nos esgueirávamos pelo beco. Fiquei impressionado com a habilidade dela de se mover silenciosamente. Não que fosse necessário muita técnica para se esgueirar pelo escuro ao longo da parte de trás de um edifício.

Dito isso, eu havia levado uma tábua na cara na última vez em que tentei, então...

Uma olhadela dentro da janela mostrou uma configuração similar às outras casas que eu havia visto até agora. Uma câmara grande com uma lareira no centro. Uma série de mesas enormes com pernas de troncos grossos no perímetro da sala. Havia vários guardas ao redor do espaço, mas só uma mesa — à nossa esquerda — estava ocupada. Ali estavam sentados uma mulher alta com cabelo escuro e um homem mais velho, magro e de cabelos desgrenhados. Ele tinha um único olho e estava bebendo uma caneca grande de algo espumante.

— Ele me lembra do meu irmão — sussurrou Thokk.

À direita, vi a porta que Ealstan sugeriu que eu usasse — a saída para "fazer as necessidades", como me disseram. Estávamos na ala leste do edifício, e aquele portal de saída estava no lado norte da sala. Ele devia estar trancado.

— Tem certeza de que pode fazer isso, Runian? — sussurrou Sefawynn.

— Não tenho, não — disse eu. — Só fique de prontidão. E reze para esse plano funcionar...

— Rezar? — disse Thokk. — Duvido que você queira que Woden veja isso.

Respirei fundo, então segui pelo meu caminho. Thokk, abençoadamente, ficou para trás com Sefawynn. Dei a volta pelo lado norte do edifício — passando por um longo cocho que cheirava ainda pior que o resto desse lugar — e me aproximei da porta. Mais ao longo da muralha,

CAPÍTULO VINTE

pude ver o portão dos fundos. Ele era guardado, mas os soldados provavelmente pensaram que eu ia visitar a latrina.

Examinei a porta. Havia pegado emprestado uma faca fina e um pedaço de arame de Yazad. Não devia ser difícil demais vencer uma tranca de mil anos.

Onde estava a tranca?

A porta de madeira tinha um maçaneta e um buraco. Tentei só para garantir — e sim, estava trancado. Eles falaram como que a tranca fosse algo fácil, mas diabos, só se eu conseguisse entendê-la. Nem mesmo vi uma barra do outro lado.

Felizmente, vim preparado. Encostei meu cajado contra a parede, então catei no bolso do meu manto uma amora, que coloquei no chão.

— Pode abrir isso, por favor? — pedi baixinho, então dei as costas para a porta e contei até cem.

A amora ainda estava ali. Ah, certo. Peguei um pequeno pano branco do meu bolso e o coloquei no chão, então deixei a amora sobre ele.

— Que tal agora? — perguntei, repetindo o processo. A amora se fora. Eu também não ia querer comer algo naquele chão.

A porta agora estava destrancada. Agarrei meu cajado, respirei fundo, então entrei subitamente na câmara. Bati com a base do cajado no chão.

— Sou Runian — declarei. — Estou aqui para falar sobre seu futuro!

Wealdsig olhou para mim boquiaberto, com uma caneca na metade do caminho até seus lábios.

Bati com meu cajado no chão novamente, usando meus aprimoramentos vocais para fazer um som como o trovão. O livro louvava as virtudes do seu patenteado cajado Mago Real™, que fazia coisas como essa por conta própria, mas achei que meus aprimoramentos podiam fazer uma boa imitação.

Eu esperei. Ealstan havia me avisado que aquele homem podia ser imprevisível, e...

Wealdsig gargalhou ruidosamente e bateu a mão na mesa várias vezes.

— Incrível! — exclamou ele. — Mulher, vá pegar minha melhor bebida. Estranho, que outros truques pode fazer?

— Hum... — disse eu. Eu havia esperado objeções, talvez raiva, não aceitação imediata. A mulher ao seu lado saiu apressada da sala depois da sua ordem, mas mantive minha atenção no reeve. — Posso prever o futuro! Mas primeiro, devo provar a você que...

— Truques! — interrompeu ele bruscamente, apontando para mim. — Agora!

— Certo! — disse eu. — Faça com que um dos seus guerreiros segure um manto levantado, para que eu não possa ver sua mesa.

Wealdsig bateu a mão na mesa novamente — pela maneira como seus dedos estavam curvados e não se moviam, adivinhei que era aquela que havia pregado em uma árvore. Um soldado acudiu e, enquanto Wealdsig acenava impacientemente, tirou seu manto e segurou-o para obscurecer a mesa.

Enquanto esperava, notei alguns pedaços de madeira no chão junto à porta. Uma tranca, talvez? E meu *wight* a desmontara.

— E agora, estranho? — disse Wealdsig, espuma de cerveja grudada na sua barba grisalha e irregular.

— Agora — instruí, — selecione um objeto da mesa e aponte para ele por trás do manto. Usarei meus poderes para ler sua mente e ver sua escolha!

O livro sugeria usar um drone com dispositivos óticos conectados à minha entrada visual, mas eu tinha uma solução mais... analógica. Enquanto Wealdsig mexia atrás do manto, aumentei o volume dos meus aprimoramentos auditivos. O crepitar do fogo virou um rugido nos

CAPÍTULO VINTE

meus ouvidos, mas o eliminei com alguns comandos. Segundos depois, fui capaz de captar a voz de Sefawynn enquanto ela sussurrava ao lado da janela.

— É a faca dele — disse ela — removida da bainha na sua cintura. Acho que tem a cabeça de um lobo no punho.

Fechei os olhos e levantei as mãos. Com minhas mangas arregaçadas até os cotovelos, fiz um efeito de chamas dançando na minha pele. Eu estava orgulhoso daquilo; havia passado várias horas mais cedo inserindo os comandos.

— Sim... — disse eu, ajustando minha escuta para níveis normais. — Eu vejo! Médio Pai, o senhor escolheu sua própria faca! Marcada com o signo do lobo!

— Há! — disse Wealdsig. Ele jogou para o alto a faca, pegou-a no ar, então a bateu na mesa. — De novo!

— Primeiro gostaria de...

— DE NOVO!

Ok... Fiz uma encenação, fechando os olhos e levantando minhas mãos, reajustando minha audição enquanto ele fazia outra seleção.

— Ah, céus — sussurrou Sefawynn. — Ele... ah... está apontando para a própria virilha, Runian. Ele acha que é esperto, a julgar pelo sorriso.

Pensei ter ouvido a risada maliciosa de Thokk.

— Eu vejo... — disse eu. — Um poderoso membro. Uma fonte de grande criação. Médio Pai, o senhor escolheu sua fonte de herdeiros e herança.

Ele jogou para trás sua cadeira, deixando que ela se estatelasse no chão. Fiz uma careta diante do som, tendo esquecido de amortecer minha audição. Mas ele bateu na mesa de novo, com um sorriso selvagem.

— Há, há! Você é muito mais divertido do que os outros estrangeiros, ó magricela.

Magricela?

— Médio pai — disse eu. — Eu preciso...

— Mais truques! — ordenou ele.

O som do trovão ecoou da minha boca. Torci para que fosse mais intimidador do que bobo. Quando havia praticado, Thokk havia... Bem, deixe para lá. Funcionou com Wealdsig, que ficou em silêncio.

— Preciso dar ao senhor um terrível aviso sobre seu futuro — declarei, apontando para ele, chamas tremulando na superfície da minha pele. — Mas primeiro... os outros estrangeiros que passaram por essa cidade. O que pode dizer sobre eles?

— Ulric Matalorde? — perguntou ele.

— Sim! — respondi. — O que ele falou antes de partir?

— Ele precisava ir a Maelport — disse o *reeve*. — Ele está esperando visitantes de outro mundo em três dias.

Visitantes? Em três dias?

— Ele deixou um rapaz com você?

— Sim — confirmou Wealdsig. — Joguei-o no poço perto do adubo composto. Por quê? O que isso tem a ver com meu futuro?

— Ele é um *changeling* — disse eu, e ouvi sussurros de agradecimento de Sefawynn. Agora eu precisava manter Wealdsig distraído tempo o bastante para que ela e Ealstan resgatassem o menino.

Um dos meus planos — finalmente — estava funcionando da maneira como eu havia pretendido. Diminuí o volume da minha escuta e preparei para passar para meu próximo truque. Fui até o fogo, onde pretendia pegar carvões em brasa sem me queimar, graças às minhas placas.

Enquanto me preparava, notei alguém de pé junto à entrada para o salão vinda das câmaras frontais. A mulher que estava sentada com Wealdsig antes havia retornado.

Quinn, o braço direito de Ulric, estava com ela.

— Johnny? — exclamou ele. — O que diabo você está fazendo aqui?

Ah, diabos.

Aquele era mesmo Quinn, com sua cara de pá.

Wealdsig deu uma gargalhada, sentando em uma cadeira diferente e jogando sua caneca vazia para o soldado que — desajeitadamente — ainda estava segurando o manto.

— Você disse que ele teria cabelo vermelho — dirigiu-se Wealdsig a Quinn. — Ele pode mudar sua aparência?

— Não é esse que estamos procurando — respondeu Quinn, atravessando a sala. Ele estava usando camuflagem tática em vez de roupas do período. A mulher estava junto da porta. Ela havia sido enviada para chamá-lo quando cheguei. Eles estavam me esperando.

Não, não eu. Aquela era uma armadilha para Ryan. E eu havia caído nela.

Levantei as mãos e deixei cair meu cajado, recuando.

— Ah, oi, Quinn. Hã… como vai a Tacy?

— Chega de conversa — disse ele. — Você entende que o chefe quer as suas bolas, não entende? O que você estava pensando? Roubando do próprio Ulric? — Ele fez uma pausa, então riu. — Espere. Esse foi o código que você copiou? Você tentou se esconder nessa dimensão? Johnny, garotão, você já tomou péssimas decisões na sua vida, mas essa foi uma gracinha!

Ah, diabos.

— Nem ao menos foi esperto o bastante para destruir a chave original — disse Quinn. — Não que fosse importar, com os backups. Mas seja honesto, Johnny. Você tinha alguma ideia do que estava fazendo quando saltou para cá?

— Eu... não sou um de vocês — disse eu. — Eu sou um policial.

— Um policial? Você não chega a ser um guarda de portaria, Johnny. Nós compramos tiras de verdade na polícia; por que precisaríamos de um desistente?

Desistente.

Droga. Era verdade.

Afundei até o chão, contra a mesa ao lado da parede. Outro grande pedaço da minha vida se encaixou no lugar.

Eu não era um detetive. Havia desistido depois de seis meses. Deixara a academia, no maior vexame. Como havia feito com a escola de arte. Como havia feito com tudo que já tentara...

Havia tentado me virar financeiramente, mas falhei, então me voltei para pequenos furtos e embustes. Passei anos em uma espiral descendente, até que acabei dormindo — literalmente — na sarjeta.

Então, dez anos atrás, Ulric havia me convidado.

Essa dimensão devia ser minha fuga, eu pensei, com a mente entorpecida. Eu queria ir para longe. Para algum lugar onde eu não tivesse fracassado uma dúzia de vezes...

Depois da morte de Jen... Eu fugi. Roubei um código.

CAPÍTULO VINTE E UM

Vim para cá.

Jen sempre quis visitar uma dessas dimensões. E Ulric tinha centenas guardadas, para o caso de precisar se esconder em algum lugar. Eu achei que ele não ia sentir falta de uma delas, ou mesmo perceber...

Quinn ainda estava rindo enquanto dava as costas para mim, servindo-se de uma caneca de cerveja na mesa de Wealdsig. Ele puxou algo do seu bolso — um telefone? Como diabos ele havia conseguido que aquilo funcionasse ali?

— Devemos nos preocupar? — disse Wealdsig, gesticulando para mim. — ele tem poderes, como sua raça.

— O que, Johnny? — disse Quinn, levantando os olhos do telefone. — Você está brincando, certo? Ele parece perigoso?

— Todos vocês parecem fracos para mim — disse Wealdsig.

— Johnny não era perigoso nem quando deveria ser.

Quinn levantou seu telefone para mim.

— Vou dizer ao chefe que você está aqui, Johnny. Você pode ir implorar para ele, se quiser. Pode ser que ele não jogue você de um penhasco. Mas assim, ele anda com um péssimo humor ultimamente...

— Vocês prepararam uma armadilha — disse eu, tentando fazer com que ele continuasse falando. — Mas não para mim?

— Seu velho colega de quarto está aqui — disse Quinn. — Nós trancamos a dimensão depois que ele entrou, mas com seus aprimoramentos... Bem, o chefe não quer correr riscos. Ele tem nos caçado há o quê, dez anos? Ele nos atacou na semana passada, desabilitou alguns dos nossos equipamentos. Esse cara é um pé no saco. Então, estamos tentando agarrá-lo. Estamos sequestrando crianças e espalhando rumores. Você sabe como Chu fica com sequestros. E sabe como o chefe fica por conta dele. Chu receber reforços fez com que ele... — Quinn perdeu o fio da meada, então sorriu. — Raios! Não foram reforços que o rastreador identificou surgindo no norte. Foi você, não foi?

— Acho que sim... — Eu pisquei. — Não me lembro direito como cheguei aqui.

— O troço bateu forte em você — comentou Quinn. — Dá para ver pela sua cara. Esse negócio dimensional pode apagar todo seu cérebro. — Ele pensou por um momento, então pousou seu telefone na mesa, tomando um longo gole de sua cerveja. — O chefe pode estar disposto a perdoar você se concordar em ser uma isca. Você é a única pessoa que Chu talvez queira morto mais do que o chefe.

Eu mal estava ouvindo. Era muita coisa para assimilar. Memórias, ainda fragmentadas, mas se encaixando. Eu havia entrado para o cartel de Ulric... mas os anos seguintes ainda estavam em branco. Algo havia acontecido, eu havia...

Eu havia me tornado o guarda da portaria de Ulric. Um leão-de--chácara glorificado. O mané das piadas. Sempre que alguém queria dar uma risada, lá estava o Johnny para cutucar. Aquilo me deixava furioso. Eu poderia ter estrangulado todos eles.

Só que eu havia fugido. Como sempre fazia. E havia escolhido exatamente o lugar errado para ir. Fiquei cabisbaixo — odiando a maneira como Quinn zombava de mim — enquanto me lembrava de centenas de momentos similares.

Só uma parte principal da minha vida estava faltando. A escola de arte estava clara, a academia também, na maior parte. As trapaças e a sarjeta estavam entrando em foco... mas o que veio depois disso?

Espere. Se Quinn e Ulric haviam armado uma cilada para Ryan usando crianças sequestradas, Ealstan e Sefawynn iam cair direitinho nela. Eu precisava...

Fazer o quê? Eu havia paralisado na luta contra os Homens da Horda. Eu mal era um guarda de portaria. Eu era um covarde.

CAPÍTULO VINTE E UM

Você não pode deixar nada acontecer com ela, disse eu a mim mesmo, o pânico crescendo dentro de mim. *Dessa vez, você pode fazer algo. Então faça.*

Eu era um covarde, mas também era um mentiroso muito, muito bom. Será que podia me livrar de Quinn? Ele era de longe a coisa mais perigosa nessa cidade.

— Você... você realmente acha que Ulric pode me dar uma segunda chance? — disse eu, me voltando para ele.

— Depende do que pode fazer por ele, Johnny. Como sempre.

Fiquei ali, balançando o peso do corpo de um pé para outro. Mordi o lábio.

— Eu vi Ryan — deixei escapar.

Quinn ficou atento.

Fui até ele, então peguei uma amora do meu bolso e deixei-a junto do telefone.

— Por favor — sussurrei.

— Por favor, o quê? — perguntou Quinn.

— Por favor, me ajude — pedi. — Eu prometo, vi Ryan logo depois que caí aqui. Ele apontou uma faca para minha garganta, quase abriu minha barriga. Mas ele me deixou ir. Amizade de longa data e coisa e tal.

— Estou surpreso com isso — comentou Quinn, estendendo a mão para seu telefone.

— Não diga a Ulric! — insisti, agarrando o braço de Quinn. — Não até que a gente pense em um plano. Talvez possamos entregar Ryan para ele? Só que... Quinn, Ryan está caçando o chefe. Indo para algum lugar chamado Maelport?

— É ali que está nossa base — disse Quinn. — Idiota. Chu deve saber sobre grupo de resgate, então vai tentar deter o chefe antes que ele chegue...

Wealdsig nos olhava com um sorriso louco. Havia algo seriamente errado com aquele sujeito. Ele parecia instável, como se não se importasse com nada nem ninguém. O *wight* não podia agir se pessoas estivessem assistindo, então quando Wealdsig inclinou sua cabeça para trás para beber de uma nova caneca, afastei Quinn da mesa, meu braço ao redor do seu ombro.

— Quinn — falei em voz baixa — Ryan virou um renegado. Ele quer matar seu chefe aqui, além do alcance da lei. Você conhece a história deles.

Quinn concordou gravemente.

— Deixe que eu conte para o chefe — pedi.

Quinn legitimamente pensou nisso, o que me surpreendeu. Ele era extremamente leal — se considerava um mafioso clássico.

— Não posso fazer isso, Johnny — disse ele, voltando-se para a mesa. — O chefe precisa saber agora, e ele precisa ouvir isso direito, sem enrolação. — ele pegou o telefone.

Que se quebrou em pedaços nos seus dedos.

— Há! — Wealdsig deu uma gargalhada, apontando com sua mão boa. — Os *wights* não gostam de você, estrangeiro. Eu avisei.

— Inferno — praguejou Quinn, tentando juntar as peças. Era uma causa perdida, o telefone havia se desfeito entre seus dedos. Parafusos, o corpo de plástico, até a placa mãe parecia ter se dividido nos seus componentes básicos.

— Detesto essas coisas — murmurou Quinn, então olhou para mim. — Preciso ir para Maelport. Siga-me se quiser, mas estou levando minha moto. Fuja, Johnny. Duvido que o chefe o encontre no continente, se conseguir chegar lá.

— Obrigado — disse eu. — Eu... não esperava tanto.

— Eu devo isso a você — disse ele. — Pela coisa com Tacy. Você sabe.

CAPÍTULO VINTE E UM

Não, eu não sabia. Mas concordei mesmo assim.

Quinn foi embora um momento depois. Respirei fundo. Ele provavelmente havia levado a única arma na cidade com ele. Então, bem, eu havia feito isso para ajudar. Talvez eu pudesse mentir para enganar Wealdsig novamente e ajudar Sefawynn?

Peguei meu cajado e me virei para ele. O *reeve* estava recostado contra sua cadeira agora, seus pés sobre a mesa.

— Mais truques? — perguntou ele.

— Pode me levar ao prisioneiro *changeling*? — perguntei. — Aquele que Ulric deixou aqui?

— Não — respondeu ele. Ele tentou tomar um gole da bebida, mas a caneca estava vazia, então ele suspirou e a jogou longe. (Três estrelas pelas canecas duráveis. Uma estrela pela ambientação. Chão excessivamente grudento.) Ele parecia moderadamente bêbado a essa altura. — Sinto muito, ser inofensivo. Seus amigos podem abrir buracos nos peitos dos homens apontando para eles... Então não estou inclinado a...

Ele parou de falar, franzindo a testa. Então ele se levantou, acenando para seus dois guerreiros, que haviam assistido tudo aquilo com preocupação muda. *Eles provavelmente viram Ulric e Quinn aniquilar alguns dos seus amigos quando vieram pela primeira vez*, pensei. O que pode ter acontecido bem antes do que eu havia imaginado. Eles estavam ali há algum tempo, se já tinham aliados e planos em movimento.

O que havia chamado a atenção de Wealdsig? Praguejando, percebi que havia baixado minha audição um pouco demais. Aumentei o volume o bastante para ouvir gritos do lado de fora; uma das vozes pertencia a Ealstan.

Eles haviam sido descobertos.

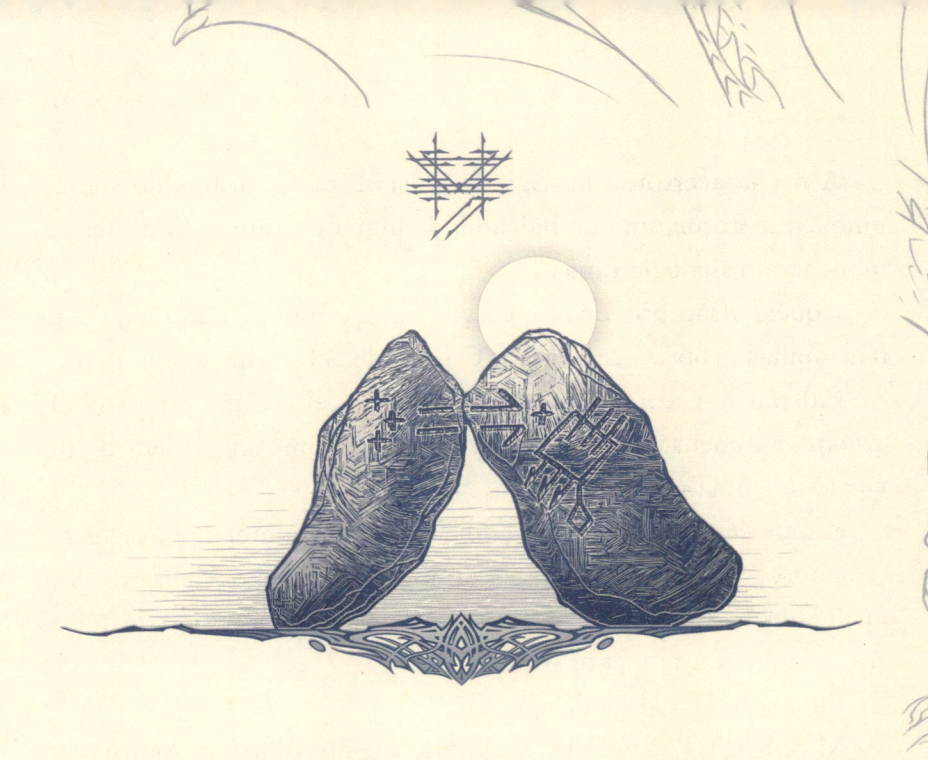

Abri a porta da frente da mansão, seguido por um inebriado Wealdsig e seus guerreiros. O pátio estava bem iluminado por tochas. Pessoas corriam por ali, gritando sobre um ataque.

— Ali, Médio Pai — disse um dos guerreiros, apontando para muralha de madeira próxima, onde um pequeno número de soldados cercava Ealstan. Atrás dele, Sefawynn estava agarrada ao seu irmão, com as costas junto à parede. Ealstan movia seu machado em arcos amplos, tentando fazer com que os soldados ficassem longe. Ali perto, vários arqueiros se posicionaram no pátio. Não havia sinal de Thokk.

— Por favor, Médio Pai! — implorei para Wealdsig. — Chame seus soldados. Essas pessoas são amigas minhas.

— Elas são? — disse ele. — Vamos ver como eles lutam, covarde!

Um momento depois, os soldados se afastaram e um arqueiro atirou.

A flecha acertou a barriga de Ealstan, talvez atingindo sua espinha. Ele arquejou, cambaleando, sangue derramando da ferida, manchando sua bela túnica.

Aquela visão provocou algo visceral em mim, como uma flecha nas minhas próprias entranhas. O grito de Sefawynn ecoou no ar.

Ealstan havia *acreditado* em mim. Ele era a única pessoa em *qualquer* dimensão que pensava em mim como algo além de um vigarista e uma piada.

A pessoa que ele conhece é uma mentira, lembrei a mim mesmo. Olhando para trás, vi os sinais do meu pensamento delirante com facilidade. O esforço que fiz para convencer a mim mesmo de que eu era qualquer coisa menos o óbvio.

Eu conhecia a verdade agora.

Mas droga, Ealstan me *viu*. Olhou-me nos olhos. E sorriu.

Então mais duas flechas o acertaram.

Deixei cair meu cajado e comecei a correr. Voei rumo à multidão de soldados, emitindo o som do trovão da minha boca. Em uma decisão tática fantasticamente ruim, me joguei com um deles ao chão.

Consegui ficar de joelhos acima dele e levantei um punho para golpeá-lo.

Eu gelei enquanto ouvia os gritos fantasmas novamente. Vi os lampejos. Senti o terror. O encolhimento da minha alma enquanto eu...

Enquanto eu entregava uma luta?

A última peça se encaixou.

Os aprimoramentos, pagos por Ulric para que eu pudesse lutar na Liga de Luta Aprimorada. Anos subindo de posição. Então a disputa de título contra Quinn.

Lembrei-me de uma multidão gritando com raiva enquanto eu caía no chão, minhas costelas esmagadas. Apostas perdidas.

Um herói que falhou.

CAPÍTULO VINTE E DOIS

Luzes de flashes. Câmeras.

Quinn de pé acima de mim, com os punhos cobertos de sangue.

E eu me lembrei de me ajoelhar lá, deixando-o me chutar com tanta força que havia me quebrado. Literalmente.

Ulric ordenou que meus aprimoramentos torácicos e cranianos fossem comprometidos, para que minha derrota fosse pior. Melhor para as margens, sabe? Passei anos tentando deixá-los online novamente depois que ele riu quando pedi a ele que o fizesse.

Ele gostava de mim fraco, com as cicatrizes da minha queda. A derrota que ele havia *ordenado* que eu sofresse, depois zombou de mim por isso.

Eu o *odiava*. Eu *odiava* tudo aquilo.

Uma sombra de movimento. Bloqueei o machado de um soldado atacante com meu antebraço, que se tornou cinza como aço. Então me levantei de um salto e *esmurrei* o sujeito no peito com aprimoramentos plenos, jogando-o para traz uns três metros até o chão.

Eu estava cheio...

De ser chamado...

De covarde.

Eu estava cheio de *acreditar* nisso.

Meu treinamento assumiu o controle. Eu havia passado seis anos no ringue, lutando na versão mais sangrenta do esporte de luta mista — onde eles permitiam armas brancas especializadas, depois costuravam você. E nenhum desses idiotas medievais tinha lâminas que pudessem cortar através das placas, enquanto eu tinha um *bocado* de raiva acumulada.

Aparei uma espada com meu braço, então esmaguei a lâmina com meu outro punho. Não foi o bastante para despedaçar a espada, mas posso ter quebrado alguns ossos na mão do soldado quando a espada foi lançada longe. Outro homem veio até mim pelo flanco, e dei-lhe uma lição de voo, fazendo com que virasse de ponta-cabeça. Enquanto eu fraturava o braço de um terceiro sujeito, os outros ficaram espertos e saíram correndo, gritando que eu era um *deles*.

Podem apostar, eu era mesmo.

Mas tinha aqueles arqueiros do outro lado do pátio. Eles hesitaram — talvez preocupados em chamar a atenção do sujeito que havia jogado dois dos seus amigos na semana que vem com um soco. Mas se eles soltassem as cordas, eu estava praticamente morto. Os arqueiros se enfileiraram na muralha agora. Mesmo que eu conseguisse bloquear algumas flechas com meus braços e costas, mais disparos se seguiriam.

— Baixem suas armas! — gritei, aprimorando minha voz com trovão. — E irei poupá-los!

Alguns deles olharam para o *reeve*. Ele estava rindo loucamente; estava adorando tudo aquilo.

— Você devia ser um covarde, forasteiro! — gritou ele para mim.

— É isso que Ulric pensa — gritei de volta. — Junte-se a mim, Wealdsig. Unidos, podemos derrubá-lo e roubar suas armas!

Ele me fitou com seu único olho semicerrado. Pareceu pensar na minha proposta, mas eu não tinha tempo para esperar. Ealstan estava grunhindo baixinho, enquanto Sefawynn e seu irmão tentavam estancar sua hemorragia. Eu ousaria desviar meu olhar dos arqueiros para ajudar?

Se ao menos eu pudesse ativar minhas outras placas. Chamei a tela de senha.

Por que achei que poderia adivinhar agora, com meu cérebro ainda cheio de buracos? Eu havia passado os últimos *três anos* tentando descobri essa senha, Ulric rindo de mim todo esse tempo.

Novamente fui confrontado com o que eu era. *Quem* eu era. Minha tensa prontidão para batalha desapareceu.

CAPÍTULO VINTE E DOIS

Outros soldados, chamados por Wealdsig, se aproximaram. O *reeve* se juntou a eles, brandindo o machado, nos cercando. Ele havia me visto esmagar dois soldados, mas ainda assim veio até mim. Ele não era um covarde, eu tive que admitir. Essa era uma gente acostumada a lutar contra terríveis desvantagens.

— Desculpe — disse Wealdsig, com o machado de prontidão. — Se você tivesse os poderes que eles têm, e pudesse matar à distância, você não pareceria tão assustado!

Ealstan estava arfando, olhando para o céu, sangue escorrendo de sua boca.

Eu realmente era inútil. Eu não podia deter isso.

Baixei os braços da posição de guarda e deixei-me cair de joelhos.

— Leve-me — sussurrei eu. — Tenho conhecimento que pode ajudá-lo. Deixe meus amigos partirem.

— Ele está morto — respondeu Wealdsig, indicando Ealstan. — Pobre sujeito. Eu gostava dele.

Fiz uma careta de dor. Mas então, ouvi *distintamente* uma voz desconhecida no meu ouvido.

— Isso é o melhor que pode fazer? — perguntou ela. — E eu achei que você merecia o esforço que estou fazendo.

Isso era o melhor que podia fazer? Olhei para as feridas de Ealstan, e percebi que, embora eu fosse inútil, meus nanitas não eram. Empurrei para o lado a angustiada Sefawynn, então arranquei as flechas. O irmão dela estava sentado, as mãos cobertas de sangue, horrorizado.

Chamei meu menu de nanitas e ativei o modo de primeiros socorros. Então desativei as placas na minha palma. Com a própria faca de Ealstan, cortei minha pele, então a pressionei contra sua ferida.

Instituir transferência de nanitas interpessoal de emergência? surgiu na minha visão. Com um clique, enviei-os da minha corrente sanguínea para a dele. Enquanto pressionava minha mão contra a ferida, os dados médicos rolavam pela minha visão.

Micro suturas completas. Sangramento estancado.

30% de nanitas transferidos.

Limpeza de bactérias iniciada.
70% de nanitas transferidos.

Reconstrução iniciada.

90% de nanitas transferidos. Favor desconectar e entrar em contato com serviços de emergência. Esteja ciente de que seus níveis de nanitas pessoais permanecerão baixos por aproximadamente 48 horas enquanto seu suprimento é reconstruído. Procure uma infusão e consiga cuidados extras. Consuma carbono adicional assim que possível.

Processo completo.

Relaxei enquanto a carne de Ealstan se regenerava. Ele gemeu — com um socorro de emergência como esse, os nanitas não podiam entorpecer as terminações nervosas. Eles iriam decompor uns aos outros para formar tecidos e células sanguíneas a partir da sua estrutura orgânica, e eles não podiam gastar tempo ou energia na dor.

Eu sabia como era a sensação. Na Liga de Luta Aprimorada, você frequentemente terminava na ressuscitação de emergência — literalmente

CAPÍTULO VINTE E DOIS

cortado em pedaços — depois de uma luta. Mas era melhor do que morrer de modo lento e doloroso com uma ferida no ventre.

Os gemidos de Ealstan pararam e ele se sentou, cutucando suas feridas, que já estavam formando cascas devido a um cataplasma restaurador feito de nanitas desativados. Ainda estávamos cercados pelos inimigos, então não era lá um grande resgate, mas Ealstan olhou para mim com reverência, e Sefawynn e seu irmão me fitavam, pasmos.

Levantei meus punhos novamente, mas meu coração não estava na luta. Eu sabia como isso ia terminar: conseguiria acertar alguns golpes, mas então um deles me apunhalaria em algum ponto vital, ou aqueles arqueiros disparariam. Com meus nanitas tão baixos, esse seria o fim. Estaríamos todos mortos.

Só que… Wealdsig estava olhando fixamente para mim, com o queixo caído.

— Você pode *curar*? — perguntou ele em voz baixa.

Olhei de relance para Ealstan, que havia levantado sua camisa, revelando melhor o lugar onde haviam estado os três buracos de flechas.

— Eu posso — menti, encarando Wealdsig. — Careço da habilidade dos outros de matar à distância. Mas posso restaurar os moribundos à vida.

— Você pode… — indagou Wealdsig, — trazer os mortos de volta?

— Não — disse eu. — Mas aqui, corte sua palma.

Ele fez isso com tanto entusiasmo, o canalhinha bizarro. Botei minha a ferida da minha mão, ainda coberta de sangue, sobre a dele e iniciei o processo novamente, ignorando o aviso de baixo número de nanitas que piscou na minha visão. Essa era uma ferida pequena, e fácil de curar. Fiquei com cerca de cinco por cento dos meus nanitas.

Meu sistema não deixaria que eu ficasse abaixo daquele limiar, mesmo com um comando de desativação.

Mas havia funcionado. Wealdsig levantou sua mão recém-curada. A minha levaria mais tempo, enquanto meus nanitas restantes trabalhavam horas extras para se replicarem e — com sorte — impedir que eu pegasse peste bubônica, ou seja lá quais doenças estranhas eles tinham nessa realidade.

Wealdsig riu, anda fitando sua mão, sacudindo um dedo, depois outro. Oh, diabos. Aquela havia sido sua mão ferida. Os nanitas estavam lentamente reparando a ferida antiga assim como a nova.

— Com isso... — disse Wealdsig. — Poderíamos ir à batalha sem nos preocuparmos que nossos filhos e irmãos morressem... Poderíamos enfrentar os Homens da Horda. Poderíamos prosperar...

Os outros murmuraram e concordaram. Ulric havia usado pistolas para causar espanto, explodindo pessoas que o enraiveciam. Mas essas pessoas estavam *acostumadas* com valentões. Eles já sabiam como era ter medo de um invasor estrangeiro.

Eles não estavam impressionados com a habilidade de matar. Intimidados por ela, sim. Mas impressionados? Não.

Eles ficaram impressionados com a habilidade de viver.

Reavaliei o olhar louco de Wealdsig. A maneira frenética como ele agia. Talvez não fosse instável ou indiferente; talvez fosse o oposto.

— Quantos foram? — perguntei a ele. — Quantos filhos você perdeu em batalha?

— Sete — sussurrou ele. — Todos os meus sete meninos. — Ele olhou para Ealstan, que havia cuidadosamente se levantado. — Acho que estou feliz que você não tenha morrido. Como está se sentindo?

— Muito bem, o que é chocante — respondeu ele. — E você?

— Solitário — replicou Wealdsig, examinando sua mão totalmente funcional. — Muito solitário.

CAPÍTULO VINTE E DOIS

— Conheço esse sentimento — disse Ealstan, baixinho.

— Tentei obter o favor de Woden — disse Wealdsig. — Não funcionou.

— Woden está louco de angústia e perda.

Wealdsig grunhiu.

— Eu tentei isso também. Funcionou um pouco.

Olhei para o lado e sorri para Sefawynn.

— Todo esse tempo — sussurrou ela, atordoada. — Eu... eu chamei você de charlatão. Eu não queria ver, ou aceitar o que você podia fazer, porque não encaixava no mundo como eu o via. Eu não queria admitir coisas que eu não compreendia.

Então ela *se curvou* para mim, tocando a testa no chão.

— Perdoe-me, Ser Grandioso, por favor.

Essa era a exata reação que eu deveria provocar, de acordo com o livro. E eu não me importava quando ela vinha de Ealstan. Mas de Sefawynn? Aquilo me deixou enjoado.

— Sefawynn — eu disse a ela — eu não sou...

Diabos. Eu realmente era péssimo com mulheres...

Espere. Eu estava com a maioria das minhas memórias de volta agora, e eu *sabia* que era *ótimo* com as mulheres. Eu tinha as melhores falas de paquera, e sabia como mandar nas mulheres e mostrar que eu era dominante, e... e eu tinha padrões elevados, o que era o motivo por que eu frequentemente deixava o bar sozinho. Bem, *sempre* deixava o bar sozinho...

Nada com um ataque terapêutico de amnésia para forçar você a dar uma olhada séria na sua vida, hein?

Por enquanto, suspirei, restaurei as placas na minha mão, e encarei Wealdsig.

— Você viu meu poder — disse eu. — Você não pode nos matar. Eu simplesmente vou curar todo mundo. — Intencionalmente não mostrei minha própria mão, que, agora que a adrenalina estava diminuindo, latejava de dor.

Ele olhou para seus soldados. Ninguém respondeu.

— Se eu deixá-lo ir — disse Wealdsig finalmente, — esses outros dois vão me matar.

— Não — repliquei. — Se você me deixar ir, eu vou matá-los. Então você terá a mim como aliado. O homem que pode preservar seu povo, e não simplesmente matar seus inimigos.

— Ulric pode invocar trovão e relâmpagos — disse Ealstan, — mas isso não nos salvou no passado. Deveríamos confiar em Runian. É a melhor escolha, Wealdsig.

— Tudo bem — disse ele. — Mas você terá que bater em mim.

Franzi a testa.

— Perdão?

— Bata em mim — disse ele. — Então vá embora. Se Ulric e Quinn voltarem, mostrarei meus ferimentos, direi a eles que você fugiu lutando, e vou torcer para que eles acreditem que fizemos tudo que podíamos para detê-lo.

Ele se preparou, fechando os olhos.

Então, dando de ombros, dei-lhe um soco. Não me julgue, eu estava com vontade de fazer isso a noite toda. Tomei cuidado para socá-lo com força o bastante para deixar um machucado visível, mas sem feri-lo demais. Você vai ficando bom com esse tipo de delicadeza quando é um lutador ilegal treinado para cuidadosamente vencer ou perder lutas.

Wealdsig grunhiu do chão.

— Mate-os — disse ele. — Quando o fizer, lembre-se de que deixei você ir, e que tudo que realmente queremos é viver.

Concordei, peguei meu cajado, então conduzi meus companheiros até os portões da frente.

CAPÍTULO VINTE E DOIS

— Eles disseram que você era inofensivo — disse Wealdsig lá de trás. Eles sabem o que você é *realmente* capaz de fazer?

— Não.

— Os tolos! Eles não saberão o que está indo atrás deles.

Continuei caminhando, cabeça levantada, costas retas. Outra mentira. Mas pelo menos eu finalmente sabia por que era tão bom nelas. Quando você vivia uma vida como a minha, tinha muitas oportunidades de experimentá-las em você mesmo.

FIM DA PARTE DOIS

PARTE TRÊS:

BAGSWORTH ESTRAGA TUDO (DE NOVO)

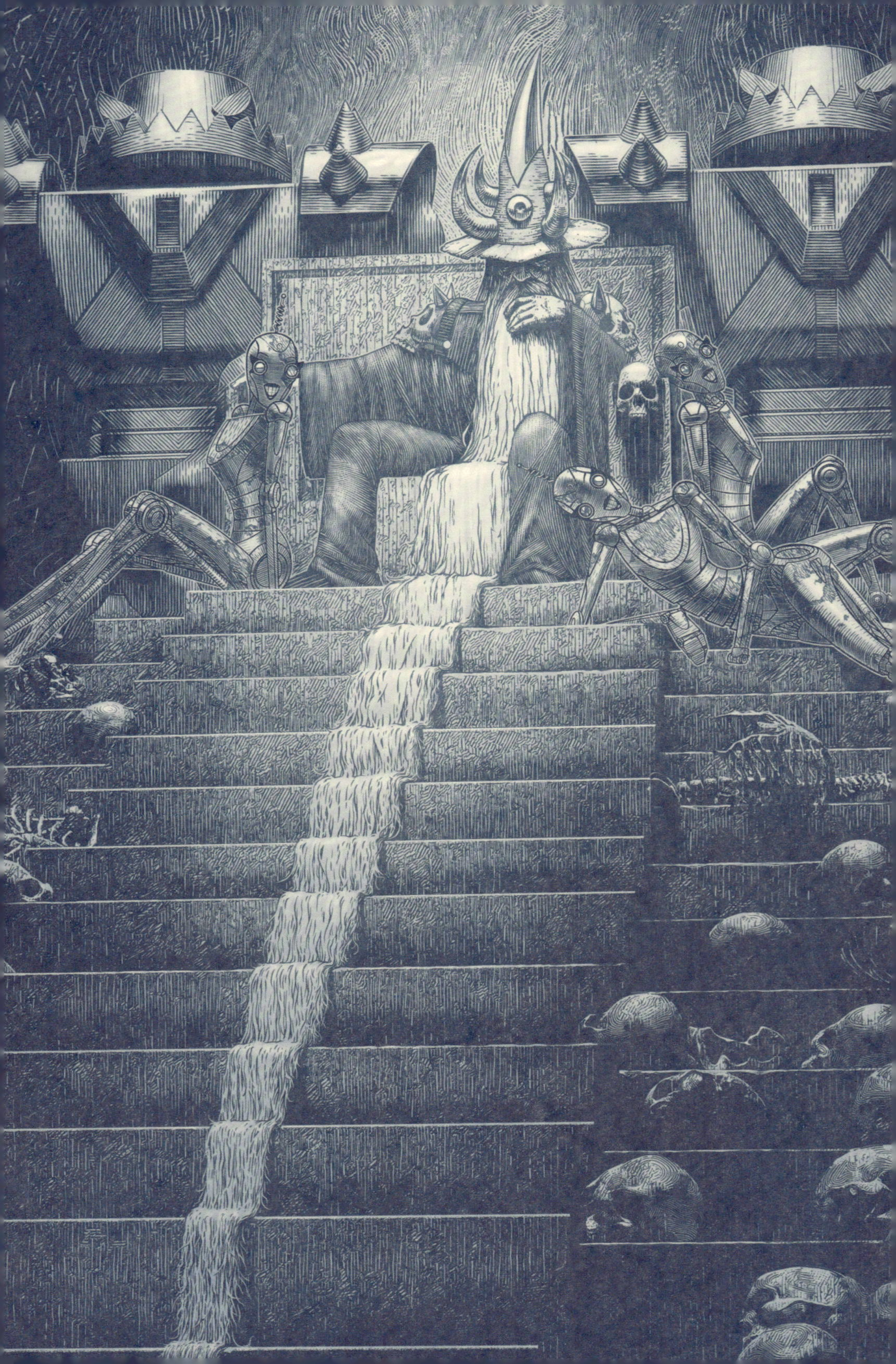

COMO SER UM MAGO

O texto a seguir é um excerto de *A verdade sobre a verdade: um chamado para a aventura* por Cecil G. Bagsworth III, o primeiro Mago Interdimensional™ (Editora Mago Frugal™, 2098, $39,99. Edições assinadas disponíveis para os membros do clube de inscrição Fãs Frugais™).

Foi durante meu mandato como conselheiro real para o Rei Henrique II, o grande rei Plantageneta, que percebi as incríveis ramificações da minha magia para toda nossa dimensão.

Até esse ponto, a viagem dimensional havia se restringido aos grandes exploradores — como eu. Quando determinávamos que um lugar era seguro, permitíamos que os historiadores entrassem para realizar investigações cuidadosamente guardadas. Muitos pensavam que todas as dimensões alternativas deviam permanecer abandonadas para sempre nos arquivos empoeirados de eruditos e especialistas.

E ainda assim, o poder dos magos havia sido incrível em nosso próprio mundo. Agora, você pode alegar que a magia é um mito — e *mágica* é, de fato, bobagem fantasiosa. Felizmente, a magia é mais do que mágica. Um mago é a mente por trás do trono, o conselheiro do rei.

A sabedoria e o senso diplomático de Makbul Ibrahim Paxá conduziram o Império Otomano sob Suleiman. Thomas Cromwell fundamentalmente mudou o relacionamento entre estado e igreja no mundo ocidental. Chanakya literalmente escreveu um livro sobre política. Poderia ser discutido que Rasputin, por mais que fosse um charlatão, foi a causa principal da queda da monarquia russa.

Essas pessoas mudaram o mundo, e a simples, incrível verdade causava-me espanto: qualquer um pode assumir esse manto, se receber a oportunidade.

No início da década de 1960, o escritor de ficção científica Arthur C. Clarke formalizou o que se tornaria seu truísmo mais famoso: qualquer tecnologia suficientemente avançada é indistinguível da magia. Isso pode ser extrapolado para a Lei de Bagsworth™: qualquer pessoa moderna suficientemente treinada pode se tornar um deus para indivíduos das eras anteriores.

Você pode ser medíocre segundo os padrões da atualidade. Mas no ensino fundamental aprendeu uma compreensão básica da ciência, natureza e medicina — poder que pode ser usado para estabelecer dinastias, salvar milhões de vidas e mudar fundamentalmente o mundo.

E há dimensões o suficiente para que cada um de nós tenha sua própria. Recomendo vigorosamente que você compre o volume da mesma série desse livro, *Ciência para Magos*™, onde explicamos habilidades vitais como fabricar pólvora, administrar vacinas e estabelecer culturas de fusão. Mas preste atenção nesse importante aviso: na maioria das mitologias antigas, até os deuses podem morrer.

Nanitas básicos podem fazer maravilhas para impedir o falecimento. Eles podem absorver oxigênio da água, ou até mesmo limpar o CO_2. Eles podem estancar feridas. Permitem que você coma quase qualquer coisa. Mas se um bando de cavaleiros o fatiarem em pedacinhos, você *vai* morrer.

Mesmo que possa pagar aprimoramentos e placas, você não é imortal. Se os habitantes locais o acorrentarem a uma parede, eventualmente vai ficar sem carbono, seus nanitas serão incapazes de se autorreplicarem, e você *vai* morrer.

Você deve impressionar as pessoas da sua dimensão de modo tão completo que ninguém ousaria se voltar contra você. E você nunca, *nunca* deve permitir que eles saibam que — com treinamento suficiente — poderiam fazer o que você faz.

O passado é um lugar brutal, meu amigo. Você pode mudar isso. Mas primeiro, precisa domá-lo.

Cerca de uma hora depois, batemos na porta da reserva. Yazad abriu-a com força, jogando luz sobre nós, então levantou as mãos para o céu em louvor.

— Ah! Meus amigos! Rezamos a noite toda por vocês, e vejam só, vocês sobreviveram! — Ela apertou os olhos para nós. — Onde está Thokk?

— Não sei o que aconteceu com ela — respondeu Sefawynn rapidamente. — Ela saiu correndo na cidade, às gargalhadas.

— Ela é assim mesmo — disse Yazad.

Todos eles compartilharam um daqueles olhares que eu *sentia* que devia compreender.

— Mas enfim — disse Yazad, — esse é o jovem Wyrm?

— Sou eu — disse Wyrm baixinho, sorrindo. Sefawynn mal o soltara durante toda a caminhada, abraçando-o pelo menos seis vezes distintas. — Eles disseram que você tem comida aqui?

— Qual é sua opinião sobre maçãs cozidas? — perguntou Yazad.

— Sim, por favor! — replicou Wyrm.

Yazad abriu caminho, dando-nos boas-vindas para sua lareira. Lá dentro, dei uma boa olhada em Wyrm. Fazia apenas dois dias, então provavelmente a minha mente estava me pregando peças, mas ele parecia *mais magro*. E ele estava cheirando tão mal que a primeira coisa que fizemos foi fazer com que ele pulasse no rio.

Agora ele havia se sentado para se aquecer junto da lareira enquanto os discípulos de Yazad expressavam sua alegria pelo retorno dele — e nosso — como se fôssemos heróis voltando do próprio mundo inferior. Enquanto Ealstan contava a história da sua miraculosa sobrevivência, o ar tornou-se elétrico de tanta empolgação.

Yazad serviu tigelas de maçãs cozidas. Wyrm pegou sua tigela ansiosamente, e Ealstan aceitou a sua com uma cabeça inclinada em agradecimento. Eu me sentia abatido, e fiquei nos fundos, junto da parede. Sefawynn se aproximou de mim, hesitante, então se curvou profundamente.

— Obrigada — murmurou ela. — Uma centena de vezes, Grande Príncipe. Obrigada.

— Sefawynn, por favor — disse eu. — Sou só eu. Você não precisa agir assim.

Ela se curvou mais baixo ainda.

— Talvez revirar os olhos? — pedi a ela. — Pelos bons tempos?

— Por favor — sussurrou ela, — não me recorde de como o tratei. Eu sinto muitíssimo.

Ela voltou apressada para a fogueira. Estendi a mão para ela, mas deixei meu braço cair de volta.

Droga. Eu havia passado toda nossa vida juntos tentando persuadi-la de que não era um vigarista. Agora eu daria quase qualquer coisa para voltar para isso. Eu me senti tão *confortável* naquelas

CAPÍTULO VINTE E TRÊS

breves horas quando nos entendemos. Agora ela havia aceitado que eu tinha poderes, e aquilo havia arruinado tudo.

Suspirei e me acomodei em um banquinho. Ainda estava tentando relaxar depois de tudo que havia acontecido — incluindo o retorno das minhas memórias. A recuperação do meu tempo como um pugilista foi o último pedaço. Quero dizer, eu não podia me lembrar do que havia comido no café da manhã na semana passada — mas quem lembrava? Eu sabia quem eu era, de onde eu vinha, o que eu havia realizado — ou não.

Lembrei-me do meu tempo com Jen, que havia sido... desigual. Apaixonado às vezes, mas igualmente (ou mais) cheio de discussões e gritaria. Lembrei-me de Ryan, e como ele havia ficado cada vez mais desapontado comigo enquanto chegávamos aos vinte muitos anos, depois trinta. Lembrei-me de lutar por Ulric, ficando muito endividado, e então...

Perder aquela disputa de título para Quinn. Tornar-me um desajeitado guarda de portaria. Droga, *não havia* realmente muita coisa digna a lembrar. Eu tinha algumas memórias ternas dos meus pais e irmã, que viviam em Atlanta — mas eu não os via há anos. Era difícil olhar nos olhos dos meus pais.

Durante o período em que minha mente ficou vazia, havia imaginado que era o parceiro de Ryan, um detetive heroico. Agora eu sabia a verdade: era o orgulhoso proprietário de uma vida zero-de-cinco. Eu tinha uma namorada morta que eu havia afastado, um melhor amigo que havia alienado, e uma família que não telefonava nem me mencionava nas redes sociais.

Eu estava cansado. E faminto. Estranhas sensações, por mais que fossem inatas aos humanos. Sem meus nanitas, eu valia alguma coisa?

Yazad se aproximou com uma tigela para mim.

— Você come? — perguntou ele.

— Hoje, sim — disse eu, pegando a tigela. Senti o calor através da madeira, e senti o cheiro de alguns dos mesmos aromas que Sefawynn gostava de usar. Olhei de novo para ela, então desviei os olhos. Ela estava apreciando a história de Ealstan, embora ela fosse uma contadora de histórias melhor.

— Então — disse Yazad, sentando-se em um banco junto do meu. — O que é você?

— O que você acha que eu sou?

— Na minha terra natal — disse ele, — não temos *wights*. Nossos espíritos do ar são muito mais perigosos, e só orações os mantêm afastados. De vez em quando, você encontra um menos perigoso. Nós achamos, talvez, que eles sejam os remanescentes de deuses que reinavam sobre os desertos antes de recebermos a luz de Ahura Mazda.

Mexi no meu cozido de maçã, concordando. Se *wights* eram reais, por que não criaturas do folclore do Oriente Médio?

— De início — disse Yazad —, estava convencido de que você era algo assim. Um deus de uma terra estrangeira. Porque, e me perdoe por isso, eu não acredito que *aelvs* sejam reais. Em todas minhas viagens, só encontrei espíritos que não podiam ser vistos!

— Eu não sou um *aelv* — repliquei. — Imagino que a maneira mais fácil de explicar seja dizer que sou do futuro.

— Ah! —Yazad deu um tapa na testa. — Mas é *claro*.

— O quê? — estranhei. — Você *acredita* em mim?

— Isso faz tanto sentido! — disse ele. — Você tem poderes incríveis, mas parece tão ignorante. No seu tempo, pessoas descobriram coisas que não temos?

— Muitas — disse eu.

— É ensinado que Ahura Mazda vai continuar a nos agraciar com luz e conhecimento — explicou ele. — No tempo do meu avô, não havia moinhos de vento. Mas agora eles são bastante comuns nas

CAPÍTULO VINTE E TRÊS

minhas terras. Tentei construir um aqui, mas até mesmo *explicar* a ideia confunde as pessoas.

— "Como você pode aproveitar a força do vento?" eles perguntam. "O vento é um wight?" "Que oferendas ele aceita?" "Ele não vai ficar furioso com seu dispositivo?" — Ele soltou um suspiro. — É difícil compreender algo que você nunca viu. E durante seu tempo, você viu muitas coisas semelhantes?

— Coisas incríveis — confirmei, segurando o cajado no colo. — Honestamente, Yazad, no meu tempo, sou menos que especial. Não valho nada como pessoa.

— É por isso que Ahura Mazda o enviou para nós — disse Yazad, com um brilho nos olhos. — Aqui, você é muito mais do que poderia ter sido. E fomos abençoados por isso!

— Sinto-me como se fosse um charlatão — disse eu, baixando os olhos.

Ele cutucou meu braço, então apontou para Sefawynn. Ela estava sorrindo de uma maneira genuína e aberta, talvez desde a primeira vez que eu a conhecera. Ela ficava estendendo o braço e colocando-o ao redor do irmão, como que para garantir que ele estava realmente ali. Ealstan, normalmente tão sério, parecia elétrico junto da luz da fogueira, falando quase como se fosse um *skop* para a alegria das crianças. Wyrm aceitava tudo isso com um sorriso pateta, terminando sua terceira tigela de maçãs cozidas.

— São esses os rostos de pessoas enganadas por um charlatão? — perguntou Yazad. — Ou os rostos de pessoas que estão agradecidas pela sua ajuda?

— Só consegui ajudar três pessoas — disse eu. — E agora eles acham que sou algo a ser venerado.

— Só três pessoas? — Yazad se inclinou mais para perto. — Runian, meu amigo. O amor de Ahura Mazda se manifesta dentro dos nossos corações. Quando você o sente, sente o próprio infinito. Não há só quando se fala de bondade e alegria. A menor quantidade é tão grande quanto o universo, e um garoto salvo de um poço é um trabalho precioso além do tesouro de qualquer rei.

Ele deu um tapinha no cajado com a ponta do seu dedo, batendo com a unha na sua madeira.

— Você é algo especial. Aqui — continuou. — Agora. Então é isso que importa. E daí que seu conhecimento é comum entre sua raça? É raro aqui. Talvez todo mago enviado por Ahura Mazda para ensinar, instruir e proteger seja como você. Simplesmente alguém que conhece um pouco mais, um pouco melhor, do que todos os outros.

Ele me deu um tapinha no braço, então foi coletar tigelas e enchê-las de novo para convidados e membros do seu rebanho.

Era hora de tomar uma decisão. Nós resgatamos o irmão de Sefawynn. Eu estava com minha memória de volta, e soube que não havia vindo para cá para deter Ulric.

Então... e agora?

Quinn havia sugerido que eu fugisse para o continente. Com meus nanitas, meus aprimoramentos, e um pouco de prática, poderia encontrar uma tribo em algum lugar e me tornar rei deles. Claro, não haveria esportes *pay-per-view* para assistir, mas podia ser uma boa vida.

Eu realmente achava que Ulric me deixaria em paz? Ele estava planejando algo para esse mundo; ele tinha magia de verdade. Eu certamente era um covarde, mas era um covarde inteligente. Homens inteligentes nunca apostavam contra Ulric. As notícias se espalhariam. Eu nunca seria capaz de descansar, sabendo que estava brincando de rei na Dimensão de Mago Pessoal™ dele.

Eu precisava ir para Maelport e encontrar uma maneira de sair daqui. Escapar de volta para o mundo real, então economizar para

CAPÍTULO VINTE E TRÊS

comprar uma dimensão chata e regular para me esconder — uma onde poderia esmagar os sinais e portais e ficar realmente em segurança.

E sozinho.

— Ei — disse eu baixinho. — Obrigado pela cutucada em Wellbury.

Nenhuma resposta.

— Eu *ouvi* você falar — insisti eu. — Então não adianta fingir.

— Eu não aceito ordens — disse a voz no meu ouvido, me fazendo pular. — Aceito barganhas. Esta noite, não quero nenhuma, John de Seattle.

A voz... sabia meu nome? E sabia sobre Seattle?

Droga.

–... e essa é a história de como morri! — disse Ealstan, enfiando seus dedos por um buraco manchado de sangue na sua camisa. — E agora estou de volta dos mortos! Agora... — Ele hesitou. — Agora, eu não sei o que vem em seguida.

Tanto ele quanto Sefawynn olharam para mim. A sala ficou em silêncio.

Respirei fundo.

— Em seguida — declarei, — você vai para casa até sua esposa e seu povo, Ealstan.

— E o que *você* vai fazer? — perguntou ele.

— Vou viajar até a sede do conde em Maelport — admiti.

— Você vai deter Ulric e salvar o conde! — disse Ealstan.

— Eu... eu vou tentar escapar — disse eu. — Ulric tem a única maneira de me tirar do seu mundo e me devolver ao meu.

— Você não pode me enganar, Grande Ser — replicou Ealstan, fazendo uma mesura sentado. — Você teme pela minha segurança, então quer me mandar para longe. Não permitirei isso. O Alto Pai está em perigo. Vou acompanhá-lo, se aceitar alguém tão fraco quanto eu.

Eu suspirei.

— Esse Ulric está planejando alguma coisa — disse Sefawynn. — O que disse Wealdsig? Ulric precisa encontrar seus visitantes em três dias?

Um grupo de resgate, Quinn havia dito. Eles estavam presos? Isso explicaria por que esse lugar ainda não estava completamente dominado por ele. Se Ulric estava isolado...

Ele teria poucos recursos e reforços. Por pelo menos dois dias.

Sefawynn olhou para Ealstan e assentiu. Diabos. Ela ia insistir em vir comigo na minha missão para deter Ulric.

Uma missão que não existia. Eu só queria sair dali. Certo? Fitei fixamente minha tigela de maçãs, ainda quase cheia, enquanto lançava um olhar longo e severo para mim mesmo. Eu não gostei do que vi. Fazia quinze anos ou mais desde que eu havia olhado para um espelho sem sentir nojo.

Eu havia falhado em tudo que havia tentado. Era por isso que a maneira como Sefawynn e Ealstan me tratavam me deixava nervoso? Porque eu sabia que eventualmente falharia com eles?

E se, dessa vez, eu não falhasse?

E se eu tentasse deter Ulric? Sim, eu sabia como essa ideia parecia estúpida. Mas correr para ajudar Ealstan havia sido estúpido, e eu o fizera — e tive sucesso. Talvez fosse hora de tentar.

Por que não? Eu detestava minha vida fora daqui. Por que eu voltaria?

— Sim — disse eu. — Eu vou detê-lo.

Ele provavelmente nos mataria. Mas pelo menos eu iria para o túmulo sabendo que havia finalmente enfrentado Ulric Stromfin.

Eu tive que tomar banho no dia seguinte, já que meus nanitas restantes estavam com suas mãozinhas ocupadas mantendo minhas imunidades. Achei a experiência peculiar, particularmente porque tive que usar um rio gelado.

Eu gostaria que Jen estivesse por perto; ela poderia ter me dito quanto tempo levaria para que a sociedade desenvolvesse encanamentos internos e torneiras de água quente. Quando reclamei com Yazad, ele riu e disse que eles tinham essas coisas na Pérsia. Mas os povos do norte, ele explicou, preferiam congelar as partes.

Uma hora depois, ajudei os outros a colocar nossas coisas nos nossos cavalos. Yazad se despediu de nós com sua animação característica, prometendo rezar por nós em nossas viagens. Como eu esperava, Sefawynn mandou seu irmão ficar para trás — e muito embora a maioria dos jovens do meu tempo teria reclamado por ficar fora de alguma aventura grandiosa, eles não haviam passado dois dias em um poço. Wyrm abraçou sua irmã, prestou atenção nas instruções pela terceira vez, então acenou para se despedir enquanto montávamos os cavalos e partíamos.

Depois de apenas duas horas cavalgando, comecei a me sentir dolorido. Andar a cavalo não era tão agradável sem microrobôs reconstruindo seus músculos para aliviar coisas como movimentos repetitivos. Pedaços aleatórios do meu corpo começaram a coçar sem aviso, e meus dentes pareciam pegajosos e *nojentos*. Então meu nariz começou a escorrer devido a alergias. Como as pessoas *viviam* assim?

Zero estrelas. Gostaria de voltar a ser um semideus, por favor.

Para passar o tempo, fui ficar ao lado de Sefawynn.

— Então... — disse eu a ela.

— Sim, honrado *aelv*?

— Podemos voltar a ser como éramos? — pedi. — Não estou zangado com você.

— Não seria apropriado — disse ela. — Você me conhece pelo que sou. E eu o conheço pelo que você é.

— Não conhece, não, de verdade — retruquei.

Ela cavalgou em silêncio.

Eu suspirei.

— Tudo bem. Se você realmente me respeita agora, por favor, explique como sabia que um *wight* estava me seguindo. Você disse... — Olhei Ealstan de lado, cavalgando orgulhosamente diante de nós, e escolhi minhas palavras cuidadosamente —... que questionava suas habilidades. Contudo, na minha experiência, você tem algumas incríveis.

— Eu... nasci com as Marcas da Noite.

— Que são o quê?

— Três manchas de um azul profundo — explicou ela. — Marcas de nascença, nas suas costas. Significa que você foi escolhido por Woden.

CAPÍTULO VINTE E QUATRO

— Ou amaldiçoado por ele — observou Ealstan. — As duas coisas frequentemente são intercambiáveis, honrado *aelv*.

— E essas marcas significam que você pode ver os *wights*? — indaguei.

— Ninguém pode ver *wights* — corrigiu ela. — Se isso acontecesse, ou você ou o *wight* morreria. Alguns imaginam pessoinhas com chapéus vermelhos, outros imaginam espíritos da floresta com corpos de névoa. Mas nós não sabemos.

— Então como...

— Eu vejo sombras, honrado *aelv* — respondeu ela com um fio de voz. — No canto da minha visão. O tamanho da sombra indica o poder do *wight*. Eles quase sempre estão ali. Frequentemente me preocupo que algum dia vou me virar rápido demais, e verei um inteiramente. E isso seria o fim.

— Isso... — disse eu. — Sefawynn, isso parece horrível. Eu não sabia.

— Bênção — disse Ealstan, — e maldição.

Senti um arrepio, tentando não pensar demais sobre como deveria ser isso. Estar sempre com essas sombras nos cantos da sua visão. Mas também havia um certo horror em saber que elas sempre estavam lá enquanto eu *não podia* vê-las.

— Sefawynn — disse eu, minha voz mais suave, — isso significa... que o que você pode fazer é um poder *real*. Você não é...

— Uma charlatã? — replicou ela. — O fato de eu ter sido escolhida só deixa isso mais embaraçoso. Woden espera muito de mim. E eu falho com ele.

Senti-me um asno completo. Tentei pensar em algo para dizer e consertar as coisas, mas todas as opções pareceram estúpidas. Eu havia metido os pés pelas mãos vezes demais nessa viagem, e não era uma sensação agradável.

Em vez disso, guiei meu cavalo até ficar ao lado de Ealstan. Eu estava começando a ficar bom com essas coisas de cavalo, não estava? Como pilotar uma motocicleta com piloto automático que peidava.

— O que não entendo — disse eu para ele, — é por que veneram Woden se ele manda todas essas maldições contra vocês.

— Devemos ser pacientes! — asseverou Sefawynn lá de trás. — Se sofrermos o bastante voltaremos a ser favorecidos por ele.

— Até certo ponto, ela está certa. — Ealstan segurou as rédeas com leveza enquanto oscilava no ritmo das batidas dos cascos. — Essa é nossa punição. Pela guerra, e pela perda de Friag, embora nossos fracassos tenham começado muito antes disso. Quando Logna nos trouxe a escrita, roubada de Woden, nós a aceitamos. Naquele momento, a humanidade deu um passo em direção à veneração dela, em vez de a ele.

— E como o Urso Negro se encaixa em tudo isso? — disse eu. — Sefawynn me contou que ele ainda está vivo?

— No seu reino na floresta sombria — concordou Ealstan. — Os filhos de Logna, os monstros, também vivem lá. Meu avô esteve na guerra, quando Friag caiu. Ele pensou que era o fim. A morte dos deuses, e do próprio mundo.

— O Urso Negro — contou Sefawynn, — matador dos deuses, dominador de monstros, rei de homens. Quando ele voltou o Lobo Fenris contra Friag na batalha de Badon, ele assumiu a maldição da terra, ligando-a à sua alma. Agora seus mastins assombram as florestas, e ele olha sempre para fora... Imortal, mas temeroso da sua própria cria mais do que qualquer outra coisa.

Droga. Essas pessoas tinham uma mitologia doida. Ou história doida. As duas coisas. Ou qualquer uma delas.

— Woden é nossa única esperança e defesa — disse Sefawynn. — Se não fosse pelos deuses, o Urso Negro nos mataria a todos.

CAPÍTULO VINTE E QUATRO

— Woden tem medo — retrucou Ealstan. — Os deuses não lutam porque temem os monstros, e o fim. Eles sabem que Tiw é que deveria ter morrido.

— Nós não devíamos ter escrita, de qualquer modo — disse Sefawynn. — Era a herança de Friag!

— Quem pode discutir com uma *skop* sobre histórias? — replicou Ealstan. — Não eu, não hoje.

Então... eles adoravam um deus que tinha medo de ser morto, que culpava a humanidade pela morte da sua esposa — e basicamente queria que eles morressem. É, parecia ser isso mesmo.

— De onde veio Woden? — indaguei.

— Do ventre de sua mãe, obviamente — respondeu Sefawynn.

— Deuses nascem — comentei. — E obviamente podem morrer. Então, o que os torna deuses?

— Trovão — disse ela. — Palavras queimando. Fulminar pessoas por questioná-las. Você não tem prestado atenção?

Olhei de volta para ela, encorajado pelo tom — mas ela imediatamente olhou para baixo, embaraçada.

— Então, de onde veio o *primeiro* deus? — perguntei a Ealstan.

— Foi lambido para fora de uma rocha por uma vaca — respondeu ele com o rosto perfeitamente sério.

— Hã...

— Era uma vaca muito especial.

Essa linha de questionamento específica não seria útil. Sentei-me de volta, tentando apreciar o passeio. Esses provavelmente seriam os últimos momentos de paz que eu conheceria. Nós estávamos cavalgando para deter Ulric, o Açougueiro, afinal de contas.

Aquele conhecimento me mantinha ansioso. Sim, havia uma beleza pastoral naquela terra — aumentada quando passamos por um espaço entre as árvores e vimos o oceano agitado. E ainda assim, aquilo só me lembrava dos Homens da Horda. Aquelas pobres pessoas, esmagadas entre a floresta e o oceano, com um deus que não gostava deles e um gângster malvado do futuro que queria dominá-los. Era como se a cruz e a espada houvessem se juntado a um trator e uma britadeira.

Nós estávamos cavalgando direto para o pior lado de tudo isso. O que eu estava fazendo? Deveria estar cavalgando para a *outra* direção, para...

Espere. O que era isso? Havia uma pessoa escondida atrás de uma pedra grande perto da estrada mais à frente. Ealstan também ficou tenso, mas então relaxou, sacudindo sua cabeça para mim. Então... não era perigoso?

Nós cavalgamos por ali, e a pequena figura saiu de trás da rocha e se juntou a nós. Era Thokk.

Sefawynn teve um sobressalto, notando a velha pela primeira vez. Ela olhou ao redor — como se estivesse se perguntando de onde a mulher havia aparecido — mas não disse nada.

— Ealstan — quis saber eu, — por que ninguém se incomoda com ela?

— Hmm? — perguntou ele, então fez questão de parecer surpreso. — Ah! A cuidadora de lareiras se juntou a nós. Bem-vinda, anciã. — Ele não ofereceu a ela seu cavalo, com alguém do meu tempo poderia ter feito. Mas também, não estávamos nos movendo particularmente rápido, e Thokk tinha bastante energia para sua idade.

— Acho que vou viajar com você por algum tempo — Thokk disse para ele. — é mais seguro assim. Há bandidos nesse caminho.

— Como desejar — disse Ealstan, assentindo com a cabeça.

Franzi o cenho para ele, depois para Sefawynn. Isso estava se tornando ridículo. Tentei, sem sucesso, parar meu cavalo. Thokk, talvez sentindo minha frustração, foi ficando para trás até se juntar

CAPÍTULO VINTE E QUATRO

a mim bem atrás dos outros, que fizeram questão de parecerem despreocupados enquanto seguiam juntos.

Inclinei-me para frente.

— Tudo bem — disse eu para Thokk, falando baixo. — Que diabos você está fazendo?

— Só pensei em sair para uma caminhada — respondeu ela.

— Eu vi você atrás daquela pedra — retruquei. — Você estava esperando por nós. Então surgiu quando pensou que não estávamos vendo, para que aparecesse misteriosamente.

— Não tenho ideia do que você está falando.

— Eles sempre lançam olhares significativos uns para os outros sempre que você é mencionada — acrescentei.

— E como seria esse olhar?

— Você sabe — repliquei. — Assim. — Lancei um olhar intenso, me inclinando até ficar ao lado do meu cavalo, então concordando com a cabeça de modo significativo.

— Ah, isso — disse ela. — Só significa que eles estão constipados.

— Thokk... — pedi. — Por favor. A vida tem sido particularmente frustrante para mim ultimamente. Pode simplesmente me responder isso?

A velhinha sorriu caminhando junto com material de fogueira amarrados em um saco nas suas costas.

— Você não conhece muitas histórias, conhece, estrangeiro?

— Histórias? — perguntei. — Sobre o quê?

— Histórias que são passadas adiante, de família para família. Não as grandes lendas de feitos épicos ou heróis. Histórias simples, sobre pessoas vivendo suas vidas... E encontrando recompensas, ou não, dependendo das suas ações.

— Ah — disse eu. — Como contos de fadas.

— Não conheço esse termo — continuou ela. — Mas soa parecido. Se você já ouviu tais histórias, diga-me: que tipos de papéis as mulheres idosas costumam desempenhar neles?

— Bem — disse eu, — elas costumam serem bruxas. Ou bruxas disfarçadas. Ou às vezes belas mulheres amaldiçoadas para parecerem bruxas... — Franzi a testa. — Não têm muitas não-bruxas nessas histórias.

— Nós usamos a palavras "wicce" — disse ela. — Mas as nossas são praticamente a mesma coisa! Quando eu era mais jovem, eu precisava de alguém comigo para viajar. Mulheres jovens não viajam sozinhas, exceto talvez as *skops*, até mesmo bandidos precisam da sua ajuda. Mas o resto de nós? Nunca!

— Mas à medida que eu envelhecia, algo aconteceu. As pessoas passaram a agir estranhamente ao meu redor. Estranhamente respeitosas, até mesmo assustadas. E quanto mais velha eu ficava, mais isso acontecia, até que...

Eu sorri.

— Eles acham que você é uma bruxa.

— Ou um espírito da floresta — disse ela, — ou um deus disfarçado — você tem que tomar cuidado com esses. Há! Ninguém acredita que sou uma velhinha normal, caminhando pelas estradas. É suspeito demais.

— Então você aproveita.

— É ótimo — disse ela, com um sorriso surpreendentemente cheio de dentes. — Eu não preciso ter medo. Pela primeira vez na minha vida posso me divertir, viajar pelo mundo, ver em que encrencas posso me meter. Por que deixar que os jovens tenham todas as ideias idiotas? Não é justo, digo eu. E se eu for pega, bem, nenhuma velha matrona respeitável faria isso, então eles voltam a estar assustados, e me deixam ir.

CAPÍTULO VINTE E QUATRO

— Esperta — disse eu. — E funciona?

— Claro — comentou ela. — A menos que eu esteja em um grupo. Então volto a ser uma velhinha normal. Espero que todos vocês apreciem o que estou deixando de lado ao me juntar a vocês.

— Nós… não pedimos que fizesse isso.

— Que pena — respondeu ela. — Só não espere que eu tire vocês da armadilha que os bandidos prepararam para vocês.

— Bandidos? — perguntei, me endireitando, preocupado. — Quais bandidos?

Assim que perguntei, identifiquei movimento nas árvores próximas. Pessoas, se movendo para nos cercar.

— Aqueles ali — replicou Thokk. — Eu avisei você. Duas vezes!

PERGUNTAS FREQUENTES

Espere Aí. Eu Acabei de Cometer um Colonialismo?

R: Nós aqui na Mago Frugal Inc.® nos dedicamos a fazer nossa parte ao ouvir e promover as causas das pessoas marginalizadas. Apoiamos verdadeiras mudanças em nossas comunidades através da consciência corporativa e discussão autêntica e honesta sobre tópicos difíceis a respeito de pessoas BAIIHPOC¹ na atualidade.

Através da nossa Iniciativa Devolver, apoiamos programas sociais que inspiram um amanhã melhor e um futuro onde todas as vozes são ouvidas. Junto com o Movimento Deixe em Paz da América do Norte, nós doamos mais de mil dimensões

---

1 | N.T.: BAIIHPOC é uma variação de BIPOC - "Black, Indigenous, and people of color". [Negros, Indígenas e não brancos]. Já BAIIHPOC seria "Black, Aboriginal, (Pacific) Islander and (non-white) Hispanic". [Negros, Aborígenes, Nativos das Ilhas (do Pacífico) e Hispânicos (não brancos)]

PERGUNTAS FREQUENTES

para serem preservadas e deixadas intocadas — cada uma delas possuindo questões culturalmente significativas em relação à minorias historicamente oprimidas.

Nós encorajamos vigorosamente nossos clientes a evitar viagens para as Américas ou África da sua própria dimensão. Se você deseja se juntar a nós para ajudar pessoas marginalizadas em todas as dimensões, por favor compre nossas pulseiras Me Recuso a Usar™ — todos os lucros vão para a luta pela igualdade.

Para aqueles que desejam uma luta extra pessoal contra a opressão, podemos sugeri um dos nossos Pacotes de Salvador ~~Branco~~ de Etnia Não-Declarada[2], onde você pode ajudar o povo das Ilhas Britânicas a repelir os invasores romanos. Seja um libertador e lute pelos oprimidos!

---

2 | Esse pacote foi aprovado por dez profissionais de sensibilidade independentes para garantir que seja absolutamente "não problemático de maneira alguma"[3].

3 | Essa frase é definida legalmente como Termo de Marketing pela Lei da Verdade na Propaganda de 2045.

Os recém-chegados nos cercaram. Eles não pareciam bandidos. Estavam mais bem vestidos do que havia esperado — seus mantos, túnicas e calças estavam bem conservados, e algumas delas tinham cores fortes.

Eles não traziam arcos, o que era ótimo. Eu não tinha uma relação tão boa assim com eles. Ainda assim, uma parte de mim estava desapontada. Você pensava em bandidos vivendo nas florestas da Inglaterra e esperava arcos.

Cutuquei meu cavalo, mas o animal idiota havia travado. Desmontei dele, cada vez mais preocupado. Não podíamos deixar que Ealstan sofresse outra ferida mortal por pelo menos — verifiquei meu cronômetro — trinta e quatro horas.

Soltei meu cajado do seu lugar na minha sela e me preparei para bancar o mago.

— Tome cuidado. Esses são homens desesperados — disse Thokk baixinho. — Eles não têm nada a perder. Rejeitaram seus pais, seus lares e seus deuses. Você não pode assustá-los. Eles já estão apavorados.

Eu hesitei, com o cajado na mão.

— Então... o que você está dizendo? — sussurrei para ela.

— Fique quieto por enquanto — sussurrou Thokk de volta.

Era ela que viajava regularmente por esses caminhos. Desliguei meus aprimoramentos vocais. Thokk e eu fomos rumo a Ealstan e Sefawynn, e meu estúpido cavalo finalmente decidiu se juntar a nós, ficando tão perto dos outros que quase me amassou.

A mão de Ealstan estava no seu machado, mas ele não o sacou. Doze bandidos — ele provavelmente não gostava do risco, mesmo com um *aelv* do seu lado. Eu o avisara em particular que só podia curar alguém uma vez em um espaço de poucos dias, então esperava que ele não fizesse nada estúpido.

Um dos bandidos andou calmamente ao nosso redor em um círculo. Seu manto era de um vermelho profundo e a fivela do seu cinto era de prata, assim como o fecho do manto. Ele parecia... mais refinado do que os outros. Sua barba estava aparada, quase formando uma ponta, e seu longo cabelo escuro era cheio e perfeitamente penteado. Por que será que esses facínoras pareciam passar metade do seu tempo no cabeleireiro?

(Que produtos alguém usaria na Inglaterra anglo-saxã? Catarro de castor? Quatro estrelas, a contragosto.)

Ele parou ao lado de uma árvore particularmente grande e deu-lhe uma batidinha com os nós dos dedos.

— Essa é uma árvore excelente — disse ele para nós. — Vocês não concordam?

Ealstan olhou para o resto de nós, confuso. Sacudi minha cabeça. Do que esse sujeito estava falando?

Sefawynn, contudo, expirou.

CAPÍTULO VINTE E CINCO

— De fato, é belíssima — disse ela em voz alta. — Parece importante.

— Ela cresceu de uma semente da Árvore do Mundo — disse o homem. — Alta e poderosa, ela é. Digna de ser vista e apreciada.

— De fato — concordou Sefawynn. — Seria de se esperar um pedágio a ser pago por uma visita a tal árvore.

O homem abriu as mãos para os lados, olhando para os outros bandidos.

— Viram? Alguns deles entendem.

— De que vila você veio? — perguntou Ealstan ao salteador, com a mão ainda no machado. — Qual é sua linhagem, Pequeno Pai caído?

— Pe... — comecei, mas Thokk me deu uma cotovelada. Aparentemente, ela estava falando sério quando me disse para ficar quieto.

— Sim, ele é um lorde — contou-me Thokk em voz baixa. — Você achava que esses bandidos eram plebeus renegados? Armas são caras, estrangeiro.

Hum. Acho que fazia sentido. Eu havia passado quase metade da minha vida trabalhando para um chefão do crime em Seattle — e isso era basicamente a mesma coisa. Até mesmo seus métodos pareciam familiares.

— Uma bela árvore, de fato — disse o chefe dos bandidos, gesticulando com mãos enluvadas. — E essa é nossa estrada. Você vê alguma outra força com armas aqui perto, guardando-a?

— Você tira vantagem da nossa sociedade em pedaços — censurou-o Ealstan. — O Alto Pai não pode mais defender esses caminhos, então vocês se tornaram lobos. Deveriam ser melhores do que isso.

O bandido chefe suspirou, então ele apontou para Ealstan com o polegar.

— Ele paga um pedágio duplo: um para ele mesmo, outro para seu ego.

— Eu... — começou Ealstan, mas Sefawynn o interrompeu.

— Ealstan — disse ela em voz baixa, — eles sabem. Qualquer coisa que você diga a eles, quaisquer condenações do caráter deles... Eles sabem. Confie em mim.

Ele ficou em silêncio.

O chefe dos bandidos olhou-a de soslaio, então assentiu.

— Você é uma mulher inteligente.

— Sou uma *skop* — replicou Sefawynn, fitando-o nos olhos.

Vários bandidos recuaram imediatamente, murmurando.

— Você pode passar sem pedágio — declarou o líder dos bandidos. — Nossa estrada é sua estrada, portadora de histórias.

Ela balançou a cabeça afirmativamente. Ela tinha orgulho da sua herança — da sua profissão. Se não tivesse, talvez não doesse tanto fracassar.

— Vejo três pedágios a serem pagos, então — disse o chefe dos bandidos. — Pedágios altos para os ricos, que sua senhoria aqui provou ser. Levarei os cavalos. Vocês têm quatro, então podem ficar com um, para a *skop*.

— Houve um tempo — disse Ealstan, — quando os homens nessa terra lutavam juntos contra os estrangeiros. O que aconteceu com esses dias?

— Pergunte à *skop* — respondeu o bandido, acenando para que Ealstan desmontasse.

O *thegn* pensou por um momento, mas obedeceu.

Senti a tentação de sair socando aquela gente e ver quantos daqueles sujeitos eu podia deixar pendurados nas árvores. Mas isso era da boca para fora. Sem minhas placas torácicas... Furtivamente chamei a trava dessas placas e tentei JohnnyÉumCovarde como senha. Nada.

Thokk estava provavelmente certa. Nós não precisávamos dos cavalos. Maelport estava a apenas um dia de caminhada. Ainda me

CAPÍTULO VINTE E CINCO

era difícil compreender como as coisas eram pequenas nesse lugar. Cidades minúsculas, vilas minúsculas, e condados minúsculos.

Esses bandidos praticavam a extorsão da maneira como eu havia sido ensinado. Deixe só o bastante para permitir que sua presa seja capaz de continuar, de modo que possa roubá-los de novo no futuro. Estava preocupado de que eles nos matassem para remover testemunhas, mas se ninguém estava protegendo essa estrada — se as coisas realmente estavam ruins o bastante para que nenhum exército investigasse nossa reclamação de roubo — então não havia necessidade.

Se viajantes desaparecessem com frequência demais na estrada, as pessoas contratariam guardas — ou não passariam por aquele caminho. Mas se o roubo tomasse a forma de um pedágio, e se estivesse livre para passar depois de pagar... você poderia contabilizar isso no custo da viagem.

Eles nos deixaram passar nossas coisas — exceto pelas selas — para o cavalo de carga, que foi o que decidimos manter. Enquanto trabalhávamos, o chefe dos bandidos olhou para Thokk.

— Você é uma *skop* também? — perguntou ela a ela.

— Ela... — disse Ealstan.

— Deixe que ela responda por si mesma — interrompeu o bandido.

— Que necessidade tenho eu de histórias? — respondeu Thokk. — Já estou basicamente morta.

O bandido grunhiu, então se voltou para mim.

— Ele é meu sobrinho — disse Thokk. — Fraco da cabeça. Boa sorte em tirar algo de útil dele.

Isso era mesmo necessário? Mas eu não reclamei. Queria continuar me movendo. Quando carregamos nossas coisas, os bandidos nos deixaram ir. Interessante. Dois mil anos de progresso, e a máfia usava os mesmos truques. Algumas pessoas fingiam que o roubo era ligado a anarquia, ou se vingar de pessoas no poder. Mas a maioria dos roubos era controlada por pessoas com um tipo diferente de poder.

— Estranhamente — comentei eu enquanto nos afastávamos, — essa foi a primeira experiência aqui que fez total sentido para mim.

Thokk imediatamente suspirou.

— O que foi? — perguntei.

Naquele momento, alguma coisa me acertou por trás.

Tudo ficou escuro.

Percebi que estava nas trevas enquanto meu sistema de nanitas reinicializava, e imediatamente soube o que havia acontecido. Alguém havia me acertado com uma maldita granada de blecaute!

Granadas de blecaute usavam um pico de energia para enviar um comando forçado através do seu sistema de nanitas. Cada uma das pequenas máquinas emite um pequeno choque, deixando você inconsciente. Os nanitas, então, passam por uma sequência de reinicialização. Como meu sistema estava com cerca de 12 por cento de eficiência, isso foi o bastante para me derrubar.

Granadas de blecaute eram de uso único e muito caras. Nós as usamos uma vez durante um trabalho, quando não queríamos matar uma pessoa que estávamos agarrando. Mas elas não eram terrivelmente práticas para a maioria das ocasiões — afinal de contas, qualquer arma poderosa o bastante para fritar seus aprimoramentos também podia abrir um buraco em você.

Certo, então. Eu não tinha ideia de como chegara ali, ou onde era ali. Mas a essa altura, eu era um especialista em ignorância. Tudo que eu precisava fazer era evitar tábuas na cara. Além disso, talvez eu devesse evitar ser envolvido em mais missões pessoalmente reveladoras para deter gângsteres interdimensionais.

Esperei até que meus aprimoramentos óticos ficassem online. Quando o fizeram, vi que estava em uma sala pequena, algum tipo de cabana de ferramentas. Levantei-me da esteira onde havia sido colocado. Se eu havia sido atingido por uma granada de blecaute, isso apontava para Ulric...

Aqueles bandidos! Eles haviam me acertado por trás no momento em que me ouviram falar. Eles estavam prestando atenção nos sotaques. Santo inferno. Meus amigos estavam bem? Senti um breve momento de pânico, respirando de modo rápido e brusco.

Eles me tomaram como prisioneiro em vez de me matar, pensei. Talvez tivessem feito o mesmo com meus amigos. Além disso, havia uma pequena chance de que esses bandidos não soubessem que eu tinha aprimoramentos. Eles haviam me deixado sozinho ali e permitido que eu reinicializasse. Talvez eles houvessem roubado a granada, e estivessem atentos a pessoas com sotaques do meu mundo para pedir resgate a Ulric?

Eu não sabia o bastante para essas especulações. Mas eu também não queria tropeçar em alguma situação potencialmente perigosa lá fora. Ativei meus aprimoramentos auditivos, e pude captar um fogo crepitante e gargalhadas. O vento soprava pelas árvores do lado de fora e sacudia a porta. Estávamos na floresta profunda? Isso não devia ser ruim? Algo sobre mastins, forças sombrias e um sujeito que tinha um lobo que matara a esposa de Woden?

Fiz com que meus ouvidos voltassem aos níveis normais e voltei para o fundo da sala. Uma coisa boa de ser um covarde: você aprende

CAPÍTULO VINTE E SEIS

todo tipo de maneira de fugir. Com um pouco de trabalho, encontrei uma tábua solta e fui capaz de arrancá-la, graças aos meus aprimoramentos nos pulsos.

Escapuli e percebi que minha pequena cabana estava encostada diretamente na floresta. Um campo aparentemente infinito de monólitos silenciosos. Muito embora sua natureza antiga e sem fim fosse intimidante, vê-los com meus aprimoramentos diminuiu parte do mistério. Eu já havia visto várias árvores. É verdade que a maioria delas havia sido árvores cultivadas e solitárias, plantadas cuidadosamente ao longo das ruas. Árvores, me ocorreu, eram como adolescentes; assustavam quando você via um bando delas juntas.

Por curiosidade, desliguei meus aprimoramentos. Imediatamente, as sombras retornaram. Uma parede impenetrável de escuridão. E ainda assim, coisas estavam se movendo ali. Escondidas. Se deslocando.

Diabos. Liguei meus aprimoramentos de novo, mas agora eu estava nervoso — o que quer que estivesse se movendo lá fora se tornava invisível quando eu utilizava a visão noturna.

— Isso — murmurei, — é trapaça.

Uma parte de mim ainda queria correr para a floresta, acabar logo com isso. Encontrar algum lugar para me esconder. Durante minha amnésia, havia construído uma vida inteira a partir dos vislumbres que tivera. Mas eles não me deram uma imagem completa. Aquela vez em que me lembrei de estar patrulhando com meu parceiro? Ryan havia se encontrado comigo para almoçar, e conversamos sobre um caso em que ele estava trabalhando. Aquelas vezes em que me lembrei de salvar ou ajudar pessoas? Teatrinho do meu treinamento.

A verdade era que eu havia fugido dos meus fracassos como fugia de tudo. Talvez eu devesse fugir agora.

Soterrei esses sentimentos. Embora eu não fosse o herói que havia imaginado, eu não precisava ser o miserável que Ulric e seus capangas viam. Segui passo a passo ao longo do perímetro da floresta, rumo à fogueira que afastava a escuridão. Todos os doze bandidos sentados estavam ali, rindo e conversando na noite. Eles tinham Ealstan; eu o reconheci sentado com uma postura empertigada demais ao lado do fogo, sentado em um tronco. Ele olhava para frente com uma intensidade silenciosa. Provavelmente contemplando todas as coisas terríveis que aconteciam com, digamos, pássaros.

Pelo menos ele estava vivo. Uma dúzia de inimigos, com um refém? Eu sabia reconhecer o que um policial faria: chamar reforços, e não atacar. Mas não havia reforços que eu pudesse chamar. Meu truque de mago tampouco funcionaria — não se eles sabiam o bastante para reconhecer meu sotaque e me atingir com algo que desabilitaria meus nanitas. Então...

Diabos, eu não sabia. Eu era novo em não ser uma coisa inútil. Eu vi alguém de pé junto ao fogo, de costas para mim, usando um chapéu ornamentado com uma pluma. Parecia ter jeito de líder. Se eu agarrasse o líder, será que poderia fazer com que os outros devolvessem meus amigos?

Aquilo não parecia particularmente heroico, mas sabe como é. Passos pequenos. Antes que pudesse me convencer a não fazê-lo, respirei fundo e saí correndo rumo à fogueira. Só então as irregularidades começaram a chamar minha atenção.

Ealstan estava tomando uma tigela de sopa. Sefawynn estava sentada ali perto, quase fora da visão de onde eu estava, conversando amigavelmente com outra mulher.

Mais importante, o sujeito em cuja direção eu estava correndo virou-se para mim devido ao som da minha aproximação.

Era Ryan Chu.

PERGUNTAS FREQUENTES

E Se Eu Ainda Estou Preocupado com a Ética de Essencialmente Colonizar as Ilhas Britânicas, Influenciando o Curso da História para Todo um Povo?

R: Em primeiro lugar, vamos reiterar que você não precisa se preocupar. O Estatuto da Lei Dimensional, a Decisão de Consórcio Ético sobre Direitos Interdimensionais, e o consenso de mais de mil profissionais de filosofia de destaque concordam que a ética e leis do nosso mundo não podem ser transpostas para dimensões alternativas, onde as próprias leis da física podem (mas provavelmente não serão)[1] ser diferentes.

Muitos interpretam erroneamente essas resoluções e decisões para dizer que não deveríamos interferir em dimensões

---

1 | Ver Perguntas Frequentes: Posso Ter uma Dimensão Cheia de Bananas Falantes?

PERGUNTAS FREQUENTES

alternativas. Contudo, uma interpretação melhor é que não deveríamos usar nossas leis, práticas e ideias como base para lidar com pessoas de outras realidades. Por definição, até *mesmo essas resoluções* não têm efeito sobre dimensões alternativas — porque qualquer coisa que seja decidida na nossa dimensão não pode ser vinculante para outras realidades.

Embora você possa encontrar discussões e argumentos éticos de acordo com uma variedade de linhas filosóficas, a decisão final é sua. Existem infinitas realidades. É razoável admitir que haja um número infinito de abordagens que você possa escolher para interações na sua dimensão. Não vamos dizer qual deve escolher. Quando passa por aquele portal, deixa sua dimensão e entra em uma onde apenas a *sua* consciência importa.

Se ainda está preocupado com a ética envolvida na sua iminente compra de uma das nossas dimensões perfeitas (para você), talvez aprecie ver o que outros magos fizeram! Nós recomendamos *Estudos de caso sobre a esperança: dez pessoas que mudaram o mundo nas suas dimensões de Mago Pessoais™*, pela equipe editorial Mago Frugal™. (Editora Mago Frugal™, 2099, $39,99. Edição limitada com ilustrações disponível para os membros do clube de assinatura Fãs Frugais™.)

Nesse livro, você pode ler sobre Apinya Pan, que estabeleceu uma "cidade livre" na sua dimensão. Ninguém foi conquistado ou forçado a se juntar a ela; ela simplesmente construiu uma cidade com assistência médica abrangente, suprimentos de comida moderna, e outros avanços — então convidou as pessoas a se mudarem para lá. Ela trouxe segurança e paz para

PERGUNTAS FREQUENTES

milhões enquanto transformava sua cidade em uma metrópole moderna — um oásis de razão em um tempo de trevas!

Você pode fazer o mesmo, ou pode encontrar seu próprio caminho. Qualquer coisa que decida fazer será certa na *sua* dimensão — não deixe que ninguém julgue você. Assim como não pode trazer coisas de volta da sua dimensão para a nossa devido às suas naturezas fundamentalmente incompatíveis, não deveria trazer a bagagem das nossas expectativas sociais quando vai embora.

O novo mundo onde vai entrar pode considerar a elas fundamentalmente incompatíveis[2].

---

2 | Para aqueles que buscam uma perspectiva diferente, sugerimos o livro Estudos de Casos Incríveis: *Dez pessoas que dominaram o mundo nas suas Dimensões de Mago Pessoais*™, pela equipe editorial da Mago Frugal™ (Editora Mago Frugal™, 2099, $39,99. Edição limitada com ilustrações disponível para os membros do clube de assinatura Fãs Frugais™).

Parei abruptamente. Não era todo dia que você encontrava um dos seus melhores amigos de pé no centro de uma floresta anglo-saxã, usando uma roupa de Robin Hood.

Ryan Chu, detetive extraordinário, astro da Divisão Anti-Cartel e Aprimoramentos Ilegais do DP de Seattle. Alto, sociável e confiante. Ele era bem-sucedido em tudo que tentava — mesmo seu senso de moda era impecável.

A pior parte era que não dava para detestar o sujeito, porque ele era desgraçadamente simpático. Ele estava conversando com Thokk — a quem eu pude ver quando ele mudou de posição. Ela estava rindo do que quer que ele tivesse dito.

Ryan era agradável de nascença. Não era de admirar que eu houvesse imaginado que era alguém como ele quando comecei a recuperar minhas memórias. Ele nunca havia sido meu parceiro, mas eu sempre sonhei com isso.

Eu havia *desejado* ter tanto sucesso quanto ele; mais do que isso, eu havia desejado saber qual era meu lugar. Ryan havia escolhido a academia desde cedo, feito disso seu alvo e acertado bem no centro. Jen havia escolhido História no secundário, e se destacara nessa matéria desde o início. Por que era tão difícil para mim descobrir o que eu devia estar fazendo?

Quinn e os outros achavam que Ryan me detestava. Eu havia encorajado aquela ideia, preocupado que eles o manipulassem através de mim se soubessem a verdade. Ryan não me odiava; ele estava *desapontado* comigo. E talvez um pouco amargurado sobre como as coisas haviam terminado com Jen.

Essa noite, ele deu as costas para Thokk e baixou o copo dos seus lábios.

— Ah — disse ele. — Oi, Johnny.

— Hã, oi. Então, parece que fiquei desacordado por algum tempo?

— Culpa minha — disse o sujeito de barba pontuda, levantando a mão. — Usei o dispositivo para atordoar *aelvs* em você. Mas não devia tê-lo derrubado por tanto tempo.

— Eles me contaram que você salvou a vida desse homem ontem — disse Ryan, gesticulando para Ealstan. — Seus nanitas devem ter levado uma eternidade para reinicializar. É bom ver você de pé.

— Quando acho que entendo essas suas coisas de *aelv* — comentou o barbudo, — você diz algo assim, e me perco novamente.

Os outros do bando riram nervosamente. Captei o olhar de Sefawynn. Embora ela parecesse desconfortável — seus braços estavam encolhidos junto ao corpo e ela agarrava sua tigela de sopa com muita força — ela balançou a cabeça positivamente para mim. *Nós estamos todos bem*, ela pareceu querer dizer.

— Johnny — disse Ryan, fazendo um movimento com a cabeça para o lado. — Quer conversar em particular?

CAPÍTULO VINTE E SETE

Senti uma desconexão surreal enquanto nos afastávamos da fogueira. Ryan era uma parte da minha outra vida, ainda mais que Ulric e os outros.

— Então — disse Ryan, — eu não esperava encontrá-lo aqui.

— Eu... — Bem, a verdade teria que ser o bastante, dessa vez. — Você sabe quando almoçamos juntos no mês passado? E você falou sobre como estava trabalhando em uma investigação envolvendo viagem dimensional? Isso me lembrou de que Ulric tinha um monte de dimensões sobressalentes. Pensei em de repente pegar uma emprestada, sabe? Ele não sentiria falta dela. E se sentisse, e daí? Eu estaria enfiado em um lugar onde ninguém poderia me alcançar. Pelo menos, era assim que deveria ter funcionado...

— Você escolheu *essa* dimensão — disse Ryan de modo inexpressivo. — Aleatoriamente, em uma lista.

— É.

— A *única* dimensão na história onde foi encontrado algo parecido com magia. A dimensão específica onde Ulric estava construindo um empreendimento criminoso.

— Em minha defesa — argumentei, — Ulric mantinha a lista em um único grande arquivo. Não havia jeito de dizer se alguma delas era importante.

— Ah, Johnny — disse Ryan, esfregando a testa.

— O que foi?

— *Essa* é a questão. Se alguém invadir o sistema dele e pegar sua lista de dimensões, não vão saber qual é a importante e quais das outras mil são uma distração.

— Hum — disse eu. — Isso é esperto.

— Contanto que alguém não tope com Johnny West e seu próprio tipo de sorte idiota.

— Mais idiota do que sorte — repliquei. Essa foi a frase de Ryan quando eu me dava bem na liga de boxe do secundário. Antes da minha sorte acabar, mas minha idiotice provasse ser um recurso renovável.

Ryan me olhou de soslaio, seu rosto iluminado bela fogueira distante. Ele não confiava em mim, exatamente; achava que eu estava mentindo. Que talvez eu houvesse sido mandado para cá por Ulric para encontrá-lo. Não podia culpá-lo por isso.

A verdade era que havia um abismo entre nós já há algum tempo. Houve um período agradável de uns poucos anos quando ele achava que eu estava na Liga de Luta Aprimorada por meus próprios méritos. Mas ele era um detetive, e seu trabalho *era* investigar os cartéis.

Ele havia me pressionado para conseguir informações sobre Ulric. Ulric havia me pressionado para deixar pistas falsas para Ryan. No final, ambos entenderam que eu era inútil, então a vida seguiu em frente — embora as coisas nunca mais tenham sido as mesmas entre mim e Ryan. Era como um filme de comédia romântica. O policial, seu melhor amigo ladrão, e a mulher que os dois amavam.

Só que eu sempre me senti como o personagem secundário que vivia na casa ao lado, aquele com penteado ruim e um bordão pior ainda.

— Eu queria ir embora — sussurrei. — É por isso que estou aqui, Ryan. Acordei um belo dia, e percebi que detestava aquilo.

— Aquilo o quê?

— Aquilo tudo. Minha vida, meu trabalho, meu mundo. E então, Jen...

Ryan desviou o olhar. Jen era um assunto doloroso. A única vez que venci Ryan em alguma coisa foi quando ela me escolheu, dois anos antes.

CAPÍTULO VINTE E SETE

Eu sabia que ele estava ressentido pelo que havia acontecido. Se minha relação com Jen não houvesse naufragado de maneira tão espetacular, ela não teria fugido para a Europa. Sem Europa, sem acidente.

Eu olhei para meus pés.

— Você realmente salvou a vida do *thegn*? — indagou Ryan. — Você veio correndo, lutou contra os inimigos e usou seus nanitas para curá-lo?

— Não é difícil lutar com um bando de soldados medievais quando você é o único sujeito com placas.

— Você ainda tem placas apenas nos braços?

Dei de ombros.

— Nunca descobri a senha.

— E aquela *skop* disse que você está disposto a deter Ulric e salvar o conde.

Olhei de volta para ele, então sorri.

— É. Posso ter deixado que o bom caráter deles tenham me estimulado um pouquinho.

— Um pouquinho? Você ia se jogar em cima de mim. Você nem sabia quem eu era, sabia? Realmente pensou que havia sido pego por bandidos?

— Sim — admiti.

Ele olhou para mim. Fixamente. Então sorriu.

— Johnny.

— Não me venha com essa cara — disse eu.

— Que cara?

— A cara de "eu sabia que havia alguém melhor dentro de você". Você não é minha vovozinha.

— Bem, a sua vovozinha sempre dizia que eu era o preferido dela.

— Porque você fingia gostar de ópera — disse eu. — Se ela soubesse o que você pensava do gulash dela...

Ryan sorriu. Sorri de volta. Pela primeira vez em uma eternidade, não havia tensão em nenhum dos sorrisos — parecia que havíamos voltado dez anos no tempo. Só foi necessário ficar preso em uma dimensão alternativa.

— Então — disse Ryan, — eles acham que você é um elfo?

— Com certeza — respondi. — E você?

— Idem. Eu achava que era porque ninguém sabia o que pensar de um cara chinês. Acho que é mais pelos superpoderes, não é?

— E, no meu caso, por agir de maneira geralmente estranha. Basicamente não sabia nada sobre mim mesmo no início.

— Você não tomou a pílula?

— Que pílula?

— O estabilizador dimensional? — Ele esfregou a testa como se fosse meu *pai* ou algo assim. — Ah, Johnny.

— Não é *tudo* minha culpa — protestei. — Comprei um desses livros idiotas sobre como se virar nesses lugares. Só que ele *explodiu* quando o trouxe comigo. Além disso, acabei no meio de lugar nenhum. Passei os últimos quatro dias tentando entender a situação.

— Espere — disse Ryan. — Quatro dias? Faz tão pouco tempo que você veio?

— Isso mesmo. Por quê?

— Eu sabotei o equipamento de Ulric uma semana atrás — contou ele, — incluindo seu sinalizador. Você não deveria ter sido capaz de chegar aqui. Sem sinalizador, não há viagem dimensional. Pelo menos, não há viagem dimensional *precisa*. — Ele começou a socar sua mão com a outra. A mesmas postura que ele costumava usar quando estava pensando em como falar com um professor para aumentar

CAPÍTULO VINTE E SETE

sua nota. Então ele parou e olhou para mim. — Ele deve ter outro sinalizador! Isso explica muita coisa!

— Eu... não estou entendendo — disse eu.

— Você realmente aprendeu tão pouco sobre para onde estava indo antes de fazer o salto?

— Essa parte do meu livro explodiu! Pensei que poderia aprender pelo caminho.

— Para chegar a uma dimensão específica, você precisa de algo chamado de sinalizador — explicou Ryan. — Que é instalado na dimensão. Ele envia um sinal de volta à nossa Terra. Sem um desses, ligado e enviando informações de volta, alguém na Terra *nunca* será capaz de encontrar o caminho para cá.

Ok. Eu sabia dessa parte.

— Uma semana atrás — continuou Ryan, — explodi o sinalizador de Ulric e seu portal, aprisionando-o aqui.

— E... aprisionando você aqui também? — perguntei.

— Não — ele respondeu. — Tenho meu próprio sinalizador — um pequeno e portátil. Ele devia permitir que os reforços se juntassem a mim, ou pelo menos que alguém com um portal me recolhesse. Mas eles não vieram. Eu não sei por quê.

— E você não pode perguntar a eles? — disse eu. — Ligar e desligar o sinalizador para fazer código Morse ou algo assim?

— Não funciona desse jeito — explicou ele. — O equipamento na nossa Terra não pode distinguir um sinalizador ligado ou desligado. O sinal ou está ali, ou não está. E leva tempo para encontrar um sinal ativo. Tem algo a ver com a informação sendo distorcida quando viaja rio acima. A parte importante é que eu devia receber ajuda, mas nenhuma apareceu. Achei que algo estava errado com meu sinalizador, que eu estava aprisionado. Mas agora... faz sentido.

Olhei para ele, tentando *não* parecer idiota.

Ryan suspirou.

— Johnny, só pode haver um sinal por dimensão. E o sinal mais forte sobrepuja o mais fraco. Ele deve ter um dispositivo maior sobrando que está neutralizando o meu. É por isso que meus reforços não chegaram.

— Mas... como eu fui enviado lá para o norte?

— Não faço ideia — admitiu Ryan. — Talvez eu tenha danificado o equipamento de tal modo que quando as pessoas entram, seu pouso não seja mais preciso? Desculpe. Quando estraguei o equipamento dele, não sabia que meu melhor amigo de infância ia pintar para uma visitinha.

Dei de ombros.

— Foi provavelmente melhor que eu não houvesse pousado perto dele. Ainda assim, ele notou que alguém havia entrado na dimensão. Ele pensou que isso tinha a ver com você. Ele veio *pessoalmente* dar uma olhada. Ele está com medo de você, Ryan. Muito medo.

— Ótimo.

— Não é ótimo — retruquei. — Não é *nada* ótimo, Ryan. Ulric é...

— Passei dez anos caçando ele, Johnny. Eu tenho uma boa ideia do que ele pode fazer.

Imaginei que tinha, mesmo.

— Eu sei, mas... Topei com Quinn ontem. Eles acham que você está querendo acabar com Ulric. E eles estão esperando reforços. Quinn disse que um grupo de resgate vai chegar amanhã.

— Espere aí. Uma equipe de resgate? — Ryan praguejou baixinho. — Ele definitivamente tem um sinalizador funcional. Destruir o portal é só metade da equação. Eu torcia para que Ulric fosse paranoico demais para entregar a outra pessoa a autoridade de visitar,

CAPÍTULO VINTE E SETE

embora equipes de verificação sejam uma precaução comum na viagem dimensional.

— Não — corrigi. — Ele é paranoico demais para *não* ter reforços.

Eu havia lido sobre isso no livro — era possível combinar que pessoas conferissem como você estava periodicamente. Ulric não confiaria em uma companhia para fazer isso, mas certamente prepararia sua própria equipe.

— Nós precisamos chegar até aquele sinal — disse Ryan. — Usá-lo para conseguir reforços. E mantê-lo aprisionado. Precisamos nos mover.

— Nós? — disse eu.

Ryan gesticulou para o grupo de bandidos sentados ao redor da fogueira.

— Meus alegres companheiros. Precisei usar o que estava à mão.

Levantei uma sobrancelha, então dei uma olhada no chapéu enfeitado de Ryan. Talvez eu precisasse revisar minha opinião a respeito de seu gosto para moda.

(Duas estrelas. E seus companheiros não eram tão alegres assim.)

— Estou liderando uma tropa de bandidos nas florestas da Inglaterra central — explicou ele, notando meu escrutínio. — Eu *tinha* que viver o papel. Talvez todas essas lendas sobre Robin Hood sejam sobre mim, e as coisas ficaram confusas com o passar dos anos.

— Não estamos na nossa dimensão, onde essas lendas existem — disse eu.

— Ok — disse ele, — então talvez uma versão minha de uma realidade alternativa tenha vindo para nosso mundo mil e quinhentos anos atrás, e fez *isso* com uma versão de outra dimensão de Ulric. Quem sabe, certo?

— E a magia? — perguntei em voz baixa, tomando Ryan pelo braço. — Como explica isso?

— Acho que é uma estranha flutuação quântica envolvendo campos de probabilidade entrando em colapso — especulou Ryan.

— Ryan! — disse eu. — Isso parece positivamente científico. Você odiava quando seus pais falavam assim.

— É, bom, eu me tornei um policial, mas não pude escapar totalmente disso. Acho que a física da probabilidade é de algum modo influenciada pela *percepção pública* aqui. Eles *acham* que há seres invisíveis ajudando-os, e essa dimensão muda as leis da probabilidade. Coisas improváveis acontecem para realizar as expectativas das pessoas.

Agora ele soava como seu pai explicando por que o livre arbítrio não existia. Os Chus eram... ótimas pessoas, na verdade. Dito isso, eles não prestavam atenção em nada além da física. Suponho que isso seja natural quando cada um de vocês tem um dezesseis avos de um Prêmio Nobel. Ou então, talvez seja mais provável que você acabe com um oitavo de um Prêmio Nobel na família quando esse tipo de conversa acontece regularmente.

— Ryan — disse eu, — você está ignorando a resposta óbvia. E se *existirem* seres invisíveis? Talvez as mesmas coisas costumassem existir no nosso mundo. Isso explicaria todas as histórias.

— As histórias não precisam de explicações além da imaginação humana — disse Ryan. — Você não acha *mesmo* que as fadas são reais aqui, acha?

— Você viu como a escrita pode queimar? Meu livro *literalmente* explodiu!

Ele sacudiu a cabeça.

CAPÍTULO VINTE E SETE

— Você sempre gostou de respostas fáceis, Johnny. Há muito mais nisso do que monstros invisíveis. Algo que Ulric está se esforçando muito para explorar.

— O que ele está tramando, aliás?

— Você não sabe? — estranhou Ryan. — Você estava a caminho para detê-lo, e nem sabe o que ele estava fazendo?

Meu rosto ficou vermelho.

— Extorquindo pessoas. Ganhando dinheiro, imagino.

— Eu pensei que você fosse da gangue dele.

— Você não conta ao *guarda da portaria* quais são seus planos de dominação interdimensional, Ryan. Mas por que ele se importaria? Não dá para tirar nada daqui. Então, mesmo se há mágica aqui, ele não pode usá-la no nosso mundo.

— Ele não precisa tirá-la daqui para usá-la, Johnny.

Franzi o cenho.

— Esse lugar tem um efeito estranho sobre a sorte e a fortuna. Ulric comprou um bando de bilhetes em branco de loteria aqui, e algo nesse lugar, o *wyrd*, como eles chamam, permite que ele escolha quais números vão ganhar. No *nosso* mundo.

— O que, *de verdade*?

— De verdade.

Droga.

Isso era ruim.

Pessoas pensam todo tipo de coisas erradas sobre indivíduos como Ulric. Eu culpo os elaborados filmes de supervilões "conquistando o mundo", com seus lasers do juízo final e bombas atômicas de bolso. Nunca conheci um chefe de cartel que quisesse algo como dominação mundial. Se as pessoas achassem que você estava construindo uma bomba nuclear, você não estaria mais lidando com tiras como Ryan e o presidente ordenaria um ataque de drones no seu iate. Ulric não era idiota.

Então, o que um mafioso esperto deseja? Dinheiro. Dinheiro comprava políticos. Dinheiro abria portas. Dinheiro, nos dias de hoje, comprava universos. Ulric havia conseguido a maior parte do seu dinheiro de um lucrativo mercado de vendas de aprimoramentos de mercado negro, mas ele era perigoso. Dinheiro limpo (ou quase) era melhor. Dinheiro de lutas combinadas era relativamente limpo — e difícil de provar na corte judicial. E se você fosse condenado, as punições eram leves, fáceis de escapar. Mas as oportunidades eram menores.

Então Ulric tinha outras operações. Principalmente, aprimoramentos de mercado negro. Havia muito dinheiro nisso, mas era muito mais perigoso. Se em vez disso ele pudesse influenciar a probabilidade... Ele nunca ficaria sem dinheiro vivo. Poderia pagar seus homens com bilhetes de loteria com garantia de ganhar pequenos prêmios. Raios, ele poderia acabar com cassinos e agentes de apostas rivais.

Pior ainda, ele poderia determinar quais ações subiriam, quais insurgentes conseguiriam tomar pequenos países, quais políticos deveria apoiar...

Com dinheiro o bastante no seu bolso, o potencial de Ulric para o mal — como provado pela sua compreensão da dimensão atual — seria *literalmente* infinito.

— Isso é perigoso — sussurrei. — Essa dimensão inteira é perigosa demais para qualquer um controlar.

— Vamos deixar os federais decidirem isso — replicou Ryan. — Por enquanto, vou ter que abrir espaço na minha agenda. Precisamos acabar com Ulric enquanto ele está vulnerável. — Ele olhou para mim. — Você é policial o suficiente para ajudar, Johnny?

CAPÍTULO VINTE E SETE

Fiz uma pausa bem curta antes de concordar. Era isso que Sefawynn, Ealstan e eu havíamos planejado tentar, de qualquer modo. Com Ryan e seus "alegres companheiros" do nosso lado, nossas chances de deter Ulric aumentariam muito.

Mas, por algum motivo, eu estava um pouco desapontado. Sim, eu havia marchado para uma situação desconhecida sem chance realista de sucesso. Mas... havia sido minha luta. Minha maneira de provar que Ulric não me possuía.

Agora, alguém *capaz* estava envolvido, então não era mais realmente minha luta. Tinha que ser assim quando Ryan estava por perto. Ele era tudo que Sefawynn e Ealstan *achavam* que eu era. Ele era...

Espere aí.

Será que eu podia usar isso?

Um plano começou a se formar na minha mente. Não para lidar com Ulric, ou para descobrir o que estava acontecendo com os *wights*. Não, esse era um plano para consertar algo mais vital para mim: meu relacionamento com a mulher em silêncio sentada junto à fogueira, a luz refletindo dos seus cachos louros.

Se eu queria consertar nosso relacionamento, eu simplesmente tinha que arruinar as coisas! Uma meta que, pela primeira vez, combinava perfeitamente com meus talentos pessoais.

Segui Ryan de volta à fogueira. Agora que eu estava prestando atenção, notei algumas conveniências modernas. Painéis solares instalados em uma das árvores, quase invisíveis contra o céu noturno. Um laptop fechado pousado em um tronco perto de uma tenda. Um híbrido de pá-machado multiferramentas, como aqueles usados pelos militares, encostado em uma árvore.

Ryan estava preparado para a vida na Idade Média, e ele sempre gostou de trabalhar com os habitantes locais. Ele agia menos como um invasor nos espaços urbanos e mais como um recurso para treinar pessoas a se livrarem de doenças como cartéis. Era totalmente crível que ele houvesse recrutado uma equipe de bandidos locais inteira.

As pessoas gostavam de Ryan. Ele era mais que o policial perfeito — ele era um ser humano perfeito. Confiável, absolutamente honesto.

O que era algo que um sujeito como eu podia explorar.

— Ei, Sefawynn, Thokk, Ealstan — disse eu para os três. — Tenho boas notícias. Ryan aqui está disposto a nos ajudar contra Ulric.

— Não temos muito tempo — confirmou Ryan, pegando um casaco negro de comando das sombras perto da sua tenda. — Nós precisamos sair de manhã cedo para alcançar Maelport amanhã. Apreciaria qualquer ajuda de vocês.

— Ryan e eu fomos parceiros no nosso mundo — disse eu, indicando-o com o polegar. — Eu era o Pequeno Pai, e ele era meu guerreiro.

Ryan sorriu, aquele sorriso incomodado que ele usava quando tinha que me aguentar.

— Isso não é estritamente verdade.

— Ok, talvez nós fôssemos mais como iguais.

— Ele era um estudante — disse ele para os outros. — Levei-o comigo um dia, quando eu sabia que seria pacífico.

— Você estava impressionado com a maneira como eu ia bem na escola — continuei. — E que grande policial, hum, guerreiro, eu iria me tornar.

Ryan continuou sorrindo do mesmo jeito, sacudindo a cabeça, como se não quisesse me contradizer diretamente — mas era doloroso para um sujeito como ele deixar algo tão obviamente inverídico no ar.

Ele estava melhorando, a julgar como ele se segurou. Ele realmente *era* um bom homem. Contudo, naquele momento eu precisava um pouco mais da sua velha personalidade. Então o cutuquei com um pouco mais de força.

— Eu o convenci a se tornar um guerreiro — disse para Ealstan. — Ele nunca teria entrado no treinamento sem minha ajuda.

— Muito bem, Johnny — protestou Ryan. — Você sabe que não posso deixar isso passar.

Olhei-o inocentemente.

— Johnny é um ladrão — disse Ryan para os outros. — Agora, o resto da minha equipe é formado por bandidos...

CAPÍTULO VINTE E OITO

— Em recuperação — falou um deles. — Foi isso que você nos disse, certo?

— Certo — continuou Ryan. — Eu obviamente não tenho nada contra trabalhar com pessoas que foram obrigadas a seguir profissões ilegais. Mas conheço Johnny desde que éramos garotos. Ele não foi obrigado a seguir uma profissão ilegal, ele deixou-se escorregar até nela. Vocês todos deveriam saber que ele costumava trabalhar com Ulric.

Dei de ombros, desviando os olhos, como se não me importasse. As pessoas junto à fogueira ficaram em silêncio por um momento. Então, abençoadamente, ela falou.

— Que tipo de pessoa ele era? — indagou Sefawynn.

— Ele... — Ryan hesitou.

— Ele era bom o bastante para que Jen o escolhesse — interrompi bruscamente. Era horrível usá-la daquele jeito. Mas ela estava morta, então não se importaria. Além disso, era a única coisa que irritava Ryan.

Ryan suspirou.

— Johnny é um fracassado crônico. Ele falhou em tudo que tentou. Não era um grande guerreiro. Era um vigarista. Na única vez em que pensei que ele estivesse fazendo algo com sua vida, descobri que estava trapaceando. Entre nosso povo, as pessoas pagam bom dinheiro para assistir homens lutando um contra o outro, e apostam no resultado. Johnny traiu a confiança delas. Ele perdeu lutas de propósito para que seus amigos pudessem apostar contra ele e ganhar. Eventualmente, ele perdeu com tanta frequência que ninguém mais queria vê-lo lutar. Ele nem mesmo ficou rico com toda essa trapaça. Ulric ficou com tudo!

Suas palavras doeram, mas era isso que eu queria que ele dissesse. Eu o havia pressionado a...

— Johnny é um parasita para todo mundo que ele conhece — continuou Ryan. — Ele me pedia dinheiro *toda vez* em que eu falava com ele. Seus relacionamentos murcham. Seus pais eventualmente se mudaram. A irmã dele não vai falar com ele, por conta do dinheiro que deve a ela. É exaustivo ficar perto dele.

Ok. *Isso* havia sido desnecessário. Talvez eu devesse parar de mencionar Jen para...

— Além disso — continuou Ryan, levantando as mãos no ar, — tudo que eu faço, ele está bem ali, como se fosse minha sombra. Eu penso em entrar na escola de arte? Bem, Johnny faz a inscrição primeiro. Eu me formo na academia de polícia? Ele está lá na semana seguinte. Eu menciono que gosto de uma garota? Ele a chama para sair naquela noite. Eu vou para uma maldita *dimensão alternativa*, e lá está ele!

Pisquei diante do ataque.

Ryan respirou fundo.

Era assim que ele realmente se sentia?

Como ele *sempre* havia se sentido? Eu era um parasita? Uma pessoa cujos fracassos... o puxavam para baixo também?

Quero dizer, eu não estava *surpreso*. No fundo, já sabia dessas coisas. Ser um *ninguém* sem memórias havia de algum modo sido mais satisfatório do que ser eu mesmo.

Mas ouvir alguém dizer isso...

Ouvir *Ryan* dizer isso...

Eu parti. Para a escuridão, onde ninguém me veria. Não fui longe. Simplesmente não queria encará-los, ou sujeitá-los à minha presença, imagino.

Ou talvez eu fosse só um covarde.

Sentei-me perto de uma rocha, minhas costas apoiadas na pedra. Ryan provavelmente estava péssimo. Para o diabo com ele. Eu havia arruinado seu dia ao fazer com que ele arruinasse o meu.

Bati com minha cabeça contra a pedra, expirando de modo longo e lento. Finalmente, desliguei minha visão noturna e abri os olhos. Isso permitiu que eu olhasse através das árvores cobertas de sombras,

CAPÍTULO VINTE E OITO

e visse a noite. Aquela estranha escuridão — viva, indomada, como nunca havia visto antes de vir para cá.

A própria floresta estava desperta com galhos que grunhiam e folhas que gorjeavam. Invisíveis, coisas no mato e nas copas faziam com que o mundo parecesse estar se coçando. O vento soprava gelado. E os odores... Solo e folhas, água estagnada e bolorenta.

Ali perto, as sombras pareciam se mover e tremular. Estaria imaginando aquilo? Ou era algo mais? Eu quase conseguia identificar formas.

— Posso me juntar a vocês? — sussurrei para elas. — Gostaria de não ser visto. Foi por isso que vim até aqui.

Eles se aproximaram em movimentos rápidos. Do lado de fora, aquelas sombras anormais havia me apavorado. Ali dentro, eu não me importava tanto. Elas não pareciam tão perigosas quanto... curiosas. Demoraram-se perto de mim, então, uma de cada vez, fugiram para a treva mais profunda de troncos e arbustos.

— Sua presença os machuca — disse uma voz no meu ouvido. Uma voz de folhas secas mortas nos galhos, tremendo no fim do outono enquanto finalmente caíam livres.

— Eles também, hein? — repliquei.

— Não é só você — o *wight* explicou. — São todos do outro mundo. Vocês carregam uma aura que nos fere, que nos mata lentamente. Seu mundo vaza para o nosso, e envenena os *wights*.

— Mas não você? — indaguei.

— Eu também — sussurrou ele. — Sou apenas forte o bastante pra sobreviver a um pouco de veneno.

Pessoas do meu mundo... causam dano aos *wights*? O que o livro havia dito?

— Nós temos substância — disse eu. — Nosso mundo pode sobrepujar o seu.

— Substância, não. Veneno. O oposto de nós. Fatal.

— Então, o que acontece se Ulric estabelecer uma base permanente aqui? — perguntei.

— Morte para os *wights* — murmurou ele. — Para o *wyrd*. Para os *deuses*.

— Droga. Ele *não pode* controlar a probabilidade, pode? Vai acabar destruindo a própria coisa que está tentando dominar.

— Sim.

As pequenas sombras voejantes dançavam ao meu redor, se aproximando depois fugindo. Como filhotinhos de cães selvagens, curiosas, mas também nervosas. Eu as contemplei, e ouvi a floresta conversando consigo mesma.

Se Ulric conseguisse o que queria, tudo isso iria murchar.

Eu precisava detê-lo. Ou tentar, pelo menos.

Eu podia realmente *fazer* algo. *Significar* algo.

Folhas estalaram atrás de mim, e dei um pulo, girando e olhando para trás, do outro lado da minha pedra. Sefawynn estava entre a fronteira da floresta e minha posição, segurando uma vela frágil — a chama protegida pela sua mão.

Com os olhos arregalados, ela sussurrou para mim.

— Runian? É você?

— Sim — disse eu, fazendo com que as sombras recuassem rapidamente.

— Por favor, volte para a fogueira — implorou ela. — Não é seguro aqui.

— E é seguro na clareira?

— Sim — disse ela baixinho. — Tem a ver com aquele outro *aelv*, aquele que você chama de Ryan. — Ela olhou para o lado, enquanto algumas das sombras se aproximavam dela. — Os *wights* e seres sombrios têm medo dele.

CAPÍTULO VINTE E OITO

— Eles também ficam longe de mim — disse eu. — As pessoas do meu mundo causam dor a eles.

— Isso não é verdade. Um deles está ligado a você.

— Foi ele que me contou sobre a dor — repliquei.

Ela deu um passo a frente, a chama da sua vela oscilando.

— Ele *falou* com você?

— Sim.

Ela se aproximou.

— Como era a voz?

— Parecia... algo natural — respondi. — Não posso realmente explicar.

A meu pedido, ela se juntou a mim. Colocou sua vela tremeluzente — em sua base de bronze — sobre a rocha ao lado dela. Encarei-a sob a luz da vela. Ficamos sentados em silêncio por algum tempo, as sombras formando um perímetro ao nosso redor, com certa de três metros.

— Ryan, o *aelv* — falou ela finalmente. — Vocês dois têm uma história e tanto.

— Ele me conhece melhor que qualquer um. Talvez melhor do que meus pais.

— *Aelvs* têm pais? Suponho que faz sentido. Deuses têm pais. Nunca fui capaz de descobrir se *wights* os têm ou não.

— Ryan e eu não somos o que você pensa, Sefawynn — repliquei.

— As coisas que você pode fazer...

— Você acha que é melhor do que qualquer outra pessoa porque pode ver *wights*?

— Não — disse ela. — Mas isso é diferente. — Ela me olhou atentamente. — Sinto muito que ele tenha dito essas coisas — continuou. — Pude ver como isso machucou você.

— Eu o provoquei — confessei. — Queria que você compreendesse. O que eu sou.

— É verdade, então?

— É.

— Você enganou as pessoas que apostaram em você?

— Enganei, embora eu nunca tenha sido a pessoa que tomava as decisões.

— Você era um peão desse homem, Ulric?

— Ele me usou — disse eu —, então fez com que eu guardasse sua porta. Principalmente para que pudesse fazer pouco de mim.

— Você está entre os mais baixos dos *aelvs*...

— Sim.

— Praticamente um mortal.

Eu sorri. Ela sorriu de volta.

— Você me disse que não era um trapaceiro... o que é verdade — ela comentou. — Mas também é uma mentira.

— Eu existo como as duas coisas ao mesmo tempo — concordei. — Um estado de probabilidade quântica.

— Não faço ideia do que isso significa.

— Confie em mim, foi bem profundo.

— Ah, veja só — disse ela, revirando os olhos. — As estrelas já surgiram.

— Não dá para vê-las através das árvores — observei.

— Eu sei que elas estão lá. — Ela se levantou, então hesitantemente estendeu uma mão para mim. — Todas as histórias dizem para evitar *aelvs*, particularmente os bonitos.

Eu sorri, tomando a mão dela e me levantando.

— Então — disse ela, — provavelmente é seguro lidar com *você*.

— Pois fique sabendo que sou considerado *incrivelmente* bonito entre meu povo.

— É mesmo?

— Mesmo. Minha mãe confirmou.

CAPÍTULO VINTE E OITO

O sorriso dela aumentou, mas então ela fez uma pausa.

— Seus pais realmente o deixaram?

— Eles se aposentaram e foram para Atlanta — disse eu. — Então, sim e não. — apertei a mão dela. — As coisas que Ryan disse *são* verdadeiras, Sefawynn, mas eu deixei aquela pessoa para trás. No seu mundo, até mesmo um péssimo *aelv* pode ajudar.

Juntos, caminhamos de volta até a fogueira. Ela segurou minha mão com força — talvez por causa das sombras na floresta, mas não me importei. Eu estava segurando a deka apertado por um motivo diferente. Pela primeira vez em anos estava feliz em ser eu. De algum modo, ser um fracasso havia consertado um dos meus relacionamentos.

Talvez, todo esse tempo tudo que eu precisasse era uma pessoa que também se via como um pouquinho fracassada.

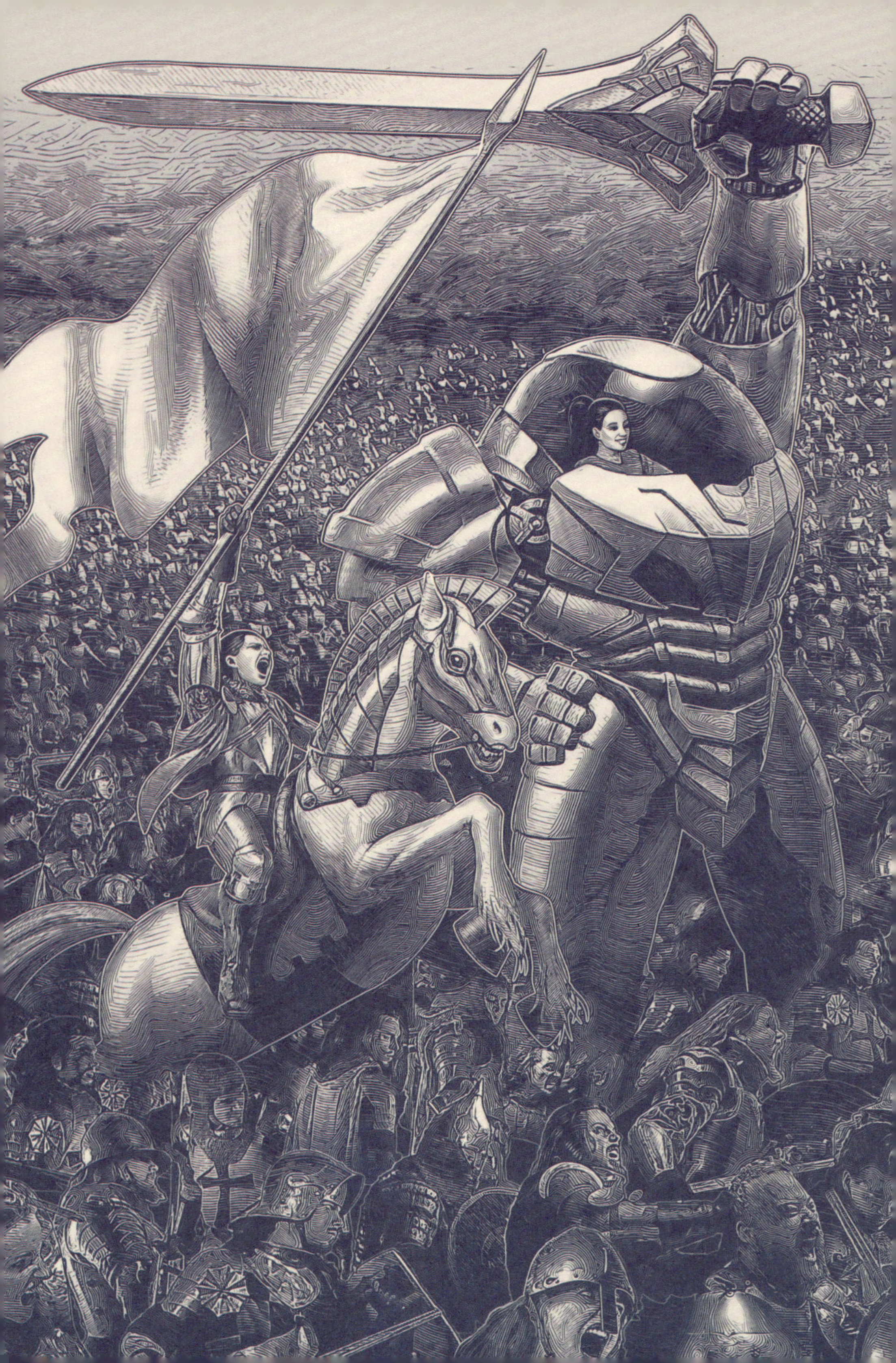

(NOVO!) EXPERIÊNCIAS MELHORES QUE A VIDA REAL ™

Nessa nova edição revisada do manual, nós gostaríamos de introduzir nossa inovação mais incrível até agora: o Desafio Esportivo Versus Dimensional™[1,2]! (Nossas Experiências Melhores que a Vida Real ™ padrão ainda estão disponíveis[3], e podem ser encontradas na próxima seção.)

---

1 | D.E.V.D.s podem ser acrescentados em qualquer pacote — embora não sejam recomendáveis para iniciantes.

2 | D.E.V.D.s estão disponíveis com 15% de desconto para clientes recorrentes. Viaje e economize!

3 | Exceto pelos nossa popular experiência Guerra de Nanitas Mutágenos Zumbis ™, que foi adiada pelo lamentável fechamento da MutaTech. Esperamos fornecer essa experiência novamente assim que pudermos encontrar uma nova fonte de nanitas zumbis (ou assim que os membros da MutaTech completarem suas sentenças na prisão)!

Inspirado no nosso popular reality show, *Mago versus Mago: Conquista da Bretanha*, D.E.V.D.s foram feitos para uso por dois ou mais magos ao mesmo tempo.

Com cada dimensão D.E.V.D., nós designamos um juiz neutro ao seu grupo por um período de um ano. (Extensões disponíveis.) Esse juiz vai inspecionar sua dimensão e determinar os critérios para seu desafio, individualizados para o terreno, culturas e configuração política do seu mundo. (Conjuntos de regras padrão são aplicáveis: você não pode ferir o(s) mago(s) oponente(s). Você não pode trazer armas ou recursos além do seu equipamento inicial. Você não pode deixar a área do jogo para recrutar outras nações. Detalhes específicos disponíveis a pedido.)

Nós oferecemos quatro jogos D.E.V.D..

CONQUISTA CLÁSSICA.

Ambos os jogadores/equipes recebem um número fixo de recursos e uma região de controle inicial. O objetivo é ganhar controle político sobre sua cidade, construir um exército, então conquistar as terras do seu oponente antes que ele conquiste a sua!

CAPTURA DE CASTELO.

Um jogo de pique-bandeira da vida real, onde jogadores/equipes competem para tomar posse de vários pontos estratégicos. Geralmente envolve contratar mercenários locais, em vez de formar um exército inteiro.

JOGO DAS CASAS.

Apenas dois jogadores. Cada jogador recebe uma região para conquistar e é largado ali sem recursos. Os jogadores disputam para ser o primeiro a ter completo controle político sobre sua área atribuída — definida como todos os habitantes locais aceitando-o como seu monarca. (Sem declarar guerra contra o outro grupo, embora certas outras interferências sejam permitidas. Ver as regras oficiais atuais no nosso website.)

INSANIDADE APRIMORADA.

O supremo e insano jogo de guerra! Jogadores/equipes obtêm um conjunto aleatório — e diferente — de vantagens modernas, tais como armas modernas ou injeções de nanitas de curto prazo. Entregue-as aos habitantes locais, e veja quem faz um melhor uso delas no campo de batalha!

Não perca a quarta temporada de *Mago versus Mago: Bretanha em Chamas* — onde vamos fornecer cobertura e acesso aprofundados de três equipes empolgantes enquanto tentam se tornar os governantes supremos da Bretanha! Dessa vez em uma dimensão da Idade da Pedra, com mamutes vivos de verdade!

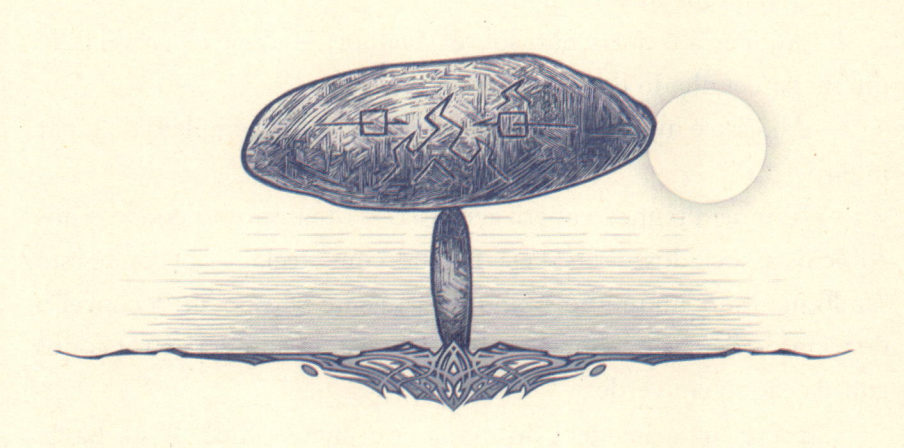

De volta ao acampamento dos bandidos, todo mundo estava começando a se preparar para deitar. Eles haviam juntado seus cobertores, e Ealstan estava preparando um lugar perto deles — embora Thokk houvesse sugerido que Sefawynn se juntasse a ela na pequena cabana onde haviam me deixado dormindo até os efeitos da granada de blecaute acabarem.

Fiquei parado desajeitadamente junto à fogueira. Meus nanitas estavam online novamente, e meus sistemas diziam que eu não precisava dormir essa noite. Mas ficar acordado significava encarar Ryan, que estava sentado em silêncio ao lado da sua tenda, digitando no seu laptop. Ele levantou os olhos enquanto eu o fitava.

— Oi — disse eu.

— Então, hum — disse Ryan. — Será que devíamos nos concentrar em como iremos derrubar Ulric?

Evitação completa e total de emoções desconfortáveis? Ele estava falando a minha língua. Acomodei-me no chão enquanto ele virava o laptop para me mostrar a tela.

— Aqui está o que tenho sobre Maelport — disse ele, revelando um mapa detalhado de uma pequena cidade.

— Ah, isso é tudo? — disse eu. — Só um mapa completo do lugar inteiro?

— Também tenho renderizações 3D da mansão do conde e dos edifícios associados — disse ele, tocando uma tecla. — O conde está sendo mantido em um poço aqui. Essa gente não possui o conceito de técnicas de encarceramento apropriadas. Destaquei as rotas dos guardas aqui, em verde.

Capturei uma imagem do mapa com meus olhos. Ryan havia realçado um grande salão de reuniões ao lado da mansão.

— O que é isso? — indaguei.

— A sala segura e estação tecnológica de Ulric — respondeu Ryan. — Foi aqui que ele montou seu portal. É o único edifício com segurança moderna — então suspeito que seja ali que o sinalizador esteja guardado, se não for um portátil que ele leva consigo.

Balancei a cabeça lentamente, concordando.

— Ele tem um campo de proteção com alarmes de detecção de micromovimentos — continuou Ryan. — Marquei minha melhor estimativa sobre o perímetro do campo em azul. Ele segue a muralha interna da cidade, e o alerta se qualquer um com nanitas ou aprimoramentos cruzar o limiar. Foi isso que me entregou da última vez.

— Sua competência é meio enjoativa de vez em quando — observei.

— Você não diria isso se soubesse como estou despreparado — replicou Ryan. — Eu só devia vasculhar a área, então trouxe um equipamento mínimo e um punhado de armas. Nós usamos a última

CAPÍTULO VINTE E NOVE

granada de blecaute em você. Estou com apenas duas armas, um laptop e painéis solares, um radiofone, e meu colete antiaéreo. Embaraçoso, eu sei.

— Eu vim com um manto, uma caneta esferográfica quase vazia, e um manual que era noventa por cento material de marketing.

— Certo — disse Ryan. — Adoro essa espontaneidade *a la* Johnny West!

— Você quer dizer *incompetência* de Johnny West, Ryan. Basta falar. Você não ficou nem um pouco preocupado em fazer isso agora a pouco.

Evitar emoções desconfortáveis, totalmente minha linguagem. Dizer algo embaraçoso em um momento inapropriado? Isso era John West *especialidade*.

— Johnny — disse ele. — Eu não quis dizer aquelas coisas.

— Quis, sim. Nós dois sabemos disso.

— A emoção era real — disse Ryan, — mas eu fui mais longe do que pretendia. Acho que tinha algumas questões acumuladas, sabe?

Tá. Tanto faz.

— Podemos cortar a fonte de energia dele? — perguntei, apontando para a tela. — Desativar os alarmes?

— Não facilmente — disse Ryan. — Ele tem um reator de fusão dentro da sala de reuniões. Engole hidrogênio, cospe ouro.

Dá para acreditar que as pessoas costumavam *pagar* por esse tipo de coisa?

— Precisamos neutralizar seu sinalizador antes que a equipe pré-combinada apareça para verificar como ele está — ele afirmou. — No Dia de Woden.

— ... Dia de Woden?

— Desculpe — disse ele. — É uma expressão local. Mas é daí que vem a palavra "Wednesday", sabia? Do nome de Woden?

— Certo. É claro. — Eu não sabia. — Tem certeza que a equipe de verificação vai chegar perto do sinalizador dele? Eu pousei bem mais ao norte.

— As pessoas que estão vindo para ver como está Ulric sabem o que estão fazendo.

Aquela foi totalmente justa.

— Então, o que *nós* fazemos? — perguntei.

— Vamos sair de amanhã cedo pela floresta — disse Ryan, fazendo zoom no seu mapa para visualizar uma imagem da região inteira. — Se nos esforçarmos, chegaremos na noite de amanhã. Então, na manhã do dia de Woden, lançaremos uma ataque por dois lados.

— Alertarei meu contato através do radiofone. Ele não pode desabilitar o alarme do perímetro, mas deve ser capaz de me deixar entrar pelos fundos. Então vocês vão...

— Espere. Você tem alguém *dentro* da organização de Ulric? Quem é?

— Não posso revelar isso, Johnny. Sinto muito.

— Não pode ser o Quinn.

— Não é o Quinn — ele confirmou.

Eu só havia visto Quinn e Ulric até agora, mas fazia sentido que ele tivesse mais algumas pessoas com ele aqui. Ele era independente de modo surpreendente para alguém tão poderoso, mas também compreendia o valor de escudos feitos de carne.

— Então, você vai pelos fundos — disse eu. — O que o resto de nós vai fazer?

— Distraí-lo — respondeu ele. — Leve meus homens e vá para a porta da frente. O alarme vai colocar o foco em você.

— Espere, então eu vou ativar a armadilha? — disse eu. — Enquanto você vai à direção onde ninguém vai atirar em você. Por que *eu* não posso fazer essa parte?

CAPÍTULO VINTE E NOVE

— Você pode identificar um sinalizador? — perguntou Ryan. — Pode desligá-lo sem destruí-lo? Usar essas leituras para se infiltrar no esconderijo de Ulric?

Não. Eu não podia. Quero dizer, eu era apenas um ladrão medíocre. Um artista medíocre. E um brigão ligeiramente acima da média. E Ryan tinha aprimoramentos como eu, era ainda melhor com eles, e tinha alguns especializados da polícia, como gravação de vídeo total e varredura infravermelha.

Além disso... Ryan sabia que não podia passar para mim a parte do trabalho que exigia confiabilidade. Eu podia ver na sua postura, na maneira como ele olhava para a tela e não encontrava meus olhos.

Não posso deixar que você estrague isso, aquela postura dizia.

Ryan pegou algo do seu bolso. Um dispositivo metálico negro em forma de diamante, que lembrava vagamente uma granada muito pontuda.

— Esse é um sinalizador dimensional — disse Ryan. — Se algo acontecer comigo, você precisa ser capaz de identificar um. O dele será maior. No momento em que o destruirmos, poderemos ativar esse aqui e minha equipe será capaz de se juntar a nós.

Ryan indicou os calombos adormecidos ali perto.

— Eles são bons homens — falou em voz baixa. — Eles são renegados porque não gostam de ver o conde se aliar a estranhos. Eles estão dispostos a lutar para proteger sua terra natal. Eu respeito isso. Contudo, se eles enfrentarem soldados *modernos*? Serão despedaçados. Vou me sentir infinitamente melhor se houver alguém apropriadamente aprimorado entre eles. Quando o sinalizador estiver desabilitado, poderemos recuar. Não precisamos lutar com ele; só isolá-lo. Traremos nossos próprios reforços, e vamos vencer. Isso é importante, Johnny. Sua parte é importante. Uma vez na vida, estou implorando que *cumpra com o combinado*.

Eu concordei. Duvidava que qualquer plano que eu inventasse teria sido tão bem pensado ou racional.

— Acho que sim — respondi. — Só detesto ser uma isca. Três estrelas, uma ótima nota, com um prazo final tão apertado.

— Ainda está julgando a tudo e a todos, hein? — Ele sacudiu a cabeça para mim. — Johnny, se você quer mudar as coisas na sua vida, precisa jogar fora esse caderno e parar de fazer anotações sobre todo mundo. Nada é bom o bastante para você.

— Perdi o caderno. E eu não julgo todo mundo.

— Você deu uma nota ao meu plano.

— Sim, mas...

— E aposto dinheiro que deu uma nota à minha fantasia de Robin Hood no momento em que a viu.

Dei uma olhada para a floresta escura. Havia deixado minha visão noturna desligada, e podia ver os *wights* se movendo por ali.

— É assim que parece para você? Como se eu estivesse... julgando todo mundo?

— Johnny — disse Ryan, — você tenta fazer algo, decide que não é tão bom quanto imaginava, e desiste. Você tenta alguma outra coisa, e desiste disso também. Porque tem esses padrões malucos que aplica a tudo e todos, exceto a si mesmo.

— Eu só tenho dificuldade com decisões — respondi, enrubescendo enquanto baixava os olhos. — Quando perdi a memória eu me perguntava por que avaliava coisas. Eu seria um crítico de arte? Um fã de restaurantes? E então...

— E então você se lembrou de que era esquisito?

— Então me lembrei de que minha vida é uma bagunça — repliquei. — Todos os outros pareciam saber automaticamente do que gostavam. Quando as coisas estavam indo mal para mim na academia, comecei a fazer uma lista das coisas de que gostava e não gostava. Pensei que se avaliasse as coisas, eu teria um contexto apropriado para comparações. Eu esperava... que isso me levasse a quem eu era, ao que eu gostava.

Ryan só sacudiu a cabeça, perplexo.

— Johnny, como você pode não saber do que gosta?

Ele não havia entendido, mas, tipicamente, eu não havia explicado bem. *Foi* por isso que havia começado a escrever a lista, contudo. Para ver se havia tendências que eu não estava notando. Em mim mesmo, e no mundo.

Não havia ajudado, mas eu *gostei* de fazer isso. Na verdade, não precisava significar nada. Eu havia começado com um propósito em mente, então havia continuado porque era divertido. Parecia interessante. Eu *gostava* disso.

Cinco estrelas. Isso sou eu. Quem eu sou. E não tinha que explicar isso para Ryan Chu.

A fogueira estava queimando baixo, então Ryan foi até ela e colocou mais lenha no fogo. Enquanto as chamas se tornavam mais fortes, notei que alguns homens haviam deixado oferendas, algumas delas com trabalho a ser feito. Um sapato que precisava de conserto. Uma faca a ser afiada.

— Eles costumam fazer isso aqui? — perguntei baixinho.

— Não. Aquela mulher alegou que seu grupo tinha um *wight*, então... — Ele sacudiu a cabeça. — Tentei conversar com eles sobre suas superstições.

— O trabalho é realizado, Ryan. Você vai ver de manhã. Como explica isso?

— Já falei, é algum tipo de manipulação quântica das probabilidades — insistiu ele.

— Sapatos sendo consertados é uma *probabilidade quântica*.

— Não vemos muitas coisas estranhas acontecendo na nossa dimensão — disse ele —, mas um bocado de coisas são *possíveis* que nunca acontecem devido a sua *implausibilidade*. Por exemplo, todas as moléculas de oxigênio em uma sala *poderiam* quicar para um lado de uma vez, fazendo com que uma pessoa do outro lado sufocasse. As probabilidades apenas são tão infinitesimamente pequenas que é uma impossibilidade prática no nosso universo. Aqui, esse tipo de coisa acontece com muito mais frequência.

— Sapatos sendo consertados espontaneamente não me parece algo que pudesse acontecer aleatoriamente, independente da probabilidade.

— Talvez — admitiu Ryan. — Mas deve haver algum tipo de explicação. Nós *sabemos* que as probabilidades são estranhas nessa dimensão. É por isso que Ulric está aqui.

— Tem uma explicação. As pessoas fazem acordos com os *wights*.

Ryan deu de ombros, mas não deu continuidade ao assunto. Em vez disso, enfiou a mão na mochila por um instante, deixando de lado uma pistola assustadora que podia perfurar placas. Então ele me jogou algo branco e fofo.

Um saco de marshmallows?

— Eu sabia que iria acampar — disse ele. — Eu estava guardando-os, mas se temos apenas um dia sobrando...

— Esses caras não vão querer um pouco? — perguntei, gesticulando para os homens que dormiam.

— Já tentou dar a eles doces modernos? — perguntou Ryan.

Sacudi a cabeça.

— Digamos apenas que eles não apreciam o açúcar como nós — ele replicou, me jogando uma graveto.

Nós seguramos os gravetos sobre as chamas, da maneira como costumávamos fazer quando acampávamos com seu pai. Era

CAPÍTULO VINTE E NOVE

agradável. O fogo crepitante, o cheiro de marshmallow queimando enquanto eu inevitavelmente arruinava o meu. Ryan me entregou um perfeitamente marrom como substituição, como sempre.

Contemplei o brilho diabólico dos carvões do fundo, que pareciam respirar enquanto escureciam e ardiam no vento.

— Quando foi que as coisas deram tão errado, Ryan?

— Provavelmente na época em que você começou a trabalhar com bandidos.

Sacudi a cabeça.

— Eu estava na sarjeta, Ryan. Eu aceitei porque estava desesperado, porque tudo já estava arruinado.

— Talvez você devesse ter ficado na escola, então.

Isso era bem uma coisa que Ryan diria.

— Eles me expulsaram da academia — disse baixinho. — Eu não desisti.

Ryan se virou para mim.

— Falaram que eu não tinha a atitude correta — continuei. — Disseram que eu tinha… uma maneira de pensar que tendia ao fracasso. Eu tentei, Ryan. Eu *continuei tentando*. Fazendo o que todo mundo mandava. Tentando fazer o que você fez. Se eu me esforçasse o bastante, teria sucesso, certo? Mas nada pareceu vir ao meu favor.

— Você está evitando a responsabilidade — disse Ryan. — A vida não é só uma questão de sorte.

— Ah? — sussurrei. — E quando fui reprovado no teste OM3 devido à atualização de nanitas forçada que estava com defeito? Lembra-se disso? Atrasou meu relógio uma hora e perdi a aula.

— Um incidente, Johnny.

— Venessa estava na sua turma, e ela convidou você para a festa do pai dela — continuei. — Então você acabou no departamento dele.

— Fiz um bom networking.

— Networking de sorte — disse eu. — Ryan, se é possível que todos os átomos em uma sala quiquem para um lado, não é possível que um cara como eu possa ter as coisas indo contra ele, repetidas vezes? Não estou dizendo que tudo que aconteceu comigo foi a sorte. Mas ela teve seu papel.

— Um pequeno papel.

— Uma pequena pedra inicia uma avalanche — disse eu. — A vida não é como jogar dados, onde o próximo lance tem a mesma chance de ganhar do que o último. Na vida real, você perde um pouco e isso faz com que você se pergunte se merece perder. Você fica nervoso, comete erros, exagera para compensar. Isso faz com que perca mais, então isso acumula. Eventualmente, já foi tão longe...

Soltei um suspiro. O que estava fazendo? Tentando justificar tudo? Jogar minhas decisões ruins sobre outras fontes?

Não, pensei. *Você nunca teve problema em assumir a responsabilidade. Você sempre achou que não valia nada.*

Não foi uma coisa só que me arruinou. Elas só haviam... se acumulado.

— Suponho que você tenha razão — disse Ryan, fazendo outro marshmallow perfeito.

— Tenho? — estranhei. — Quero dizer, você concorda?

— Quando você fala desse jeito — disse Ryan, — sou forçado a me perguntar. Quanto da minha confiança existe porque as coisas aconteceram *sim*, como eu queria? Quando vejo um perdedor, sem querer ofender, acho que quero acreditar que ele merece isso. Porque me ajuda a acreditar que isso nunca teria acontecido comigo.

Eu balancei a cabeça, concordando.

— Ainda assim — disse Ryan, — a responsabilidade é importante, Johnny. A maneira como respondemos a momentos ruins é a única coisa sobre a qual temos controle.

CAPÍTULO VINTE E NOVE

— Nós temos controle sobre isso?

— Precisamos ter. Senão, não há escolha.

— Talvez seja complicado — disse eu. — Talvez seja apenas uma bagunça complicada, estragada, e grudenta.

Ficamos calados por algum tempo, ouvindo o murmúrio do fogo devorando a lenha.

Finalmente, eu falei, ainda mais baixo.

— Só quando Jen me deixou, percebi que estava envenenando todos ao meu redor. Mas minha vida horrível, ela só se perpetuava. Como um vírus. Eu não podia ser nada diferente, não enquanto estivesse lá. Eu tive que partir.

— Então você comprou um livro e saltou através de um portal dimensional?

— Eu não estava pensando claramente — sussurrei. — Eu a matei, Ryan.

— Não. Você *não a matou*. Não fale assim.

— Eu a afastei. — Fechei os olhos. — Ela estaria melhor com você desde o início. Nós dois sabemos disso.

— Talvez — disse ele. — Mas, Johnny... eu não culpo você.

— Falar sobre ela sempre deixa você tenso. Sempre foi assim.

— Por outros motivos — disse ele. — Não é o que você pensa.

Olhei para ele, questionando.

— Você é muitas coisas — afirmou Ryan. — Mas não é responsável pelas escolhas de Jen. Eu nunca, nunca culpei você. Amar Jen foi uma das coisas mais compreensíveis que você já fez, Johnny.

Olhei-o nos olhos. Diabos, ele parecia estar falando sério.

— Você veio aqui atrás de uma vida nova — disse Ryan. — Bem, acho que terá sua chance. Vamos derrubar Ulric juntos, e você será para sempre o homem que fez isso. Você terá realizado algo realmente especial.

— Que seria?
— Você terá escapado de baixo daquela avalanche, Johnny. Você terá *escapado*.

— Desenhar pessoas não é tão difícil quanto parece — disse eu, montado em um cavalo.
— *Craeft* não é tão difícil quanto eu pensava — disse Sefawynn, caminhando ao lado. — Certo.
— Não é *craeft* — repliquei.
— Assim como desviar armas de aço com sua pele "não é *craeft*".
— Esse é um diferente tipo de não-*craeft* — respondi, sorrindo. — Olhe só, se você voltasse no tempo para falar com alguns homens da caverna, eles provavelmente achariam que sua habilidade de controlar o fogo é mágica.
— Claro — disse ela. — O que é um "homem das cavernas"?
— Hã... — Percebi que aquele comentário não fazia muito sentido sem uma noção de arqueologia e antropologia modernas. A falta de experiência dela tornava a conversa mais difícil do que a que tive com Yazad.
Pensei sobre isso enquanto cavalgava meu velho e plácido cavalo. A maioria dos animais havia sido usada para carregar equipamento,

mas todos insistiram que os "aelvs" usassem um, enquanto Thokk se apropriara do terceiro.

Por um lado, Ryan e eu não precisávamos de cavalos. Nossos nanitas faziam maravilhas para nossa resistência. Por outro lado, os outros estavam acostumados a caminhar por longas distâncias. Mesmo com meus aprimoramentos, eu suspeitava que seria mais lento a pé. Para manter um bom ritmo na nossa cavalgada até Maelport, concordei.

Cavalgamos através da própria floresta, que não era tão escura durante o dia. Felizmente, as árvores enormes diminuíam o número de arbustos naquela região. Tentei tirar da cabeça meu confronto final com Ulric, mas não estava funcionando. Eu estaria pronto? Eu era a mesma pessoa que havia permitido que Ulric zombasse dela. O covarde que havia *dito* a si mesmo que na *próxima* vez ele se defenderia.

Uma vez atrás da outra.

Não, pensei eu, então comecei a mexer nas minhas bolsas de sela. Peguei um bloco de papel que Ryan havia me dado, junto com um lápis. Um glorioso lápis! As coisas que você sente falta quando não pode tê-las. De que era feito um lápis, afinal? De madeira, certo. E grafite? O que era grafite? Tentei procurar na rede, mas naturalmente meu sistema não tinha conexão.

— Veja — disse eu para Sefawynn, voltando o bloco para ela. — Desenhar tem a ver com duas coisas fundamentais — expliquei, usando meus estabilizadores manuais para compensar o movimento do cavalo. — Uso de formas e uso de sombras. — Fiz um desenho rápido da sua cabeça, usando traços largos e firmes com o lápis para as partes do rosto. Algum sombreado, um pouco mais de trabalho nos olhos, e começou a surgir. Sempre fui bom com rostos; só não me peçam para fazer mãos.

CAPÍTULO TRINTA

— Eu já vi arte antes — disse ela, curiosa. — Mas como você faz para parecer tão real?

— Um dos truques é algo que chamamos de perspectiva — expliquei. — Algumas coisas estão mais longe, certo? E algumas mais perto? Isso também serve para partes de uma pessoa também. Em um rosto, algumas partes estão próximas de você, outras partes estão mais distantes. O truque é fazer com que pareça desse jeito em um desenho. Você não pode desenhá-lo como se fosse plano. Se eu usar sombras... e colocar os olhos em uma linha curva como essa... escorçar só um pouquinho...

Há um momento no desenho, pelo menos para mim, quando um rosto se transforma, deixando de ser apenas formas e linhas e virando uma *pessoa*. Os olhos são uma parte importante, e pontos de luz refletindo neles, mas os lábios também eram importantes. Pronto.

— *Craeft* — arquejou Sefawynn.

— Se for esse o caso — disse eu, — é uma *craeft* que você pode aprender. — Ofereci a ela o lápis e o bloco.

Ela os pegou, intrigada. Estimulada por mim, ela tentou o lápis — desenhando algumas formas comuns enquanto caminhava.

— O pergaminho é tão liso — admirou-se ela. — E essa pena... ela nunca se esgota. Mas as linhas são secas...

Ela havia me visto alterar a cor da minha pele, criar sons de trovão com minha voz, e bloquear armas com meus braços. Mas para ela, isso era mais a mais fantástica das minhas maravilhas modernas. Ela desenhou espirais, tentou um rosto à minha sugestão, e praticou sombreamento segurando o lápis com leveza.

Então ela hesitou, parando e me fazendo deter o cavalo. Ela me estendeu o bloco, com os dedos tremendo.

— Pegue de volta — pediu ela baixinho. — Antes que eu faça algo idiota.

— Como escrever? — indaguei.

Ela assentiu. Ela conhecia as runas, obviamente. Ela era a guardiã da tradição e das histórias.

— Que Woden não permita — rogou ela.

— Woden ri de nós — retrucou Ealstan, se aproximando. — Woden quer que sejamos fracos. Ele acha graça nisso.

— Ele está nos testando — justificou Sefawynn.

— Por que ele não testa os Homens da Horda? — insistiu Ealstan.

— Ele os abençoa, enquanto amaldiçoa a nós.

— Eles demonstram mais fé.

— Eles são simplesmente mais fortes — retrucou Ealstan, — e ele recompensa a força. Por que ele ouviria nossas orações em vez das deles? Por que ele nos apoiaria em vez disso?

— Nós sacrificamos mais — respondeu Sefawynn. — E ele adora sacrifícios.

Ealstan ficou em silêncio depois disso, então assentiu, passando por nós. Thokk cavalgou atrás dele — mas diminuiu sua velocidade para sacudir a cabeça para Sefawynn.

— Tola — murmurou ela distintamente antes de seguir em frente.

Sefawynn baixou a cabeça. Sentindo a vergonha dela, desmontei do cavalo e conduzi-o por algum tempo. Eu estava cansado de ficar muito acima de Sefawynn.

— Ei — disse eu. — Não sei muito sobre seu mundo, mas tenho certeza de que você não é uma tola.

— Não, ela está certa sobre mim — replicou Sefawynn. Então ela passou o braço em volta do meu. — Eu falo como uma *skop*, mas nunca fui uma de verdade. Quando digo coisas como essas para Ealstan, não estou sendo eu mesma. Estou fingindo ser uma pessoa com a autoridade moral para repreender alguém que diz a verdade. Isso é tolice.

CAPÍTULO TRINTA

— Ou esperançoso — disse eu, puxando-a um pouco mais para perto, de modo que ela se apoiou contra mim enquanto caminhávamos. — Eu gosto dessa esperança.

Nós continuamos em silêncio por algum tempo, só... estando juntos. Eu não sabia ao certo como entender essa coisa que estava acendendo entre nós. Eu sabia que estava *gostando*, mas também parecia abrupto. Continuei me segurando à ela mesmo assim, mantendo-a quase desajeitadamente perto enquanto caminhávamos. Talvez nós dois sentíssemos que estávamos marchando para algo inevitável e aterrorizante. E eu classificaria as nossas — ou pelo menos as minhas — habilidades abaixo da mulher de oitenta anos que passava seu tempo achando graça dos erros das outras pessoas.

Mais à frente, identifiquei Ryan esperando ao lado de uma árvore. Ealstan havia parado com ele, sempre vigilante caso algo desse errado.

Havíamos ficado muito para trás, e Ryan veio verificar como estávamos. Como ele conseguia parecer tão majestoso ali? Ele segurava as rédeas levemente com uma mão, um rifle preso às costas, seu manto caindo dramaticamente ao seu redor. Ele deveria estar tão deslocado quanto eu; em vez disso, parecia um maldito herói saído de um filme.

— Precisamos manter o ritmo — disse-nos ele.

Concordei, mas não queria soltar Sefawynn ou subir de volta no cavalo. Tentei caminhar um pouco mais rápido.

— Essa arma nas suas costas, Lorde Ryan — disse Ealstan. — Ela pode matar outros da sua raça?

— Sim — disse Ryan, colocando seu cavalo em movimento. — Mas está ligada à minha assinatura de nanitas, ninguém mais pode usá-la. Nem mesmo Johnny, infelizmente.

— Como aquelas carregadas pelo homem Ulric e seus guerreiros — observou Ealstan.

— Conheço histórias sobre armas assim — disse Sefawynn. — A espada do Urso Negro não pode ser usada por nenhum outro homem, tampouco.

— Johnny — disse Ryan, — seria mais rápido se você voltasse ao cavalo.

— Eu posso acompanhar — prometi.

Ryan olhou de soslaio para a maneira como eu caminhava junto de Sefawynn.

— Só estou tentando aproveitar ao máximo o tempo que tenho — disse para ele. — Você sabe. Carpa...

Ele grunhiu.

— Por favor, não faça de novo sua piada idiota de carpa.

— O quê? É um clássico.

— Johnny, é *literalmente* a pior piada que já ouvi. Ela requer que pessoas conheçam uma frase em latim específica...

— Carpe diem — disse eu, olhando para os outros. — "aproveite o dia". Todo mundo sabe disso.

— Ninguém sabe disso, Johnny — disse Ryan. — Além disso, nem mesmo *funciona*. Se você substituir "carpe" com "carpa", vai significar "pesque o dia". Se dissesse algo como "carpe dindim", "aproveite o dinheiro", isso faria sentido. "Carpa diem" não significa nada. É uma idiotice.

Eu pensei que fosse engraçado. Mas quando ele analisava daquele jeito, acho que tinha razão.

Sefawynn apertou meu braço.

— Vocês dois dizem coisas tão estranhas. Runian, seu mundo... como ele é?

— Por que você o chama desse nome? — interpelou Ryan.

— É o nome pelo qual ele me pediu que o chamasse.

CAPÍTULO TRINTA

— Que bobagem — disse Ryan. — O nome dele é Johnny. Todo mundo o chama de Johnny.

— Runian — insistiu ela novamente, — como é o seu mundo?

Ryan suspirou, mas fez com que seu cavalo avançasse para alcançar os outros. Ealstan ficou conosco.

— Ele tem um porte majestoso — comentou ele para mim. — Mas tem certeza de que é seu amigo?

— Mais do que eu mereço — respondi.

Ealstan grunhiu.

— Bem, eu também gostaria de saber como é seu mundo. Poderia nos contar? Para ajudar a passar as horas enquanto caminhamos, honrado... Runian?

Um nome era uma coisa simples. Mas Ealstan dizendo-o deliberadamente daquele jeito, e Sefawynn fazendo o mesmo, me comoveu um pouco. Ryan me conhecia desde pequeno. Mas ele nunca notara que eu não chamava a mim mesmo de Johnny. Meu nome era John. Era sempre assim que eu me apresentava.

Sefawynn e Ealstan prestavam atenção no que eu queria. Se eles se importavam o bastante para me chamar do modo como havia pedido a eles... talvez eles realmente se *importassem comigo*.

— Meu mundo é um lugar estranho — disse eu. — Nós armazenamos relâmpagos, e fazemos com que trabalhem para nós. Nós o forçamos a brilhar dentro de globos de vidro quando queremos, apertando um interruptor para iluminar uma sala.

— O que é um interruptor? — Ealstan indagou.

— Uma pequena alavanca — disse eu. — Em vez de cavalos, nós... vocês têm carruagens?

Eles sacudiram as cabeças.

— Bigas?

Não.

— Vocês têm barcos — disse eu. — Imagine um barco, só que ele tem rodas e se move em terra. Também é movido pelo relâmpago, e você se senta nele e vai com ele para diferentes lugares.

— Por que não deixar apenas que o vento sobre nas velas? — perguntou Sefawynn.

— Não há velas — disse eu, coçando minha cabeça com o lápis. — Aqui, deixe-me mostrar.

Durante mais ou menos uma hora, eu desenhei. O que era mais difícil de se fazer a pé, então relutantemente soltei Sefawynn e fiz a maior parte do trabalho na minha sela. Primeiro desenhei uma sala com luz brilhando de lâmpadas elétricas e uma geladeira com comida, um micro-ondas para aquecê-la. Então desenhei um arranha-céu, e apontei para aquela sala entre muitas janelas. A partir daí, desenhei a paisagem urbana de Seattle — a versão de cartão postal, com a Space Needle e tudo mais. Nessa imagem, meu arranha-céu tornou-se uma das muitas sombras gigantes ao longo da baía.

Os olhos de Sefawynn se arregalaram quando foi entendendo as implicações de tudo aquilo.

— Então — quis saber Ealstan, apontando para a linha do horizonte urbana, — cada um de vocês vive em uma dessas estruturas enormes? Um monumento à sua grandeza?

— Não — sussurrou Sefawynn. — Cada uma dessas janelas é um aposento, com um da raça dele vivendo ali. Centenas e mais centenas em cada estrutura. E havia dúzias dessas estruturas...

— E milhares de outras menores. Uma cidade no meu mundo provavelmente cobre mais terra do que viajamos desde que deixamos Stenford. — Pelo menos, se você incluísse os subúrbios, que tinham nuances que eu não queria explicar no momento.

— Deuses... — disse Sefawynn. — É tão...

— Apinhado? — indaguei.

CAPÍTULO TRINTA

— Pacífico.

Pacífico? Eu não esperava *isso*.

— Tantas pessoas vivendo juntas — disse ela —, mas sem lutar. *Você* só aprendeu a lutar como um torneio, para outras assistirem. Pode até mesmo haver gente entre vocês que... que nunca viram alguém morrer...

— A maioria não sabe nem como lutar — disse eu. — Você acharia que somos todos fracos, Ealstan.

— Você entendeu mal, Runian — retrucou ele. — Matar é desespero, não força. Viver sem matar... essa é uma sociedade forte. Se o contrário fosse verdade, minhas terras não estariam definhando, como plantações há muito tempo sem água...

Droga, aquele cara podia ser profundo. E deprimente. Cinco estrelas. Deveria estar narrando documentários sobre desastres, como Chernobyl. Ou minha vida amorosa.

Ealstan estava certo, contudo. Seus *wights*, runas, e *wyrd* eram mágicos, especiais e belos. Mas honestamente, não havia muito mais no mundo deles que fosse digno de inveja. O livro que eu havia comprado falava sobre a "simplicidade pastoral" da era medieval. A "conexão natural" das pessoas com a terra e a "sabedoria primitiva das sociedades agrárias", seja lá o que isso significasse.

O livro mentia. Esse lugar não era simples nem pastoral. Era brutal, terrível, dilacerava a alma. Sem os vikings assassinos, as pessoas teriam sido maravilhosas. Inspiradoras. Mais limpas, mais amistosas e espertas do que eu teria imaginado. Mas a sensação geral do período?

Era péssima. Aquelas pessoas viviam vidas tão difíceis, mesmo que você desconsiderasse a ameaça constante de invasão. Sem a medicina moderna, o que aconteceria com meus amigos aqui? Será que Sefawynn morreria em trabalho de parto? Será que Ealstan sobreviveria batalhas incontáveis, só para morrer de uma infecção por cortar o dedo em um prego ou algo assim?

Eu queria protegê-los, ajudá-los. Trazer a eles tecnologia — a essa altura, eu concordava com o livro. Suas metas, ainda que não os seus motivos. Contudo, eu ousaria? E se, ao fazer isso, eu destruísse a magia que tornava o mundo deles tão único?

Haveria uma maneira de fazer as duas coisas?, pensei eu. *Conduzi-los a coisas como vacinas e antibióticos sem destruir os wights?* Aquilo exigiria um professor ou engenheiro, não um lutador fracassado que havia se transformado em saco de pancadas da máfia. Alguma oura coisa me incomodava, pensando nessa linha. Algo...

Um toque na minha perna me distraiu.

— Você deixou tudo isso para trás — disse Sefawynn, ainda segurando meus desenhos — para nos ajudar contra esses homens malvados.

— Não ouse ficar toda reverente comigo de novo, Sefawynn — disse eu. — Ou farei algo *extremo* dessa vez para que você perceba o tolo que sou.

— Você quase me faz querer isso, só para ver o que vai inventar.

— Vou insultar os deuses.

— Você já fez isso — observou ela.

— Muito bem, então. Vou dizer a Ealstan como arcos são excelentes — continuei — e como machados são sem graça e sem sofisticação.

— Veja bem — disse ele do outro lado do meu cavalo. — Não me envolva nisso. Heresia é uma coisa, mas insultar Rowena é outra.

— Espere aí — disse Sefawynn. — Você *deu um nome* ao seu machado?

— Hum, sim — respondeu Ealstan, desviando o olhar.

Sefawynn deu uma risadinha.

CAPÍTULO TRINTA

— Isso não é comum? — perguntei. — Não é algo que vocês façam normalmente, quero dizer?

— Nunca ouvi falar nisso antes — disse ela.

— Rowena não é o nome da sua *esposa*? — perguntei de novo.

— Sim — respondeu Ealstan, com um ar solene. — Eu gosto da minha esposa. Faz total sentido usar o nome dela para algo que eu gosto.

— Você é esquisito — comentei.

— Wyrdo — disse Sefawynn. — Um wyrd. Um wyrd-o. Alguém estranho, sim? Com um wyrd estranho? Gosto disso. — Ela olhou para mim. — Tenho chance de usar tantas palavras interessantes perto de você, Runian.

— Bonito — disse eu. — Brilhante. Inspirador.

— Questionavelmente bonito. Brilhantemente estranho. Inspirador para outros roedores que se perguntam se eles podem passar por humanos... — Ela sorriu para mim. Seja lá o que eu esperasse das pessoas na Inglaterra anglo-saxã, não era jogos de palavras. Ela era analfabeta e ainda assim dava voltas ao meu redor enquanto falava.

A outra coisa que eu não havia esperado era... bem, *isso*. A maneira como ela havia tocado minha perna, a maneira confortável e natural como conversávamos. A alegria que eu sentia.

Eu nunca fui assim com Jen; a relação era sempre tensa. Nós discutíamos tanto. Eu pensava que era só parte da paixão. Mas aqui havia algo tão diferente, tão maravilhoso.

Eu era tão errado para você, Jen, pensei. *Eu sinto muito.*

— Honrado Runian — disse Ealstan. — Não quero bisbilhotar, mas você é um guerreiro, de certa forma. Você já viu a morte?

— Infelizmente — confirmei. — Mas a maior parte das minhas lutas foi no ringue.

— Como treino — disse Ealstan, concordando. — Nós temos tais coisas, mas não tão... formalizadas quanto parecem ser no seu mundo.

— Quando estava no meu ápice — disse eu, — atraía multidões de dezenas de milhares.

— De *pessoas*? — ele se espantou. — Tantas... isso atordoa a mente.

— Mas seu trabalho era perder? — continuou Ealstan, hesitante. — E... trapacear?

— Sim — admiti em voz baixa. — Embora só tenha perdido de propósito um único combate. No fim, sob ordens de Ulric.

— Por que você fez isso? — perguntou Ealstan.

— Ele era meu dono, Ealstan — respondi. — Ele pagou o dinheiro que concedeu meus poderes. Ainda assim... ele tirou muitos deles antes da última luta. Para que eu apanhasse e sangrasse de verdade. É por isso que posso deter um machado com meus braços, mas posso ser derrubado por um bom golpe na cara.

Ainda me sentia um otário por causa daquilo. Eu não tinha um queixo de vidro. Naturalmente, tábuas não eram permitidas no ringue, então eu não tinha muita experiência em levá-las na cara.

— Por que Ulric tirou seus poderes, se havia ordenado que você perdesse de qualquer modo? — quis saber Sefawynn.

— Ele queria que parecesse mais dramático — respondi.

— Acho que ele queria deixar você sem escolha — comentou ela. — Nesse contexto, você não escolheu enganar aquelas pessoas... ele criou uma situação onde você não podia vencer.

Era uma racionalização fraca — eu fui lutar sabendo que perderia, e concordei. Ao mesmo tempo, eu não tive escolha. Não de verdade.

Infelizmente, minhas ruminações foram interrompidas quando vi Ryan, impacientemente esperando por nós. Havíamos ficado para trás novamente.

— Vamos acelerar — falei eu. — Eu...

CAPÍTULO TRINTA

Meu cérebro entrou em curto por um momento quando Sefawynn montou na sela na minha frente. Ela tomou as rédeas e começou a conduzir o animal para frente em um ritmo mais rápido.

— Ele não sabe cavalgar direito — ela informou Ryan. — Vou garantir que ele acompanhe seu passo.

Não havia espaço o bastante para nós dois na rédea, a menos que ficássemos extremamente perto um do outro. Em outras palavras, foi ótimo.

— É melhor você se segurar, Runian — disse ela. — Só por via das dúvidas.

Envolvi sua cintura com meus braços.

— Mais apertado? — pediu ela baixinho.

Fiquei feliz em obedecer.

Ryan sacudiu a cabeça.

— Vocês dois deviam se concentrar na missão, não em bobagens de adolescentes. — Ele virou o cavalo e se apressou em alcançar os outros.

Eu corei, mas não a soltei. Como era possível que ela cheirasse tão bem, se basicamente havia passado a vida inteira acampando?

Ealstan nos acompanhou enquanto alcançávamos os outros. Enquanto isso, ele falou.

— Não sinta vergonha da sua felicidade — recomendou-nos ele, com intensidade na voz. — Independente do que o *aelv* Ryan diga. Isso não é uma coisa vergonhosa. É por isso que eu luto. Foi por isso que meus filhos sangraram. *Nunca* sinta vergonha da felicidade.

Dito de uma forma como só ele poderia dizer. Com todos os defeitos do lugar, não acho que tenha estado tão perfeitamente feliz como naquele momento. Abraçando Sefawynn. Sentindo a aprovação de Ealstan. Indo na direção de algo em que acreditava, em vez de fugindo de algo que temia.

E ainda assim.

A preocupação de antes retornou. A verdade que eu precisava reconhecer. A faca que estava nos meus rins, a ponta afundando pela minha pele.

Eu não podia ficar com ela. Eu não podia ficar ali. Minha presença estava arruinando seu mundo.

Essa coisa bela que eu havia finalmente encontrado, depois de anos de busca incessante, era agora a coisa que eu não podia manter — não sem destruí-la.

FIM DA PARTE TRÊS

PARTE QUATRO

SEM REEMBOLSO

PERGUNTAS FREQUENTES

E Se Eu Não Gostar da Minha Dimensão? Reembolsos Estão Disponíveis?

R: Muitas pessoas temem que sua dimensão acabe não correspondendo às suas expectativas. Não se preocupe! Somos extremamente orgulhosos das nossas dimensões, e achamos que você vai adorar a que escolhemos! Se não, sua compra tem nossa Super Garantia de Mago de 100 por Cento™[1]!

---

[1] Nós garantimos 100% que você será liberado da sua obrigação contratual de postar nas redes sociais sobre como sua dimensão é maravilhosa. Em vez disso, será proibido de falar sobre ela. Você não pode criticar a Mago Frugal Inc.® de qualquer maneira, conforme a seção 2003 do nosso contrato. Todas as vendas são finais[2].

[2] Infelizmente, não existe um mercado para dimensões usadas. Nós as vendemos a preços tão baratos que não há como oferecermos mais descontos nas dimensões. Assim, infelizmente não podemos oferecer

PERGUNTAS FREQUENTES

Nota: Dimensões que não cumpram nossa tripla garantia serão substituídas de acordo com a execução do item 131 do seu contrato. Você promete aceitar arbitração em vez de litígio no caso de insatisfação, a ser arbitrada na dimensão da nossa escolha. Esse contrato é vinculante em todos os países que assinaram o Estatuto da Lei Dimensional. Não provoque a Mago Frugal Inc.®

reembolsos em dinheiro no momento. Contudo, não deixe que isso o desestimule a adquirir seu cajado! Nós estamos razoavelmente seguros de que quando experimentar a liberdade, emoção e fascínio de uma das nossas dimensões, nunca vai querer partir.

Nós fizemos uma pausa curta naquela noite, para que todo mundo dormisse três ou quatro horas enquanto Ryan e eu concluíamos nossos planos. Então acordamos todo mundo e caminhamos pela última milha.

Meus nanitas estavam começando a voltar ao seu funcionamento total, e alguns serviços de emergência estavam de volta. Eles seriam capazes de me manter vivo mesmo com ferimentos sérios, o que me dava uma quantidade incrível de alívio. Eu me sentia quase nu com eles em nível tão baixo.

Nos aproximamos de Maelport enquanto o sol estava se erguendo. As árvores começaram a se tornar escassas perto dos limites, mas fomos capazes de encontrar uma área abrigada com um ângulo vantajoso que nos permitia estudar nosso alvo. Ryan escalou uma árvore, onde ele podia usar seus aprimoramentos óticos para melhor vasculhar distâncias. Caminhei encolhido até a borda da floresta, junto com Ealstan, Thokk, e Sefawynn.

De acordo com a escala das cidades modernas dos EUA, Maelport era minúscula. Suspeito que seria pequena mesmo comparada a cidades contemporâneas nessa dimensão, como Roma. Mas levando em conta os recursos dessas pessoas, Maelport era uma metrópole vasta e impressionante — com muralhas de pedra ao redor da coisa *toda* — e cerca de duzentos edifícios.

Sim, esses edifícios eram basicamente casas de campo. E sim, a muralha não tinha mais que dois metros e meio de altura. Mas com aquelas docas pouco além da muralha, e as estradas principais de terra batida conduzindo a ela, Maelport era uma cidade de verdade.

A névoa matinal chegava vinda do oceano, mas se desfazia perto da cidade, então não obscureceu nossa visão do lugar. Ryan apontou para a estrada que levava para o norte. Dúzias de pessoas estavam seguindo para Maelport. Usei o zoom dos meus dispositivos óticos.

Pessoas com ombros encolhidos, arrastando os pés, exaustas. Elas carregavam embrulhos ou puxavam carrinhos, e traziam crianças consigo. Refugiados.

— O que está acontecendo? — perguntei, apontando pra eles. — Essa gente...

— Vítimas dos ataques dos Homens da Horda — disse Thokk. — Eles estão atacando vilas por toda a costa.

Troquei um olhar com Ealstan, que estava ajoelhado ali perto.

— Então — disse ele —, aqueles que encontramos não eram navios isolados. Como eu temia. Os Homens da Horda estão aumentando seus ataques.

— De que adianta tudo isso, então? — disse Sefawynn. — Mesmo que possamos deter Ulric, vamos cair para *eles*.

Apertei o ombro dela. Eu queria dizer a mim mesmo que as pedras rúnicas poderiam voltar a funcionar novamente se as pessoas do meu

CAPÍTULO TRINTA E UM

mundo partissem. Mas o declínio dessa gente estava acontecendo por muito, muito mais tempo do que nossa chegada poderia explicar.

Ryan se deixou cair ali perto ruidosamente.

— Estamos com sorte — observou ele, voltando-se para seus seguidores. — Outra vila foi atacada por aqueles vikings. Vocês podem se esconder entre o fluxo de refugiados. Deixem o equipamento de que não precisarão e os cavalos, exceto um, com Hend. Se vocês acabarem separados, se encontrem nesse local.

Eles concordaram. Hend era o mais jovem do bando, ainda na adolescência. O sujeito com a barba pontuda — Godric — desenrolou um bando de varas do dorso de um dos animais de carga. Os homens as pegaram e começaram a curvá-las e a usar barbantes para...

Eram arcos curtos! Legal. Eles os esconderam debaixo de um pano na parte traseira de um dos cavalos, junto com... Qual era a palavra certa? Pentes de flechas? Então, enfiaram machados debaixo dos seus mantos.

— Talvez a senhora possa ficar com Hend e garantir que ele não se meta em problemas — sugeriu Ryan para Thokk.

— Você não é muito esperto, não é? — respondeu ela.

— Avó — insistiu Ryan, — esses homens são assassinos terríveis. Meu pessoal está dizendo que a maioria a deixaria em paz... acho que por uma questão de honra? Ulric e seu bando não têm tais escrúpulos. Eles *vão* matá-la.

— Eles podem tentar! — disse ela. — O fato de que eles podem ter sucesso faz parte da diversão!

— Mas...

— Eu *vou* — afirmou ela. — Não me faça amaldiçoá-lo, jovem. Você parece ter um bom coração de modo geral, mesmo que seja um tanto *aers*.

Aquela palavra de novo. *Aers*. *Ears*? Orelhas? Por que...

Ah.

Asno. Queria dizer *asno*. Isso fazia muito mais sentido. Eu estava começando a entender esse lugar!

Ryan suspirou, então se voltou para mim, Sefawynn e Ealstan.

— Vocês ainda estão dispostos a fazer isso?

— Nós estamos — respondi, enquanto os outros concordavam.

— Obrigado — disse ele, então falou para todos juntos. — Não assumam riscos além daqueles exigidos pela missão. Se as coisas derem errado, recuem. Quando Ulric ou Quinn aparecerem, deixem que Johnny os enfrente. Lembrem-se, o importante é o sinalizador. Quando o desabilitarmos, ele estará preso aqui sem reforços, e isso o tornará *infinitamente* menos perigoso.

Eu havia me preocupado que sentiria rancor por receber ordens de Ryan. Eu estava começando a me sentir possessivo em relação a esse lugar — mas aquela emoção era *exatamente* o que me fez *querer* alguém tão capaz quanto Ryan no comando. Além disso, parte de mim havia esperado por esse dia, a chance de ser seu parceiro.

Antes de nos separarmos, Ryan foi até mim.

— Seu cronômetro interno ainda está correto?

— Ele mostra 6:03 — disse eu.

— Ótimo, o meu também. Preciso que você comece a distração *exatamente* às 7:15.

— Farei isso.

Ele chegou bem perto.

— Você promete, Johnny? Por favor, diga-me que posso contar com você.

— Isso é importante para mim, Ryan — respondi. — Mais importante do que você pode imaginar. Não se preocupe com a minha parte. Só encontre aquele sinalizador e desligue-o.

Ele assentiu, então removeu sua P-330, com balas antiplacas, de um coldre na sua perna. Ele me entregou a pistola com o punho voltado

CAPÍTULO TRINTA E UM

para mim. Eu hesitei, depois a aceitei. Eu não era o melhor atirador do bairro, mas havia passado algum tempo no campo de tiro.

— Código 1929193 — disse ele para a arma. — Redesignar controle para atual assinatura de nanitas.

— Redesignada — respondeu uma voz brusca da pistola. — Assinatura de nanitas registrada. Arma ativa.

— Obrigado — disse eu.

— Ulric certamente tem um ou dois capangas além de Quinn. Juro que vi Janice quando invadi pela primeira vez.

Eu concordei.

— Duvido que ele tenha uma equipe inteira, contudo. Ele teria fechado essa região inteira se tivesse. Então, temos uma chance.

— Concordo — disse Ryan. — Uma chance. — Ele ofereceu sua mão. Dei-lhe um abraço em vez disso, batendo nas suas costas.

Feito isso, nos separamos. Ryan se aproximaria pelo que ele chamava de porta de saída para fazer contato com seu infiltrado. O resto de nós caminhou de volta por um pouco menos de meia hora, então esperou discretamente. Dali, caminhamos lentamente, as costas curvas, os capuzes cobrindo nossos rostos.

Sentia-me horrivelmente exposto. Mas antes que pudesse entrar em pânico, lembrei a mim mesmo que ser identificado era todo o nosso plano.

Criar uma distração enquanto Ryan fazia o trabalho importante. Eu podia fazer isso, não podia? Diabos, Sefawynn e Thokk não pareciam assustadas, e elas nem estavam armadas. Ainda assim, enquanto nos aproximávamos, tomei a mão de Sefawynn.

— Você não precisa fazer isso — disse eu a ela. — Você não é uma guerreira. Se algo acontecer com você, o que será de Wyrm?

— Yazad cuidará dele — replicou Sefawynn. Ela virou sua cabeça, sorrindo para mim debaixo do capuz do seu manto. — Eu estou acostumada com o perigo, Runian. Vivo em um mundo sem cura mágica, sem cidades cheias de pessoas que não sabem como é matar. Eu quero fazer isso. Posso não ser uma guerreira, mas sou uma *skop*. Não serei inútil para você.

Eu duvidava que o pessoal de Ulric ligasse para o fato de ela ser uma *skop*, mas não insisti naquilo.

Fiz o melhor para ajustar nossa velocidade, então chegamos perto das 7:00. Eu tinha a sensação que todos os refugiados ali perto estavam olhando para nós; que os guardas nos pegariam imediatamente quando chegássemos. Qual era a melhor rota de fuga? Deveria correr pela estrada, ou atravessar o terreno para voltar à floresta mais rápido?

Cumpra com o combinado, lembrei a mim mesmo. Pelo menos uma vez na minha vida, eu precisava insistir em algo tempo o bastante para ver como terminava. Quando podíamos avistar as muralhas, fingi um ataque de tosse para nos dar a desculpa para esperarmos mais alguns minutos. Então olhei para os outros e balancei a cabeça positivamente.

Exatamente às 7:15, adentramos Maelport.

Minha última luta havia começado.

Um sino — ativado pela detecção dos meus nanitas dentro do perímetro — ressoou no centro da cidade. Ao ouvir aquele som, os soldados de Ryan pegaram os arcos do cavalo, enquanto Sefawynn e Thokk corriam para o lado, de cabeça baixa. Elas fingiriam ser refugiadas de verdade, mas permaneceriam prontas para nos ajudar. Ealstan olhou para cima, procurando inimigos para lutar — sua atenção concentrada nos soldados inimigos se reunindo na muralha.

Soldados com arcos. Ealstan murmurou uma série de maldições, então imediatamente seguiu Sefawynn e Thokk. O que ele estava aprontando?

Eu não tive tempo de pensar nisso; ao invés, saquei a pistola e me posicionei perto dos homens de Ryan. Eu provavelmente deveria ter atirado nos arqueiros inimigos, mas droga, aquilo teria sido injusto. Em vez disso, vasculhei a área.

Ali, eu pensei, vendo alguém correndo através da multidão. Janice Vault. Ela parou quando me viu, então ergueu a arma.

Eu disparei primeiro. Ela caiu com um jorro de sangue.

Droga. Já havia participado de tiroteios, mas nunca matara alguém que eu *conhecia*. Eu não me sentia *especificamente* mau por matá-la, já que sabia muito bem de algumas das coisas que ela havia feito como capanga de Ulric, mas ainda era enervante. Tudo aconteceu tão rápido. Mais rápido do que eu tivera tempo de processar.

Continue em frente, pensou uma parte de mim. *Certifique-se de que ela foi neutralizada.*

Fui rápido até o cadáver e destruí a arma dela, depois dei mais alguns tiros no seu peito. Eu não tinha uma bomba de desintegração — você as enfiava em corpos para fritar os nanitas e incinerar o corpo — mas desabilitar a arma dela deveria me proteger um pouco caso ela tivesse aprimoramentos suficientes para sobreviver aos danos.

Eu duvidava que ela os possuísse; Janice era uma capanga de nível baixo, nem mesmo tinha placas completas.

Olhei de volta para os soldados de Ryan. Os arqueiros encontraram cobertura atrás de alguns bens largados pelos refugiados que haviam fugido. Flechas caíam ao redor deles, flechas que — notei — não haviam se voltado contra mim enquanto eu me movia. Os arqueiros inimigos haviam visto o que eu era. Eles provavelmente não queriam chamar minha atenção.

Alguns dos nossos soldados estavam lutando com os guardas do portão no chão, enquanto outros devolviam fogo (ou seja lá como isso se chama com um arco) contra os arqueiros de Ulric — que estavam na maior parte em dois grupos, um de cada lado, nas plataformas maiores ao longo das paredes. O inimigo tinha a vantagem da altura, e disparava de ambas as direções, enquanto nossa gente estava exposta no meio do pátio de terra. Sim, o plano de Ryan era que servíssemos de isca, mas...

Um tufão de fúria *chocou-se* contra um dos grupos dos arqueiros inimigos, cortando membros e jogando pessoas para fora da muralha

CAPÍTULO TRINTA E DOIS

enquanto ele investia através do meio deles. Ealstan havia encontrado seu caminho até a muralha.

Eu sorri. Então uma das pedras perto de Ealstan explodiu. Ele se protegeu enquanto as lascas voavam ao redor dele.

Droga. Aquilo havia sido um tiro. Tentei traçar o som enquanto outro disparo quase o acertava, mas as silenciosas armas modernas tornavam isso difícil. Ainda assim, eu sabia de onde *eu teria* atirado: daquele edifício à minha esquerda, com a janela grande.

Para testar minha teoria, disparei contra a janela. Minha mira foi ruim, e um pedaço da parede foi arrancado. Mas os tiros contra Ealstan pararam.

O grande pátio estava vazio agora, exceto por soldados, flechas e corpos. Era incrível a rapidez com que os civis haviam desaparecido. Não estava vendo Sefawynn ou Thokk. Um grupo de homens armados com lanças chegou ao pátio vindo de uma viela próxima, e alguns dos nossos homens trocaram arcos pelas suas espadas ou machados. Os dois grupos pareciam ter mais ou menos o mesmo número, agora que Ealstan havia lidado com uma das estações de arqueiros.

Ele mesmo se levantou, parecendo preocupado enquanto olhava para a cidade. Gostaria que ele não ficasse ali, sendo um alvo tão bom. Aquele atirador ainda estava por perto.

Coloquei minhas costas contra um edifício próximo e me afastei do cadáver de Janice, indo cuidadosamente na direção do edifício onde eu pensava que estava o atirador.

— Aquele caminho pela sua direita — disse uma voz como folhas farfalhando no meu ouvido. — Entre aqueles dois edifícios. Vindo nessa direção.

— Obrigado — sussurrei, assumindo a posição. Logo, alguém emergiu do pequeno beco. Apontei minha arma para sua cabeça, com o gatilho pronto. Então hesitei.

Era Quinn.

Um bando de emoções lutava pelo domínio dentro de mim. Medo sufocante, vitória exultante, vergonha avassaladora. Eu podia me lembrar daquele dia claramente agora. O sorriso de Quinn enquanto ficava de pé sobre mim. Vitorioso. Em mais de uma maneira.

Quinn parou onde estava.

— Ah. Hã, oi, Johnny.

— Solte a arma, Quinn — disse eu.

Ele jogou sua pistola para o lado.

— E a outra que você deixa no coldre da perna — acrescentei.

Ele fez uma careta, então removeu a arma e colocou-a cuidadosamente no chão.

— Apontando para outra direção, Quinn — avisei.

Ele obedeceu, virando-a para que o cano não apontasse para mim. Atirei nas duas armas. As balas antiplacas na minha pistola basicamente as vaporizaram — e a munição moderna era estável contra impactos, então ela não explodia. Pistolas podiam responder a comandos vocais, então era uma péssima ideia tentar pegar uma arma inimiga.

Quinn levantou as mãos.

— E agora, Johnny? Você vai atirar em mim?

Só levei um momento para avaliar as emoções e coroar uma vencedora. Quinn me deixara escapar mais cedo. Além disso, ele era outro pugilista. Nós éramos iguais.

— Eu não vou atirar em você — respondi. — O que Tacy diria? Diabos, Quinn. Você acha que eu deixaria as crianças sem um pai?

Quinn relaxou visivelmente.

— Então eu posso...? — Ele indicou com a cabeça o caminho de onde havia vindo.

— Nem pensar — disse eu. — Você está, hã, preso.

CAPÍTULO TRINTA E DOIS

Ele me lançou um olhar inexpressivo.

— Estou falando sério — disse eu. — Encontrei Ryan. Ele vai derrubar Ulric. Você vai voltar pelo portal com ele.

— Com o policial? — disse Quinn. — Johnny, você vai me *mandar para o xadrez*?

— Flannagan vai tirá-lo de lá — repliquei. — Vamos lá, Quinn. Você só vai pegar alguns meses.

— Ainda assim — insistiu ele. — É o vexame da coisa. Se os outros descobrirem que fui pego por *você*. — Ele me olhou de lado. — Hã, sem querer ofender.

Eu suspirei. Eu devia amarrá-lo, ou o quê? As tropas restantes de Ulric estavam recuando ao longo da muralha do pátio, com cabeças baixas. Aquele sino estúpido ainda estava tocando alto, mas...

Nós tínhamos vencido? Tão rápido? O plano não apenas havia funcionado; saíra melhor do que o esperado.

Eu não deveria ter me surpreendido, já que era um dos planos de Ryan. Mas eu não tinha certeza. Deveríamos recuar, ou deveríamos avançar cidade adentro e lhe dar apoio? Só duas pessoas armadas com armas modernas haviam chegado, e consegui neutralizar as duas. Onde estavam as outras?

Ealstan estava correndo em minha direção. Talvez ele tivesse uma sugestão. Ao mesmo tempo, Sefawynn emergiu do beco de onde viera Quinn.

— Runian! — disse ela, agarrando meu braço. — Tem algo errado.

— O quê? — perguntei.

— Eu segui os soldados correndo para fora do pátio — disse ela, com uma expressão grave. — Eles estão se agrupando nas muralhas voltadas para o oceano. São os...

Ealstan nos alcançou naquele momento, ofegante.

— Homens da Horda — disse ele. — Eles estão aqui.

Nós subimos apressadamente a escada para alcançar a passarela de madeira construída ao longo do topo da muralha da cidade, arrastando Quinn conosco. Nós estávamos alto o bastante para ver *centenas* de navios cheios de Homens da Horda deslizando para fora da névoa.

Centenas.

A minha mente atordoada levou tempo demais para aceitar aquilo. Eles ocupavam a água como detritos na praia depois de uma tempestade. Os primeiros navios já haviam alcançado a cidade, deixando sair um fluxo de soldados com machados, escudos e elmos utilitários. Muitos também usavam camisas de cota de malha ou de couro. Droga.

Alguma coisa mudou no meu cérebro. Esses não eram os bárbaros irracionais que eu havia imaginado a partir das histórias da cultura popular. Eles não corriam para frente gritando. Eles formavam *fileiras*. Essa era uma força de combate disciplinada e bem guarnecida, com uma séria vantagem tecnológica concedida pelos seus navios.

Felizmente, as docas estavam além da muralha, e os portões estavam fechados para...

Um estrondo e um relâmpago de luz partiram o céu ao meio. A trovoada que se seguiu parecia que ia me lançar ao chão. Pisquei, boquiaberto.

Os portões já eram.

— Woden está com eles — sussurrou Sefawynn. — E são tantos...

— *Aelv* Quinn — disse Ealstan, voltando-se para ele. Eu ainda estava com minha pistola apontada em sua direção, apesar da queda do relâmpago. — Temos que persuadir Ulric a deixar de lado nosso conflito e nos unirmos contra essa ameaça maior!

Quinn piscou.

— Ele está falando sério?

— Até onde sei — disse eu.

— Tá, tanto faz — disse Quinn. — Johnny, deixe essa arma de lado. Você não vai atirar em mim com ela.

Eu hesitei.

— Isso é uma *cacetada* de vikings, Johnny — murmurou ele. — *Você* não pode detê-los. Nanitas e placas têm limites. Teremos que trazer o resto da gangue para cá.

— Mas como? — indaguei.

— Ryan está aqui, não está? — replicou ele. — Ele deve estar com o sinalizador. Com isso, podemos conseguir reforços.

Espere aí.

O quê?

— Johnny, concentre-se! — disse Quinn. — Deixe-me ir ou deixe a cidade queimar!

Eu queria discutir, mas cara, os números de Homens da Horda lá fora ainda estavam acabando com meu cérebro. Eu estava no meio de uma guerra total. Eu baixei a pistola.

CAPÍTULO TRINTA E TRÊS

Quinn saiu correndo. Eu podia ter cometido um erro, mas o que ele havia dito? Sobre o sinalizador?

Ryan estava errado, percebi. *Ulric não tem um segundo sinalizador. Ele precisa de um, contudo, para trazer pessoas para essa dimensão. Então ele...*

As peças se encaixaram. Foi por isso que Ulric foi investigar minha chegada pessoalmente. Foi por isso que Quinn havia estado tão empolgado para levar informações sobre Ryan para Ulric. A única maneira de eles saírem dali era o *sinalizador de Ryan*.

Ryan estava em perigo.

Todos nós estávamos em perigo. Diabos, a nação inteira de Sefawynn estava à beira do colapso. Aquelas era uma invasão total; aqueles Homens da Horda deixariam a paisagem queimada e arrasada.

— Ulric não será capaz de detê-los — sussurrou Sefawynn. — Woden *trouxe* os Homens da Horda até aqui. Ele está fazendo isso intencionalmente.

Olhei para o céu, notando as negras nuvens de tempestade, faiscando com relâmpagos, se aproximando a uma velocidade sobrenatural. Eu não ia contestar a especialista; isso era coisa de um deus.

— Por quê? Por que ele faria isso? — continuou Sefawynn em voz baixa. — Por que ficar contra nós em nossas próprias terras? Não somos dedicados o bastante?

— Woden não recompensa a dedicação — retrucou Ealstan. — Ele nunca fez isso. Ele recompensa oferendas de sangue, carnificina, e conquista.

Ela fechou os olhos bem apertado.

— Eu não confio em Ulric ou Quinn — disse eu para os dois. — Se pretendemos deter a invasão, temos que nos unir aos esforços da polícia de Seattle. Há, um grupo de soldados da minha terra natal.

— Isso nos arruinaria — sussurrou uma voz no meu ouvido. — Uma invasão de outro tipo...

Droga! Eu não tinha uma resposta melhor.

— Vamos encontrar Ryan — disse eu.

Sefawynn ainda estava com os olhos fechados, e Ealstan parecia contemplativo. Franzi a testa para ele.

— O que foi?

— Pode ser necessário sangue para conseguir o favor de Woden — explicou ele. — Se eu morrer como um sacrifício, isso pode persuadi-lo. Eu não sou um conde, mas sou o sangue mais nobre que temos. Se o sangue do meu coração for derramado... isso pode ajudar.

Olhei para ele, achando as palavras extremas na melhor das hipóteses — ridículas na pior. Ele não estava realmente *sugerindo* fazer algo insano, como Wealdsig havia feito?

Não, ele estava sugerindo algo pior. Nos olhos de Ealstan, encontrei dor. Um homem pressionado contra a parede, desesperado. Envelhecendo, seu coração partido repetidas vezes. Sim, ele tentaria algo desesperado, porque havia dado seu próprio sangue todos os dias pela sua gente.

Agora, esgotado até a última gota, sua vida era a única coisa que ele tinha para dar. Ele tentaria, porque não tinha outras opções.

Ou era isso que ele pensava.

— Venha comigo em vez disso — pedi. — Vamos encontrar outro jeito. Por favor. Confie em mim.

— Runian — disse ele, — devo a você minha vida, e as vidas daqueles em Stenford. Eu o seguirei até o próprio inferno se pedir, meu amigo.

Droga. A maneira sincera como ele dizia aquilo... meu cinismo tentou achar suas palavras sentimentais ou melodramáticas, mas foi engolido e cuspido de volta como gratidão.

CAPÍTULO TRINTA E TRÊS

— Obrigado — disse eu.

— Vou até a pedra rúnica — decidiu Sefawynn, apontando para um pedaço irregular de pedra negra, maior do que os outros que já havíamos visto, a uma distância próxima.

Ele não estava brilhando nem um pouco.

— As defesas da cidade podem ser fortalecidas pelas minhas bravatas — disse Sefawynn. — Os *wights* podem ajudar...

Olhei para Ealstan, que sacudiu a cabeça. Ele não acreditava nisso, mas tampouco falou alguma coisa. Os soldados de Ryan já haviam se unido às defesas. Para eles, lutar ao lado de outros anglo-saxões — mesmo que fossem inimigos — era a escolha óbvia.

Eu precisava encontrar Ryan, talvez achar uma maneira de conseguir armas de verdade aqui. Só que... Que bem faria salvar essa terra dos Homens da Horda, só para entregá-la a pessoas do meu mundo? Ryan não deixaria esse lugar em paz, assim como Ulric.

Duas escolhas terríveis. Elas expulsaram o ar dos meus pulmões enquanto me esmagavam por dentro.

Mas eu precisava fazer alguma coisa.

— Alguém viu Thokk? — perguntei.

Os outros dois se entreolharam significativamente.

— Ah, parem com isso — reclamei. — Ela me disse que vocês acham que ela é uma bruxa. Ela está só fazendo uma encenação para convencer vocês. Não consigo entender qual é a dela, mas o medo de vocês é infundado.

— Como desejar, Runian — respondeu Ealstan. — Mas se vamos ajudar, devemos nos mover rapidamente. Os Homens da Horda vieram saquear. Quando terminarem, os mortos serão aqueles que tiveram sorte.

Nós descemos rapidamente a escada e corremos até o complexo de Ulric. Fui na frente, usando o mapa copiado na tela da minha visão. As ruas pareciam vazias, já que todos haviam se movido para a defesa. Eu podia ouvir gritos mais adiante. Junto com o som de armas contra escudos. Eu não sabia quantos soldados havia na cidade, mas os Homens da Horda teriam uma vantagem incrível mesmo que todas as casas estivessem cheias deles.

Não levou muito tempo para que chegássemos ao salão de reuniões que Ulric havia transformado no seu quartel-general de operações. Era uma estrutura alta e grossa perto do centro da cidade, não muito longe da pedra rúnica. Sefawynn se separou de nós, correndo até a praça central.

Ealstan e eu nos agachamos contra parede da base de Ulric. As janelas estavam todas fechadas e trancadas, mas eu estava pronto para isso. Deixei uma amora em cima de uma delas, então fiz com que Ealstan olhasse para a outra direção.

— Sério? — sussurrou a voz no meu ouvido. — Uma amora?

— Você quer que eu detenha Ulric ou não? — sibilei de volta.

— O princípio da coisa também é importante. — As trancas estalaram atrás de nós. — Feito. Tome cuidado.

Abri cuidadosamente uma fresta na janela e espiei para dentro do edifício. Luzes elétricas — estranhamente espalhafatosas para meus olhos — iluminavam uma sala aberta com paredes metálicas reforçando a madeira. As travas eletrônicas nas janelas não haviam sido capazes de suportar o poder do *wight*.

Ulric estava lá com Ryan, que havia sido amarrado. Minhas suspeitas anteriores foram confirmadas — eles o haviam *atraído* até ali. Ulric sorria e segurava orgulhosamente o sinalizador. A sala teve um lampejo, e três pessoas se materializaram do nada. Duas estavam equipadas com armaduras modernas completas, usando elmos com visores escuros e rifles de assalto nas mãos. A terceira era uma mulher sem armadura com uma mochila enorme. Marta era seu nome, se não me engano. A especialista dimensional de Ulric.

CAPÍTULO TRINTA E TRÊS

— Parece que você está tendo alguns problemas, chefe — disse ela para Ulric, tirando sua grande mochila, que provavelmente estava cheia de equipamentos de teletransporte dimensional. — Viemos assim que o sinalizador ficou novamente online. O que há com o portal?

— Sabotagem. Ative-o novamente — respondeu Ulric. — Essa dimensão será muito útil para nós, mas por enquanto, estou cheio do seu fedor.

A linha do tempo se encaixou. Ulric viera para essa dimensão um mês ou dois atrás para investigar o uso da sua natureza alteradora de probabilidades para seu lucro. Ele havia estabelecido sua base em Maelport. Ryan o estava investigando, contudo, e se esgueirara até lá com um sinalizador de emergência para poder sair. Ele conseguira sabotar o equipamento de Ulric uma semana atrás, deixando Ulric ilhado.

Mas se era esse o caso, por que Ryan não havia sido capaz de escapar? Será que Ulric sabia que seu inimigo tinha seu próprio sinalizador, e o bloqueara de algum modo?

Não. Isso não faz sentido. Mas espere. Fico pensando onde Ryan conseguiu aquele sinalizador...

De qualquer modo, Ulric havia antecipado que Ryan tentaria se esgueirar de volta para acabar com a sabotagem. Então Ulric havia esperado, então o agarrara — e ao fazê-lo, conquistou exatamente o que precisava para escapar. Ryan a carregara direto até ele.

Caramba, pensei. *Ele não é perfeito, então?*

Ryan Chu, superdetetive, havia falhado. Apertei os olhos na direção dele, que estava sentado encolhido no lado mais escuro da sala, junto a... outra pessoa? Aquele devia ser o infiltrado de Ryan. O sujeito que o deixou entrar pela portas dos fundos e que supostamente estava posicionado para ajudá-lo contra Ulric.

Era uma mulher. Eu ajustei meus dispositivos visuais, fazendo zoom no seu rosto enquanto ela o erguia.

Era Jen.

Jen estava *viva*?

Talvez fosse uma estranha versão de dimensão alternativa dela ou algo assim…

Eu me encolhi, respirando fundo. Não estava pronto para ver o rosto dela de novo. Ealstan pegou meu braço, parecendo preocupado. Ele não ousava falar, com medo de alertar as pessoas lá dentro.

De fato, foi fácil ouvir a porta bater enquanto alguém entrava.

— Chefe! — disse Quinn. — Temos um problema enorme. Vikings. Tipo, muitos vikings.

— Agora? — perguntou Ulric.

— Isso — confirmou Quinn. — Eles estão atacando a cidade mesmo. Um raio explodiu os portões. É uma baita invasão.

— Que saco — resmungou Ulric. — Quanto tempo vai levar para que o portal esteja pronto, Marta?

— Cinco ou dez minutos — disse ela.

— Faça isso mais perto de cinco, a menos que queira acabar na ponta errada de uma espada viking — respondeu ele, enfiando o sinalizador no seu bolso. — Podemos chamar mais soldados?

— Não até que eu coloque isso aqui para funcionar — disse ela. — Informações não podem ser transmitidas através de sinalizadores. É complicado. Tínhamos a equipe de emergência pronta para vir hoje como programado, mas...

— Pare de explicar — ordenou ele, — e trabalhe. Quinn, vocês dois, venham comigo.

Então, incrivelmente, ele saiu. Uma olhada rápida mostrou Marta trabalhando em um dispositivo circular — talvez com noventa centímetros de diâmetro — que ela havia colocado sobre o chão. Era só ela, Ryan, e... e Jen.

Eu precisava saber o que estava acontecendo. Acenei com a cabeça para Ealstan, então nós dois demos a volta para o lado do edifício, onde fiz com que meu *wight* destrancasse a porta. Entramos subitamente um segundo depois.

Marta levantou os olhos imediatamente, então relaxou.

— Johnny? — disse ela. — Não sabia que você estava nesse trabalho. Pode me passar aquela caixa ali na mochila?

Olhei para Ealstan, que havia sacado sua arma, parecendo confuso.

— Hã... claro. — Agarrei a caixa e a entreguei a ela, depois gesticulei na direção de Ryan e Jen. — O chefe quer que eu dê um jeito nesses dois.

— Por favor, faça isso lá fora — pediu Marta. — Você sabe como me sinto com essas coisas desagradáveis.

— Sim, claro — disse eu, caminhando até Ryan e Jen. Ealstan cortou as cordas, e ostensivamente gesticulei com minha pistola para que caminhassem até lá fora.

CAPÍTULO TRINTA E QUATRO

— Você é amigo de muitos, Runian — sussurrou Ealstan enquanto saíamos dali. — A afeição deles o ajuda.

— Eles não gostam de mim — disse eu.

— Não acho que isso seja verdade — contestou ele. — A julgar como tão poucos deles parecem ter medo de você.

Não. Eles só pensavam que eu era inofensivo. Assim que fechamos as portas, Ryan se voltou para mim e soltou um profundo suspiro de alívio.

— Obrigado, Johnny — disse ele. — Eles estavam preparados para nós, de algum modo.

— Ulric precisava do seu sinalizador — disse eu. — Ele armou essa situação.

— Impossível — disse Ryan. — Meu sinalizador não funcionou para mim. Ele não podia ter planejado isso. Deveria ter imaginado que eu chamaria reforços, e não viria aqui sozinho.

— Falando nisso — disse eu. — Onde foi que você conseguiu aquele sinalizador, Ryan?

— Rembrandt — disse ele. — Quarteleiro no arsenal do precinto.

Eu grunhi.

— Ryan, Rembrandt é sujo.

— O *quê*?

— Já faz anos que trabalha para Ulric — disse eu.

— Por que não disse nada?

— Como eu ia saber que era lá que você arrumava seu equipamento? — interpelei-o. — Ele deu a você um sinalizador travado, provavelmente seguindo as ordens de Ulric. Ele não funcionou porque estava codificado para ignorar seus comandos...

Perdi o fio da meada enquanto percebi outras coisas que eram muito mais importantes. Mais especificamente, a mulher ao lado de Ryan, parecendo *extremamente* constrangida.

— Hã, oi, Johnny — disse ela.

Diabos. Era ela *mesmo*.

— Ryan — disse eu, — é melhor você explicar essa merda.

— Ah, hum — ele disse. — Ulric precisava de um medievalista, sabe? Para investigar suas dimensões. E Jen sempre quis visitar um lugar como esse. Depois de seis meses, fizemos com que ela entrasse em contato com ele e se infiltrasse sua organização.

— O acidente dela foi há seis meses — disse eu em uma voz inexpressiva.

Ela segurou o braço de Ryan em busca de apoio.

O ar nos olhos dela. Nos olhos dele.

Ah, diabos.

— Há quanto tempo? — indaguei. — Há quanto tempo vocês dois estavam me traindo?

— Desde a segunda semana — admitiu Jen, desviando o olhar.

Nosso relacionamento *inteiro*?

— Por quê? — disse eu. — Por que fariam isso? Por que você disse sim para mim, se ia ficar com ele em segredo?

— Você era tão fofo — disse Jen. — Eu queria ver no que isso ia dar.

— Eu não sou fofo! Eu sou *literalmente* um gângster!

— Olhe só — disse Ryan, — talvez esse não seja o melhor momento para...

— Você fingiu sua morte — compreendi.

— Não exatamente — ela disse. — Eu estava planejando passar vários anos infiltrada. Disse a todo mundo que estava indo embora. E então Vovó disse para você que eu estava morta quando você mandou mensagem para ela perguntando. Você sabe o quanto ela odeia você... Foi chato, mas percebi que era mais fácil assim.

CAPÍTULO TRINTA E QUATRO

— Mais fácil para quem? — exigi saber. — Você poderia ter apenas terminado comigo!

— Eu não quis magoar você — respondeu ela.

— Você não queria me magoar, então deixou que eu pensasse que *estava morta*?

— Johnny — disse Ryan com firmeza —, nós precisávamos da sua conexão com Ulric, e as coisas que poderia dizer para Jen.

— Eu era só o guarda da portaria! — disse eu, acenando para o céu com minha pistola. — Ela sabia mais do que eu!

— Código 1929193 — disse Ryan. — Redesignar de volta para mim.

— Redesignado para a assinatura de nanitas de Ryan Chu — disse a arma. — atualmente em mãos que não podem operar.

— Ah, fala sério — disse eu.

— Desculpe, Johnny — disse ele. — Ulric tomou meu rifle. E você está agindo de um jeito um *pouquinho* instável.

— Você acha que não tenho motivo? — perguntei. Olhei para Ealstan, que estava de pé ao meu lado, com o rosto fechado, tentando entender tudo aquilo.

— Eu tive que aproveitar a oportunidade, Johnny — contou-me Jen. — Você sabia o quanto eu queria viajar para dimensões medievais. Além disso, tive a oportunidade de ser uma agente dupla. Não fique zangado. Por favor?

— Ah, tudo bem, já que você pediu educadamente — disse eu, jogando minhas mãos para o ar novamente.

— A arma, Johnny? — pediu Ryan.

Eu a joguei para ele. Ele a agarrou, então se esgueirou de volta para a casamata, provavelmente para tomar controle do portal.

Jen ficou ali com um ar desajeitado.

— Desculpe — finalmente ela disse. — Johnny... você sempre foi *tão interessante*, sabe? Desde o secundário.

— Nós éramos ruins um para o outro — disse eu a ela. — Sempre brigando.

— É — disse ela, então desviou o olhar. — Mas nunca foi tedioso. Ryan é ótimo, mas... Você sabe. Ele nem passa manteiga na torrada. Porque não é saudável. — Ela sorriu para mim.

Aquele sorriso sempre havia funcionado comigo. Hoje... nada. Exceto alguma raiva residual.

Hum.

A porta da casamata se abriu um momento depois. Marta agora estava sentada, amarrada no chão — e a luz azul flutuava sobre o topo do portal.

— Vamos — disse Ryan, acenando para nós. — Jen foi descoberta. Ajustei o portal para nos levar ao quartel-general do departamento de polícia para fazermos nosso relatório.

— Você vai deixar Ulric aqui — disse eu, sem conseguir acreditar.

— O quê? — retrucou Ryan. — Você quer tentar detê-lo por conta própria? Não seja estúpido, Johnny. Você é você. Além disso, não ouviu? Invasão viking, acontecendo agora mesmo. Voltaremos depois para levá-lo à justiça — se ele sobreviver.

Os sons da batalha ficaram mais altos na distância.

— Vamos embora — repetiu Ryan.

Jen imediatamente saltou para dentro da luz azul, desaparecendo. Ryan agarrou Marta e empurrou-a para que atravessasse, então fez uma pausa enquanto eu me aproximava.

— Ei — disse eu para mim —, bom trabalho aqui hoje. Tenho certeza que consigo livrar sua cara, se finalmente decidir testemunhar. Você vai fazer isso por mim, não vai, amigo?

— Claro. Amigão.

CAPÍTULO TRINTA E QUATRO

Ele abriu um largo sorriso e saltou pelo portal.

Desliguei o interruptor. Ealstan estava atrás de mim como uma montanha confusa, braços cruzados, o cenho franzido no seu rosto barbudo.

— Novamente — disse ele, gesticulando para o portal, — esses são seus amigos?

— Pensei que fossem — disse eu. — Não tinha um bom ponto de comparação, imagino.

— As histórias dos *aelvs* podem ter sido exageradas — comentou Ealstan. — Acho, talvez, que eles não sejam muito mais inteligentes ou melhores do que o resto de nós.

— Sábias palavras — concordei.

— O que vamos fazer? — perguntou ele. — Quanto aos Homens da Horda?

— Eu não sei. Ulric ainda têm o sinalizador — o dispositivo que pode trazer pessoas do meu mundo para esse lugar. Independente do que mais possa acontecer, precisamos agarrá-lo. Talvez destruí-lo.

— Como desejar.

Nós saímos, com a intenção de encontrar Ulric. Mas paramos fora das portas da frente. Homens da Horda estavam vindo aos montes pelas ruas à nossa esquerda, adentrando a praça da cidade, perseguindo ansiosos soldados anglo-saxões.

Uma mulher estava de pé no centro da praça. Sozinha. Desarmada. Entre o dilúvio de Homens da Horda e a cidade propriamente dita.

Sefawynn.

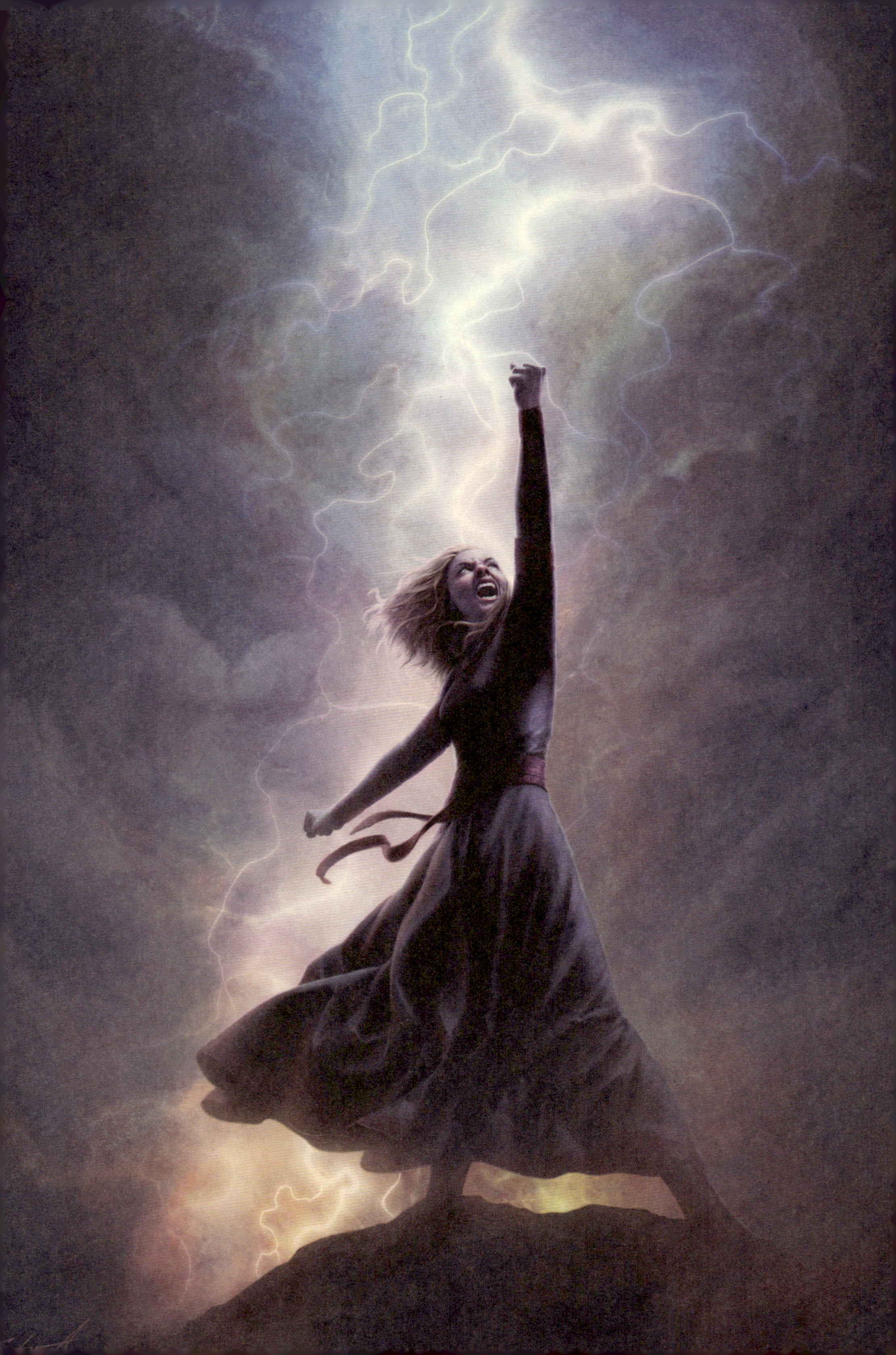

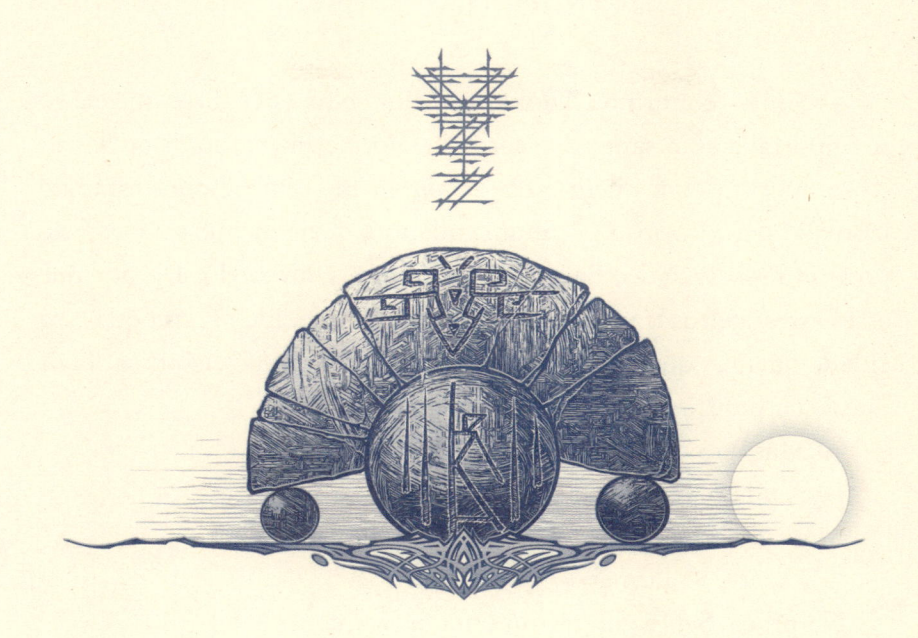

Ela estava radiante sob a luz do sol que fluía por uma abertura nas nuvens. Mas raios, ela seria chacinada.

E eu havia deixado Ryan levar a arma. Diabos!

Comecei a avançar. Minhas placas podiam desviar alguns machados. Eu podia tirá-la da cidade. Eu precisava...

Uma mão pegou meu cotovelo. Macia, mas inexorável.

— Espere — chamou Thokk. — Dê um momento a ela.

Ealstan imediatamente baixou sua cabeça para Thokk.

— De onde você veio? — interpelei-a. — Esse lugar é perigoso, Thokk! Você deveria fugir!

— Oh, *trovões*, como você é obtuso — murmurou ela. — Dê algum tempo à sua garota, Runian. Ela pode nos impressionar. É algo que está crescendo nela há tempo suficiente...

— Honrada Senhora — disse Ealstan para ela. — Woden está aqui, servindo nossos *inimigos*.

— Sim — confirmou Thokk. — Mais cedo, você disse que ele só se importava com sangue e sacrifício. Você está errado. Meu irmão só se importa com quem está *vencendo*. Ele sempre quer estar no lado que será vitorioso. Nenhuma quantidade de sangue ou sacrifício poderia tê-lo saciado, Ealstan. Woden está com medo. Da dor que esses estrangeiros trazem. De perder o controle. Ele *precisa* que essa cidade queime, que essas pessoas morram, para que ele possa fingir que é sua punição pela desobediência.

— Mas não o desobedecemos, Honrada Senhora.

— Ainda não — replicou ela.

Meu cérebro se arrastava para acompanhar.

— Espere. Seu irmão?

Na praça, Sefawynn gritou uma bravata.

— Das medidas da métrica   mostrei maestria:
Valho-me do vitorioso Woden   e da vinda dos valentes.

— Eu... Eu...

Ela parou, se encolhendo contra a pedra rúnica enquanto mais Homens da Horda invadiam a praça. Embora eles não estivessem gostando das suas bravatas, deram a ela algum espaço — atacar uma *skop* parecia ser tabu. Outros Homens da Horda começaram a quebrar portas em casas próximas, e os sons de mulheres e crianças em pânico se elevou no ar.

Acima de tudo, eu podia de algum modo ouvir Sefawynn.

— Por quê? — ela indagou, voltando os olhos para o céu. — Por quê? Eu ensinei sobre você. Contei suas histórias e suas canções. Por que você precisa do nosso *sangue*?

— Nós temos que interromper isso — disse eu, Olhando para Ealstan. — Nós precisamos...

CAPÍTULO TRINTA E CINCO

Fazer o quê? Eu não podia combater um exército.
— Veja — sussurrou Thokk. — Aqui, deixe-me aprimorar sua visão.
De início, nada mudou. Mas... o que eram aqueles fragmentos de escuridão nos cantos dos meus olhos? Eu podia ver os wights, como na floresta — só que aqui, eles se escondiam nas trevas dos lares. Sob as beiradas dos telhados. Se apertando junto aos edifícios.
— Eles são os protetores desses lares — disse Thokk baixinho, sua voz mudando, adotando um ar de folhas farfalhando, de vento soprando. De uma floresta à noite, cheia de criaturas rastejantes. — eles sabem que Woden está traindo o povo dessa terra. Mas eles estão assustados. Eles precisam de inspiração...

Olhei de volta para o pátio. Vários Homens da Horda avançaram rumo a Sefawynn, espadas desembainhadas, apesar do tabu. Os sons da guerra — não, de um massacre — bombardeavam-me, sacudindo minha alma. Sefawynn curvou sua cabeça enquanto os Homens da Horda assomavam. Soltei-me da mão de Thokk e corri até a praça, pronto para...

Sefawynn ergueu o punho para o céu.
— Eu desafio você! — ela gritou. — Woden! Escute minha voz! Eu odeio você! Eu sempre odiei você!

Alguma coisa mudou.

As sombras próximas se voltaram para ela. Seus olhos se incendiaram, pontinhos de luz branca no que era escuro, alterando o sentido das suas formas nebulosas. Atrás de Sefawynn, a pedra rúnica começou a brilhar.

—Eu desafio você!
Não me curvarei   ao custo das consequências!
Eu desafio você!
Rejeito, raivosa   a repulsiva realeza!
Eu desafio você!

> Morram as mentiras   de mestres miseráveis!
> Eu desafio você!
> Não venerarei   o verme vil, Woden!

Relâmpago rachou o céu. O trovão bateu em mim, me fez parar. Ao redor da praça, sombras se levantaram. Os *wights* da cidade ouviram. Quando o chefe dos Homens da Hora ergueu a espada para abater Sefawynn, um negrume se arrastou pelas pernas dele e envolveu seu braço em uma velocidade incrível.

A espada dele caiu aos pedaços nos seus dedos. A lâmina se separou do punho, e a guarda caiu em três pedaços diferentes.

Sefawynn voltou olhos selvagens, como o coração de uma fogueira, para ele. A coisa tenebrosa deslizou para dentro do guerreiro. Assim como eu havia visto fechaduras desmontadas, sapatos destrancados, naquele momento vi seu *corpo* ser desfiado. Ossos desencaixados, cabelos caindo livremente, a pele solta da carne abaixo.

Ele tombou como um monte de farrapos, vazando sangue e gordura pelas órbitas oculares. A maré virou em instantes. Por toda a praça, armas falharam. Machados deixaram suas cabeças cravadas na madeira. Armaduras se desfizeram, elos de cotas de malha caindo na terra como uma súbita chuva de raios. Os anglo-saxões desesperados viram seus oponentes desarmados — e em alguns casos, desnudos.

Acima de tudo aquilo, Sefawynn urrava sua ira para os céus.

— *Eu. Desafio. VOCÊ!*

— Eu te disse — falou Thokk, subitamente ao meu lado de novo.

— O que está acontecendo? — perguntei. — Como...?

— Como eu disse — replicou ela, — os *wights* precisavam de inspiração. Queriam seguir alguém que não tivesse medo dele. Precisavam de uma bravata poderosa para encorajá-los.

CAPÍTULO TRINTA E CINCO

— *Você* era meu *wight* — disse eu a ela. — Todo esse tempo.

— Eu era a coisa a quem você dava ordens por umas míseras amoras — continuou ela. — Eu *acho* que vou perdoar isso devido à sua ignorância. As encrencas em que se meteu foram novidade, Runian. Foi divertido. — Ela olhou para o céu trovejante. — Mas eu não sou um *wight*, e nunca fui. Estou surpresa de que nunca tenha percebido. Deixei pistas o suficiente...

Homens da Horda começaram a gritar e a recuar de volta para o oceano. Mas aquele céu furioso...

— Ele está zangado — comentei.

— Woden detesta perder — disse Thokk. — Mas eu cuido do meu irmão. Você ainda precisa fazer seu trabalho.

— Meu trabalho?

— O veneno da sua terra vaza até aqui — explicou ela. — Se ele dominar a cidade, os *wights* vão morrer. O *wyrd* vai deixar de funcionar. E então...

— Os Homens da Horda vencerão — sussurrei.

— Não posso tocar as máquinas — ela disse. — Já foi doloroso o bastante quebrar aquela pequenina que você me fez desmontar em Wellbury. Eu não pude reformar um corpo até o dia seguinte. Pessoas de outro mundo têm estado aqui em Maelport há tempo demais. O fedor deles nos traz dor a todos... — Ela respirou fundo. — isso me deixa fina, Runian; como uma tábua lixada até que se possa ver a luz passando pelo outro lado. Eu não posso deter Ulric. Eu tentei. Minha própria essência se desfaz perto dele.

— Eu vou fazer isso.

— Você vai? — indagou ela, fitando-me com olhos penetrantes. — Você pode?

— Sim — confirmei. — Eu prometo.

A mulher anciã — que provavelmente era muito mais "anciã" e muito menos "mulher" do que eu havia imaginado — sorriu para mim.

— Pare de perder tempo! Vá! Depressa! Não me faça me arrepender de ter escolhido seu lado. Falando sério, eu poderia estar me embebedando e castrando gigantes agora mesmo.

Fiz uma saudação para ela — parecia a coisa certa — e corri de volta além de Ealstan, que acompanhou meu passo.

— Vocês sabiam? — exigi que ele me dissesse. — O que ela era?

— A deusa Logna? — perguntou ele. — Mãe dos monstros? Precursora do fim da era dos deuses? Mas é claro. Você, não?

Essa gente.

Pelo menos eu tinha uma ideia do que fazer em seguida.

— Você se lembra da coisa redonda no chão com o brilho azul? — disse eu para Ealstan. — Preciso esmagá-la.

Eu teria que me apossar do sinalizador de Ulric para verdadeiramente cortar o acesso, mas um portal quebrado deixaria as coisas mais lentas. Eu o havia desligado, achando que poderia precisar dele depois, mas agora só queria vê-lo em pedaços.

Nós paramos na porta da casamata.

— Não deixe ninguém entrar — disse eu.

— Guardarei essa porta com minha vida — prometeu ele.

Entrei de volta, e me senti como se estivesse avançando no tempo — para fora de um reino de terra batida e palha para um reino de aço e eletricidade. Tranquei a porta, então me voltei para a máquina. Alguns golpes com meus punhos revestidos de placas deixariam o portal inoperável.

Infelizmente, eu não estava sozinho. Quinn estava ajoelhado junto ao dispositivo. Ele se levantou e girou na minha direção.

— Johnny — disse ele. — O que você fez com essa coisa? As coordenadas foram alteradas.

CAPÍTULO TRINTA E CINCO

— Passe pelo portal, Quinn — disse eu, avançando na sua direção. — Saia daqui. A cidade inteira está prestes a ser conquistada.

— Isso não é um problema — replicou ele. — O chefe planeja falar com esses vikings. Nós vamos deixar que eles fiquem com a cidade, impressioná-los com alguns poderes do futuro, e nos aliar a eles em vez disso. Eles são um grupo mais durão — ótimo para ter do nosso lado enquanto conquistamos esse mundo.

— Vá para casa para Tacy e as crianças. Esqueça essa dimensão; finja que ela nunca existiu.

Ele suspirou. Ele esticou um ombro, depois o outro.

— Disse ao chefe que você estava na cidade — disse ele. — Ele me mandou de volta para verificar a máquina. Estou vendo que você soltou Ryan. Mandou ele para casa, imagino?

Parei a uma curta distância de Quinn. Ryan logo reuniria policiais no outro lado, mas ele não voltaria correndo para ajudar. Ele era cuidadoso demais para fazer isso.

E mesmo que estivesse voltando, eu não queria que ele o fizesse. Não se fosse prejudicar as pessoas daqui.

— Vou destruir o portal, Quinn — disse eu. — Última chance de voltar para casa.

— Desculpe, Johnny — disse ele, então levantou os punhos. — Isso não é pessoal.

— Você realmente acredita nisso? — Quis saber.

— Não — admitiu ele. — Toda luta é pessoal. É só uma coisa que um sujeito diz, sabe?

Eu balancei a cabeça, concordando.

E Quinn veio com tudo.

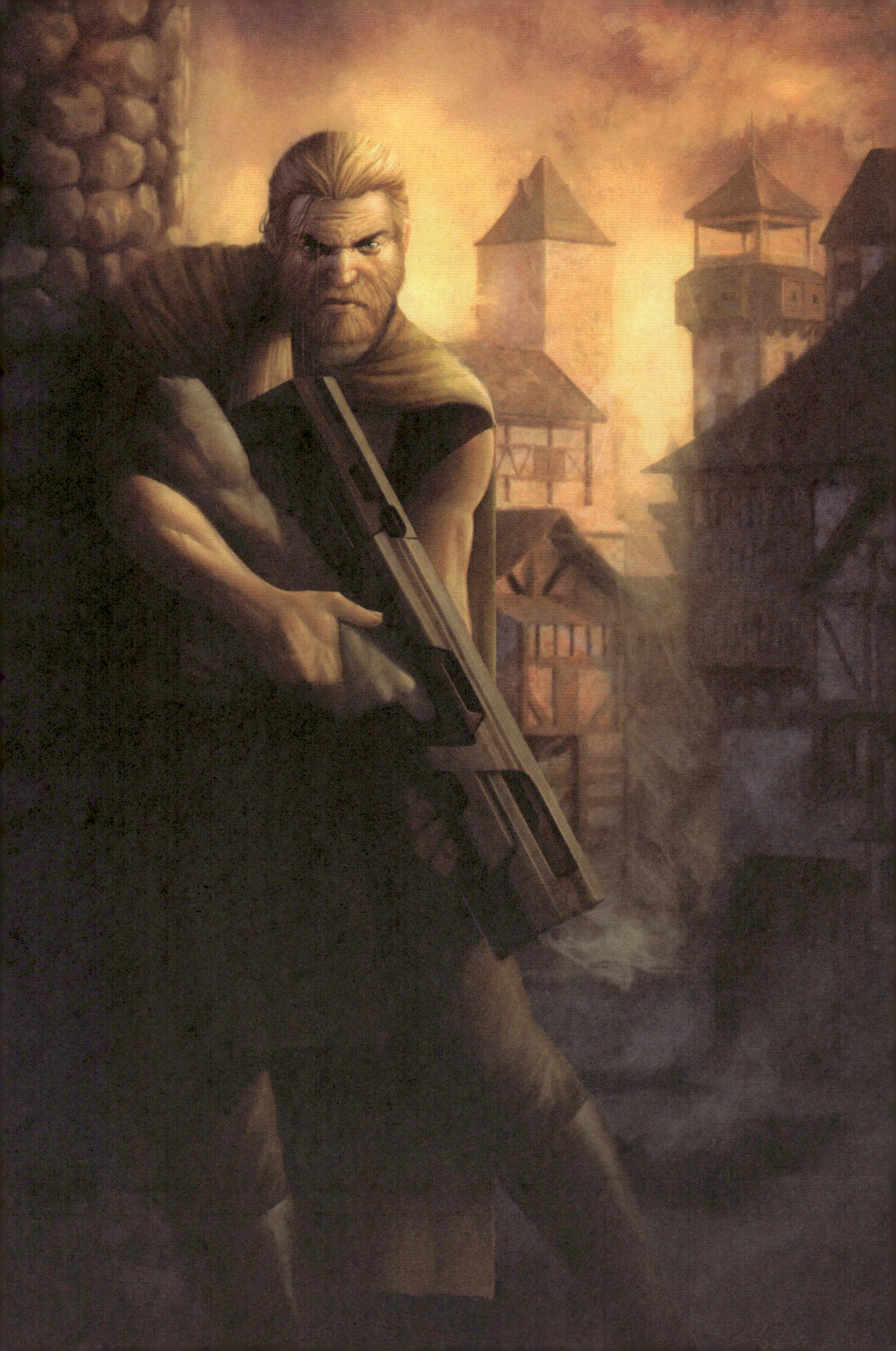

Lutas de boxe com aprimoramentos geralmente dependiam de uma resistência extrema. Nós batíamos com mais força, nos desviávamos mais rápido, e podíamos apanhar mais do que pugilistas comuns. Nós não ficamos lentos, não ficamos tontos. Nós não *quebramos* como pessoas normais. Não precisamos de luvas ou protetores bucais, ou de regras sobre onde você pode ser atingido. A liga possuía duas regras simples: sem agarramento, sem armas não aprovadas.

As lutas terminavam de modo espetacular, quando um dos nossos sistemas quebrava, e a dor invadia o corpo. Alguns golpes depois — uma parada total de sistema. O resultado não era nada bonito.

Infelizmente, essa não seria uma luta normal. Eu estava vulnerável, como no nosso último embate. Diabos. Eu estava muito pior agora, para ser honesto. Eu havia me deixado ficar fora de forma; guardar uma portaria e constantemente ouvir que era inútil fazia isso com você.

Ainda assim, parecia natural — até mesmo confortável — colocar minhas mãos na posição de guarda tradicional. Tive dias bons no ringue. Os melhores dias. Mesmo que eu estivesse fingindo naquela época, do mesmo modo como havia fingido quanto entrei pela primeira vez nessa dimensão.

Quinn veio pegando leve e tentou três socos rápidos. Um resquício dos dias originais do boxe, quando um golpe como aquele poderia fazer alguma coisa. Nos dias de hoje, servia para entrar no ritmo da luta. Investidas rápidas para testar os reflexos do seu oponente.

Aparei seus socos leves e dancei de volta, ficando na ponta dos pés, assumindo posições familiares. Quantas vezes eu havia imaginado uma revanche? Quantas vezes eu havia *sonhado* com ela? Ansioso pela prova de que Ulric deveria ter deixado que eu vencesse — eu deveria ter me tornado seu braço direito.

Tive várias chances de exigir isso, mas sempre deixei de lado. Agora essa luta havia sido forçada sobre mim, e com uma aposta mais alta do que jamais imaginara.

Eu havia imaginado que uma eventual revanche seria uma maneira de recuperar minha dignidade. Só que ninguém pode tirar isso de você; é preciso que você a jogue fora.

Depois do choque inicial, e alguns momentos circulando — ambos tentando fintar ou enganar o outro — Quinn avançou com alguns golpes de verdade. Fui rápido o bastante para me desviar, mas ele imediatamente os seguiu com uma joelhada no meu peito. Sem minhas placas, fui forçado a aparar de modo desajeitado com meus braços.

Placa contra placa. Um som de *esmagamento*, inesperado por aqueles que preferiam lutas tradicionais.

Eu grunhi, recuando enquanto meu sistema mostrava alguns alertas. Eu ficaria bem, por enquanto. Mas uma luta como essa tinha a ver com resistência. As placas só podiam prevenir danos até que seus nanitas não conseguissem mais acompanhar os golpes sofridos.

Ele me acertou algumas vezes nos braços — que juntei para proteger minhas costelas. As placas ao longo das minhas costas deveriam ser o suficiente para proteger meus flancos, algo que fui forçado a testar assim que levei alguns golpes sólidos ali.

Durante a saraivada de golpes, também levei um soco na cara. Seus aprimoramentos de força, como os meus, eram mínimos. Um soco na cara não era o bastante para quebrar meu crânio, mas *diabos*. Eu *não* ia durar muito nessa luta.

Por um momento, fui forçado a ficar na defensiva, me desviando, bloqueando, recuando com métodos que teriam feito com que eu fosse vaiado no ringue.

— Você está vulnerável, Johnny — disse Quinn. — Ainda está sem placas no peito ou cabeça?

— Nunca consegui adivinhar a senha — grunhi eu, enquanto colocava a máquina de portal entre nós. — Você não faria a fineza de me dizer para deixar essa luta mais justa?

— Ah, Johnny — disse ele, dando a volta na máquina, de olho em mim. — Você acha mesmo que guardamos aquele código?

— O quê?

— O chefe só teclou um bando de números aleatórios — Quinn deu de ombros. — Por que ele se importaria em se lembrar do que havia digitado? Mas ele ria ao pensar em você tentando combinações diferentes todos esses anos.

Assim que Quinn disse isso, soube que era verdade. Por que Ulric se daria ao trabalho de se lembrar da senha? Quando você corta a mão de um homem, não a deixa por perto para costurá-la de volta.

O peso dessa compreensão final quase me derrubou ali mesmo. Porque eu *sabia*.

Eu nunca teria minhas placas de volta. Eu estava nutrindo esperanças de conseguir algo impossível.

Quinn veio para cima de mim novamente, e droga — ele era rápido. Aparei os golpes, até que um acertou um pouco perto demais no meu flanco. Grunhi, recebendo a maior parte do golpe no meu peito. Uma costela rachou, e fui inundado por memórias. Perder de propósito. Ser surrado. Coberto de sangue.

Quinn forçou o ataque, mas gritei e consegui meu primeiro bom golpe — um chute sólido no seu flanco. Aquilo mereceu um grunhido. O problema era que, com todos os aprimoramentos extras, toda vez que você acertava, causava dano para si mesmo também. Era melhor acertar áreas sensíveis — que o sistema teria que trabalhar mais duro para proteger e reparar — mas ainda assim, cada golpe enfraquecia você.

Quinn avançou, controlando a luta. Tentei detê-lo com outro chute, mas ele me empurrou para o lado, e eu caí. Uma chuva de golpes na cara se seguiu, eu a bloqueei, deixando-o me acertar no peito de novo. Meus nanitas estavam enlouquecendo, e certamente sofri alguns danos reais com aquele golpe. Felizmente, meus instintos acordaram. Rolei para o lado e me levantei de um salto, bloqueando o chute dele contra minha cabeça com o antebraço.

Cambaleei para longe, avisos na minha interface visual me alertando contra o risco de danos para meus órgãos vitais. Consegui colocar a mãos novamente em guarda, mantendo minha distância.

Eu sempre havia sido um pugilista mais forte no contato direto. Eu preferia golpes pesados no corpo em sucessão em vez de socos ou chutes na cara, embora pudesse fazer as duas coisas se necessário. Mas eu era lento. Eu sempre havia sido lento. Eu...

Algo se chocou contra a porta lá fora. Nós fizemos uma pausa, olhando enquanto a estrutura reforçada tremia. Ouvi gritos do lado de fora. Ealstan.

— O chefe deve estar voltando — disse Quinn, ficando na ponta dos dedos. — Ele está com Marshal e Byungho. Desista. Se eles entrarem aqui e nos verem lutando, eles *vão* atirar em você.

CAPÍTULO TRINTA E SEIS

Ataquei. Talvez se eu pudesse acertar alguns golpes sólidos no corpo, conseguiria vencer. Eu acertei uma vez, mas levei um soco na cara. Minhas mensagens me disseram que meu nariz havia sido quebrado. Meu sistema de nanitas enfraquecido estava em pânico, a julgar pelas mensagens de erro.

A porta continuou se sacudindo. Avancei, atacando novamente — mas Quinn se desviou, o que fez eu me desequilibrasse. Tentei me reorientar, mas não antes que ele me bloqueasse contra a parede. Isso deixou sem espaço para manobrar enquanto ele recuava um passo, então vinha com toda força, obrigando-me a bloquear. Eu ainda não estava acabado — meus nanitas estavam alterando as rotas dos meus vasos sanguíneos e, de modo geral, me mantinham de pé. Mas como eu havia recebido muitos golpes em áreas sensíveis, eles estavam sobrecarregados. Minhas placas estavam perdendo a energia que deixavam que elas redirecionassem a força.

A pele dos meus braços rachou, e sangue vazou pela minha camisa. Cambaleei para longe da parede.

Droga. Então era assim que seria a revanche.

O que eu estava fazendo aqui? Eu não podia vencer Quinn. Eu nunca havia sido capaz de vencer Quinn. Eu havia falhado antes; eu havia falhado hoje. Porque era isso que eu fazia. De nada valeram todos aqueles sonhos. *Pugilista fracassado mal se esforça*, pensei. *Desempenho de uma-estrela. Pelo menos ele sangra direitinho.*

Eu me desviei. Ryan poderia limpar essa bagunça. Será que eu conseguiria atravessar o portal, agarrar Ryan e reforços, depois voltar? Fiz uma boa exibição com minhas investidas seguintes, mas estava realmente procurando uma maneira de fugir.

De novo.

Envergonhado com minha arte, eu havia diminuído o prejuízo e fugido. Sobrecarregado pelas minhas aulas na academia de polícia — e cansado com a zombaria dos outros cadetes — procurei brechas que fizeram que eu fosse expulso.

Então, a liga. Eu havia imaginado uma longa carreira, uma luta pelo título, e uma aposentadoria bem-sucedida. Eu havia terminado com uma perda forçada e uma vida que era alvo de piadas. E era minha culpa. Quando Ulric havia me mandado perder, obedeci. Porque mesmo então, eu queria uma saída, preocupado que começaria a perder de qualquer modo.

Sempre procurando uma saída. Esse era o Johnny.

Dei uma olhada para a máquina do portal.

E pensei em Ealstan, que estivera pronto para correr de volta para casa, sabendo que ele morreria combatendo vikings em uma tentativa de salvar sua família e seu povo. Pensei em Sefawynn, diante da horda inimiga, gritando seu desafio para um deus vingativo. Pensei nas suas vidas, cheias de lutas impossíveis.

E eu pensei...

Minha vida havia sido inútil. Mas... talvez minha morte pudesse servir de alguma coisa.

Trinquei os dentes, então girei e corri para a máquina do portal. Enquanto Quinn me amaldiçoava, bati o punho no painel de controle, rachando-o ao meio, esmagando os botões. Consegui atingi-lo mais uma vez antes de Quinn me agarrar.

Nós rolamos, e ele ficou por cima de mim. Coloquei os braços sobre o rosto enquanto ele começava a me socar. Ele atingiu principalmente os braços, mas isso já não importava muito. Os nanitas — agora ocupados demais tentando apenas me manter vivo — pararam de impedir a dor.

A agonia varreu meu corpo.

Um momento antes de eu estar acabado, Quinn fez uma pausa e olhou para a porta. Eu pisquei, ignorando o bando atual de mensagens de erro, gemendo baixinho. Meus braços latejavam, meu nariz quebrado

CAPÍTULO TRINTA E SEIS

doía muito, e cada respiração era uma agonia. Através da dor, consegui identificar Ulric — com um corpo parecido com uma parede com um rosto — de pé na entrada. Atrás dele, Marshal estava ajoelhado sobre o corpo ensanguentado de Ealstan. Senti uma pequena pontada de orgulho por Ealstan ter conseguido resistir por tanto tempo soldados aprimorados.

Ulric fechou a porta, então franziu a testa, olhando para o portal dimensional.

— O que está havendo? — quis saber Ulric.

— Desculpe, chefe — disse Quinn. Ele se levantou, mas ficou de olho em mim. — Ele golpeou o painel de controle. Eu...

— Não importa — disse Ulric. — Outra equipe de resgate vai chegar.

Certo. Ele ainda tinha o sinalizador. Enquanto ele estivesse ativo com o código de Ulric, suas equipes poderiam chegar ali —mas Ryan não poderia. Minha luta havia sido inútil. Eu havia falhado novamente.

— Tem algo errado lá fora, Quinn — disse Ulric. — Os vikings foram rechaçados, de algum modo. Eles estão se reagrupando nos portos, e uma mulher maluca está correndo por aí escrevendo runas nas portas.

— Eu pensei que eles não escrevessem — disse Quinn.

— Eu também — replicou Ulric.

Não. Quebrar a máquina não havia sido inútil.

Nada disso era inútil.

Dessa vez, era importante demais.

Rastejei até me levantar e ergui os punhos.

— Ei, Quinn — disse eu, sentindo gosto de sangue. — Estou pronto quando você estiver.

Quinn hesitou, então olhou para o coldre no quadril de Ulric. O chefe cruzou os braços.

— Vá em frente — disse Ulric. Ele sempre havia gostado de uma boa luta de boxe.

Quinn suspirou.

— Não me obrigue a fazer isso com você de novo, Johnny — disse ele baixinho enquanto se aproximava. — Você me deixou escapar mais cedo. Fique no chão, aceite a derrota.

Então ele avançou contra mim e atacou. Consegui bloquear, então ele tentou de novo, um pouco descuidado. Acertei o punho no seu estômago, conseguindo um *uuf* e olhos arregalados.

Ele dançou para trás, franzindo a testa.

— Sabe de uma coisa, Quinn? — disse eu, cuspindo sangue para o lado. — Uma amiga minha, ela disse… disse que eu não entreguei de verdade aquela luta. Porque não tive realmente escolha. Eu tive, porque concordei. Ainda assim, fiquei pensando…

Quinn rosnou, mais cuidadoso com seu próximo ataque. Nossa troca de socos deixou que eu acertasse um joelho no peito dele — mas também permitiu que ele me atingisse no flanco mais algumas vezes. Cada golpe causou um lampejo de dor que sacudia minha visão. Eu estava no limite do que meu corpo podia suportar.

Mas a questão era que, pela primeira vez, eu *não tinha saída*.

— Eu fiquei pensando — sibilei, empurrando-o para trás. — Por que vocês dois tiraram minhas placas, quando concordei que perderia? Você disse que queria sangue extra, para deixar tudo extra realista. Mas isso arriscou que parecesse menos realista. Sangue demais. Ferimentos demais.

Ele se aproximou, e comecei a *socá-lo de verdade*, um punho depois do outro, repetidamente nos seus flancos. Levei alguns golpes. Alarmes dispararam.

Nada de fugir, pensei.

Empurrei-o de volta contra a parede e continuei batendo.

Nada de fugir.

Ele escapou, mas não antes que eu acertasse outro chute no seu flanco. Ele provavelmente também estava vendo seus próprios avisos agora. Baixa energia no sistema. Baixa densidade de nanitas. Logo, ele também teria que aturar a dor.

— Vamos lá, Quinn — disse Ulric. — É só o *Johnny*.

— Só o Johnny — repeti, encarando Ulric. — Você queria me quebrar, não queria? Quando exigiu que eu perdesse a luta? Eu estava indo *bem*. Pela primeira vez na vida, eu estava tendo sucesso. Então você teve que me quebrar.

Ulric não discordou. Quinn forçou-se a avançar novamente, e nós dançamos, trocando murros e chutes semibloqueados. Eu vi algo em Quinn. Aqueles olhos arregalados, aqueles movimentos bruscos, os ataques cada vez mais desesperados.

Aquilo era... medo?

Lembrei-me do que ele havia dito antes. *Se os outros descobrirem que fui pego por você...*

Enquanto acertava outro golpe, eu vi que ele se encolheu. Ele está sentindo a dor agora.

Ulric estalou a língua em desaprovação enquanto inspecionava os controles de portal destruídos. Quinn tentou um golpe descontrolado. Esquivei-me para o lado, então avancei e o acertei direto nos rins — a força do meu golpe passando direto através das suas placas.

Ele dançou para trás, grunhindo uma praga. Eu estava nas últimas, mas estava tentando não deixar isso transparecer. Exausto, em agonia, sangrando de múltiplos cortes nos meus braços, eu precisava de uma vantagem.

Ei...

Boxe não era a única coisa em que eu era bom.

E se...

— Ulric — falei eu enquanto Quinn e eu rodeávamos um ao outro. — Quinn me contou que você digitou um bando de teclas aleatórias para a senha das minhas placas. Algo que você imediatamente esqueceu. Isso é verdade?

— Sim — disse Ulric, mal olhando para nós dois. — Você já estava acabado, Johnny. Eu não conseguiria me lembrar daquele código nem que eu quisesse.

— É, mas tem uma coisa nessa dimensão — disse eu, chamando a tela de entrada de senha para minhas placas. — Algo a ver com probabilidade. E números. E estatísticas.

Quinn hesitou. Até mesmo Ulric se voltou para mim novamente, curioso.

— Quais são as probabilidades — especulei, — de que conseguiria o mesmo código que você colocou aqui se eu escolhesse um bando de números aqui? Acha que eu destravaria meus poderes novamente?

Ambos ficaram em silêncio. Digitei uma série de números.

Senha negada, disse a tela. Mas eles não podiam ver isso.

Ajustei minha postura, esticando as costas. Sacudi minhas mãos, então dei um sorriso feroz enquanto assumia uma postura de boxe agressiva.

— Ora, veja só isso — disse baixinho, com o máximo de malícia possível. — Veja só *isso*.

Eu era um artista fracassado, uma tira lamentável, e um pugilista passável.

Mas eu era um excelente mentiroso.

Quinn passou para a defensiva, acreditando que eu acabara de ser renovado.

Uma pequena pedra inicia uma avalanche.

Peguei sua cabeça com minhas mãos, então dei uma joelhada bem na sua cara. Ele cambaleou para trás, e começou a sangrar. Os nanitas não estavam mais impedindo fluxo de sangue incidental.

CAPÍTULO TRINTA E SEIS

Você perde um pouco — e isso faz com que você se pergunte se merece perder.

Golpeei de novo e de novo. Lembrei-me da risada forçada da gangue enquanto Ulric zombava de mim.

Isso faz com que você perca mais.

Quinn atingiu a parede, e eu o peguei no estômago, derrubando-o. Recordei-me dele naquele dia quando eu havia caído. Naquela memória do seu rosto, vi algo que havia ignorado na minha própria agonia.

Alívio. Ele estava preocupado de que perderia, mesmo com meus aprimoramentos desabilitados. Mesmo que eu houvesse concordado em perder.

Ele sabia, depois de todos aqueles anos, que eu era o melhor pugilista.

Então isso acumula.

Meu corpo sabia o que fazer em seguida. Bati no seu rosto repetidamente.

Você fica para trás, por mais que corra para impedir isso.

Parei enquanto ele gania, vencido, arrasado no chão.

Eventualmente, já foi tão longe...

Olhei para ele, então para Ulric, que mexeu em alguma coisa na base do portal. A luz azul foi ativada.

— Controle manual — observou ele, pegando o sinalizador e conectando-o a uma peça ao lado da máquina. Ele limpou a poeira das mãos antes de olhar para nós. — Ah, Quinn. Você é uma decepção.

Aquilo era o que ele sempre havia dito para mim.

Diabos. Como eu nunca havia reparado? Humilhar-me não era especificamente pra me punir; era para manter-se no poder. Ulric me derrubou no meu ápice para lembrar os outros de que ele podia fazer conosco.

Trabalhe com isso, pensei. *Conserte isso.* Ealstan havia morrido por isso. Eu não podia deixar que tivesse sido em vão.

Tudo dependia de mim. Cumprindo o combinado até o fim.

— Eu *falei* que podia vencê-lo — disse eu, agarrando Quinn pela frente da sua camisa. — Eu falei que deveria ter sido o vencedor daquela luta! *Ele* devia ter perdido.

Ulric fitou-me atentamente por um momento. Ele não era estúpido. Mas também achava que me compreendia. Pensava que sabia quem eu era.

Ele estava trabalhando com informações desatualizadas.

— Suponho que eu devia ter deixado que você provasse isso, Johnny.

Arrastei Quinn passando por Ulric, que deu um passo para trás, prudentemente sem confiar em mim. Mas também não me alvejou.

— Acho que você pode precisar de um novo porteiro — observei.

Ulric fungou, então puxei Quinn para perto.

— Mande beijos para Tacy — sussurrei para ele. — Você agiu direito comigo, Quinn. Quando sair da prisão, faça-me um favor. Comece uma nova vida. Você vale o esforço.

Ele olhou para mim através de olhos manchados de sangue enquanto eu piscava para ele, então o joguei pelo portal. Isso o deixaria direto na delegacia. Se algo estivesse perigosamente errado com seu sistema, eles o salvariam.

Ulric *realmente* não devia ter deixado que eu chegasse perto da máquina. Pisei forte com minha bota no interruptor de controle manual, ouvindo a coisa ser esmagada. A luz se apagou enquanto eu agarrava o sinalizador.

Ulric atirou em mim.

A bala me acertou bem no peito. Sangue começou a brotar dos meus cortes enquanto eu caía no chão, meus nanitas correndo para me manter vivo.

Ulric se aproximou.

CAPÍTULO TRINTA E SEIS

— Então, você mentiu. Nada de placas no tórax, estou vendo. Presumo que nenhuma na cabeça, tampouco. — Ele apontou a arma direto para minha testa.

Mas... o sinalizador... ainda estava nos meus dedos... Forcei toda a potência disponível para os aprimoramentos na minha mão.

— Johnny — ordenou. — Solte isso.

— Desculpe, Ulric — sussurrei. — Aprendi a temer outra pessoa mais do que temo você.

Ele franziu o cenho.

— Quem?

— O homem... que eu costumava ser.

Eu apertei, esmagando o sinalizador.

Um tiro ressoou.

Ulric arquejou, um buraco enorme no seu peito.

O próximo tiro vaporizou sua cabeça. Nanita algum poderia mantê-lo vivo nessas condições.

O cadáver sem cabeça desabou para o lado, e olhei para a porta, que agora estava aberta. Onde Ealstan se apoiava contra a moldura, ensanguentado devido ao que pareciam ser uma centena de cortes. Ele segurava uma pistola e um *braço decepado*, o dedo ainda envolvendo o gatilho.

Dois cadáveres em armaduras anti-conflitos jaziam no pátio atrás dele.

Mas que *bendito* diabo?

— Como? — disse eu. — Como você venceu dois soldados modernos totalmente armados e com placas moderadas!

— Eles não tinham arcos — respondeu Ealstan, então foi afundando ao lado do umbral da porta, mostrando um sorriso cansado para mim.

Não pude deixar de fazer o mesmo.

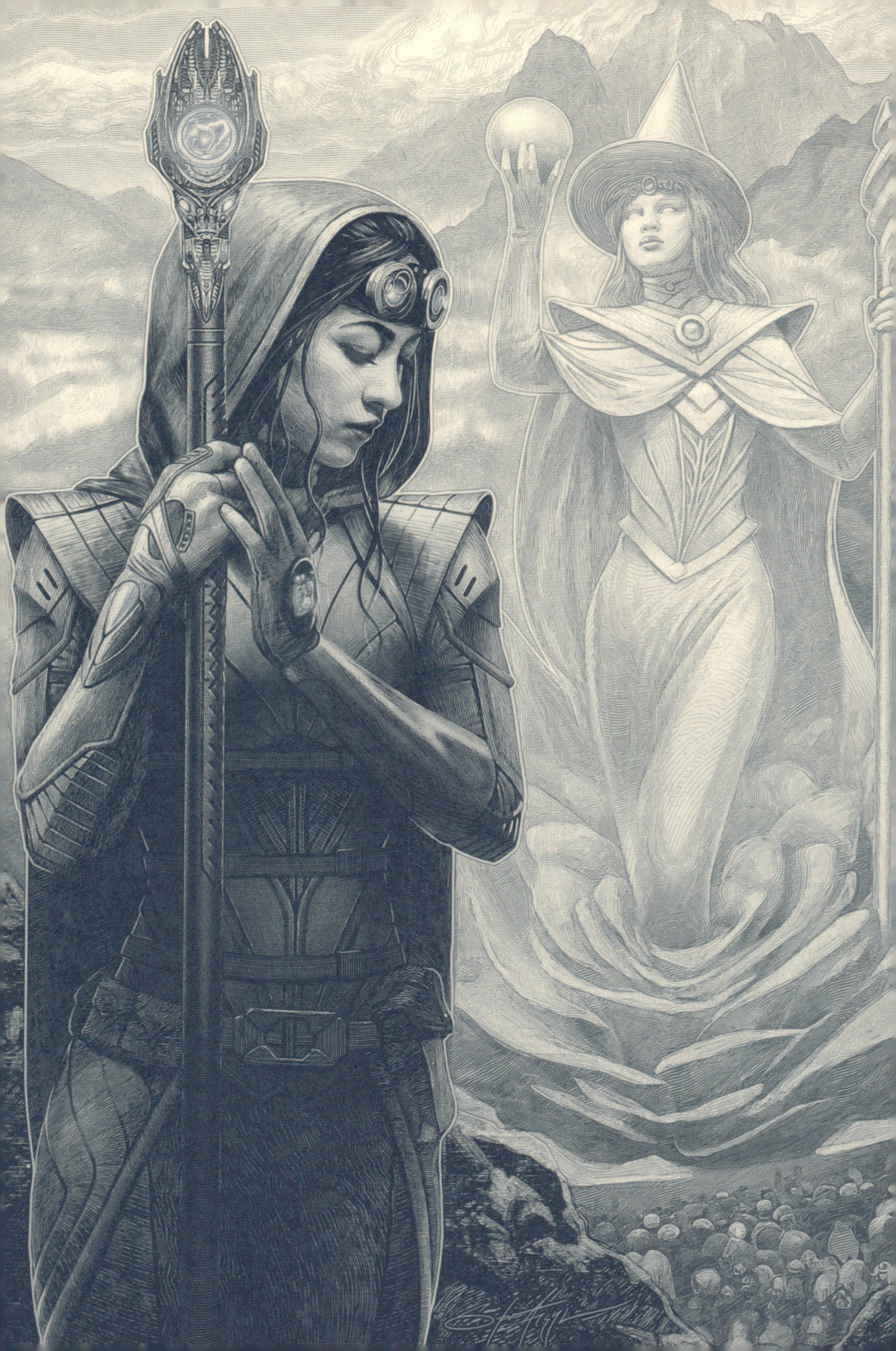

O FARDO DO MAGO

O texto a seguir é um excerto de *Minhas Vidas: Uma autobiografia de Cecil G. Bagsworth III, O primeiro mago interdimensional*™ (Editora Mago Frugal™, 2102, $39,99. Edições assinadas disponíveis para os membros do clube de inscrição Fãs Frugais™).

A vida de um mago é estranhamente solitária.

Não escrevo isso para deprimir ou desencorajar. Viajar pelas dimensões tem sido uma das experiência mais emocionantes da minha (excepcional sem sombras de dúvida) vida. Desde que os cientistas identificaram o perímetro do próprio universo, temos nos perguntado o que está além. Existem mais coisas além dessa bolha onde vivemos?

Sim, existem. Assim como não há fim para a inventividade humana, não há fim para a própria realidade. Seja qual for a direção, há sempre outro horizonte.

A terra foi só o início. Você pode explorar, descobrir, viajar para lugares onde pessoa alguma (do nosso nível substancial) já viajou. A estrada infinita está diante de você.

Mas quando você viajou tanto quanto eu, pode começar a sentir um lamentável senso de solidão. Tantas dimensões, cheias de pessoas incontáveis, sem fazer ideia de que existe algo além das suas pequenas vilas. Pessoas sem *concepção* da *amplitude* da realidade. Parece charmoso, vê-los nas suas casinhas, com suas famílias, pensando que de algum modo aquilo é o centro do universo.

Você carrega um fardo. Porque você sabe.

Novamente, não estou dizendo isso para deprimir ou desencorajar — mas talvez para prevenir. Prepare-se para esse sentimento. O fardo do conhecimento virá até você, trazendo com ele essa inevitável solidão.

Você não pode ter iguais. E assim, você não pode ter companheiros.

Você é um mago.

Algumas horas depois, eu estava sentado no cais de Maelport, olhando para o oceano, onde os navios em fuga dos Homens da Horda não estavam mais visíveis no horizonte. Sefawynn, exausta, estava apoiada em mim, me segurando tanto quanto eu a segurava. Meu sistema de emergência havia me costurado o bastante para que pudesse me mover, mas eu tinha uma gigantesca casca de machucado no meu flanco, e meu rosto...

— Você *tem certeza* de que cicatrizes faciais estão na moda aqui? — quis saber eu.

— Se você não vai deixar crescer uma barba, então sim — disse ela. — Cicatrizes vão cair bem.

Não contei a ela que meus nanitas iriam curá-las eventualmente. Talvez eu pudesse ordená-los a não fazer isso? Devia haver uma configuração apropriada para aquilo.

Só que... eu não ia ficar ali tempo o suficiente, ia?

— Sinto muito sobre o círculo dos *aelvs* — disse ela, referindo-se ao portal. Aparentemente, dizia-se que círculos de cogumelos ou pedras na floresta conduziam ao mundo dos *aelvs*. Ela pensava que o portal era algo assim.

E por que não? Era parecido o suficiente.

Eu adoraria ter encontrado uma saída. O dano que eu havia causado ao portal e ao sinalizador eram extensos. Talvez alguém mais inteligente pudesse tê-los consertado, mas eu, não. Mas primeiro, eu queria abraçar Sefawynn mais um pouco. Ela era tão quente. Eu não havia percebido que meus nanitas me impediam de sentir o calor dos outros. Ao regular meu sistema, aquelas coisas idiotas roubaram algo básico sobre a conexão humana.

— O que você fez na praça foi fantástico — disse eu em voz baixa. — Todo Weswara será protegido agora. Por sua causa.

— Até que Woden me fulmine.

— Se ele ainda não fez isso, não fará mais.

Ela não parecia convencida, mas um sorriso lutou para sair através da sua fadiga. Ela me beijou, e seu hálito no meu rosto, os lábios dela nos meus — também eram quentes.

Quanto nos afastamos, ela sussurrou:

— Quero aprender toda a escrita do seu mundo. As palavras do seu mundo. As palavras de todas as terras, de todas as pessoas.

Eu sorri, embora partisse meu coração saber o que viria em seguida.

— Você — sussurrei, — é a coisa mais maravilhosa que já me aconteceu. Obrigado por ser incrível.

— Bem, *você* me enganou — disse ela. — Você não é o mais baixo dos *aelvs*, certo, Runian?

— Não — admiti. — Não, não sou.

E acreditei no que disse.

CAPÍTULO TRINTA E SETE

— De fato — continuei, — sou bem incrível. Bom com as mulheres, você sabe. Esse sempre foi um dos meus talentos.

O sorriso dela aumentou.

— Ah, veja — disse ela. — Nuvens normais. Que bonito.

Peguei-a pelo queixo, gentilmente inclinando sua cabeça de volta para baixo para encontrar meus olhos. Então a beijei novamente.

— Não que eu me importe — falou uma voz atrás de nós. — Na verdade, gosto de olhar. Mas vocês *realmente* deveriam ser mais respeitosos na minha presença. É tradicional.

Nós giramos e vimos Thokk — Logna — de pé no píer. Ainda na forma de uma velhinha baixinha com um bando de varetas nas costas.

Levantamo-nos apressadamente.

— Deusa — disse Sefawynn — mas sem se curvar ou mostrar subserviência. — Como está Ealstan?

— Ainda está respirando — respondeu ela. — Provavelmente ainda vai continuar assim por um tempo. Ainda não contei para ele que Ulric matou o conde. Será duro para ele.

— Vamos precisar de um novo conde, então — comentou Sefawynn.

— Felizmente, vocês têm um bom candidato.

Sefawynn hesitou, e olhou para mim. Lentamente comecei a sorrir.

— Estou falando de Ealstan, seus *aers*! — disse Logna.

— Ah — disse Sefawynn. — Mas é claro.

— Sim — acrescentei. — Uma escolha muito melhor.

— Vocês são dois idiotas — resmungou Logna. — Mas acho que são os meus idiotas.

— Perdão, Deusa — replicou Sefawynn, o queixo ainda levantado. — Mas nós somos *nossos próprios* idiotas.

Logna grunhiu.

— Vá ver como está Ealstan, menina — disse ela para Sefawynn. — E algo para comer. Preciso conversar com o *aelv*.

Sefawynn olhou para mim.

— Vá — disse eu. — Com meu amor.

Ela sorriu, beijou-me, e depois subiu os degraus até a cidade. Um brilho poderoso tremeluzia no centro da cidade — a nova pedra rúnica, inscrita com letras de aparência líquida gravadas por Sefawynn.

Fiquei olhando para ela até vê-la sumir na cidade. Os cais já haviam sido limpos da maior parte do sangue. Era muito tranquilo ali, com o sol se pondo a oeste, as águas tremulando levemente pelo mar.

— Eu sei por que Woden descartou essa gente — disse eu para Logna.

— Ah, então você ficou esperto de repente?

Balancei a cabeça positivamente.

— Ele queria usar essa cidade, esse povo, como um exemplo. Ele estava fazendo isso há anos. Batendo neles, para que outros que o veneravam tivessem medo do que ele poderia fazer com *eles*.

Woden era basicamente Ulric com um bando de sacerdotes.

— Acho que você é um *pouquinho* esperto — disse ela. — Aliás, não vou mais atender seus pedidos. Aquilo foi uma coisa temporária, para que eu pudesse me esconder de olhos curiosos. Sua aura tem um efeito interessante na minha raça.

— Tudo bem — repliquei. — Não estarei aqui por muito mais tempo para machucar você.

Olhei de volta para o oceano. Com meus nanitas em níveis perigosamente baixos, eles não seriam capazes de ativar os protocolos anti-suicidas ou me manter vivo quando a água enchesse meus pulmões.

Não saber nadar seria um bônus, dessa vez. Mas eu não podia esperar que o sistema retornasse. Estava na hora de ir até o fim.

— Trovões — disse Logna. — Que idiotice você está contemplando, Runian?

CAPÍTULO TRINTA E SETE

— Minha raça estraga as proteções dessa terra — sussurrei. — Minha existência desfaz a magia de Sefawynn. Se eu ficar, essa terra vai morrer. E com ela, todos que eu amo. Então… obrigado. Por ter ajudado a encontrar a mim mesmo. Foi bom conhecê-la por alguns dias.

Eu pulei para fora do píer.

Então me sentei um instante depois.

— Só tem uns sessenta centímetros de altura aqui — disse Logna. — Imbecil. Você entende que é por isso que o píer de madeira é tão longo, certo? Você precisaria caminhar muito mais para chegar à parte funda.

— Muito bem, então — disse eu, levantando-me. Voltei-me para o oceano e comecei a caminhar.

— Muito corajoso da sua parte — disse Logna. — Tão corajoso. Estupidamente, incrivelmente, *ridiculamente* corajoso.

Virei-me para ela com raiva.

— Não pode deixar que eu faça isso com dignidade?

— Você tentou se afogar em águas da altura dos joelhos — observou ela. — A chance de se matar com dignidade já era.

Suspirei. Por que havia acabado em uma dimensão com os deuses *irritantes*?

— Você está certo, contudo — continuou Logna. — Seu veneno… sua substância… *vai* agir contra o poder das bravatas. Ela vai fermentar e desfazer as runas em qualquer lugar onde você fique. Por mais de um mês.

Eu hesitei.

— Um mês?

— Isso mesmo — disse ela. — Foi esse o período em que Ulric permaneceu aqui, o que me impediu de fazer qualquer coisa em relação a ele. Permaneça no mesmo lugar tempo demais, e com certeza, vai envenenar a terra. Continue em movimento, e não vai realmente fazer diferença. Você é só um homem. Mas vá de uma vez; morte nobre, como um guerreiro de verdade. É pena que Sefawynn não terá mais sua proteção.

— Espere aí. Minha proteção?

— Claro — confirmou Logna. — Você acha que sou capaz de enfrentar Woden sozinha? Garoto, se eu pudesse fazer isso, já teria interferido eras atrás. Foi só agora, quando seu povo chegou e perturbou o poder dele, que encontrei uma brecha.

— Se você mantê-la por perto, deve ser capaz de impedir que ele a toque. Meu irmão *detesta* ser lembrado de que, apesar de ser um deus, algum dia ele vai morrer. A dor o afasta, e a dor que sua presença causa será suficiente.

— Caso você, digamos, continuasse em movimento, viajando de cidade em cidade, poderia proteger Sefawynn com sua presença e impedir que seu veneno mate quaisquer *wights* ou perturbe as runas. Mas então, não haveria uma morte de nobre guerreiro para você. Então, vá de uma vez! Quando meus *skops* contarem a história, vou deixar de fora a parte onde você deu uma barrigada em uma poça.

Olhei feio para ela. Então senti um calor quase elétrico.

Eu podia ficar?

Eu podia FICAR!

Ela ofereceu sua mão, e sua pegada era surpreendentemente firme enquanto me puxava para fora da água. Acho que era parte dessa coisa toda de deusa.

— Obrigado — disse eu para ela.

— Ê — disse ela. — só estou nisso pelas histórias. Você não faz ideia de como a eternidade pode ser tediosa. Particularmente quando seus parentes restantes são idiotas. Você já ouviu falar do negócio com a árvore?

— Ouvi — disse eu.

CAPÍTULO TRINTA E SETE

— Então você sabe os gênios com os quais estou lidando — concluiu ela. — Vá, Runian. Coma alguma coisa, participe de um banquete, e deixe de ser tão desanimado. Beije a garota. Você fez algo grandioso aqui. *Com ajuda*. Merece apreciar ser uma pessoa que você gosta, por mais de alguns dias, pelo menos.

Eu sorri de orelha a orelha.

— O que estão fazendo para o jantar, afinal?

— Peixe.

— Acho que vou... aproveitar alguns, hein?

Ela efetivamente sorriu ao ouvir isso, como se fosse realmente engraçado. Bem, caramba. Voltei-me para a cidade, e minha mente — sendo o treco ridículo que ela era — procurou uma nota para que eu pudesse avaliar toda essa experiência.

Desisti não fazer avaliação alguma. O motivo daquilo era descobrir o que eu queria da vida. Agora que sabia, bem, talvez precisasse repensar todo o sistema.

(...Cinco de cinco. Você me serviu bem, sistema de classificação. Divirta-se na sua aposentadoria.)

Com um grito de alegria, corri para me encontrar com Sefawynn e Ealstan. Ao que parece, até um covarde pode salvar o mundo, se você deixar ele sem outras opções.

EPÍLOGO

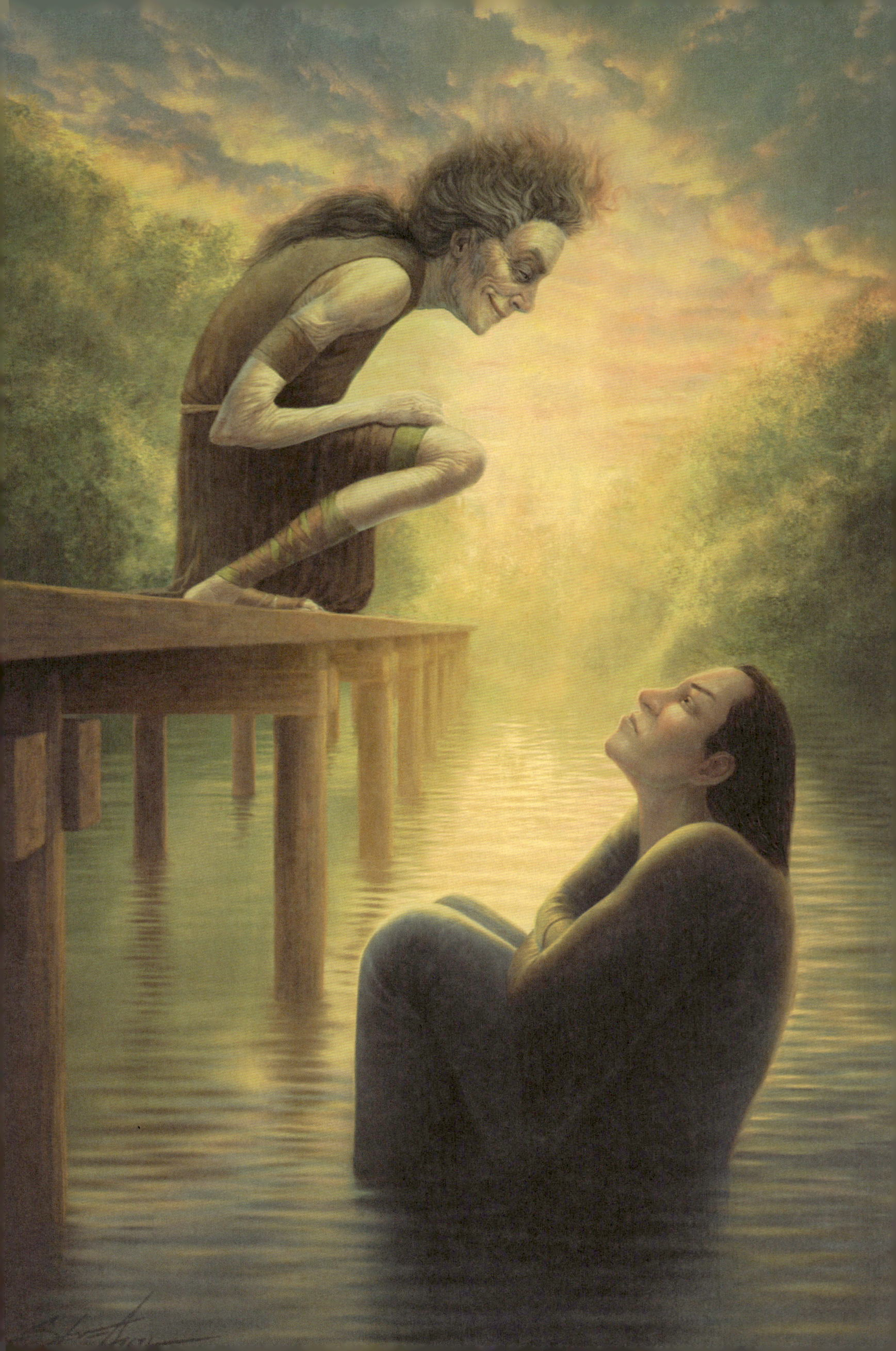

Alguns meses depois, Logna assistia — sem ser vista — enquanto a *skop* e seu marido de outro mundo contavam a história da defesa de Maelport para o povo de Treewall. Sefawynn falava as palavras, e Runian as encenava através de algo que ele chamava de espetáculo de fantoches.

Logna aprovava. Não só havia boa quantidade de vozes engraçadas, como o fantoche de Woden era vesgo. De início, muitas das pessoas nessa cidade estavam incertas, hostis. Contudo, durante o curso da história, começaram a se inclinar para frente. Elas começaram a entender. Começaram a *acreditar*.

Sefawynn não era uma contadora de histórias tão boa quanto Logna, veja bem, mas ninguém merecia uma recitação de uma deusa sem um grande mérito. Tecnicamente, salvar o mundo contava — mas eles não haviam pedido, então era isso. De qualquer modo, ela estava feliz em ter uma acólita com alguma habilidade. Logna havia passado décadas caçando uma *skop* com tutano suficiente para enfrentar Woden. Finalmente encontrar uma, *e* esta ser uma mulher que efetivamente sabia tecer uma bravata...

Bem, ia servir.

Os seus se arrependeriam de ter abandonado essa gente. Woden podia ficar com seus Homens da Horda. Ele sempre se encantara facilmente demais com brinquedos novos e brilhantes. Mas eram os construtores, e não só os conquistadores, que mudavam o mundo. Logna tinha certeza disso agora.

Runian fez com que o fantoche de Woden se esconder junto com as palavras de Sefawynn. Ele usou suas estranhas habilidades para criar efeitos sonoros, então Logna não precisou acrescentar qualquer trovão ou coisa parecida. Isso foi ótimo, porque trovões não eram realmente seu forte. Ela fez a chama da fogueira subir quando sua parte na história foi mencionada novamente.

Ele, pensou ela consigo mesma, *havia sido uma escolha particularmente ótima.*

Não que ela houvesse *escolhido* ele, de verdade. Ela havia enviado números para ele quando estava procurando. Um... sinalizador, poder-se-ia dizer. *Wyrd* afetava até mesmo os deuses. Ela não havia sabido quem ele era, ou o que faria, ou mesmo se sua interferência faria com que ele adentrasse o mundo naquele lugar. Ela só sabia que essas eram as ações que precisava realizar. Isso era o bastante.

Ela sabia quais eram os códigos para suas placas. Ele havia pisado na bola naquela parte. Deveria ter pedido a um *wight* que escolhesse os símbolos certos, em vez de ele mesmo digitá-los. Talvez ela os revelasse a ele algum dia. Se ele fosse gentil.

Enquanto a história se aproximava do seu fim, as pessoas ficavam empolgadas, encorajadas. Sim, essa era a história que realmente os pegava de jeito. A história do bravo novo conde, o matador de *aelvs*. Logna não havia mencionado como havia desregulado brevemente as

EPÍLOGO

pequenas máquinas no sangue dos homens de outro mundo que ele havia combatido na entrada. Não havia sido fácil; ela ficara doente por semanas depois disso.

Mas ainda assim, Ealstan havia merecido sua vitória. Ele estava em menor número e com armas inferiores. Ela simplesmente havia colocado uma sementinha nos pratos da balança para que ficassem equilibrados.

Ela podia ver as pessoas descartando suas preocupações. Elas deixariam Sefawynn restaurar sua pedra rúnica, então talvez enviassem uma filha ou duas — ou alguns filhos, já que Logna não era tão exigente quanto as pessoas pensavam — para Maelport, para serem treinados como *skops*.

Logo, a maneira como falavam de Woden mudaria. Do seu herói para o deus dos seus inimigos. O que era justo. Ele sempre fora inimigo deles.

Logna se esgueirou para a câmara privada que o povo havia emprestado a Runian e Sefawynn para uso durante sua estadia na vila. Ali, os dois haviam deixado esteiras e alguns itens curiosos. Fios desciam dos painéis solares no teto até o laptop que haviam recuperado do equipamento que Ryan havia deixado na floresta.

No dispositivo, Runian estava escrevendo suas memórias. Ela conferia seu progresso a cada dia para ter certeza de que ele estava representando bem a parte dela. Ele não havia sido capaz de abrir nenhum dos arquivo criptografados deixados por Ryan, já que ele não sabia as senhas. Logna sabia, naturalmente. Ela podia roubar qualquer palavra. Esse era um dos seus talentos. Um daqueles arquivos era uma enciclopédia de texto completa que Ryan havia baixado antes de sair na sua missão. Não era nada demais; só o somatório total do conhecimento humano do seu reino.

Ela formou para si mesma um corpo — um jovem esguio, dessa vez — e sentou-se diante do laptop. Ela podia se lembrar de vagamente de um tempo anterior... Chegando a essa terra vinda de um profundo, profundo, profundo além. Das profundezas de lugares distantes — outros aléns, outros tempos, outras *realidades*. Nadando rio acima o máximo que podiam, até esse lugar. Mas então, uma muralha de dor. Não podiam avançar mais.

Pelo menos, até onde eles sabiam.

Ela abriu os arquivos criptografados, fazendo uma careta enquanto o toque da máquina queimava a ponta dos seus dedos. Ela insistiu, contudo, e continuou a leitura no ponto onde havia parado na noite anterior.

Em uma seção intitulada "Portais Dimensionais: Projetos Mecânicos e Reparos".

FIM

Pós-escrito

Então, de onde veio esse livro, afinal de contas?

Esse é o exemplar esquisito no grupo de projetos secretos que escrevi em 2020 e 2021. Não se passa na Cosmere, é narrado na primeira pessoa, e é mais ficção científica do que fantasia.

Posso rastrear a ideia original a uma história que contei a mim mesmo à noite em algum momento de 2019. Sabe, quando vou dormir a cada noite, tenho a tendência de imaginar uma história. Como se contasse a mim mesmo uma história de ninar. É assim que meu cérebro funciona. Eu fecho os olhos, e filmes começam a passar. A que contei a mim mesmo não era a que você tem em mãos — mas era similar. Era a história de alguém em um *game show* onde você voltava no tempo e tentava impedir o Titanic de afundar.

Eu meio que adorei a ideia, particularmente porque topei com o conceito de uma dimensão alternativa em vez de uma verdadeira viagem no tempo. Isso me deixou brincar com uma maneira de "voltar no tempo" sem mudar o futuro, e como seria possível ter um programa de TV de jogos que fizesse isso — mesmo com múltiplas temporadas e diferentes grupos de competidores. Isso levou à ideia de comprar uma dimensão alternativa.

O autor falso do livro, Cecil G. Bagsworth III, é um personagem que já havia aparecido antes nos livros que escrevi. (Ele é o editor fictício da série Alcatraz.) Ele é compartilhado por mim e meu amigo Dan Wells, já que o inventamos na faculdade: um aventureiro e escritor interdimensional. Como Indiana Jones, se este trabalhasse no campo editorial em vez da arqueologia. Ele parece, por mera coincidência, exatamente com meu irmão Jordan. (Jordan agora é oficialmente um modelo profissional: nós licenciamos sua aparência para uma imagem de Cecil no livro.) Quando comecei a cismar com a ideia de escrever esse livro, ele envolvia Cecil de alguma maneira.

Já no início da década de 2010, eu havia efetivamente criado um título com uma sonoridade legal: O *Manual do Mago Frugal para Londres*. Parecia um pouco Harry Potter demais, então o deixei de lado, mas quando comecei a pensar seriamente sobre esse livro, percebi que ter inserções de um manual seria uma maneira divertida de fazer *worldbuilding* e inserir alguma leveza no que poderia ser uma história monótona se fosse abordada de modo diferente.

Deixei de usar o Titanic porque achei que, primeiro, já era um pouco batido, e segundo, era um evento histórico que eu na verdade não conhecia tão bem. Já que esses projetos secretos haviam sido primariamente escritos para mim e minha esposa, eu queria me divertir com eles — e sou um grande fã da Inglaterra anglo-saxã. (Para meu orgulho, Michael, meu especialista em história, não teve que mudar muita coisa para me corrigir em um bocado dos fatos. Aqueles que eu não inventei, quero dizer.)

A última peça a se encaixar foi torná-lo o que chamo de história de quarto branco, onde um personagem acorda sem memória e precisa descobrir quem é junto com o leitor. Nunca havia feito uma dessas em forma de novela, e sempre tive vontade de escrever uma, desde que li *A Identidade Bourne* há muito, muito tempo. (Project

PÓS-ESCRITO

Hail Mary [Devoradores de Estrelas, no Brasil] de Andy Wier é outro exemplo excelente desse tropo realizado de modo brilhante — e certamente teve uma influência sobre minha decisão de usar o conceito nesse livro.)

Tudo isso junto, mexido em uma panela, se tornou o livro que você acabou de ler!